大学问

始于问而终于明

守望学术的视界

命若朝霜

《红楼梦》里的法律、社会与女性

柯岚 著

广西师范大学出版社
·桂林·

命若朝霜：《红楼梦》里的法律、社会与女性
MING RUO ZHAOSHUANG: HONGLOUMENG LI DE FALÜ SHEHUI YU NVXING

图书在版编目（CIP）数据

命若朝霜 ：《红楼梦》里的法律、社会与女性 / 柯岚著. -- 桂林 ：广西师范大学出版社，2025.1 （2025.5重印）. -- ISBN 978-7-5598-7346-0

Ⅰ．I207.411

中国国家版本馆 CIP 数据核字第 2024EM5300 号

广西师范大学出版社出版发行

（广西桂林市五里店路 9 号　邮政编码：541004）
网址：http://www.bbtpress.com

出版人：黄轩庄

全国新华书店经销

广西广大印务有限责任公司印刷

（桂林市临桂区秧塘工业园西城大道北侧广西师范大学出版社集团有限公司创意产业园内　邮政编码：541199）

开本：880 mm ×1 240 mm　1/32

印张：13.25　　　字数：300 千

2025 年 1 月第 1 版　2025 年 5 月第 5 次印刷

定价：79.00 元

如发现印装质量问题，影响阅读，请与出版社发行部门联系调换。

序

陈惠馨[1]

能够为柯岚教授新书《命若朝霜:〈红楼梦〉里的法律、社会与女性》作序是我的荣幸。《红楼梦》一书可以说是中国文学中最让人着迷且可以从各种不同角度讨论的巨作。据说每年关于《红楼梦》的讨论文献多达三千篇,但少有研究从法律、社会与女性的多维角度切入。主要原因在于《红楼梦》一书的故事中,牵涉到的法律不仅仅包括当代一般人所认识的清朝的刑法(《大清律例》),还包括吏部则例、户部则例等各种其他法规。而唯有对于清朝法律体系有较为完整认识的研究者,才能辨识出《红楼梦》故事背后隐含的清朝法律规范对于多数人民生命的影响。

柯教授的书用"命若朝霜"一词点出了《红楼梦》的作者书写这本书的重要目标之一。透过不同身份地位的女性的命运,告诉我们清朝社会中不同女性的生命故事,也揭示社会中不同性别

---

[1] 陈惠馨,台湾政治大学法学院荣休教授,台湾地区著名法学家,德国雷根斯堡大学法学博士,主要研究领域为德国法制史、清代法制史、性别与法律。

角色的处境。

《红楼梦》的忠实读者对于书中第一回所写的文字应该印象深刻。作者写道：

> ……自云曾历过一番梦幻之后，故将真事隐去，而借"通灵"说此《石头记》一书也，故曰"甄士隐"云云。

接着又写道：

> 今风尘碌碌，一事无成，忽念及当日所有之女子，一一细考较去，觉其行止见识皆出我之上，我堂堂须眉，诚不若彼裙钗。

柯岚教授长期研究《红楼梦》，在本书中利用十二个章节，从小说中对于不同女性命运的书写，借助法律的视野厘清《红楼梦》作者想要为后代的读者呈现的时代氛围与时代背景。在十二个主题下，柯岚教授不仅展现出她对于《红楼梦》一书的熟悉度，更展现出她有能力从《红楼梦》作者描绘的故事中说出更丰富与更深刻的制度与时代问题。我想《红楼梦》作者如果有知，会深刻感受到柯教授说出了他在《红楼梦》一书想要表达的关于清朝的许多社会面貌。

下面仅举书中的第一个主题"甄英莲的命运与清代的司法黑暗"为例，通过这一章的内容，看柯岚教授这本书的丰富内涵，以及她如何透过法律与性别的视野分析清朝社会。在这个主题中，柯岚教授分析了三个重要的面向：一、分析《红楼梦》一书中如何描绘年仅四岁便被人口贩子拐卖，并因此终生不再见到父母的甄英莲（后改名为香菱）的故事。二、探讨明、清之际，整体中国社会拐卖人口的状态。除了分析人口贩卖（尤其是拐卖妇女）存在的可能诱因，例如因为重男轻女所导致的男女比例失调状况之外，她更透过各种不同的历史档案，如《清实录》、雍正朝奏折（例如两江总督赵弘恩的奏折）等，说明清朝政府虽然知道社会上存在大量拐卖妇女儿童的犯罪，但却无力遏止的情境。三、透过《红楼梦》有关贾雨村在官场仕途的历程，以及他审判葫芦案的心境转变，呈现出清朝一个没有财力背景的读书人在考上进士之后所面临的挑战与人格的扭曲。

在第4页关于清朝人口拐卖状况，柯教授写道：

> 《红楼梦》开篇就写了一桩拐卖人口的罪恶，发生在富庶繁华的苏州城。自明末以来，苏州一带就是当时中国著名的人口市场，人口买卖十分发达。"吴中之民，多鬻男女于远方。男之美者为优，恶者为奴。女之美者为妾，恶者为婢，遍满海内矣。"此地贫富分化悬殊，很多穷人为了谋生，宁愿把自己的孩子卖去远方为人奴婢。明代法律对私人拥有奴婢有诸多限制，人口买卖尚且如此发达，清代逐步放宽了对庶民拥有奴婢的限制，人口买卖的营生就更加肆无忌惮了。

在第16页柯教授透过分析贾雨村的做官历程，说明清朝一个

读书人考上功名之后，可能面临的挑战：

> 贾雨村是被罢过官的，他以前在苏州做知府，就是因为不了解地方情况不通人情世故得罪了上司，不到一年就被上司参了一本革职了。他这个新官得来不易，所以就非常谨慎。他在南京是个外乡人，不了解当地情况，他很清楚这些衙役虽然地位卑微，但都是熟门熟路的地头蛇，既然使眼色给他，肯定有他不了解的隐情，所以就赶紧打住，把门子叫到内堂问话。到了内堂，他认出了门子，更令他吃惊的是，门子告诉他这个被卖的丫头就是他的恩人甄士隐的女儿。

在第23—24页柯教授根据《红楼梦》对贾雨村的描述，分析一位清朝的读书人做官后心灵的变迁：

> 贾雨村在官场经过一番浮沉，现在已经很清楚：护官符上写的四大家族，那就是做官的人不能触动的背景。这些家族的人好像不是这国家的人，这国家的法律对他们不能适用，要做官就得搞清楚对哪些人不能适用法律。贾雨村本来是有良心的，他起先中了科举做了官，第一件事就是到甄家去寻访他的恩人，知道了英莲的遭遇，他还承诺要替甄家找人。现在恩人的女儿就在眼前，问题是贾家也是自己的恩人，凶犯还是这贾家的亲戚。过去的恩人甄士隐都不知道去哪了，眼下这恩人贾家可是自己前途的敲门

砖。就在护官符出现的那一刹那，贾雨村闹了一场灵魂深处的革命，他要从有良心变成没良心，因为良心阻碍他的前程。

柯岚教授透过这本书中的十二个主题，透过对《红楼梦》一书众多女性的生命故事的分析与描绘，让今日的读者可以更细致地认识距离今日已经有三百年的中国社会。她让我们清楚地看到，《红楼梦》作者无需使用控诉或辱骂的语言，就描绘出清朝被拐卖的人的悲惨命运。也让我们看到清朝社会的科举制度以及对于官吏的管控制度，如何让一个原初或许有理想与坚持的读书人，为了求取功名，转变成为一个没有担当，愿意为有权有势的犯罪者掩盖罪恶，且对于不幸者的命运视而不见的无品官员。

读者透过《命若朝霜:〈红楼梦〉里的法律、社会与女性》一书各个主题，可以看到很多深刻的清朝社会人的生命故事。例如透过"秦可卿之死"，我们看到清代亲属相奸罪的运作（尤其是公公对于媳妇的性犯罪）以及妇女自杀问题。透过赵姨娘对于宝玉及王熙凤的诅咒，说明清朝妻妾地位差异以及巫术犯罪的情境。透过贾宝玉、薛宝钗及林黛玉的故事，说明清朝的婚姻与继承制度。透过"宝钗结局与清代的选秀制度"，详细说明旗人身份的相关问题与在清朝选秀制度下旗人女性的命运发展等等。

读者在柯教授这本书的各个主题中，可以感受到她如何呈现《红楼梦》至今还很少被研究者发现的视野、亮点与现场。透过她的论述，读者可以看到《红楼梦》一书作者想要呈现的清朝社会更为深刻且多元的面向。

作为一个清代法制的研究者，我在柯岚教授的书中，看到她透过文学与性别的分析角度，运用《清实录》《大清会典》等，加上各种奏折与时人的研究等丰富文献，讲述了书中每个人物的生命故事，真实再现了清朝很多法律的具体运作，以及这些运作如何深深影响了人们的生命处境，也揭示了《红楼梦》作者是多么伟大的、悲天悯人的文学家。这本书是一般读者了解《红楼梦》的重要书籍，也是我们了解清代法制的重要书籍。

我非常同意柯岚教授在本书引言中引用的毛泽东对于《红楼梦》一书的评价，这不仅仅是一部小说，这是一本细致的且精细的社会历史。在人类历史上，很少有一本书可以书写几百人的生命，而且各有角色与面貌。柯岚教授对《红楼梦》的分析能让《红楼梦》的伟大及其丰富意蕴更好地凸显与呈现。

引言：《红楼梦》记录了宗法社会中的女性悲剧

王蒙曾说《红楼梦》是一个让人迷失的文本，"迷失以后做出的每一个判断都可能是正确的，但有些个解释又永远不能得到满足的，……这种迷失现象是其他作品所没有的"。不同知识背景、不同秉性的人进去了这个迷宫，怀着不同的期许去寻求，似乎都能找到自己想要的答案，但又不能完全满足。

作为一个法律人，我坚持多年的《红楼梦》阅读已经印证了这种迷失。因为我越来越确信，如果不和清代的法律与社会相印证，很多《红楼梦》里的人物都无法被完整理解。而我这样的确信也是通过对清代法律与社会的研习才逐步形成的。很多人都认为文学与法律相距甚远，通过文学作品去了解特定时代的法律，似乎并不合于时下法学研究中炙手可热的教义学方法，通过特定时代的法律背景去了解文学作品的内涵，似乎也不合于时下文学研究的主流。如果法学研究在面对古代法、比较法这些主题的时候，仍然坚持把国家法律的纸上条文和运用这些条文的判决作为唯一可以考察的对象，很难想象这样的研究何以能够解释古代的法律为什么会消亡。面对古代法这样的主题，只有当时的文学作品才能提供对那些已经消亡的法律的深刻反思。同样，如果文学研究在面对古代人物和社会现象时，完全脱离当时政治法律的限制去作以今度古的阐释，得到的结论也可能苍白甚至荒诞。

不是所有文学作品的创作都会追求其中法律细节的真实，但是任何一个作者都不可能完全脱离当时社会法律背景的限制，这种限制包括写作不要去触犯当时法律的禁忌，包括作者具备的法律知识对人物行动造成的不自觉的限制，还包括作者对当时法律是否实现公正的批判与反思。作为一个清代法律与社会的研习者，我对《红楼梦》多年的研读让我确信作者具备对当时礼制和法律的全面了解。透过《红楼梦》中很多人物的选择，从宝黛姻缘到柳湘莲退亲，从贾政痛打儿子到探春不认舅舅，从贾雨村初仕不利到王熙凤的穷途末路，都能清清楚楚地看到当时的礼法为他们的选择划定了边界。《红楼梦》中人的阶层和升降浮沉，也都有当时的法度在无形规约。具体到细节来说，"威逼人致死"这样现代读者很少知晓的罪名在《红楼梦》里明明白白地出现了（第六十六回），"以尸讹诈"（图赖）这样清代特有的法律社会学现象也明明白白地出现了（第四十四回）。

所以，只有了解曹雪芹生活时代的法律与社会，《红楼梦》才可能得到更为丰富而真切的理解。当我了解了清代关于婚姻继承的国家法和民俗，我终于明白了为什么林黛玉来到贾府，为什么她的父亲没有在林氏族人中为自己立嗣，也明白了宝黛悲剧的根源并非包办婚姻的无情，而是他们自己选择了不与世俗合作的人生态度。我也明白了尤三姐为什么会称自己是"金玉之质",明白了尤氏母女组成的这个没有男性的原生家庭在当时的社会是多么的弱势,以及宗法礼教对这类女性的残酷无情。当我了解了清代关于良贱等级和贱民生活状况的众多史料,我渐渐能体会贾府中妾侍、奴婢、仆妇、伶人们生存的无奈和艰辛,她们的生命原来那么脆弱,瞬息就可能被处于社会高位的人轻轻毁掉。当我了解了清代关于亲属相奸罪和威逼人致死罪的法社会学的丰富的研究,我渐渐理解了秦可卿绝命的意味,那并不是一个道德有严重瑕疵的女性的羞愤自缢,而是一个根本无法寻求正当法律救济的性犯罪被害人的理性反抗,我也理解了为什么很多女性的自杀都会在贾府掀起不小的风波,让涉事的人害怕官府的介入。当我了解了中国古代关于收孥、缘坐、籍没的漫长的刑罚史,我也终于领悟了《红楼梦》失传的八十回后真本会是一个让人无法直视的惨淡结局,大观园的青春少女们会遭遇怎样的严酷命运,而这样的悲剧在中国几千年来已经无数次上演,被迫害和毁灭的那个群体甚至根本不能发声记录她们的血泪……

然而我仍是迷失的,因为这也许只是《红楼梦》丰富意蕴中的一个侧面。但我在迷失之余,不得不感佩曹公写作的高妙。他写出生活的真实,是务必要让这种真实符合当时社会的各种逻辑的,包括法律的逻辑。而塑造这种真实所需要的写作技巧,以及对当时法律与社会的认知,要远远超过很多专业法学家的书斋体会。只有究天人之际也怀大慈悲心的大智者,才能写出《红楼梦》这样让不同来路的人都不虚此行也都迷失在其间的大造化之作。

《红楼梦》写出了众多人物的死亡,其中绝大部分是女性。幼时读《红楼梦》,我总不愿读这样的地方,也并未悟出这和其他的书有什么不同,及至年长,读了各样的书,才看出这书中的惨淡与悲凉。

清代文人诸联评《红楼梦》时写道:

> 人至于死,无不一矣。如可卿之死也使人思,金钏之死也使人惜,晴雯之死也使人惨,尤三姐之死也使人愤,二姐之死也使人恨,司棋之死也使人骇,黛玉之死也使人伤,金桂之死也使人爽,迎春之死也使人恼,贾母之死也使人羡,鸳鸯之死也使人敬,赵姨娘之死也使人快,凤姐之死也使人叹,妙玉之死也使人疑,竟无一同者。非死者之不同,乃生者之笔不同也。

这些生命的结束让人各感不同,正因为她们活出了各样不同的形态。一部书里每个人都活得那样生动那样真实,中国的古典文学中只有《红楼梦》能做到。人如果超越性别的局限,都能在其中找到自己的认同。鲁迅先生曾说,中国人读《红楼梦》最常见的反应就是钻进去做了其中的某一个人物。如果做了这样的选择,或者就很难再去理解其中的其他一些人物。人在生命的不同阶段,却可能有不同的体验,或者会不断转变,超越自己,做《红楼梦》中不同的人。

《红楼梦》中记录的中国社会,离今人已经很远了,经过清末以来的历次政治法律变革,那书里作为背景的制度和宗法,都已经差不多解体了。所以今人读《红楼梦》时，虽然读者都在不自觉地选择做了某一个《红楼梦》里人，实际上却都已经不复《红楼梦》里人。而如果不了解当时的制度和宗法，可能我们并不能完全理解书里那些被我们认同、不认同和否定的人。不要说今人，百年前俞平伯作《红楼梦辨》时，清末修律、辛亥立制的洗礼就已经洗去了中国旧社会的很多旧制度与旧伦理，让《红楼梦》中的很多人变得不那么可解了。

　　作为一个坚持多年的红学爱好者，每有新的红学解说范式出现，我都要做些了解，有时候也会无所适从，不知道应该认同哪一种范式。多年下来，时至今日，我终于发现1960年代中国的政治领袖们对《红楼梦》的理解是无法回避的。

　　1961年12月20日，毛泽东在中央政治局常委和各大区第一书记会议谈话。当刘少奇讲道："这次是真休息不能看文件，只能看《红楼梦》。《红楼梦》已经看完啦，它讲到很细致的封建社会的情况，一直到清朝末年民国初年也还是那样。"毛泽东在会上提出了他对《红楼梦》的看法：

> 《红楼梦》不仅要当作小说看，而且要当作历史看。他写的是很细致的、很精细的社会历史。他的书中写了几百人，有三四百人，其中只有三十三人是统治阶级，约占十分之一，其他都是被压迫的。牺牲的、死的很多，如鸳鸯、尤二姐、尤三姐、司棋、金钏、晴雯、秦可卿和她的一个丫环，秦可卿实际是自杀的，书上看不出来，贾宝玉对这些人都是同情的。……但是，《金瓶梅》的作者不尊重女性，

《红楼梦》《聊斋志异》是尊重女性的。

毛泽东认为不认真读《红楼梦》就无法理解中国的封建社会，他提到了《红楼梦》里边很多牺牲的人，这些人绝大多数是女性。中国古代一直存在尖锐的阶级斗争，但是宗法社会对女性的压迫无法名之为"阶级斗争"，这其中只有压迫，很少反抗，因为被压迫的群体根本不具备反抗的能力，遑论斗争，甚至都没有言说自己苦难的载体。两千多年来的史家、理论家们可能都从不同侧面记录了不同的阶级斗争，但只有到了中国古代社会临近末尾的阶段，才出来一部《红楼梦》，用社会史的形式记录了宗法社会对女性的深重压迫和残酷无情，表达了对这种社会不公的几近绝望和深刻反思。《红楼梦》开篇就表示它的主旨是要为"闺阁昭传"："今风尘碌碌，一事无成，忽念及当日所有之女子，一一细考较去，觉其行止见识皆出于我之上。……然闺阁中本自历历有人，万不可因我之不肖，自护己短，一并使其泯灭也。"这些闺阁中的卓越女性，在古代正史的书写中，只有节烈的事迹会留下痕迹，在古代文学史的书写中也罕见留下她们的作品，她们的个性、才华和见识，在《红楼梦》之前罕有真正主体性的记录，更罕有对这种缺失的追问。

今人是幸运的，因为有了《红楼梦》，有了很多代中国仁人志士的反思和奋争，《红楼梦》中那个无情吞噬女性生命的旧社会已经一去不复返了，我们读《红楼梦》时才已不复《红楼梦》里人。但我们仍然感到自己都是《红楼梦》里人，因为《红楼梦》中记叙的那些鲜活真实的生命，就在我们每一个人的身上延续她们的印记。那些生命都那样短暂,如曹子建诗云:"天地无终极,人命若朝霜。"(《送应氏二首》)但她们的美丽、智慧与青春永存,因为《红楼梦》的不朽记叙。

目　录

序（陈惠馨） I

引言：《红楼梦》记录了宗法社会中的女性悲剧 I

第一章　甄英莲的命运与清代的司法黑暗 1
　一、英莲被卖与清代的人口拐卖 2
　二、护官符出场 10
　三、葫芦案：一个体制性的冤案 18
　四、香菱的遭遇与清代奴婢的命运 31

第二章　秦可卿之死与清代的亲属相奸罪 41
　一、八大悬疑 42
　二、秦可卿之死被改写 45
　三、清代的妇女自杀问题与威逼人致死罪 50

四、秦可卿自杀的导火索——焦大之怒　　54

　　五、清代的亲属相奸罪与清律中的"被害人有罪论"　60

　　六、天香楼的真相　　70

　　七、瑞珠、宝珠与尤氏的困境　　74

　　八、离奇的葬礼　　78

　　九、原型何人　　82

第三章　赵姨娘的诅咒与清代的巫术犯罪　　91

　　一、妻妾的区别　　92

　　二、马道婆的生意　　100

　　三、清代的巫术犯罪　　104

第四章　宝黛悲剧与清代的婚姻继承法制　　112

　　一、表亲的婚姻　　114

　　二、林黛玉的嫁妆与林如海的立嗣　　127

　　三、宝黛的婚姻谁做主　　140

　　四、宝黛姻缘与礼教　　150

第五章　宝钗结局与清代的选秀制度　　162

　　一、宝钗待选宫女　　165

　　二、宝钗落选　　172

　　三、金玉良缘　　176

　　四、宝钗结局　　182

第六章　鲍二家的之死与清代的仆妇贞节　　189
一、贾琏的惧内　　191
二、王熙凤的全武行　　194
三、鲍二家的无罪　　201
四、王熙凤的反诉　　208

第七章　王熙凤管家与清代的宗族治理　　215
一、荣国府的授权管家　　217
二、王熙凤的妇德　　223
三、王熙凤的见识　　227
四、王熙凤的高利贷　　233

第八章　探春治家与贾府的陋规　　245
一、好学的探春　　246
二、探春和她的两个母亲　　250
三、探春的改革　　257
四、探春改革失败　　265

第九章　尤三姐之死与清代的定婚法制　　270
一、金玉之质　　271
二、沦落的尤家　　275
三、三姐的反抗　　283
四、柳湘莲退亲　　289

五、三姐之殇　　　　　　　　　　　　　　　293

第十章　尤二姐之死与清代的妻妾宗法　　　300
　　一、王熙凤会不会被休　　　　　　　　　　301
　　二、贾琏的重婚　　　　　　　　　　　　　　306
　　三、王熙凤的毒计　　　　　　　　　　　　　312
　　四、借刀杀人　　　　　　　　　　　　　　　323

第十一章　红楼伶人与清代的查禁女戏　　　335
　　一、家班的由来　　　　　　　　　　　　　　337
　　二、女伶是最下贱的阶层　　　　　　　　　　346
　　三、龄官不甘心她的命运　　　　　　　　　　350
　　四、雍正朝解散家班　　　　　　　　　　　　355
　　五、十二伶的结局　　　　　　　　　　　　　359

第十二章　十二钗的结局与清代的籍没刑罚　　369
　　一、传统中国的籍没刑罚　　　　　　　　　　372
　　二、十二钗的可能结局　　　　　　　　　　　380
　　三、苏州织造李煦家人的遭遇　　　　　　　　385
　　四、"女清男浊"的启蒙　　　　　　　　　　391

后记　　　　　　　　　　　　　　　　　　　395

第一章

甄英莲的命运
与清代的司法黑暗

《红楼梦》里第一个出场的女性是甄英莲,谐音就是"真应怜"。甄英莲后来改名为香菱,两个名字虽然指同一个人,但在故事中承担的功能是不一样的。葫芦案中甄英莲的故事,更多是全书寓言式的引子,它寓示着在一个动荡的时代,女性丧失了父兄的保护后可能遭遇社会暴力的无常伤害,以及古代宗法社会中法律对女性的残酷无情。"甄英莲"在出场时作为符号的意义要大于她作为一个具体人物的意义,到后来她去了薛家,改名叫香菱,才成了一个具体的故事性人物。

《红楼梦》第五回贾宝玉梦游太虚幻境,警幻仙姑请他喝了一盅茶,说这茶的名字叫"千红一窟(哭)",又请他品了一杯酒,说这酒的名字叫"万艳同杯(悲)"。一开篇作者就预言了,这故事里边所有的青春少女,最后都会落到悲剧结局——"千红一哭,万艳同悲"。到故事的结尾,大观园里所有的少女都可能遭遇和甄英莲差不多的命运,都是"真应怜"。

一、英莲被卖与清代的人口拐卖

《红楼梦》开篇不久就是一个冤案,"葫芦僧乱判葫芦案",就在这个案子里边,甄英莲出场了。书中写道:

> 贾雨村授了应天府,一到任就有件人命官司详至案下,却是两家争买一婢,各不相让,以致殴伤人命。[1]

这是一桩看似简单的案子,两家都买人,这起因为争买一女而闹出人命的案子,两家争着要买的就是甄英莲。甄英莲这时大概十一二岁,她四岁多时被人贩子从老家苏州拐到南京来了,被拐后一直跟着拐子生活,拐子想把长大的英莲卖个好价,就连卖了两家,没想到惹出了人命。

这不仅仅是一起人命案,其中还有一个拐卖案。人贩子是一个很古老的职业。清朝初年,很多地方经过战乱,人口锐减,户籍资料也被毁了很多,国家对社会的控制很松散,人贩子就开始趁乱作恶了。学者李清瑞指出,在清代社会,诱拐妇女是一个严

---

[1] [清]曹雪芹、无名氏:《红楼梦》,人民文学出版社2017年版,第82页。本书所引《红楼梦》原文,除额外注明外,均据此本,以下只写明回目。

重的社会问题，发案率很高。[1] 一来经常性的社会动荡造成人口锐减，民间又经常溺杀女婴，人口男女比例失调，男多女少。二来婚姻实行一夫一妻多妾制，有钱有地位的男人都娶妾。这两个因素合力作用，导致很多下层的男性难以娶妻。史景迁先生根据沈阳以北道义屯的残存清代文献，得出的统计数字很惊人，十八世纪末期该村有百分之二十的成年男性终身未娶。[2] 这大概也反映了当时整个中国社会的状况。在这样的社会背景下，女性成了稀缺的社会资源，是供不应求的。对于很多下层的男性来说，他们很难通过正式的说媒下聘礼的途径找到妻室，通过人口黑市买卖婚就成为常见的选择。另外，清代社会有些人口买卖是合法的，因为存在良人和贱民的区分。奴婢是贱民的一种，一般都是主人买来的，很多人因为穷困卖身为奴婢，官府有时也会把罪人的家属卖为奴婢。因为本来就存在合法的奴婢买卖，人口的买卖是有利可图的，有一些犯罪分子就在合法的人口买卖之外，把良人拐去卖给人牟利。

中国古代自唐代开始，法律上就系统区分两种人：良人和贱民。[3]"良人"就是自由人，在清代包括军（军户）、民（一般百姓）、商（商人）、灶（灶户，设灶生产盐的工匠）四种不同职业的人；贱民则是不自由的人。贱民是奴隶社会的遗迹，他们不

---

[1] 参见李清瑞：《乾隆年间四川拐卖妇人案件的社会分析——以巴县档案为中心的研究（1752—1795）》，山西教育出版社2011年版，第22页。四川巴县档案显示乾隆年间拐案"是在当地发生的最为频繁的妇女案件，占所有案件的54%"，同前书，第37页。
[2] 参见〔美〕史景迁：《追寻现代中国：1600—1912年的中国历史》，黄纯艳译，上海远东出版社2005年版，第97页。
[3] 唐代以前也存在实质上的贱民阶层，但在法律上系统性地对良贱进行划分始于《唐律疏议》。

能参加科举考试,不能和"良人"通婚,从事很低贱的职业,户籍专门编为一类,区别于良人,而且世代沿袭,成为社会底层的人。史学家瞿同祖先生指出,贱民主要包括官私奴婢、倡(娼妓)、优(优伶)、皂隶(衙门里的差役),以及因为历史原因形成的某些地域的特殊人口。[1] 官府或私人所有的奴婢是贱民的主要组成部分,他们的来源主要有战俘、罪人和卖身贫民。在合法的人口买卖之外,也经常有一些犯罪分子把良人拐去卖给人做奴仆、妻妾、子孙之类。这样的买卖是法律不允许的,如果是把良人卖给人做奴仆变成贱民,法律上叫"压良为贱"。清代的法律对于这类不合法的人口拐卖一直是严惩的。

《红楼梦》开篇就写了一桩拐卖人口的罪恶,发生在富庶繁华的苏州城。自明末以来,苏州一带就是当时中国著名的人口市场,人口买卖十分发达。"吴中之民,多鬻男女于远方。男之美者为优,恶者为奴。女之美者为妾,恶者为婢,遍满海内矣。"[2] 此地贫富分化悬殊,很多穷人为了谋生,宁愿把自己的孩子卖去远方为人奴婢。明代法律对私人拥有奴婢有诸多限制,人口买卖尚且如此发达,清代逐步放宽了对庶民拥有奴婢的限制,人口买卖的营生就更加肆无忌惮了。苏州历来出美女,清初康熙朝以来,有人专门到苏州收买青年女性给大户人家作姬妾,或是买去送给王公高官攀关节,被买的对象有的是穷人自愿出卖的,也有被诱

---

[1] 参见瞿同祖:《中国法律与中国社会》,商务印书馆2010年版,第253页。嘉庆朝《大清会典》卷十一《户部》:"区其良贱"正文下小注"四民为良,奴仆及倡优隶卒为贱"。杨一凡、宋北平主编,[清]托津等纂:《大清会典·嘉庆朝》,凤凰出版社2021年版,第168页。
[2] [明]唐甄:《潜书·下篇上·存言》,《四库全书存目丛书·子部九五》,齐鲁书社1995年版,第450页a。

骗胁迫的。"苏郡有等囤户,见穷人家女儿,即行谋买,在家蓄养,贪得多金,卖与远省为妾为婢,离人骨肉,陷人终身,莫此为甚。"[1]当时到苏州高价"买人"的风气特盛,各种有权有势的人物纷至沓来,已经形成了一种特殊的人口贸易市场。[2]苏州人口买卖的不寻常甚至引起了康熙皇帝的注意,康熙四十六年(1707),康熙特别指令工部尚书王鸿绪去调查此事:"前岁南巡有许多不肖之人骗苏州女子,朕到家里方知。今年又恐有如此行者,尔细细打听,凡有这等事,亲手蜜蜜(密密)写来奏闻。"[3]

在合法的人口买卖之外,江浙和两淮一带拐卖人口的犯罪十分猖獗,案犯有的盘踞在本地,有的来自邻近地区,而其中最可怕的罪行就是拐卖儿童。清代史料中留有大量关于当时拐卖儿童犯罪的记载,仅在乾隆朝,《清高宗实录》中就有近十处关于拐卖儿童的记载,常见的作案手法是用药物迷拐。雍正、乾隆两朝的两江总督都留下了关于苏州一带拐卖儿童犯罪的详细记载。

雍正十二年(1734)、十三年,两江总督赵弘恩两次奏报苏(苏州)松(上海)一带拐卖儿童的骇人听闻的犯罪:

> 苏松淮扬等处拐犯甚多,迷拐幼孩,肆行贩卖,甚至

---

1 [清]赵弘恩:《玉华堂两江示稿》,雍正十二年刻本,日本东京大学东洋文化研究所藏本,第57—58页。转引自韦庆远、吴奇衍、鲁素:《清代奴婢制度》,中国人民大学出版社1982年版,第47—48页。
2 参见韦庆远、吴奇衍、鲁素:《清代奴婢制度》,第46页。
3 中国第一历史档案馆:《康熙四十六年王鸿绪密查苏州地方拐骗女子的几件档案》,载《历史档案》2003年第4期,第8页。

割其肢体，戕其性命。¹

　　两江地方迷拐之风惟苏松尤甚，臣屡经密饬严行查拿，上年拿获拐犯陈虎子等一案，随经臣奏明在案。今于本年闰四月内又查，据崇明县详报，有民人黄忠之子黄宝被人劈脑去足弃掷身尸等情，当即批令严拿凶犯，务获究拟。去后旋据报，称拿获拐犯李四杨秀珍杨素小刘等，供认劈脑取髓卖与人合药情实。²

　　苏州上海一带拐卖儿童的罪犯十分猖獗，有的用于贩卖牟利，有的残害儿童肢体用于配药。雍正皇帝读了奏折以后十分惊骇："此种恶风，殊堪切齿，自应严纠痛惩，海宇之内，竟有如是怪诞邪方耶。"³

　　这些拐犯作案的手法十分狡诈，往往团伙作案，有的用妇女出面诱惑，有的使用药物，而且有师徒传承。乾隆十年（1745）破获的太湖地区一起拐卖儿童案，案犯交代有师傅传授秘术，"闻其术有师授。已行二十余年"⁴。作案的对象也十分广泛，不限于乡间贫困地区，城市富裕的缙绅之家和旗人家庭都可能被人拐走孩子。康熙三十一年（1692）京城破获的一起拐卖儿童大案，

1　两江总督赵弘恩雍正十二年（1734）九月奏折，《世宗宪皇帝朱批谕旨》卷二一六之四，《景印文渊阁四库全书》第425册，台湾商务印书馆2008年版，第556页b。
2　两江总督赵弘恩雍正十三年（1735）六月奏折，《世宗宪皇帝朱批谕旨》卷二一六之五，《景印文渊阁四库全书》第425册，第606页a。
3　两江总督赵弘恩雍正十三年（1735）六月奏折雍正朱批，《世宗宪皇帝朱批谕旨》卷二一六，《景印文渊阁四库全书》第425册，第606页a。
4　《清实录·高宗实录》卷二四四，《清实录》第12册，中华书局1985年版，第149页a。

案犯供认了用药迷拐儿童的事实：

> 京师东城地方东便门外，为往关东必由之路。一路开枋店者，俱串通旗人，贩卖人口，窝子甚多。所骗之人俱藏窝内，最难查禁。康熙三十一年六月，广渠门外老虎洞，拿获贩卖人口刘三、夏应奎、张二等。……有孩子穆小九儿，在灯市口卖杏子。应奎赊杏，令跟去取钱，骗至面铺，给小九儿面吃，脸上打一掌，随即昏迷无知。……据应奎等供，称刘三给我等一块药，或下在酒饭内，或着人口鼻内，被拐之人吃了，就跟着走。[1]

用药物迷拐儿童是清代拐卖儿童的常见手法，这些迷药有专门的配制方法，罪犯之间以师徒传承。乾隆二十三年（1758），两江总督兼江苏巡抚陈宏谋在其发布的《查拿匪棍檄》中描述了苏州一带拐卖儿童的类似手法："有一种外来拐犯，以药迷人，凡遇幼孩，用药一弹，饵以药饼，幼孩入迷，跟随而行，不复反顾。……此辈原有伙党，即系向日之包头船。"[2]

《红楼梦》开篇甄英莲幼时被拐卖，反映的正是当时社会拐

---

[1]［清］东轩主人：《述异记·卷三·拐卖人口》，《丛书集成续编》第211册，台湾新文丰出版公司1988年版，第489页。
[2]［清］陈宏谋：乾隆二十三年七月《查拿匪棍檄》，《清代诗文集汇编281·培远堂偶存稿》文檄卷四十三，上海古籍出版社2010年版，第300页a。"包头船"是太湖等地区躲在湖汊水岸等幽僻地带的盗匪窝点，雍正二年（1724）六月两浙盐政布政使佟吉图曾奏报："查太湖为东南之巨浸，地跨数府，河出五道，各处俱通。访得此中颇有奸民为盗，昼则以捕鱼为生，暮则以行劫为事。更有一种奸民惯为采生之事，各有小船名为包裹头船，散在太湖并浙江嘉兴、湖州各溪港幽僻之处，将骗男女做成残疾之状，每日责令入市化钱。"《世宗宪皇帝朱批谕旨》卷二十一，《景印文渊阁四库全书》第417册，第296页b。

卖儿童犯罪的现实。甄英莲生在苏州，著名的出美女的地方。她出身于乡宦家庭，祖上有人是做过官的，家有田产，和一些官员也能攀上交情，在古代中国的民间，这样的人家都是受人尊敬的。她的父亲甄士隐是个有学问的人，却不太把科举功名放在心上，纵情山水、饮酒赋诗，是个不俗的隐士。甄士隐年过半百，只有甄英莲一个女儿，甄英莲年方三岁，生得粉妆玉琢，十分可爱。她的父亲中年得女，爱她如掌上明珠。不幸的是，甄英莲四岁那一年的元宵节，家人霍启抱她去街上看花灯，人贩子趁机把她拐走了。

古代社会没有发达的信息系统，刑事案件的侦破是很难的。学者李清瑞指出，清代命案、盗案等重案发生后，被害人家庭并不像现在社会这样，第一时间去找衙门报案，而是会自己先想办法去寻觅打听，找到嫌疑犯，然后再去报官。没有找到嫌疑犯就去报官的情况是很少见的。[1] 明清时候，衙门里的差役多半是没有薪水的。清朝初年官员的薪水很低，中央政府也没有基本的预算，地方政府做很多事都要自己想办法去筹款，朝廷没有专门的拨款。衙门里的差役只有一小部分是朝廷发薪水的，大部分都是没有薪水的，他们主要靠灰色收入生活，会借办案之机向当事人索要各种费用。涉及命案、盗窃、拐卖这类重案，衙役会索要各种名目繁多的费用，即便是富户，都可能因为牵涉重案而破产。

---

[1] 参见李清瑞：《乾隆年间四川拐卖妇人案件的社会分析——以巴县档案为中心的研究（1752—1795）》，第59页。另据赖惠敏分析，清代官府要求拐逃案件必有确据方可报案，要排除是走失或在逃被人收留，所以家属一般都会先去查明嫌疑犯的下落才报官。参见赖惠敏：《但问旗民：清代的法律与社会》，中华书局2020年版，第337页。

假如被害人家庭能找到嫌疑犯,这些费用就由嫌疑犯的家庭来承担,如果找不到,就要由被害人的家庭来承担。被害人家庭不仅很难指望衙役们迅速破案,还会被索要各种费用,很多家庭都无法承受这样的负担。

甄家派了很多人去找,但一直没有找到。甄家是很有钱的,甄士隐那么爱他的女儿,倾家荡产也想把他的女儿找回来。但就算他报了官,官府当时也破不了案。甄英莲遇到的人贩子是最狡猾的那种,这类人贩子专向幼女下手,得手后马上躲到别处偏僻的地方,把小孩养大到一定年龄后,就卖到异乡牟利。

甄英莲被拐走的时候正值元宵夜的闹市,人贩子大约给她使用了迷药。人群中一个小孩被抱走了,没有人注意这件事,没有人见过这个人贩子。人贩子逃到了别处,周围的人会以为那是他自己的孩子,不知道是被拐来的。人到三四岁的时候已经开始有了记忆,所以甄英莲应该能记得童年的一些简单的事情。她应该认得她的父母,认得自己的家,但不见得能记住父母的名字,也不见得能记住家在什么府什么县什么街,被带到异乡以后,她自己是找不到回家的路的。她应该知道人贩子不是她的家人,问题是这么小的孩子,都不知道拐卖是什么概念,她可能根本都不知道发生了什么,就被人贩子带走了。后来她稍微大一点了,但一直被关在偏僻的屋子里,和外界甚少交流,也没有什么熟人和社会经验。也许她曾经试图逃走,逃出这个火坑,但是没有成功,因为她不知道回家的路。人贩子经常打她,她被打怕了,所以就算她自己悟明白这是怎么回事,她也不敢跟人说,她只说人贩子是她的父亲。所以周围的人们并不知道她是被拐来的。

福无双至，祸不单行。过了两个月，三月十五这一天，葫芦庙炸供品不小心失了火，甄家的房子都被烧毁了，甄士隐只得带着妻子投靠他的岳父封肃去了。封肃是个势利眼，看见女婿家败落了，就觉得这是自己的负担，不但不实心帮他，反而趁火打劫，拿了士隐的银子，只给他一些薄田破屋，还不时冷嘲热讽落井下石。甄士隐一天一天衰老下去，看上去已经是个没有生气的老人了。有一天他拄着拐杖在街上散心，忽然大彻大悟，就随着道人出家去了。

一个幸福的家庭，就这样被人贩子毁灭了。甄士隐是个才德兼备的人，他有才学有智慧，也有慈悲心，经常帮助别人，不曾做过恶事，谁也没招谁也没惹，他的家就这样被毁了。甄英莲本来生在富贵平安之家，是父母的心肝宝贝，她的未来也就这样被毁了。《红楼梦》开篇就时时提醒人们人生很无常，人间的幸福都是很脆弱的，遇到了糟糕的时候、糟糕的人，幸福可能瞬间就被毁得干干净净。

二、护官符出场

说来也巧，人贩子把英莲卖了两家，惹出了人命案，最后告到新来南京就任的知府贾雨村这里。如果贾雨村秉公断案，甄英莲完全有可能被官府送回家与家人团聚，而且甄英莲和贾雨村还颇有渊源，她的父亲甄士隐是贾雨村的恩人。

在《红楼梦》的整个故事里边，贾雨村的形象真是不大光彩的一个人，坏事没少干，为了弄到古董扇子巴结贾赦，逼死了扇子的主人石呆子，最后贾府倒台了他还落井下石陷害贾家的人。贾雨村虽然凑巧给林黛玉当过几天先生，但在曹雪芹写的前八十回里林黛玉从来都没提过他，更不要说出去见他了，贾宝玉一听说他来了就头疼，不愿意见他。林黛玉和贾宝玉看来都深知他的为人，觉得他是俗不可耐的一个人，都不愿和他多来往。贾雨村的名字是一个谐音，一说是"假语存"，另一说是"假儒存"。这三个字跟"甄士隐"像一副对联："真士隐"，"假儒存"。赶到很不好的时候，世风变坏了，真有才学气节的士人会隐退，不愿出来做官，没有真才实学、假话连篇的混混却混得顺风顺水。"甄士隐"和"贾雨村"就是两个符号，他们代表了两种完全不同类型的读书人。

贾雨村最初出场时，无论才学、交游、相貌和抱负，看上去似乎都还颇为正面。贾雨村真是运气不错，混到很背被困在异乡没钱上路，谋生都很艰难，还能遇到甄士隐这么仗义的朋友。这一年中秋，甄士隐请他到家中小酌，他说出了自己的困难，苦于没有盘缠进京赶考，甄士隐当即拿出了五十两白银和两套冬衣。

甄士隐送了这么厚的礼，贾雨村并没有倒身下拜感激涕零，不过"略谢一语，并不介意，仍是吃酒谈笑"（第一回）。可见他是有傲骨的，并不会因为接受了别人的馈赠就降低自己的人格，再说大恩不言谢，自己心里记得就好了。仔细看看贾雨村和甄士隐的相交，起初贾雨村真是一个很不猥琐的人，穿得破衣烂衫出入富豪之家也丝毫不减自己的气势，说明他是能安于贫困也不以贫困为耻的，而且他也是很自信的，并没有因为自己穿得很破烂就觉得低人一等。他和甄士隐相交有段时间了，一直没有开口借过钱，直到这天中秋大约受了甄士隐盛情的感动，才说出了自己真实的困难。

贾雨村就这样走了。甄士隐至少有一点没看错，贾雨村的书念得是不错的，他进京赶考，一次就考中了进士，被选入外班到某地做了知县。没几年就因为政绩卓越升为知府，恰好是到苏州做了知府。贾雨村和甄家还真是有缘，到任那天他就在街上看到了一个故人——甄家的丫鬟娇杏。甄士隐第二点没有看错的是，贾雨村是懂得感恩的，也是念旧的。贾雨村遇到了娇杏，就知道甄家搬到这里来了。他当天就派人去找来了封肃问话，听说了甄士隐的遭遇，"倒伤感叹息了一回"，又问起甄英莲，封肃说看灯丢了，贾雨村马上表示："不妨，我自使番役务必探访回来。"（第二回）第二天，贾雨村派人送了厚礼给甄士隐的夫人，答谢甄家过去对他的恩情。又托封肃去和甄夫人提亲，把娇杏要去做了他的二房姨太太。贾雨村还再三感谢甄夫人，要求封肃一定要好好赡养她，等他派公差去寻访甄英莲的下落。

最初的贾雨村是个有真才干的人，一考就中了进士，县官没做几年就被提拔为知府。他没有显赫的家世，也没有什么后台，他最初考中和升官，靠的应该是真才实学。更重要的，最初的贾雨村人品也是没问题的，懂得知恩图报，也不嫌弃贫贱之交。他做了知府这么大的官，现在要给自己纳妾，不知道有多少地方的土豪会巴结他把自己家的丫鬟甚至女眷送去给他，可他还能记得好几年前一贫如洗时在甄家见过的娇杏。甄士隐虽然出了家，贾雨村还是很惦记他的恩情，他知道甄夫人现在没有了产业，丈夫出家了女儿失踪了，孤苦无依，很同情她的遭遇，叮嘱封肃一定要善待甄夫人，还承诺一定会让公差尽快破案把她的女儿找回来。此时的贾雨村，还是个有情有义的人，似乎甄士隐交他这样的朋友并没有看错人。

谁能想到好景不长，贾雨村当了知府没多久就栽了跟头，被上司弹劾革职了。还好他后来又遇到了贵人，通过林家搭上了荣国府的线，因贾政写了一封信推荐，他又被朝廷重新任用了。

贾雨村就这样来到了南京，做了南京的知府大老爷。他刚一上任，遇到的第一件案子就是冯渊的家人来告状，冯渊被打死正是因为和薛蟠争买甄英莲。假如官司顺利，眼看着甄英莲就要得救了。贾雨村接到了冯家人的控告，当堂就要开始审案，书中写道，雨村听了，大怒道："那有这等事！打死人竟白白的走了拿不来的？"（第四回）便发签差公人立刻将凶犯家属拿来拷问。

恰好就在这时，

> 只见案旁站着一个门子，使眼色不叫他发签。雨村心下狐疑，只得停了手。退堂至密室，令从人退去，只留这门子一人伏侍。门子忙上前请安，笑问："老爷一向加官进禄，八九年来，就忘了我了？"雨村道："我看你十分眼熟，但一时总想不起来。"门子笑道："老爷怎么把出身之地竟忘了！老爷不记得当年葫芦庙里的事么？"雨村大惊，方想起往事。（第四回）

原来这门子是当年苏州葫芦庙里的一个小沙弥，贾雨村落魄被困的时候寄居在甄家隔壁的葫芦庙里，这小沙弥在庙里虽然地位低微，但和他可算得上是故人。葫芦庙失火以后，小沙弥无处安身，年纪又轻过不了寺庙里的清苦日子，就又蓄了头发，到应天府衙门做了一个门子，可巧这就撞到贾雨村的手下来了。

明清时候，衙门里的差役社会地位很低，他们和官私所有的奴婢一样，也是贱民。他们不能参加科举不可能做官，只能一辈子当差役，后代子孙也会世代沿袭贱民的身份。"倡优隶卒，及其子孙，概不准入考捐监。如有变易姓名蒙混应试报捐者，除斥革外，照违制律杖一百。"[1] 政府几乎是不给他们发什么薪水的，他们主要靠巧立名目盘剥人民和诉讼案件的当事人为生。这些人是很被人看不起的，正经人家书香门第出身的一般是不会选择这个职业的。很多家族的族规都规定族人不得投身皂隶，否则逐出宗族，"族人投身衙役皂隶，则为'丧名败节'，家谱削名，不得入宗庙。与皂隶出身门户互通婚姻，父母受辱"[2]。选择这个职业的多半是地方上的流氓无产者和地痞无赖，不愿意种地不愿意正经谋

---

1 《钦定大清会典事例》卷七五二《刑部·户律户役》，《续修四库全书》第809册，上海古籍出版社2002年版，第298页。嘉庆朝《钦定学政全书》卷四十三《区别流品》："乾隆三十五年（1770）覆准：查倡优隶卒，专以本身嫡派为断。本身既经充当贱役，所生子孙，例应永远不准收考。其子孙虽经出继为人后者，终系于贱嫡裔，未便混行收考，致启隐匿冒考等弊……乾隆三十七年（1772）覆准，定例倡优隶卒之家不准考试，其皂隶马快小马禁卒之子孙，有蒙混捐纳者，俱照例斥革。至门子长随，现据湖南学政查明该省有滥行报捐者，均予斥革。"故宫博物院编：《故宫珍本丛刊·三流道里表·蒙古律例·钦定学政全书》第二册，海南出版社2000年版，第68页a-b。
2 经君健：《清代社会的贱民等级》，浙江人民出版社1993年版，第126页。以清代三个宗族的族规为例，暨阳陶山金氏族规："倡、优、隶、卒，定例子孙不许出考。极贱之人，辱宗莫甚。若子孙有为倡、优、隶、卒者，不许入谱。"番禺茅冈周氏族规："如有身充皂隶、仵作、优倡者，永远革胙。若贪婪财礼，与皂隶、仵作、优倡结昏（婚）者，永远革胙，及其子孙。"京口茅氏族规："刀笔罹法，辱族玷宗。凡我子孙，毋得妄入公门。恐一失身，发肤不保，永宜戒之。"陈建华、王鹤鸣主编：《中国家谱资料选编·家规族约卷》，周秋芳、王宏整理，上海古籍出版社2013年版，第544、572、202页。

生的。小和尚年纪轻轻庙被烧了，游手好闲不愿意到别的庙去过清苦日子，就投靠官府当了个衙役。

《红楼梦》开篇就是一个冤案，"葫芦僧乱判葫芦案"。葫芦僧说的就是这做了门子的小沙弥，门子从前在葫芦庙做过和尚，甄家是隔壁的大户人家，是庙里的大施主，门子看着英莲长大，也知道英莲四岁多被人拐走了。谁能想到这么巧，门子来到南京衙门里当了差，偏偏人贩子也将英莲带来了南京，还租了他的房子住。门子见到了英莲，虽然已经时隔多年，但他看到英莲额头上的胭脂胎记，想起她小时候的模样，认出了英莲。他为了证实，还趁拐子不在家问过英莲，此时的英莲已经长大了，她被人贩子打怕了，不敢说实话，她哭了，只说不记得自己小时候的事情。门子这才确信她就是被拐卖的甄英莲。

原来甄英莲有那么多次获救的可能。她被人贩子带到离故乡不远的地方，南京离苏州并不远，从前她家的邻居也来到南京，还做了衙门里的公差，还成了她的房东，她是一个无辜受害的被拐卖的孩子，她家的邻居葫芦僧遇到了她，认出了她，而且葫芦僧此时还做了衙门里的公差。假如这样的场景发生在现在：一个被拐卖的孩子被带到了异乡，人贩子租了一个警察的房子，警察凑巧是这孩子从前的邻居，看着她长大的，也知道她被人拐走了，知道她的母亲还在苏州到处找她、伤心欲绝，警察认出了她，难道这警察会不救这孩子吗？天底下还有这样的道理吗？

可惜明清衙门里的公差不同于现在的警察，他们没人给发薪水，就是衙门里的下贱小厮，他们当中很多人都不是良善之辈，而是唯利是图、欺压良民的小人，没人给他们好处，他们不会随便去抓贼。门子知道甄英莲的家已经彻底败落了，甄英莲是个无依无靠的孤女，他顶多感慨下这孩子可怜，可不会去揽这没好处的事。没过多久，冯渊和薛蟠争买英莲，薛蟠仗势欺人打死了冯渊，门子熟知此地民情，薛家有钱有势，他更不会愿意再去为英莲出头。

就在这时，贾雨村来到应天府上任了，冯渊的家人到府衙里来喊冤了。门子一眼就认出了贾雨村。他见贾雨村这么快就要发落这件案子，他知道这案子里边有些门道，关系到贾雨村以后的前程，他可不愿意刚攀上的大树马上就倒了，就赶紧使眼色给贾雨村。

贾雨村是被罢过官的，他以前在苏州做知府，就是因为不了解地方情况不通人情世故得罪了上司，不到一年就被上司参了一本革职了。他这个新官得来不易，所以就非常谨慎。他在南京是个外乡人，不了解当地情况，他很清楚这些衙役虽然地位卑微，但都是熟门熟路的地头蛇，既然使眼色给他，肯定有他不了解的隐情，所以就赶紧打住，把门子叫到内堂问话。到了内堂，他认出了门子，更令他吃惊的是，门子告诉他这个被卖的丫头就是他的恩人甄士隐的女儿。

卖甄英莲的人贩子租的就是门子家的房子，这事他比谁都清楚。死者冯渊的出身和甄英莲差不多，是个小乡绅的儿子。自幼父母双亡，也没有兄弟姐妹，是个孤儿，靠父母留下的产业为生。冯渊虽然从小没人管教，但他的秉性还是不错的，本性纯良。冯渊本来是只好男色不近女色的，对美女根本没什么概念。可偏偏遇到了甄英莲，他就奇迹一般地被打动了，"立誓再

不交结男子",一定要娶甄英莲为妻,"也不再娶第二个了"。(第四回)

从法律上讲,冯渊和薛蟠虽然都要买走甄英莲,但他们的出发点是完全不一样的。冯渊动了真情,决心要娶甄英莲为妻[1],而且绝不再娶第二个了。冯渊对待这事态度很郑重,付了钱以后就当是定亲了,坚持要三天以后举行正式的仪式,让甄英莲过门成亲。中国古代的婚姻制度是一夫一妻多妾制,一个男人只能有一个正妻,冯渊是要娶甄英莲为妻,他很严肃地考虑了这事,坚持要按正式的礼仪来办这桩婚事,下了聘礼,还选定了婚期。甄英莲到了冯家还是良人,是个法律上自由的人。薛家显然要比冯家更有钱也更有社会地位,但薛蟠是个花花公子,他就是看中了甄英莲是个美女,准备买回去服侍自己,既没有定亲也没有什么仪式,甄英莲到了他家,就是薛家的奴婢,就沦为了贱民,法律上是不自由的人,也不可能被他尊重和善待。

本来甄英莲遇到冯渊真是幸事,可偏偏冯渊也是个薄命的人。人贩子看见英莲卖了好价钱,又把英莲卖给了薛家。他打算卷了两家的银子趁机逃走,不想走漏了风声,两家都找上门来,人贩子被痛打一顿,两家都不要退银子,都要带人走。薛蟠指使一帮豪奴一拥而上,就把冯渊活活打死了。英莲也被薛家的人生拖死拽带走了,落入了一个更深的火坑。这薛蟠打死了人,却跟

---

[1] 此处原文为"立意买来作妾,立誓再不交结男子,也不再娶第二个了,所以郑重其事,必待三日后方过门"(红研所2023年2月版第59页)。原文字面意思相互矛盾,如果是妾,又"不再娶第二个了",用了"娶"字,还选定了婚期,坚持要用六礼的形式行事,所以冯渊是准备让甄英莲做妻,字面虽为"妾",也是"以妾为妻"。校订中俞晓红教授曾提出这一点疑问,谨此致谢。

没事一样，继续走他的路，根本不以为意。

门子向贾雨村绘声绘色地讲完了甄英莲和冯渊这两个薄命女和薄命郎的故事，贾雨村唏嘘感慨，原来老朋友甄士隐的女儿竟然被拐卖到了南京。接着他问门子这案子到底该如何发落，问他刚才为什么不让他发签抓捕凶犯。门子就给他说出了护官符的诀窍。贾雨村这才明白，原来这官司拖了这么久没有结，并不是其中有什么难断的地方，而是另有原因。原来贾、史、王、薛四家都是南京的世家大族，都有人在朝中做高官，都是地方官惹不起的人，四家还互有联姻，都是亲戚。

三、葫芦案：一个体制性的冤案

贾雨村第一次做苏州知府不到一年就被罢了官，就是因为得罪了上司，可能也得罪了地方上不该得罪的人。上司上了奏章参了他一本，说他是贪官酷官，很快他就被革了职。

书中写道：

雨村因那年士隐赠银之后，他于十六日便起身入都，至大比之期，不料他十分得意，已会了进士，选入外班，今已升了本府知府。虽才干优长，未免有些贪酷之弊；且又恃才侮上，那些官员皆侧目而视。不上一年，便被上司寻了个空隙，作成一本，参他"生情狡猾，擅纂礼仪，且沽清正之名，而暗结虎狼之属，致使地方多事，民命不堪"等语。龙颜大怒，即批革职。该部文书一到，本府官员无

不喜悦。(第二回)

　　《红楼梦》里交代贾雨村的政绩，有些话似乎自相矛盾，一边说他"未免有些贪酷之弊"，就是说他贪污、对待人民残酷，一边又说他的上司弹劾他"且沽清正之名"，就是说他喜欢捞取清官的名誉。最初的贾雨村到底是不是贪官呢？

　　从制度上看，清代的官员有完备的考核制度，一般是三年举行一次，京官叫"京察"，地方官叫"大计"。[1]考核由上级官员主持，根据三年以来的政绩表现，被考核的官员要被评定档次，写出评语。这个档次决定了官员三年考核后的去向。表现最好的官员，会被评定为"卓异官"，考核完毕后要升官。表现较好的官员，会被评定为"平等官"，留任原职。表现不合格的官员，会被评定为八个种类，包括"贪（贪污）、酷（对人民严酷）、不谨（不注意个人形象，不能约束下属）、疲软（性格软弱，行政没效率）、浮躁（任性急躁，处事轻率）、才力不及（能力不够不称职）、年老（年纪太大了）、有疾（有严重的不合适任职的疾病）"，这就是所谓"大计八法"，被列入八法的官员会受到革职、降级、勒令退休三种不同的处分。乾隆朝《钦定大清会典》规定："贪、酷者，革职提问；疲软无为、不谨者，革职；年老、有疾者，勒令休致；浮躁者，降三级调用；才力不及者，降二级

---

[1] "凡天下文官三载考绩以定黜陟，在内曰京察，在外曰大计。"乾隆朝《钦定大清会典》卷六《吏部·考功清吏司》，《景印文渊阁四库全书》第619册，第76页b。

调用。"[1] 八法中情节最严重的是贪官和酷官,上司需要专门上奏章弹劾。本来大计是三年一次的,乾隆朝做了改革,贪官、酷官要受到更为严格的监督,不受三年之限,上司发现这样的官员要随时弹劾。[2] 贾雨村知府做了不到一年就被上司参了一本,说他"未免有些贪酷之弊",这反映的正是乾隆朝的制度。

这个制度表面上看似很完备,但实际上一直流于形式而且经常被滥用,因为人治社会的弊端,官员的评级完全取决于顶头上司的意志。这就导致官员不得不想尽办法取悦上司,把上司招呼好了,才能平庸甚至操守不洁的官员可能被评定为"卓异官"因此升官。得罪了上司,很有才干廉洁奉公的官员也可能被评定为"贪官""酷官",被上司弹劾导致革职。清代笔记《柳弧》中记载了一个江西省大计胡乱评定官员的故事:

> 江西某年值大计,一府经列于有疾官内。府经大怒,值藩宪回署,众人鹄立时,府经上前长跪曰:"卑职有何疾,而蒙大人宪廑如此?"藩宪曰:"闻有足疾。"府经乃摔脱衣冠,撩衣挽袖,打拳数套,复由东飞跑至西,由南飞奔至北,加以踊跃数次,又去靴袜,并脱其裤,禀请大人细验双足。侍班者数十人,无不哗然。藩宪怒曰:"是尔本

---

[1] 乾隆朝《钦定大清会典》卷六《吏部·考功清吏司》,《景印文渊阁四库全书》第619册,第77页a。
[2] 乾隆二十四年上谕:"各省犯贪酷官员,该督抚随时题参,不入计典,革职问拟,永不叙用。"《钦定大清会典事例》卷八十《吏部·处分例·大计统例》,《续修四库全书》第799册,第353页b。参见常越男:《清代考课制度研究》,北京大学出版社2010年版,第201、260、271页。

府开来者。"伊曰:"大人如此轻听,何以服人。"藩宪默然。众人扶之而出。不知后来如何了结也。[1]

这故事里讲到：江西省有一年赶上全省官员大计，有一个府经（知府的属官，低级文官）被评定为"有疾"，按照制度要离职。这府经非常生气，就趁布政使（省级行政长官，主管一省的财政、民政，俗称藩宪）回衙署办公、众下属都在跟前侍立的时候，上前跪下，问道："卑职到底有什么病，大人就给我这样的评级？"布政使回答说："听说你的脚有病啊。"府经就起身摔掉了帽子，撩起衣襟挽起袖子，打了几套拳，又从东边飞跑到西边，从南边飞跑到北边，还跳跃了好几次，最后脱掉鞋袜和长裤，让布政使来看他的脚。布政使的下属随从等几十个人都惊呼哗然。布政使脸上挂不住了，恼羞成怒，说道："是你的知府给你定的这评语。"府经回答说："大人这样轻信，怎么服人呢？"布政使无话可说，众人把府经扶出去了，也不知这事后来怎么了结的。

在这个故事里边，这府经被他的上司知府评定为"有足疾"，说他脚有病，差不多就把他定性为残疾人了。但实际上他脚好好的什么病都没有，跑得比谁都欢。他的大计考核是由知府主持的，但要上报到省里统一造册，按照制度布政使有责任复查。看来他可能得罪了知府，知府就用这种方式让他下岗了，布政使也根本没有履行复查的职责。他根本就没有足疾却被认定为有足

---

[1]［清］丁柔克：《柳弧》卷二《江西大计》，中华书局2002年版，第70页。转引自常越男：《清代考课制度研究》，第351页。

疾，用现在的话来说，他这就是"被残疾"了。

回过头去看贾雨村，贾雨村知县没当几年就升了知府，应该是表现很出色，被他的前任上司评定为"卓异官"了，否则他不可能升官。最初的贾雨村不见得真是个很出格的贪官，但他当了知府以后得罪了上司是毫无疑问的，上司已经盯上了他，准备弹劾他拿他开刀。他做知县的时候可能运气比较好，遇到了一个比较公正的上司，虽然他没有怎么行贿，但上司还是看中他的能力，把他评定为"卓异官"了。他从考科举开始就一直遇到贵人，虽然他没有什么后台也没走什么门子，却总遇到好人，甄士隐给他送盘缠，主考官阅卷秉公录取了他，第一任上司大计时秉公给他最好的评语，可能他就有点骄傲了，"恃才侮上，那些官员皆侧目而视"（第二回）。他升官做了知府，开始接触省里的官员，这里的官场比基层要复杂得多，他不懂得潜规则，没有打点上司，又锋芒毕露，爱表达自己的不同政见顶撞上司，上司当然就要收拾他了。

实际上更有可能的是，贾雨村最初还真是比较负责任的官，想做不少事情，但是不懂得官场要打点上司的潜规则，又不会巴结讨好上司，也不懂得拉关系走门子，说话直来直去，所以很快就被上司弹劾栽了跟头。最初的贾雨村不见得是真的"贪官""酷官"，而是"被贪酷"了。假如他那时候就知道护官符这回事，不去顶撞自己的上司，也结交几个贾史王薛这样的大人物给自己撑腰，就不会落到这一步。贾雨村罢官以后贾政随便写了一封信就给他谋了一个应天府知府，可想而知，如果当初做苏州知府的时候他就已经跟贾政认了同宗攀上了亲戚，大计考核的时候贾政给他的上司打个招呼，他怎么也不会被罢官。

　　门子，据史家考证，明清时真有这个职业，就是跟在长官身边近身服侍的长随。曹雪芹安排一个门子告诉贾雨村护官符的诀窍，其实也有隐喻的意义。每一个做官的人，进了官僚系统这种复杂的大厦，一定要熟悉其中的门径，什么地方该走什么地方不该走，什么话该说什么话不该说，什么事该做什么事不该做。如果不知道这些门径，不遵守游戏规则，不按照牌理出牌，迟早要被排斥出来。贾雨村第一次做官，就是因为不了解门径，不到一年就被革了职，那他现在需要了解这些门径。门子就好像卡夫卡笔下那个站在法律门前的守门人，他真的是谁并不重要，只是每个进入官僚大厦的人，都需要一个初出历练的过程，也都需要这样一个引路人。

　　贾雨村听门子讲完了这护官符，表面不动声色，心里却是很受触动的。他这个新官得来不易，他可不想再得罪大人物丢了自己的前程。护官符里讲了，贾、史、王、薛是四大家族，相互通婚结亲，一荣俱荣，一损俱损。地方官不敢惹这些大家族，惹了一家，实际上惹了好几家，弄不好自己官就做不成了。原来荣国府二当家贾政和薛蟠的父亲是连襟，都娶了京营节度使王子腾的妹妹。薛蟠的父亲是内务府的皇商，是替皇家采购各种物品的。薛蟠父亲早死，母亲把他抚养长大。他的母亲薛姨妈和贾政的王夫人是同胞姐妹，两家关系非常密切。

　　贾雨村在官场经过一番浮沉，现在已经很清楚：护官符上写的四大家族，那就是做官的人不能触动的背景。这些家族的人好像不是这国家的人，这国家的法律对他们不能适用，要做官就得搞清楚对哪些人不能适用法律。贾雨村本来是有良心的，他起先中了科举做了官，第一件事就是到甄家去寻访他的恩人，知道了英莲的遭遇，他还承诺要替甄家找人。现在恩人的女儿就在眼前，问题是贾家也是自己的恩人，凶犯还是这贾家的亲戚。过去的恩人甄士隐都不知道去哪了，眼下这恩人贾家可是自己前途的敲门砖。就在护官符出现的那一刹那，贾雨村闹了一场灵魂深处的革命，他要从有良心变成没良心，因为良心阻碍他的前程。

但是冯渊的案子总得断啊，冯渊是和薛家起了争执，双方斗殴，薛蟠指使豪奴把他打死了，按照《大清律例》的规定，这属于"斗殴杀人"：

> 凡斗殴杀人者，不问手足、他物、金刃，并绞（监候）。故杀者，斩（监候）。若同谋共殴人，因而致死者，以致命伤为重，下手（致命伤重）者，绞（监候）。元谋者（不问殴否），杖一百，流三千里。余人（不曾下手致命又非元谋），各杖一百（各兼人数多寡及伤之轻重言）。（《大清律例·刑律·人命·斗殴及故杀人》）

按照这条法律，斗殴杀人的，不管是用什么方法打死的，要判死刑。如果是多人一起打死的，下手最重导致死亡的判绞刑，指使的人不管自己动没动手，杖一百，流三千里。其余的人也都要杖一百。

这门子还真是鬼灵精，他给贾雨村出了一个主意：反正薛蟠已经跑了人都找不到了，让薛家报个暴病身亡，你再说自己会扶乩,在公堂上设个乩坛,当堂扶乩,让军民人等只管来看,最后就说乩仙批了,死者冯渊与薛蟠"因夙孽相逢,今狭路既遇,原应了结"(第四回),薛蟠今已得了无名之症,被冯魂追索已死。

扶乩是民间的一种占卜活动,又称扶箕、扶鸾。扶乩要准备带有细沙的木盘,上面用绳子绑一支毛笔。扶乩人拿着沙盘在毛笔底下念念有词,等到乩仙附身了,毛笔就会在沙盘上写字,写出来的字旁人看不懂,只有扶乩人能看懂,所写文字,由旁边的人记录下来,据说就是神灵的指示。扶乩在明清科举时代很流行:"文人扶箕大概起于宋朝,而最流行的时期是在明清科举时代,几乎每府每县底城市里都有箕坛。……居官时,有不能解决的事,也就会想到扶箕。"[1]

大约这门子在官府里待得久了,知道官府经常拿这种迷信活动来糊弄百姓,所以他才能想出这主意。从制造冤案的角度来看,这主意其实也蛮高明。第一它很讲道理,认罪态度很好,没有反过来抵赖冯渊,说薛蟠是正当防卫。第二它不用给薛蟠找人替死,不会殃及无辜。第三它拿鬼神出来证明,一般人还都不敢不信。

《红楼梦》中没有交代拐卖甄英莲的人贩子的下落,只说他被冯薛两家痛打了一顿。门子给贾雨村出主意谎称薛蟠已死时说道:"老爷就说:'……其祸皆因拐子某人而起,拐之人原系某乡某姓人氏,按法处治,余不略及'等语。小人暗中嘱托拐子,令其实招。众人见乩仙批语与拐子相符,余者自然也都不虚了。"

---

[1] 许地山:《扶箕迷信的研究》,商务印书馆1999年版,第34页。

（第四回）看门子这意思，他只是教唆贾雨村胡乱对付冯家的人命官司，还不打算放过这个拐子，打算让拐子认罪"按法处治"。但他也没有打算解救甄英莲把她送回亲人那里去，反正甄英莲自己也不记得自己家在哪里父母是谁，她的母亲和外祖父还是不会知道孩子被卖到了这里。

贾雨村当时就说不妥不妥，等我再斟酌斟酌。他真的觉得不妥吗？他这就是自欺欺人。他一个堂堂的知府，被这么一个小门子自作聪明指点半天，把他自己心里想说的话都给说了，那他要是说不错就这么办，那不太丢分了。第二天升了堂，门子估计就被打发走了，书里简单写了一句，"雨村便徇情枉法，胡乱判断了此案"（第四回）。估计他也就差不多这么判的，扶乩可以不用真扶，说自己找道士扶过了就行了。冯家人丁稀少，现在看神灵都有指示说薛蟠死了，烧埋银子也赔了不少，也就不再深究了。

至于甄英莲被拐卖的案子，一来甄家的人并不知道英莲被卖到了南京，也就没有来告状，二来南京城里除了贾雨村和门子，没有人知道甄英莲就是苏州乡绅甄士隐的女儿，是被拐卖到此地的。贾雨村知道了薛蟠是贾政夫人的外甥，怎么也不愿得罪薛家了。既然甄英莲是薛家已经看上了的人，那索性不要再提这个拐卖，多一事不如少一事。如果真去惩办这个人贩子，人贩子如果供出了英莲的出身，英莲如果真的被家人解救回去，贾雨村就少了一个巴结薛家的资本。

《大清律例》中专门规定了一条针对拐卖人口犯罪的"略人略卖人"律，其中对拐卖儿童的处置比一般拐犯要重：

> 凡设方略而诱取良人（为奴婢），及略卖良人（与人）为奴婢者，皆（不分首从，未卖）杖一百、流三千里；为妻妾、子孙者（造意），杖一百、徒三年。因（诱卖不从）而伤（被略之）人者，绞（监候）。杀人者，斩（监候）。（为从各减一等。）被略之人不坐，给亲完聚。……凡诱拐妇人子女或典卖或为妻妾子孙者，不分良人奴婢、已卖未卖，但诱取者，被诱之人若不知情，为首者拟绞监候。被诱之人不坐。若以药饼及一切邪术迷拐幼小子女，为首者立绞，为从应发宁古塔给穷披甲之人为奴者……（《大清律例·刑律·贼盗·略人略卖人》）[1]

按照这条法律，诱拐妇女儿童的首犯处绞刑监候（监候，不立即执行），用邪术迷拐儿童的主犯加重刑罚，处绞刑立即执行，从犯发配宁古塔给守边士兵做奴隶，未参与拐卖但知情容留的要处枷号（戴枷示众）两个月。被诱骗或劫持拐卖的被害人要送回家和亲人团聚。拐卖甄英莲的人贩子如果使用了迷药，应该被绞死，没有迷拐也应处绞刑监候。

清代自入关开国以来，拐卖儿童的犯罪一直十分猖獗，很多人贩子都在城市里租房居住，甚至租住寺庙店铺的房子，房东为了牟利，往往也睁只眼闭只眼，这给惩办这类犯罪带来了很大阻

---

[1] 清代打击人口拐卖除了《略人略卖人》这条正律之外，从康熙朝到清末还多次出台过加重条款，打击拐卖妇女儿童的团伙犯罪，其中量刑更重，处斩刑枭首示众、斩立决等刑罚。参见乔素玲：《清代打击拐卖妇女犯罪之考察》，载《中国社会经济史研究》2002年第3期，第67—70页。

碍。顺治九年（1652）修律加入了对窝藏人贩子的窝主也要治罪的条款，"若虽知拐带情由，并无和同诱拐，分受赃物，暂容留数日者，不分旗民，俱枷号两个月发落"（《大清律例·刑律·贼盗·略人略卖人》）。顺治帝还曾下谕要求严查租房给罪犯的窝主。[1] 门子把自己的房子租给人贩子获利，后来知情却不报官缉捕，属于知情容留，身为公差隐瞒罪犯，应该革职，处枷号两个月。

贾雨村背弃了他对恩人甄家许下的寻回英莲的承诺，就这样放过了一个迷拐儿童的重犯，这拐子大约就趁乱逃走了，又回到闹市，不知道还要祸害多少好人家的孩子。康熙六年（1667）、康熙十八年，康熙皇帝两次下谕，对拐卖人口犯罪缉捕不力的官员要追责惩治：

> 谕：凡抢夺妇女拐骗幼子此等奸恶之徒，严行五城查拿，从重治罪。如所属地方不行查拿，将该管巡缉官治罪。钦此。[2]

> 京城地方，如有聚众抢夺路行妇女及以药饼迷去幼小子女，或用术拐男妇子女或卖或自为奴婢者，将不行严禁

---

[1] 顺治十八年五月二十一日朱谕："谕礼、兵、刑三部：近闻京城内外，无籍奸徒倡为邪术，迷拐人口，及奸细贼盗，种种凶恶，大干法纪。有赁住满洲房屋者，有赁住汉人房屋者，有寄住寺院坊店者，皆因藏身有处，地方官复不行严察，以致肆行无忌，深可痛恨。以后城内城外，寺院坊店，及租赁房屋居住人等，固山章京、兵部督捕五城兵马司务要严加稽察，有前项奸徒，即行缉拿。若房主预行出首，准与免罪，倘隐而不首，事发一并治罪。"中国第一历史档案馆编：《清代档案史料丛编（第九辑）》，中华书局1983年版，第13页。
[2] 乾隆朝《钦定大清会典则例》卷一百五十《都察院六》，《景印文渊阁四库全书》第624册，第698页b。

之该管官罚俸一年。在外直省地方，如有抢夺迷拐等事不行严禁之州县捕官罚俸一年，印官罚俸六月，本管知府及总捕厅各罚俸三月。至抢夺迷拐人犯之主知情不举系有职者革职。[1]

然而清代拐卖儿童的犯罪屡禁不绝，从康熙朝到乾隆朝，甚至有愈演愈烈的趋势。不知道有多少像贾雨村这样昧了良心的官僚，为了自己的前程协同人贩子作恶，放纵罪犯任其逍遥法外。也不知道有多少像甄英莲这样的无辜儿童，幼年就被黑暗的罪恶吞噬，和父母骨肉分离，沦为奴婢甚至被人残害。革职、罚俸、治罪这类的谕令，下了再多也无济于事。《红楼梦》开篇就写了贾雨村和门子合谋放过一个拐卖重犯、坑害一个被拐卖幼女的劣迹，这也是当时社会常见的罪恶。[2]《大清律例》中明确规定了被拐卖的人要送回家和亲人团聚，"被略之人不坐，给亲完聚"，但整个清代都没有落实这一条的有效机制，除非被害人的家属自己找到，官府和公差一般不会多事去行善救人，很多被拐卖的人经过再次转卖，其买卖会逐渐转化成合法的，沦为法律上的贱民。

《红楼梦》开篇就来这么一个葫芦案，"葫芦僧乱判葫芦案"，葫芦僧说的就是这小小门子，他从前是葫芦庙里的小沙弥。清代社会胥吏盘踞地方勾结罪犯无恶不作，很多官司都是这些人上下

---

[1] 乾隆朝《钦定大清会典则例》卷十五《吏部·考功清吏司·户口》，《景印文渊阁四库全书》第620册，第342页b。
[2] 清代官方史料中记载了多起地方官员和公差同人贩子合谋甚至向人贩子索贿充当保护伞的事例。参见乔素玲：《清代打击拐卖妇女犯罪之考察》，载《中国社会经济史研究》2002年第3期，第69页。

其手胡乱了结的。"葫芦案"里的"葫芦"是当时民间的俗话，是糊里糊涂的意思。这就是曹雪芹眼中的人间世，一个坏透了、没有任何指望的世道。这世道里边正常的人好像都不正常了，认识甄英莲的人，无论是她家的邻居葫芦僧还是受过她父亲大恩的贾雨村，都没有一点起码的良知，反倒是一个和她素不相识的痴公子冯渊，还有未被污染的天良，可他却死得那么冤。就在这起葫芦案里，苏州乡绅甄士隐的女儿甄英莲被推进了火坑，能救她的人被恶霸打死了，官府用迷信的方式谎称凶犯已死，凶犯从此逍遥法外。本来她有很多次获救的可能。南京离苏州并不远，从前她家的邻居葫芦僧也来到南京，做了衙门里的公差，还成了她的房东。从前受过她家大恩的贾雨村也来到南京，做了应天府的知府，还曾经向她的母亲承诺要把她找回来。可是他们为了自己的前程都昧了良心，亲手把她推进了火坑。

  葫芦案就这样糊糊涂涂地了结了，这不是一起偶然的人情关系制造的冤案，这案子里边没有人行贿，没有人受贿，也没有人索贿，凶犯家的人甚至都没来打点官府，他们觉得这根本都不算个事。所以葫芦案是一起体制性的冤案，它不是偶发事件，而是做官的人为了保住官位，必须进行的日常活动。护官符不是只有一张，在不同的省做官，就有不同的护官符，做的官大小不一样，也有不同的护官符，贾、史、王、薛四大家，也有他们自己的护官符，那上面估计就是北静王、忠顺亲王一类的人，后来贾宝玉惹了忠顺亲王府的人，他爹就差点儿把他打死了。护官符它是个"符"，符就是要供起来烧香的，这世道里边，要做官的人，他信的就是这样的道理，只要官能往大了做，不怕报应也不怕天谴，哪怕死了去见阎王，阎王也一样要信"护官符"。

贾雨村料理了甄英莲的案子，马上就写信给贾政报功。正好这时薛家想到京城打理京中的一些生意，王夫人也一直要求薛姨妈到自己家里去，姐妹们好作伴叙旧。薛蟠就带着全家和英莲一起来到荣国府投奔王夫人，甄英莲就这样来到了贾府。

从四岁那年开始，甄英莲就接连遭遇一个又一个恶魔，除了冯渊再没遇到过好人。她被抢到了薛家，会不会转运遇到好人呢？

四、香菱的遭遇与清代奴婢的命运

甄英莲到了薛家就改名了，改名叫香菱。《红楼梦》里好多丫鬟名字都是改过的，一旦换了服侍的主人，新主人就可能给她改名字。比如袭人本来是服侍贾母的丫鬟，本名蕊珠，被赐给宝玉以后，宝玉就给蕊珠改名袭人。紫鹃本来也是服侍贾母的丫鬟，本名鹦哥，被赐给黛玉以后改名紫鹃。奴婢都是贱民，他们没有独立人格也没有独立的财产所有权，他们自己就是主人的财产，婚姻大事都由主人决定，名字也都是主人起的，换了主人，新主人不喜欢他（她）原来的名字，就按照自己的喜好给他（她）改一个。甄英莲来到了薛家，成了薛家的奴婢，起初她是服侍薛姨妈的，薛宝钗就给她起名香菱。

明代法律对于蓄养奴婢有限制性规定，法律只允许功臣拥有奴婢，缙绅和庶民是不允许存养奴婢的，明中叶以后这条法律逐渐流于形式。到了清代，满族人本来就有奴隶制传统，清政府把奴隶制中主奴关系的原则移植到奴婢制度中来，法律上对于拥有奴婢也慢慢不作限制了，自由民中的各种阶层包括富有的奴仆家人都可以拥有奴婢。[1]《红楼梦》中晴雯最初就是荣国府家人赖大用银子买来的（第七十七回）。

清代的奴婢买卖非常流行，满族人在入关以前是有奴隶制度的，入关以后就修改法律继续维护这种奴隶制度。历代都有官私买卖的奴婢，但是清代奴婢的地位比起前朝要更为低下。"清王朝建立以后不仅保存了历代封建王朝实行过的奴婢制度，而且还顽固地推行满洲贵族入关前在主奴关系上采用过的一些做法，即将奴隶制社会的主奴关系移植过来，并将之糅合到封建社会已经发生了某些变化的奴婢制度中去，这就形成了清代奴婢制度所独具的特点。"[2]清代奴婢殴打家长或杀死家长，处刑都比自由人之间的相互伤害要重得多，殴打家长处死刑，杀死家长处凌迟刑。奴婢骂家长也比自由人之间的骂詈罪要严重得多，可能处以死刑。反过来，家长打伤甚至打死奴婢，处刑都很轻，家长将奴婢打死或杀死，法律规定只判处杖六十，徒刑一年，家长殴打奴婢致残，只要没有致死，都不受法律制裁。如果是过失杀死奴婢，家

---

[1] 参见经君健：《关于清代奴婢制度的几个问题》，载经君健：《清朝社会等级制度论》，中国社会科学出版社2016年版，第149—152页。另请参见韦庆远、吴奇衍、鲁素：《清代奴婢制度》，第13页。
[2] 韦庆远、吴奇衍、鲁素：《清代奴婢制度》，第13页。

长不负法律责任。[1]《大清律例》中规定:"凡私宰自己马牛者,杖一百。"(《大清律例·礼律·厩牧·宰杀马牛》)所以毫不夸张地说,清代奴婢的地位在法律上真的是连牛马都不如。[2]奴婢就是主人的财产,任由主人打骂,起名字更是由主人随心所欲改来改去。虽然有些主人是正常人,也会受到礼义廉耻的约束,并不会随意打骂杀死奴婢,但假如遇到一个糟糕的主人,奴婢的命运就是非常悲惨的。

清代女奴婢的法律地位比起男奴婢又更为低下。清代奴婢买卖分为两种,"红契"和"白契"。"红契"就是买卖经过了官府的认可,卖身契上盖了官府的印章,"白契"是民间私相买卖的,卖身契没有到官府盖印。"红契"奴婢是绝对的贱民,他们的买卖得到了官府的批准,主人对他(她)享有一切法律上的特权,法律上不允许赎身。婚姻由主人决定,生下的孩子仍然是主人家的奴仆,称为"家生子"。《红楼梦》中鸳鸯、小红都是贾府的家生奴仆,是世代在贾府为奴的。"白契"奴仆一般是在卖身时约定了卖身期限的,理论上他们是可以赎身的,司法中只要他们没

---

[1]《大清律例·刑律·骂詈·奴婢骂家长》:"凡奴婢骂家长者绞(监候),骂家长之期亲及外祖父母者杖八十,徒二年,大功杖八十,小功杖七十,缌麻杖六十。"《大清律例·刑律·人命·谋杀祖父母父母》:"若奴婢及雇工人谋杀家长及家长之期亲、外祖父母、若缌麻以上亲者(兼尊卑言),罪与子同间[谓与子孙谋杀祖父母父母及期亲尊长外祖父母缌麻以上尊长同](若已赎身当同凡论)。"《大清律例·刑律·斗殴·奴婢殴家长》:"凡奴婢殴家长者(有伤无伤预殴之奴婢不分首从),皆斩。杀者(故杀殴杀预殴之奴婢不分首从),皆凌迟处死。过失杀者,绞(监候)。(过失)伤者,杖一百(不收赎)流三千里。……若奴婢有罪(或奸或盗凡违法罪过皆是),其家长及家长之期亲,若外祖父母,不告官司而(私自)殴杀者,杖一百。无罪而(殴)杀(或故杀)者,杖六十,徒一年。当房人口(指奴婢之夫妇子女)悉放从良。(奴婢有罪不言折伤笃疾者非至死勿论也)。……若(奴婢雇工人)违犯(家长及期亲外祖父母)教令,而依法(于臀腿受杖去处)决罚邂逅致死,及过失杀者,各勿论。"
2 参见经君健:《清代社会的贱民等级》,第51—52页。

有打伤或杀死主人,一般也不把他们当作贱民对待。[1]雍正朝除豁贱民,改善了部分贱民的社会地位,雍正五年(1727)发布的一条法令明确规定,此后只有买卖报官盖了印的红契奴仆才被视作贱民,以白契买卖的奴仆,卖身契上没有官府盖印,也没有造册登记,法律上就不再视为贱民,而视为雇工人,也属于良人,主人对他们不享有法律上的特权。但是这条法令主要是适用于男性奴仆的。[2]

乾隆七年(1742)刑部侍郎张照为安氏杀死婢女金玉一案上奏,此案中金玉为安氏刚买来不到半年的白契婢女,金玉不小心弄脏了衣服,安氏用烧红的铁通条对金玉施以酷刑,将其毒打致死。此案上报到刑部,刑部仅仅判安氏以二钱二分五厘银两收赎。[3]张照觉得这样凶残的罪行判得这么轻,对死者不公平,就追

---

[1] 参见经君健:《清代社会的贱民等级》,第160—161页。

[2] "雍正五年议准:凡汉人家生奴仆、印契所买奴仆,并雍正五年以前白契所买,及投靠养育年久、或婢女招配、生有子息者,俱系家奴。世子孙,永远服役,婚配俱由家主。仍造册报官存案。嗣后凡婢女招配、并投靠、及所买奴仆,俱写文契,报明本地方官钤盖印信。如有事犯,验明官册印契,照例治罪。"允禄等监修:《大清会典(雍正朝)》卷一百五十五《刑部·律例六·户律·户役》,《近代中国史料丛刊三编》第七十七辑,台湾文海出版社1994年版,第9943页。本来清代法律沿袭明代,不允许庶民蓄养奴婢,但满族人向来有奴隶制传统,入关后大量民人沦为满人奴婢。雍正出台这条法律,一方面是把雍正五年以前大量于法无据但买卖已成事实的白契奴仆合法化,承认这些人"俱系家奴。世子孙,永远服役,婚配俱由家主";另一方面也是希望规范奴仆的买卖,适度加以限制,要求以后买卖奴仆必须经官府盖印存案,买卖没有经过官府认可的白契奴仆以后在法律上就不被视为贱民。史学家经君健先生指出,清初自康熙至乾隆多次颁布过类似条例,但其中针对的主体无一例外用的都是"奴仆"一词,没有提到"婢女",所以这些条例主要都是为男性奴仆制定的。参见经君健:《关于清代奴婢制度的几个问题》,载经君健:《清朝社会等级制度论》,第194—200页。

[3] 清代法律中妇女犯罪情节较轻的一般只适用赎刑,"其妇人犯罪应决杖者,奸罪去衣受刑,余罪单衣决罚。皆免刺字。若犯徒、流者,决杖一百。余罪收赎"(《大清律例·名例律·工乐户及妇人犯罪》)。

问主审的官员，结果发现过去的审判中都是把白契婢女当作红契奴婢一样对待，"而历来内外问刑衙门于白契所买婢女，则又俱照红契定拟"[1]。也就是说，女性被卖为奴，即便买卖时没有经过官府的认可，卖身契上没有盖官府的印章，但只要买卖已成事实，在法律上她就成了贱民，跟官府认可买卖的"红契"奴婢是一样对待的，得不到任何保护。

《红楼梦》里的女性奴婢要比男性更多，这正反映当时的社会现实。因为买卖女性奴婢在法律上几乎是没有风险的，买卖女性奴婢也就可以根本不用到官府备案盖印。"至买婢向不用红契"[2]，说的正是这样一个普遍的社会现象。女性奴婢法律地位的低下更是助长了女性人口买卖的猖獗，晚清律学家、刑部尚书薛允升曾经感慨清代婢女买卖的盛行，"买婢女者多，而买奴仆者较少，古今风气之不同，此其一端也"[3]。

香菱本来是自幼被拐卖的，贾雨村放纵拐犯隐瞒了拐卖犯罪，等于把她的买卖合法化了。她的买卖是没有经过官府许可的，薛家把她买来，她属于法律上的"白契"奴婢，假如她是男的，还有可能赎身，如果受到了主人的伤害，到衙门里还可以主张自己不是贱民，主人不享有特权。但正因为她是女性，除非她的父母找到了她，报官要求把被拐卖的女儿送回，否则她不可能

---

1 中国第一历史档案馆：《乾隆初张照等为安氏杀婢案奏折》，吕小鲜编选，载《历史档案》1997年第2期，第18页。另请参见乾隆朝《钦定皇朝通典》卷八十五《刑六·杂议一》："红契则为家人，白契即为雇工。而向来问刑衙门科断为家主致死白契所买家人则照雇工人例，于白契所买婢女俱照红契定拟，殊未画一。"《景印文渊阁四库全书》第643册，第767页b。
2《清实录·高宗实录》卷一六二，《清实录》第11册，第39页b。
3 [清] 薛允升：《读例存疑点注》，胡星桥、邓又天主编，中国人民公安大学出版社1994年版，第638页。

得到法律上的任何保护。如果主人虐待她把她打死了，按照当时的法律可能也就判个几分几钱银子的罚金。这些钱可能还不及买一只家禽或一头牲畜的价钱，"无力者数不及市买鹅价，有力者不及市买猪价，其于死者之命，实属可怜"[1]。香菱来到了贾府，经常有人问起她的过去，她知道自己是被拐卖的，但不记得自己的家和父母了。在贾府的众多奴婢中她是完全孤苦无依的。假如被主人伤害和虐待，她没有家人来为她出头申冤，她也完全不能指望家人把她赎回去，她的命运完全听凭主人的处置。贾府里没有人知道她的父母是谁、家在哪里，包括她自己。在贾府只有客人贾雨村知道这个秘密，但这个秘密已经被他永远埋葬了。贾府里的人说起她都是叹息，哀叹她的不幸命运。

其实香菱的才貌本不输于贾府里的小姐和少奶奶们，性情也非常温柔好静，有大家闺秀的风范，比贾府里的有些小姐们还更端庄。她对自己的命运毫无怨言，心地烂漫纯真，在贾府里人见人爱，心善的人，都会不忍心伤害她。香菱被买来后，薛姨妈并不愿意让她服侍薛蟠，薛蟠天天软磨硬泡，薛姨妈耐不过他磨，就答应了，让香菱和薛蟠成亲做了他的妾。

读《红楼梦》同样可以发现，贾府里的很多丫鬟都变成了男主人的妾，或者是和男主人有两性关系。袭人、平儿、香菱，都是这样，鸳鸯也被贾赦算计想把她收为妾，她以死相抗才保住了自己的清白。

中国古代汉族王朝历来是一夫一妻多妾制，一个男人只能

---

[1] 中国第一历史档案馆：《乾隆初张照等为安氏杀婢案奏折》，吕小鲜编选，载《历史档案》1997年第2期，第17页。

有一个正妻，正妻所生的大儿子是嫡长子，可以继承父亲的身份（爵位）和大部分财产，妾可以有多个，妾所生的子女是庶出，一般不能继承父亲的身份。历代汉族王朝对于纳妾问题规定各不一样，但并不是完全没有限制的。明朝法律规定："其民年四十以上无子者，方听娶妾。违者，笞四十（不言离异，仍听为妾也）。"（《大明律·户律·婚姻·妻妾失序》）虽然违反了只会被处笞刑并不会强制离婚，但总归是个限制。清代本来沿袭明代法律，乾隆五年修改《大清律例》，将这一条删去了。[1] 这一修改就是专为旗人所做的，整个清代，旗人纳妾都是不受任何限制的。满族人入关以前实行一夫多妻制，没有嫡庶宗法的制度，男人可以娶多个妻子，继承人可以在众多儿子之中挑选。历史学家定宜庄指出，满族人本来是游牧民族，惯于在战争中抢掠女性和财物，他们本来有一个习俗，就是除了妻子之外，家中的有些婢女也和男主人有两性关系，称为"小妻"，她们的身份和汉族的妾接近。[2] 入关以后，清政府接受了汉族王朝的一夫一妻多妾制，法律上严格区分妻与妾的界限，因为旗人本来就有纳婢为妾的习惯，旗人又是特权阶层，普遍纳妾，法律干脆就对纳妾不做任何限制了。《红楼梦》中很多丫鬟被男主人收为妾侍，这也正是当时社会现实的写照。

丫鬟变为妾，并不能脱离贱民的法律身份，只是她生下的孩

---

[1] 参见马建石、杨育棠主编：《大清律例通考校注》，中国政法大学出版社1992年版，第445页。
[2] 参见定宜庄：《满族的妇女生活与婚姻制度研究》，北京大学出版社1999年版，第71—75页。

子因为父亲的缘故,不再是贱民。《红楼梦》中的很多丫鬟,以袭人为代表,她这一辈子所能奋斗的最高目标就是变成男主人的妾,因为这就是当时的法律所允许的她可能有的最高理想。丫鬟一旦成了男主人的妾,她的地位就不同于其他的小丫鬟,主人就会赋予她一定的管理权甚至财政权。假如将来她生下了儿子,主人的正妻却没有儿子,她的儿子还可能继承父亲的身份和大部分财产,于是母以子贵,她在晚年还可能在家族中获得很高的地位。

香菱的幸福生活没有过得太久,薛家定下了和夏家的亲事,俗话说得好,不是一家人,不进一家门。薛蟠是个呆霸王,从小被娇惯溺爱,称王称霸惯了的,没什么教养和文化。夏金桂从小被母亲溺爱娇惯,家里有的是钱,也没什么教养和文化,还真是和薛蟠天生一对。她"爱自己尊若菩萨,窥他人秽如粪土;外具花柳之姿,内秉风雷之性。在家中时常就和丫鬟们使性弄气,轻骂重打的"(第七十九回)。她的霸道更胜过薛蟠,她连自己的名字都要别人避讳,丫鬟仆人一不小心说出了"桂花""金桂"这样的字眼,都要被她责罚打骂。

一开始香菱就成了夏金桂的眼中钉,香菱才貌俱全,性情柔顺,在薛家和贾府口碑都非常好。"卧榻之侧岂容他人酣睡"(第七十九回),夏金桂怎么可能容得下她。夏金桂一来自惭形秽,二来担心自己的权威不保,三来更担心香菱将来生下了儿子威胁自己的地位。她处心积虑地陷害香菱,想办法离间薛蟠和香菱,此后薛蟠就经常打骂香菱。夏金桂心思毒辣,她见薛蟠还没有休掉香菱,就使出了最下作的招数,装了几天病,在自己的枕头里边藏了几个被针扎的纸人，上面写着她的生辰八字，让薛蟠以为这是香菱在用邪术诅咒她，于是薛蟠又用门闩把香菱毒打了一顿。

　　此时薛家已被闹得天翻地覆，薛姨妈和薛宝钗都不得安生。薛姨妈根本不信香菱会做这样的事，但是夏金桂跟她撒泼放赖，她既管不住儿子，更对付不了夏金桂这样的泼妇，不胜其烦，一赌气就决定把香菱再给卖了，好让家里清净。幸好宝钗这时出来替香菱说情，说让香菱跟着自己，不要再卖她了。香菱想到自己孤苦无依根本无处可去，自己也无法独立生存，表示情愿跟着宝钗不愿出去。说到底她就是薛家的奴婢，虽然做了薛蟠的妾，但是主人不想再要她，随时可以再把她卖掉，她可能就会遇到更糟糕的主人。

　　《红楼梦》里妻和妾的关系多半是比较紧张的，王夫人和赵姨娘，王熙凤和尤二姐，都没有什么好结局。这其实也是当时社会旗人家庭的普遍社会状况。历史学家定宜庄指出，清代妾的地位较之前朝也是特别低贱的，入关以前旗人领主经常用妾为自己殉葬，妾还经常受到妻子的虐待和排挤。入关以后，旗人多纳汉女为妾，正妻则是旗人，双方地位的差距是非常大的。用妾殉葬的野蛮习俗在入关以后逐渐革除，但丈夫死后，正妻及其子女为了防止家产被分割，将妾再嫁或转卖的现象屡见不鲜。没有子女的妾命运尤其悲惨，她们中有些人会在丈夫死后因为恐惧生活没有着落而选择自杀。[1]

　　曹雪芹写到香菱遇到夏金桂的悲惨命运时，正是《红楼梦》

---

[1] 参见定宜庄：《满族的妇女生活与婚姻制度研究》，第97—100页。

的第八十回。香菱跟去服侍宝钗了，她先天体质较弱，夏金桂来了以后饱受磨难，心里郁闷，已经落下了病根，日渐消瘦。通行的一百二十回本中，后来香菱的命运有了转机，夏金桂想下毒害死她，结果自己误服了毒药，反倒害了自己。香菱被扶了正，成了薛蟠的正妻，后来难产而死，给薛家留下了后代。这样的结局也许并不是曹雪芹原本中的设计，从第五回香菱的判词来看，她的结局是彻底悲剧的，原本中她应该是在被夏金桂虐待以后不久就病死了，也没有留下后代。她三岁多就被人贩子拐走了，不记得自己的家人和父母，等她死后，她的魂魄才能回到故乡，就像判词中说的，"自从两地生孤木，致使香魂返故乡"。

　　香菱被人拐卖了，变成了薛家的奴婢，法律上是个贱民，主人毒打甚至逼死自家的奴婢，按照清代的法律是处罚很轻的，甚至根本都不用受什么处罚。她从一个大家闺秀沦为在法律上几乎不受什么保护的贱民，她的命运可以概括为六个字：无依、易主、早夭。"无依"，因为她得不到父兄和家族的保护；"易主"，因为她沦为贱民，可能被多次转卖，命运完全取决于她遇到什么样的主人；"早夭"，她要受尽折磨青年而亡。假如曹雪芹写完了《红楼梦》，假如我们能看到八十回后的真本，贾府的男人最后犯了罪要被处刑，贾府的女眷要被无辜株连，要被官府卖为奴隶，大观园的很多青春少女，都要遭遇和甄英莲差不多的悲剧命运，也是"无依、易主、早夭"。这就是《红楼梦》至深的悲剧意义，它让我们看到传统中国宗法社会的法律对待女性是多么残酷，也让我们深思清末以来女性解放的法律改革对于中国社会是何等的重要。

第二章

秦可卿之死
与清代的亲属相奸罪

现代刑法理论认为，一个性犯罪的被害人，她（他）每面对警察、检察官、法官、陪审团陈述一次被害的过程，她（他）的被害经历每被媒体、舆论、流言复述和传播一次，都可能对被害人及其亲属构成再伤害，法律程序的设置应当尽可能减轻这种再伤害。然而一百年来，红学的叙事似乎从未将秦可卿视为一个性犯罪的被害人，而只是诉诸本于现代法律的简单道德判断，将她视为一个道德上有严重瑕疵的女性，因为现代的法律并不将乱伦行为视为犯罪。这种本于现代法律观和道德观的红学阐释，已经汇集成了对秦可卿这个被害人的无数次再伤害。

1923年，初涉红学的俞平伯写出了他的成名作《红楼梦辨》。胡适的《红楼梦考证》问世不久，新红学甫经立帜即呼声夺人。刚从北京大学文学系毕业不久的俞平伯被这位新文化运动巨擘的研究感染，立志研究《红楼梦》，年仅23岁就写出了新红学的第二部开山之作《红楼梦辨》。

俞平伯《红楼梦辨》中有一篇《论秦可卿之死》，考证结论是秦可卿与贾珍私通被二婢窥破羞愤自杀。[1]此后百年来，俞平伯的这一结论似乎已成了红学界研究秦可卿的起点，秦可卿之死也就成了《红楼梦》中最不堪的事件。她和贾府里的哪些男人有不清不楚的关系，也成了此后各种红学研究最常揣测的话题。

一、八大悬疑

《红楼梦》写秦可卿的死是在一年冬底，这年秋天秦可卿得了怪病，很多医生看不好，宁国府请了一个张大夫确诊了，认为今年并不会有大碍。不久后，一天晚上王熙凤梦到秦可卿跟她告别。就在这时，突然传来了秦可卿的死讯。

俞平伯发现《红楼梦》第十三至十五回写秦可卿的死有很多不好解释的地方，读起来是很奇怪的。他总结秦可卿的死有诸多疑点，引申一下他提出的简单质疑，程高本中关于秦可卿的死存在八大悬疑。[2]

1.秦可卿是半夜死的，书中是从荣国府王熙凤半夜惊醒听到报丧写起的，感觉非常突然，没有一个字写秦可卿死的时候什么样，到底怎么死的。书中写秦可卿看病和她待人接物都写得非常细致，唯独写到她的死，就虚晃一枪稀里糊涂地给交代了，看上

---

[1] 参见俞平伯《红楼梦辨》，商务印书馆2010年版，第191页。
[2] 参见俞平伯《红楼梦辨》，第185—187页。

去很不和谐。

2. 第十三回有一句很突兀的话："彼时阖家皆知，无不纳罕，都有些疑心。""纳罕"是说大家都没有想到秦可卿会死，怎么突然就死了呢？"疑心"就更奇怪了，好像是说大家觉得秦可卿死得不明不白。假如秦可卿真是病死的，又有什么好纳罕好疑心的呢？

3. 第十回写宁国府请了很多医生给秦可卿看病，都看不出来什么病，后来张友士来给看了，他说秦可卿是气血郁积所致，病情已经被耽误了，但还是可以治的。最后结论："今年一冬是不相干的，过了春分便可望痊愈了。"（第十回）写到张友士看病，和其他的医生一对比，他明显是医术很高的，说话也很慎重，诊断给人的感觉是不会有问题。可是这年冬底秦可卿突然死去，不能不让人疑心，这是在暗示秦可卿的死不是因病，而是另有原因。

4. 秦可卿的死讯传来之时，贾宝玉的反应非常突兀，"宝玉听秦氏死，只觉心中似戳了一刀，不觉哇的一声，直奔出一口血来"（第十三回）。同样，书中写王熙凤听到死讯，吓得出了一身冷汗。贾宝玉这样的反应，一来很吃惊，二来他对秦可卿有特别的感情，非常痛心，三来疑心到底怎么死的。王熙凤的反应和贾宝玉是差不多的，吃惊、痛心，还有疑心出了什么事。如果秦可卿病了很久大家觉得这病没救了，贾宝玉和王熙凤不应该是这样的反应。

5. 秦可卿死后，书中没有写到贾蓉如何伤心，倒是写贾珍非常伤心，"哭的泪人一般"，和亲戚们哭诉："阖家大小，远亲近友,谁不知我这媳妇比儿子还强十倍。如今伸腿去了,可见这长房内绝灭无人了。"(第十三回)说着又哭起来。后来还写道"贾珍恨不能代秦氏之死"(第十三回)。贾珍还向慰问的亲属们表示,要"尽他所有"来办这场丧事。(第十三回)这种写法也是很奇怪的,从礼仪的角度来讲也是很不成体统的。书中秦可卿的丧礼写得非常细致,宁国府极尽奢华,场面出奇地隆重。贾珍为了秦可卿的丧事真是倾其所有不惜一切代价,后来他的亲生父亲贾敬死了丧礼却是很简单的描写。整个秦可卿的丧礼中,都看不到贾蓉怎样伤心,而是用很重的笔墨在描写贾珍伤心欲绝。

6. 秦可卿死的时候,尤氏突然生病了,犯了胃疼旧疾,卧床不起,不能出来见客人。书中写秦可卿生前和尤氏的关系是很不错的,尤氏也很疼爱这个儿媳妇。这时秦可卿死了,尤氏却不出来操持丧事了。胃疼不是什么很大的病,尤氏在书中一直都是一个处事很谨慎很懂礼数的女主人形象,这时出了这么大的事,她却不出来露面了,也是非常不近情理的,似乎是有什么隐情。

7. 秦可卿死时,贴身服侍她的丫鬟瑞珠突然触柱自杀了。这表面看上去似乎是主仆情深,但是用这种方式表达主仆之情是触目惊心的,也似乎没有必要。满族人入关以前确实有殉葬的野蛮习俗,妻妾为丈夫、奴仆为主人殉葬的事情常有发生,但这些殉葬多是强迫的,少有自愿的。入关以后,殉葬的习俗逐渐被革除,国家的法律和礼仪总体都是不提倡这种行为的[1],奴仆为主人殉葬更不是奴仆的职责所在。另外,秦可卿是突然死的,假如瑞

---

[1] 康熙、雍正都曾下诏禁止人殉,参见定宜庄:《满族的妇女生活与婚姻制度研究》,第12页。

珠真是因为伤心自愿殉葬，合情合理的表现应该是过段时间经过考虑之后表达要殉葬的意愿，殉葬前也会想到和父母家人告别，交代后事。秦可卿一死，瑞珠什么都没表达什么都没说就直接触柱自杀，最有可能的原因不是伤心，而是惹了什么大麻烦害怕被迫害索性自杀。

8.秦可卿的另一个丫鬟宝珠在秦可卿死后表示，因为秦可卿没有子女，她自愿给秦可卿做义女，贾珍表示非常高兴。秦可卿出殡之时，"宝珠自行未嫁女之礼，引丧驾灵，十分哀苦"（第十四回）。秦可卿的灵柩送到贾府家庙铁槛寺后，丧事算是告一段落，"宝珠执意不肯回家，贾珍只得另派妇女相伴"（第十五回）。宝珠在秦可卿死后的表现也非常不合情理，宁国府是名门望族，秦可卿虽然没有子女，但假如真是要给她过继延续香火，贾珍完全可以在贾氏族人或其他亲戚中选择合适的人。丫鬟是贱民，自愿给主人做义女，这是想脱离自己的贱民身份，这从法律礼制的角度来看都是非分之想，贾珍完全没有必要那么高兴，他完全可以给秦可卿选择身份更高的人过继。最后丧事办完宝珠坚决不愿回家要留在铁槛寺守灵，假如宝珠要给秦氏做义女是为了提升自己的地位，这时不愿回去更是非常不好理解的。宝珠的这种选择感觉不像是为了攀附主人脱离奴仆身份，而是为了向贾珍表明心迹她是忠于主人的，以避免受到迫害。

二、秦可卿之死被改写

俞平伯读了很多清代至民国关于《红楼梦》的评论，终于发现了重要的线索——顾颉刚告诉他1921年上海《晶报》的副刊上有一篇名为《红楼佚话》的文章，其中提到：

> 某笔记言：有人曾见旧时真本，后数十回文字，皆与今本绝异……又有人谓秦可卿之死，实以与贾珍私通，为二婢窥破，故羞愤自缢，书中言可卿死后，一婢殉之，一婢披麻作孝女。[1]

俞平伯读了这篇文章，一下子觉得豁然开朗，围绕着秦可卿之死的八大悬疑，如果从这个思路去看似乎就都可以解释了——原来《红楼梦》是改写过的，最初写的原本里边，秦可卿不是病死的，而是因为和她的公公贾珍私通，后来自杀的。瑞珠不是因为主仆情深而自杀的，而是因为不幸知道了主人的秘密害怕被灭口而自杀的。宝珠也不是因为主仆情深自愿做义女的，而是因为她和瑞珠一样知道了主人不可告人的秘密，她不愿意像瑞珠那样做无谓的牺牲，但又不敢再留在宁国府，她应该是经过了慎重的考虑，终于想出了这个主意来保护自己，也借送葬这个机会脱离了宁国府。

《红楼佚话》的作者是民国时候的文人，跟作者曹雪芹不是同一个时代的人，相隔都一百多年了，他并没有看到《红楼梦》的旧时真本，而是听人转述的，一百多年后的道听途说似乎并不足以佐证。但俞平伯作《红楼梦辨》时，脂评本《石头记》残本

---

[1] 臞蝯：《红楼佚话》，载吕启祥、林东海主编：《红楼梦研究稀见资料汇编》（上），人民文学出版社2001年版，第62页。

还未被发现,其时研究《红楼梦》,可参考的只有程高本和清中叶以来的诸家评论,这些评论的资质良莠不齐,有些也常见道听途说,未必有多大可信度。但是新红学初创,并无太多文献可征引,若要推究八十回后的结局、寻索人物的性格脉络,道听途说也可资研究者弥补推论中的逻辑链条。

《红楼佚话》的作者"臞蝯"不知何人,也未说出他这听说的来源。现在细读这篇《红楼佚话》,感觉格调甚为低下,作者见识浅陋,大约是把《红楼梦》当野史八卦来读的,其文开篇即云:

> 顷见某氏笔记一则,其说乃至可异,略云:"曹雪芹馆明珠家,珠有寡嫂,绝色也,偶与雪芹近于园中,夜即遣婢招之。雪芹逾垣往,忽闻空中语曰:'状元骑墙人。'悚然而退。然终情不自禁,复往,神语如初。雪芹弗顾曰:'状元三年一个,美人千载难得也。'遂与欢狎。旋以事败见逐,故作《红楼梦》以泄怨。书中妇女之清白者,惟李宫裁一人,即指其所欢也。"按此说似未经人道,存之以备参考。[1]

这样格调的解读有多大可信度呢?话说回来,当时的文学家们对清代法律和社会的了解,可能并不比现在的一般读者更多。辛亥革命前摧枯拉朽的排满思潮,也给很多汉族文人带来了对清

---

[1] 臞蝯:《红楼佚话》,载吕启祥、林东海主编:《红楼梦研究稀见资料汇编》(上),第61页。

代制度和清人的妖魔化印象，就更不能指望文学家们去严肃审视清代的法律与社会了。程高本中秦可卿之死的诸多疑点，如果从羞愤自缢这个结论去反推，表面上看去似乎都能得到合乎情理的解释。

俞平伯看到《红楼佚话》里说到的"旧时真本"，应该指的就是手抄的脂评本，他写《红楼梦辨》时还没有看到这些手抄本，只知道这些手抄本是曾经有过的。其时胡适研究《红楼梦》，到处搜求《红楼梦》的抄本，1927年终于在上海找到了一本古书，是《红楼梦》的手抄本，上面注明的抄书年份是乾隆朝甲戌年（1754），后来就被红学界称为"甲戌本"。这个抄本的发现在当时很轰动，因为上面有一些批语，是程高本上没有的，批书的人署名"脂砚斋"。此后，民间收藏家以及国外的图书馆陆陆续续发现一些私人收藏的残本《红楼梦》，都是手抄本，书名都是《石头记》，都没有超过八十回，上面有几个人写的批语，最著名的一个批书人叫"脂砚斋"，这就是《红楼梦》的另一种版本"脂评本"。这几个批书的人，应该是曹雪芹生前关系最密切的亲友，也是他最能信任的人，只是都使用了化名，他们也是《红楼梦》原本的第一批读者。

甲戌本《石头记》第十三回有一条眉批："此回只十页，因删去天香楼一节，少却四五页也。"[1] 批书人脂砚斋指明，曹雪芹写完这一回后删掉了很大的篇幅，删去的情节和宁国府的天香楼有关。后来陆续发现的其他脂评本也都有类似的批语提到，这一回

---

[1] 俞平伯辑：《脂砚斋红楼梦辑评》，中华书局1960年版，第174页。

被删过，有一条批语说得更详细：

> "秦可卿淫丧天香楼"，作者用史笔也。老朽因有魂托凤姐贾家后事二件，的是安富尊荣坐享人不能想得到处。其事虽未行，其言其意则令人悲切感服，姑赦之，因命芹溪删去。[1]

"用史笔"是说秦可卿的故事可能记录了真实的事件。有了脂评本的批语证据，俞平伯先生认为秦可卿系自杀的考证结论才被充分证实了。秦可卿之死这几回为什么这么难读呢？因为最初曹雪芹写的不是现在这样，原来的回目据批书人说是"秦可卿淫丧天香楼"，是一件很不名誉的事情，批书人觉得这样写太不厚道了，就让曹雪芹把有些情节给删掉了，删的篇幅很大，占去了这一回的三分之一，所以读者现在读起来才感觉很多地方不好理解。

仔细读《红楼梦》，开篇不久，第五回贾宝玉梦游太虚幻境，读到了金陵十二钗正册、副册、又副册的判词，其中秦可卿的判词就在暗示她是自杀的。书中写道：

> 后面又画着高楼大厦，有一美人悬梁自缢。其判云：
> 情天情海幻情身，情既相逢必主淫。
> 漫言不肖皆荣出，造衅开端实在宁。

---

[1] 俞平伯辑：《脂砚斋红楼梦辑评》，第174页。

这判词大意是说，秦可卿是情欲的化身，会堕入淫乱，不要说贾府的不肖子孙都在荣国府，败坏家风实际上是从宁国府开始的。判词配的图非常直接，秦可卿上吊自杀了。

三、清代的妇女自杀问题与威逼人致死罪

《红楼梦》开场才十三回，读者就看到了两个女性角色的死亡，秦可卿和瑞珠，她们都是自杀的。《红楼梦》前八十回有很多女性死亡，其中绝大部分是自杀的。前八十回共有七名女性自杀。就自杀原因来看，有的是因名誉毁坏而自杀，包括秦可卿、鲍二家的。有的是因家主凌辱或惧怕家主凌辱而自杀，包括尤二姐、金钏儿、瑞珠。有的是因婚姻自由而自杀，包括张金哥、尤三姐。前八十回还有两名男性自杀，石呆子和张金哥的未婚夫，石呆子是因豪门的欺凌而自杀，张金哥的未婚夫是殉情而自杀。史景迁根据沈阳以北一个村的残存清代文献，得出了一些统计数字，十八世纪末期该村的平均寿命为32岁左右，只有4%的人寿命超过65岁。[1] 曹雪芹死于1762年，这些统计数字大约就反映了和曹雪芹差不多同时代中国人的生活状况，虽然它们只是一个村的统计数字，但大致可以透视当时整个中国的社会现实。在那样的一个时代，医疗卫生技术还很不发达，人的平均寿命就是三四十岁，贫富差别很大，社会地位较低的人遭遇暴力的伤害，自杀可能是很正常的选择。女性是这个社会里的弱势群体，即便

---

1 参见〔美〕史景迁：《追寻现代中国：1600—1912年的中国历史》，第96页。

是贵族女性，遭遇了名誉毁坏这样的打击，选择自杀也是再正常不过的。

清代著名的刑事案例汇编《刑案汇览》收录的案例中很多都涉及自杀，尤其是妇女的自杀。这些妇女自杀的类型包括：媳妇被婆婆辱骂而自杀，使女被打骂后自杀，女子与表亲谈恋爱被发现之后自杀，名誉被毁后自杀。这些自杀的原因也是在《红楼梦》中可以清清楚楚看到的。从这些法律现实的背景去看《红楼梦》，《红楼梦》绝不仅仅是要讲出哪一个贵族家庭的故事，而是透过这个贵族大家庭的窗口去揭示当时的社会现实，在这个社会中，女性是一个容易遭遇伤害和凌辱的群体，她们在遭遇伤害和凌辱之后也易于选择自杀。

一个非常有意思的现象是，尽管传统中国的法律对女性和平民有各种各样的压迫，但如果他们选择了自杀，导致他们自杀的人却仍然可能承担法律责任。也就是说，弱者受了伤害和凌辱，生前很难让欺凌他们的人受到惩罚，只有自杀才是可能让对方受到惩罚的有效途径。按照清代的法律，因为公务以外的原因导致他人自杀都可能构成犯罪，称为"威逼人致死"[1]，只要官府查明了原因，导致自杀的人就可能被处以刑罚。根据《刑案汇览》的记载，"威逼人致死"是清代发案率排名第二的常见犯罪，这说明当时社会自杀现象相当普遍。美国学者布迪和莫里斯在他们对

---

[1]《大清律·刑律·人命·威逼人致死》："凡因事（户婚、田土、钱债之类），威逼人致（自尽）死者，（审犯人必有可畏之威。）杖一百。若官吏、公使人等，非因公务而威逼平民致死者，罪同。（以上二项）并追埋葬银一十两。（给付死者之家。）若（卑幼）威逼期亲尊长致死者，绞（监候）；大功以下，递减一等。若因（行）奸（为）盗而威逼人致死者，斩（监候）。（奸不论已成与未成，盗不论得财与不得财。）"

《刑案汇览》的研究中发现，自杀的原因固然主要是为了逃避痛苦的尘世，但也有一些自杀者是怀着让欺负自己的人承担法律责任的愿望而选择自杀的，自杀可能成为对欺凌自己的人的一种报复行为。[1]

《红楼梦》可能是清代唯一一部严肃审视女性自杀问题的文学作品，作者对"威逼人致死"的罪名十分了解，第六十六回尤三姐因柳湘莲退亲愤而自杀，书中写道：

> 当下唬得众人急救不迭。尤老一面嚎哭，一面又骂湘莲。贾琏忙揪住湘莲，命人捆了送官。尤二姐忙止泪反劝贾琏："你太多事，人家并没威逼他死，是他自寻短见。你便送他到官，又有何益，反觉生事出丑。不如放他去罢，岂不省事。"（着重号为笔者所加）

程高本《红楼梦》八十回后不是曹雪芹写的，但是续本基本遵循了原本的创作设计，前八十回的情节在这个续本中都得到了照应。第一百零五回中写到贾赦、贾珍、贾蓉犯了法都被抓走了。第一百零七回交代，经过审问，贾赦查实的罪状是"倚势强索石呆子古扇"。"虽石呆子自尽，亦系疯傻所致，与逼勒致死者有间。今从宽将贾赦发往台站效力赎罪。"调查贾珍的罪状是导致尤二姐、尤三姐自杀，虽然最后查明都是事出有因，"并非贾珍逼勒致死"，"但（贾珍）身系世袭职员，罔知法纪，私埋

---

[1] 参见〔美〕布迪、莫里斯：《中华帝国的法律》，朱勇译，江苏人民出版社1995年版，第181页。

人命，本应重治，念伊究属功臣后裔，不忍加罪，亦从宽革去世职，派往海疆效力赎罪。贾蓉年幼无干省释"。

石呆子、尤二姐、尤三姐都是自杀的，官府调查贾赦、贾珍是否犯了"威逼人致死"罪，书里说的"逼勒致死"就是"威逼人致死"，虽然最后都认定事出有因，不全是被他们逼死的，但是"私埋人命"就是犯法的。在清代，自杀都是人命案，自杀应该报告官府，官府要派仵作来验尸调查死因，查明什么原因导致了死者自杀，有人自杀不报官"私埋人命"就是犯法的。当然，并不是所有的自杀都会导致有人承担刑事责任，这取决于死者的身份和因果关系的认定，但自杀都是人命重案，是不能私自处理的。

《红楼梦》中人的自杀，大部分都牵涉法律问题。张金哥因为父母退婚而自杀，清代法律规定父母对子女不成立"威逼人致死"[1]，张金哥的父母没有法律责任。瑞珠的自杀被宁国府解释为是自愿为主人秦可卿殉葬，宁国府也就没有责任。其他的女性自杀，基本都牵涉到法律问题。《红楼梦》里很多人的自杀，都会在贾府掀起一些不小的风波。尤二姐和尤三姐的自杀，后来成了贾珍被治罪的根据。鲍二家的自杀，起因是王熙凤捉奸，她的家人表示要到官府去告，王熙凤自恃家族有势力声称不怕他们去告，贾琏却还是有些害怕，就找了王熙凤的叔父王子腾，带来番役、仵作帮着办丧事，鲍二家的亲戚见这阵势，知道贾府势力

---

1 "律不言尊长威逼卑幼之事，盖尊长之与卑幼、名分相临，无威之可畏；事宜忍受，无逼之可言，故不着其法。"[清]沈之奇撰，怀效锋、李俊点校：《大清律辑注》，法律出版社2000年版，第707页。

大，跟他们打官司难，只有忍气吞声算了。贾琏又拿了银子去安抚鲍二，让他再给自己娶个媳妇，算是把这事私了了。另外，金钏儿自杀之后，宝钗给王夫人出主意否认金钏儿是自杀的，而是她自己不小心掉下井里淹死的。宝钗这样的反应是本能地想要保护她的姨妈和贾宝玉，如果金钏儿是自杀的，就应该报官由官府来介入，官府要调查她为什么自杀。丫鬟是贱民，社会地位低下，主人打骂后自杀，主人在法律上的责任是很轻的。但是王夫人懂得法纪，知道这总归是触犯法律的，就有些不安，她更不希望让官府来调查金钏儿为什么自杀，因为金钏儿的自杀跟她的儿子贾宝玉有直接的关系。宝钗这么一解释，王夫人又赏了不少银子，金钏儿家里的人也就没有再追究，事情也就私了了。

四、秦可卿自杀的导火索——焦大之怒

《红楼梦》中第一个死去的女性是秦可卿，她在贾府中是主子阶层，身份是很高贵的，依据清代的法律，假如她是自杀的，她的自杀就是宁国府男人们犯下的罪行中最严重的一桩。俞平伯先生考证的结论是：《红楼梦》中关于秦可卿之死的情节被删改过，另外，根据脂砚斋的批语，曹雪芹关于秦可卿的死可能记录了真实的事件。曹雪芹的写作非常高明，他虽然删掉了一些触目惊心的情节，但却留下了很多伏笔来告诉读者真相。

《红楼梦》开篇不久，第二回就交代了宁、荣二府的家族情况：宁国公贾演和荣国公贾源是一母同胞弟兄两个。宁国公居长，宁国公死后，贾代化继承了爵位。贾代化有两个儿子，长子贾敷

八九岁时就死了,次子贾敬继承了爵位。贾敬迷上了修道炼丹,幻想长生不老,什么事都不想管。贾敬早年有一个儿子贾珍,他让贾珍继承了爵位,自己去城外道观修道去了。贾珍是宁国府的第四代传人,只有一个儿子,名叫贾蓉,今年十六岁。"如今敬老爹一概不管。这珍爷那里肯读书,只一味高乐不了,把宁国府竟翻了过来,也没有人敢来管他。"

宁国府是贾府长房,贾珍继承了爵位,就成了贾府实际的族长,他的父亲什么事都不管,他又没有兄弟,所以他在宁国府的权力是不受任何制约的。整部《红楼梦》里边,贾府里的男性除了贾宝玉和他的父亲贾政之外,形象都是比较污浊的,其中贾珍的形象尤其丑恶。他不务正业,专好吃喝嫖赌,荒淫无耻,有很多姬妾,和他的儿子一同凌辱女性,父亲死去守孝之时却聚众嫖赌、玩弄娈童。上梁不正下梁歪,有贾珍这样肆意妄为、无法无天、毫无廉耻的家长,整个宁国府都是一片腐朽没落的淫乱气息。《红楼梦》第六十六回中柳湘莲曾向贾宝玉说:"你们东府里除了那两个石头狮子干净,只怕连猫儿狗儿都不干净。"这话虽然是愤激夸张之词,但正说明贾珍主导的宁国府污秽到了何种程度。

在人类社会众多的淫乱行为中,乱伦是最令人不安的。可是在宁国府,乱伦的淫乱行为不断上演,在这个貌似一片升平的富贵之家中,有一股无形的黑暗力量在其中吞噬着人性。《红楼梦》开篇不久,第七回王熙凤和贾宝玉来到宁国府做客,和尤氏、秦可卿欢聚,贾宝玉见到了秦可卿的弟弟秦钟,两人一见如故,亲热异常。到了晚间,管家派老仆人焦大送秦钟回家,焦大的怒骂打破了贾府的繁华表象。

焦大是宁国府的忠仆,也是宁国公贾演的救命恩人。他辈分很高,应该是和贾母同辈的人,功劳也很大,宁国公在世时候都是对他另眼相待的。到了贾敬、贾珍当家长时,焦大已经老了,大概也不合时宜经常说主人不爱听的话,又爱喝酒骂人,慢慢就成了一个非常不招主人待见的仆人。

焦大的发怒源于宁国府总管赖二深夜派他去送人。焦大应该已经七八十岁了,这样的老人,而且又是宁国府的功臣,放着那么多年轻仆人不派这活,却派焦大去,不能不让人疑心赖二是个小人,焦大经常直言可能得罪了他,他就借机报复焦大。焦大刚刚喝多了酒,登时就爆发了,又看贾珍此时不在家,索性痛骂赖二,贾蓉回骂了两句,让人把他捆起来,焦大趁着酒劲又骂贾蓉。小厮们只得上来几个,把焦大揪翻捆倒,往马圈里拖。就在这时,

> 焦大越发连贾珍都说出来,乱嚷乱叫说:"我要往祠堂里哭太爷去。那里承望到如今生下这些畜牲来!每日家偷狗戏鸡,爬灰的爬灰,养小叔子的养小叔子,我什么不知道?咱们'胳膊折了往袖子里藏'!"众小厮听他说出这些没天日的话来,唬的魂飞魄散,也不顾别的了,便把他捆起来,用土和马粪满满的填了他一嘴。(第七回,着重号为笔者所加)

书里说得非常清楚,焦大这番怒骂的对象就是贾珍。焦大怒

骂之时,宁国府的很多仆人都在跟前伺候着,贾蓉也在他跟前,尤氏和秦可卿都在内室听得清清楚楚,她们内心能是什么样的滋味,尤其秦可卿,这对她会是什么样的冲击?尤氏也许此时还不知情,或者装作不知情,秦可卿听到这话却是无法躲避的。脂评本《红楼梦》有多处批语写道,"焦大之醉,伏可卿之病至死"[1]。宁国府的平静已经彻底被打破,焦大的怒骂撕破了这个堕落的贵族家庭温情脉脉的面纱,过去一直被隐藏的罪恶已经被无情地从黑暗中揪了出来。

秦可卿的形象在《红楼梦》中是非常矛盾的。一方面,贾府里上上下下都对她赞不绝口:"贾母素知秦氏是个极妥当的人,生的袅娜纤巧,行事又温柔和平,乃重孙媳中第一个得意之人。"(第五回)尤氏评价她:"他这为人行事,那个亲戚,那个一家的长辈不喜欢他?"(第十回)王熙凤是个十分老到世故的人,在她看来秦可卿是非常自律非常懂礼节的,贾敬过生日宁国府庆祝的时候秦可卿因病未能出席,王熙凤就觉得她肯定病得很重了:"我说他不是十分支持不住,今日这样的日子,再也不肯不扎挣着上来。"(第十一回)意思就是秦可卿一贯谨守礼节,如果只是小病,这么大的事情她一定会忍着来参加。秦可卿生病之后来了很多大夫看病,书里写她每次都挣扎着起来换衣服,一天换了四五次,这也说明她教养非常良好很顾体面。另一方面,作者又确实在暗示秦可卿在男女关系方面不太检点,说她"生的形容袅娜,性格风流"(第五回)。第五回写荣国府的人到宁国府来看

---

[1] 俞平伯辑:《脂砚斋红楼梦辑评》,第123页。

梅花，宝玉想要睡午觉，秦可卿就带他去自己的卧室休息。一个嬷嬷说道："那里有个叔叔往侄儿媳妇房里睡觉的礼呢？"秦氏笑道："不怕他恼，他能多大了，就忌讳这些个？"（第五回）这话说得很圆通，但却能看出她不太忌讳儒家文化中那些关于两性的礼节。最奇特的是作者对秦可卿卧室摆设的描写，明显带着讽刺笔调，作者似乎在调侃秦可卿的卧室是一个很香艳的地方。[1]

秦可卿在十二钗中无疑是个美女，按书中的描写，她的美集合了宝钗和黛玉的优点，所以她的形象应该是非常性感的。她虽然是个贫家女，却并没有很强烈的财富欲，她嫁到了贾府后也没有怎么帮她的父亲家聚敛财富，她的父亲仍然很贫困，秦钟去上学给先生的二十四两见面礼都是东拼西凑弄来的。她在贾府的地位很高，一般地位低的男性是不敢随便侵犯她的，从这书里的描写来看，她只是比较性感，并不能说她就生性淫荡。秦可卿是懂得自律的，也是很守礼节的。而贾珍却是个非常无耻禽兽不如的男人，他又是这家的家长，在家中非常霸道，对自己的儿子贾蓉都非常严厉，弄不好就打骂。所以秦可卿主动勾引贾珍几乎是不可能的，在贾珍和她的乱伦行为中，她只可能是被动的。她的丈夫贾蓉也是个非常无耻的男人，欺凌自己的姨妈尤氏姐妹。贾蓉虽然形容俊俏，但不比他的父亲更有廉耻。秦可卿嫁给这样的男人本来就是非常不幸的，遇到了贾珍这样禽兽不如的公公更是无与伦比的不幸。

---

[1]《红楼梦》第五回描写秦可卿的卧室"案上设着武则天当日镜室中设的宝镜"等状，此处甲戌侧批（戚序、蒙府夹批）："设譬调侃耳，若真以为然，则又被作者瞒过。"俞平伯辑：《脂砚斋红楼梦辑评》，第80页。

读者无从揣测这桩乱伦的罪恶是怎样开始的，因为作者在批书人的敦促下删去了很多情节，只留下很多伏笔暗示读者。焦大怒骂"爬灰的爬灰，养小叔子的养小叔子"，前一句骂的是个男人，"养小叔子的"却肯定是个女人。这个女人又是在骂谁呢？

"养小叔子"成了红学界的一桩公案，很多学者都分析过这话骂的是谁。有人说这骂的是贾蓉和王熙凤，因为王熙凤看上去和贾蓉很亲近，贾蓉经常去奉承讨好王熙凤，王熙凤和他说话很亲昵，有时候张口就骂，感觉和他很不见外，而且刘姥姥一进大观园的时候，贾蓉正好来了，王熙凤还表示过这会儿跟前有人说话不方便回头再说。这猜测看来没什么根据，贾蓉不是王熙凤的小叔子，而是她的晚辈，王熙凤是他的婶母。王熙凤能在贾府里当大总管，她不可能有太大的品格瑕疵，传统中国是男权社会，女性如果名誉有瑕疵，那是致命的品格问题。从王熙凤骂贾瑞的话来看，她虽然常在男人堆里混，但是生活作风是没问题的。

更多的人认为这骂的也是秦可卿，秦可卿不仅和她的公公有染，还和她的小叔子贾蔷不清白。证据是什么呢？《红楼梦》第九回提到，贾蔷也是宁国府的正派玄孙，是贾蓉的族弟，父母早亡，从小是贾珍养大的，和贾蓉关系非常亲密。"上有贾珍溺爱，下有贾蓉匡助"，因为宁国府人多嘴杂，出来一些风言风语诽谤主人，"贾珍想亦风闻得些口声不大好，自己也要避些嫌疑，如今竟分与房舍，命贾蔷搬出宁府，自去立门户过活去了"（第九回）。这猜测也纯粹是捕风捉影，而且没有逻辑，假如秦可卿和贾蔷有染，应该是贾蓉避嫌而不是贾珍，毕竟贾珍和秦可卿的关系是没有公开化的，而且贾蓉不可能那么大度还和贾蔷那么亲厚。第九回这段话的背景是贾宝玉和秦钟去贾府的义学上学，因为他们关系亲密，贾府的子弟有人怀疑贾宝玉好男色，因此打起架来了，贾蔷和贾蓉关系好，看见秦钟被欺负就要帮助宝玉和秦钟。在这样的语境下提到宁国府的谣言和贾珍避嫌让贾蔷搬出去，意思再清楚不过，贾珍要避嫌的是别人怀疑他和贾蔷关系不清白，跟秦可卿实在扯不上什么关系。书中后来交代过，贾珍在贾敬死后守孝时不堪寂寞，就招来薛蟠、邢大舅等狐朋狗友聚赌，还玩弄娈童，宁国府的人应该是早就知道他这癖好，所以才传出他和贾蔷不清白的风言风语。

那"养小叔子"骂的到底是谁，到底是什么事呢？《红楼梦》里多处使用过"养"字，意思都是生育的意思，贾环说"欺负我不是太太养的"（第二十回），探春说"谁不知道我是姨娘养的"（第五十五回），开篇交代宁荣二府的家谱时也说"宁公死后，贾代化袭了官，也养了两个儿子"（第二回）。所以"养小叔子"的意思不是说叔嫂通奸，而是说翁媳相奸生下一个辈分错乱的孩子。焦大骂的那两句话其实是同一件事，一个醉汉嘴里的话未必能全当真，"养小叔子"也就是对翁媳有染这件事的过度想象。焦大的怒骂暴露出宁国府关于这件事的舆论已经丑恶到了何种地步，这对于秦可卿不啻毁灭性的打击。

五、清代的亲属相奸罪与清律中的"被害人有罪论"

自从俞平伯先生考证出这个结论以后，秦可卿之死就成了《红楼梦》中的一个八卦事件，如果根据现代社会的情形去看待这个事件,人们很自然地会得出这样的结论:秦可卿和她的公公有染,这是严重不道德的行为,这事情败露了,所以她就自杀了,纯属咎由自取。

假如真想理解秦可卿之死到底意味着什么,必须回到作者曹雪芹生活的时代来看待这件事,必须了解在那个时代法律是怎样处理亲属相奸和自杀行为的。假如把秦可卿设想成现代人,和现代人一样地生存和选择,是无法理解这件事的。传统中国自隋唐以来,法律都严惩亲属相奸,亲属相奸被列入"十恶"重罪,历朝刑法都处刑很重。自杀按照现代刑法的观念,一般是个人自由意志的选择,根据我国现行刑法,除了帮助自杀、教唆自杀和某些严重暴力犯罪导致被害人自杀外,自杀行为并不会牵涉他人的刑事责任问题。但在传统中国,明清两朝都有"威逼人致死"的罪名,前文已提到过这个罪名,除了因公务导致的自杀以外,因为户、婚、田、土、钱、债、口角纠纷、暴力犯罪、性犯罪等各种原因导致他人自尽,都被视为刑事案件,引发他人自杀的人很多情形下都要承担刑事责任。所以依据清代的法律,秦可卿的自杀在贾府是一桩可能引起轩然大波的法律事件,假如官府发现她是自杀的,官府应该调查她自杀的原因,是可能有人要为此负刑事责任的。

传统中国的刑法是家族主义本位的,法律以家族伦理为立法依据。亲属之间的两性关系因为严重破坏了家族的内部秩序,被视为禽兽行径,都是犯罪行为,双方的亲缘关系越近,刑罚越重。根据清代法律的规定,"若奸父祖妾、伯叔母、姑、姊妹、子孙之妇、兄弟之女者,(奸夫奸妇)各(决)斩"(《大清律例·刑律·犯奸·亲属相奸》)。公公和儿媳妇如果通奸,双方都应处斩,如果是公公强奸,理论上只会处罚公公。

从现存的清代刑事司法资料来看,亲属相奸在当时的性犯罪中并不罕见。传统中国女性是受到严格禁锢的,她们一般不能受教育,也不能抛头露面去工作,参加生产劳动一般也都是在家庭内部,很多公共活动她们也是不能随便参加的。传统中国的女性接触异性的机会是很少的,她们最常接触的异性就是家族成员、亲戚和邻居。那个时候的男性不太可能有女同事,也基本上不太可能有女同学,女学生也是很罕见的。现代社会的性犯罪,熟人作案很多,受害人是女同事、女同学、女学生的都不少;但是古代社会的情形完全不一样,古代社会的性犯罪,熟人作案也很多,最有可能的被害人就是家族成员、亲戚和邻居。学者王跃生利用清代乾隆朝晚期的刑科题本档案中涉及婚姻家庭的案例做了详尽的实证研究,在100多个性侵个案中,陌生人作案只有4例,占3.2%;街坊邻居作案62例,占49.6%;丈夫的熟人(生意往来、雇工帮工等)作案18例,占14.4%;亲戚族人作案共有41例,占32.80%,接近总数的1/3。在亲戚族人作案的个案中,多起是公公试图性侵儿媳的个案。[1]

《刑案汇览》中专门收有两卷"亲属相奸",其中一卷几乎全部是翁媳相奸,其他各类型共收一卷,翁媳相奸是其中占比近50%的最高发类型。[2]法制史学者杨晓辉指出,清代在嘉庆、道光年间分别对子妇因拒奸致伤、致毙公公的情形专门拟定了例文。

---

1 参见王跃生:《清代中期婚姻冲突透析》,社会科学文献出版社2003年版,第214页。
2 参见[清]祝庆祺等编:《刑案汇览三编》,北京古籍出版社2004年版,第1977—2005页。

例文跟现在的司法解释有些相似，清朝刑部专门就儿媳妇为拒绝公公的性侵犯自卫将其打伤打死的案情拟定例文，这在一定程度上反映出当时的社会这类犯罪并不罕见，在同类犯罪中甚至是占多数的。[1]

清代社会家长的权力是很大的，家长在家族内有司法权和执法权，家长对子女、儿媳、孙子女都具有生杀予夺的权力，家长的特权受到法律的严格保护，卑亲属打伤或杀死家长，处刑非常重。清代法律明确规定："凡子孙殴祖父母、父母，及妻妾殴夫之祖父母、父母者，皆斩。""凡子孙杀祖父母、父母，及妻妾杀夫之祖父母、父母者，凌迟处死。"（《大清律例·刑律·斗殴·殴祖父母父母》）反过来，家长打伤或打死卑亲属，处刑则非常轻，很多情况下可能都不用负什么法律责任。家长殴打子孙之妇，如果不构成残疾则无法律责任，致死才判杖一百徒刑三年，如果家长能证明自己是合理管教卑亲属将其打死，不负法律责任。[2]公公和儿媳妇在家族中的地位是完全不对等的，按照清代法律，公公假如对儿媳妇有性侵犯，儿媳妇自卫将其打伤、打死，自己固然保全了名节，但依据法律反倒会受到制裁。《刑案汇览》中收入了几宗儿媳妇因拒奸杀死公公的案例，刑部最后的处理都是请皇帝定夺，在法律规定的凌迟刑之下减轻处理，改为

---

[1] 参见杨晓辉：《清朝中期妇女犯罪问题研究》，中国政法大学出版社2009年版，第166页。
[2] 《大清律例·刑律·斗殴·殴祖父母父母》："其子孙违犯教令而祖父母父母（不依法决罚而横加殴打）非理殴杀者，杖一百。故杀者（无违犯教令之罪为故杀），杖六十，徒一年。……若（祖父母父母嫡继慈养母）非理殴子孙之妇（此妇字，乞养者同）及乞养异姓子孙（折伤以下无论），至令废疾者杖八十，笃疾者加一等。……至死者各杖一百徒三年，故杀者各杖一百流二千里。"

斩立决或斩监候。[1]反过来，公公因为儿媳妇拒奸把儿媳妇打死、打伤的，处刑一般就要轻得多。[2]现实中可能还有一些案件，儿媳妇自卫不成被打死，自己被侵害的真相也被掩盖了。

从这些真实的案例中就可以看出，清代法律一方面强调要保护妇女的贞节，一方面又十分严格地保护家长在家族中的特权和尊崇地位。在发生了真实的亲属相奸犯罪时，这二者是相互矛盾的，但是法律还是更倾向于保护家长的特权。身为家长的公公如果对儿媳妇有性侵犯，他在法律上的风险比其他的亲属相奸罪要小得多。这样自相矛盾的法律规定导致儿媳妇在家族中成了一个非常弱势的群体，如果顺从公公的性侵犯就构成通奸，按照法律要处死；如果抗拒自卫将公公打死打伤，按照法律仍然有很大的可能被处死。清代法律还有一项特有的罪名：诬执翁奸，特指儿媳妇诬告公公强奸，如果儿媳妇告发公公强奸又没有足够的证据就构成诬告，处以死刑。[3]从这些现在看起来很荒谬的法律规定中也可以看出，清代法律对家长权力的保护是近乎变态的，家长的权力很难受到有效的制约，不受制约的权力必然会发生异化。清代法律几乎没有为翁媳相奸中的被害人提供正常有效的救济途径，所以翁媳相奸成为清代亲属相奸中最常见的类型就一点也不

---

1 参见〔清〕祝庆祺等编：《刑案汇览三编》，第1978—1982页。
2 参见〔清〕祝庆祺等编：《刑案汇览三编》，第1990—1992页。
3《大清律例·刑律·犯奸·诬执翁奸》："凡男妇诬执亲翁，及弟妇诬执夫兄欺奸者，斩（监候）。"伊沛霞在对宋代女性的研究中发现，宋代翁媳相奸的案例也时有发生，被害人都很难得到救济，原因就在于被害女性的丈夫去告诉是不会得到地方官支持的，常见的处理是娘家将受害女性带走另嫁他人。但宋代也有公公被儿媳陷害的案例发生，欧阳修曾被诬陷调戏他的儿媳吴氏。参见〔美〕伊沛霞：《内闱：宋代的婚姻和妇女生活》，胡志宏译，江苏人民出版社2004年版，第222—224页。宋以后出现"诬执翁奸"罪名，正反映出立法者在被害儿媳很难得到救济和尊长名誉会被损害之间，选择牺牲前者来无条件地保护后者。

奇怪，儿媳妇一旦遭遇了这样的侵害，顺从、自卫和告发都有可能是死路，在这样的犯罪中，儿媳妇几乎没有可能是主动通奸的一方。

　　传统中国的社会组织是父权家长制的，法律对官员、家长和男性的特权都有全面的保护。官员犯罪根据具体情况，可以比照平民犯罪的同样情形降低刑罚，还可以用缴纳罚金、降级、罢官等形式折抵刑罚。法律还严格保护男性、尊长、家主不被女性、卑幼、奴婢控告的权利。妻对夫、卑幼对尊长、奴婢对主人提起诉讼，就是犯罪，称为"干名犯义"罪。按照清代法律的规定，奴婢赴衙门告家长，子孙告父母，妻告夫，处刑杖一百徒三年，诬告者判绞刑。[1]所以有权有势的男人犯罪被惩办的可能性是很小的，地位低微的人要通过诉讼去达到惩办有权势的犯罪者的目的，也是非常困难的。贾珍是世袭三品爵威烈将军，又是贾氏族长，在他的家族里边，他基本可以不用担心任何家族内部的人去控告他的罪行。

　　学者程郁指出，"翁奸子媳本为乱伦，其言行尤丑，但由于尊犯卑，故遇到具体案例，官府多为掩盖"[2]，晚清著名律学家薛允升甚至明确指出这类犯罪很难惩办，还不如删去这类律条：

---

[1] "凡子孙告祖父母、父母，妻妾告夫及告夫之祖父母、父母者，（虽得实亦）杖一百，徒三年。（祖父母等同自首者，免罪）。但诬告者，（不必全诬，但一事诬，即）绞。若告期亲尊长、外祖父母者，（及妾告妻者，）虽得实，杖一百……若奴婢告家长及家长缌麻以上亲者，与子孙卑幼罪同。若雇工人告家长及家长之亲者，各减奴婢罪一等，诬告者不减。"（《大清律例·刑律·诉讼·干名犯义》）

[2] 程郁：《清至民国蓄妾习俗之变迁》，上海古籍出版社2006年版，第37页。

> 即如父兄调戏子弟之妻,照此例问拟,即应满流,在父兄固属罪无可辞,而试问子弟之心安乎否耶?为子弟者,将代伊妻伸(申)诉,抑代父兄隐讳乎?即不然或袖手旁观,坐视不理乎?且由何人告官?何人质证耶?其妇女仍给亲属完聚,抑令离异归宗耶?种种窒碍难通,殊觉未尽允协,似不如仍删去此层为妥。[1]

薛允升将这类犯罪中被害人难以得到救济的原因说得再清楚不过:按照"亲亲相隐"的儒家伦理准则,家丑不可外扬,发生了这样的事情,儿子去起诉父亲是违背家族伦理的,在他看来,这类事情还不如不要惩处。现存清代刑事司法资料中收入的翁媳相奸案多是发生了严重结果的,比如被害人或其娘家亲属打死打伤公公,或被害人自卫反被公公打死打伤,或被害人愤而自杀。可以推论,在清代的真实社会生活中,这类事情不出人命一般是闹不到官府的,被害人更得不到任何救济,但是她们可能在公公死后被丈夫和族人用休妻、卖妻甚至私刑的方式进行制裁。

秦可卿之死引发了无数现代读者的关注和好奇,假如读者用现代人的眼光去看待这件事,可能根本就无法理解在曹雪芹生活的年代,在这个畸形的关系中,秦可卿和贾珍的地位是多么不对等,他们因此所承担的风险也根本不能相提并论。贾珍可以毫无廉耻为所欲为,秦可卿却必须顾忌她的丈夫、贾府族人对此事的看法和舆论。即便她不用担心贾珍在世的时候她会受到惩罚,但

---

[1] [清] 薛允升:《读例存疑点注》,第747页。

假如贾珍死后,她可能会被她的丈夫和族人怎样对待?传统中国家族内部的执法和私刑是法律允许的,对于名誉毁坏的妇女,丈夫和族人实施私刑将其处死的事情非常普遍,丈夫将妻子卖掉也时有发生。

在这样的情境下,她选择去死是很正常的。传统中国的社会观念认为妇女的名节比她们的生命还要重要,"饿死事小,失节事大"。通部《大清律例》,为性犯罪定下的基调就是"被害人有罪论":"犯奸之罪,本重在奸夫,然必奸妇淫邪无耻,有以致之。"[1]清代法律对于性犯罪的立法基本沿袭了明律的条文:"凡和奸,杖八十,有夫者,杖九十。刁奸者(无夫、有夫),杖一百。强奸者,绞(监候)。未成者,杖一百,流三千里。"(《大清律·刑律·犯奸·犯奸》)所不同的是,顺治三年(1646)修律时在这条正文后加入小注,明确了对强奸罪的证明标准:"凡问强奸,须有强暴之状,妇人不能挣脱之情,亦须有人知闻,及损伤肤体,毁裂衣服之属,方坐绞罪。若以强合以和成,犹非强也。"[2]这条修改对强奸罪的被害人课加了十分严苛的证明义务,要求被害人必须大声呼救,有证人听见,或必须拼死反抗,留下反抗的身体证据(损伤肤体、毁裂衣服)。如果没有证人或反抗的身体证据,就不能定为强奸。

1646年新订的这条法律解释对于性犯罪的被害人是十分不利的。清代法学家袁滨(袁枚之父)在其《律例条辨》一书中对此

---

[1]《大清律·刑律·犯奸·犯奸》条文下的官方注释。[清]沈之奇撰,怀效锋、李俊点校:《大清律辑注》,第912页。
[2] 参见[清]薛允升:《读例存疑点注》,第740页。

条提出了质疑，认为这样的证明标准就是逼迫无法证明的被害人事后以自杀来证明清白："事属暗昧，讯者茫然，势必以自尽者为强，而不自尽者为和，是率众强而为和也。夫死生亦大矣，自非孔子之所谓刚者，谁能轻死。"[1]然而并不是所有的司法官员都能怀有袁氏这样的悲悯之心，《大清律例》立下的"被害人有罪论"基调就能代表当时社会对女性贞节的近乎变态的道德洁癖，贞节在这样的伦理天平中远远胜过生命的价值。

乾隆中期的著名幕友王又槐著有《办案要略》，其中概括了他对于性犯罪的认识，他几乎毫无犹疑地将《大清律》中这条关于强奸证明标准的法律解释推演到了极致：

> 强奸者，律注载明："须有强暴之状，妇人不能挣脱之情，亦须有人知闻，及损伤肤体、毁裂衣服之属，方坐绞罪。若以强合以和成，犹非强也。"……十五岁以下之幼女，或可强合，十六岁以上之少妇难成。但妇女孤行无伴，多非贞节……黑夜一人行强而成奸者，果系贞节烈妇，虽不能抵御强暴于当时，必不肯忍垢蒙耻于过后，本妇奸夫身上定受有伤，傍人得以闻知。若以"刀枪禁吓，手足架压"，畏而不言，忍而成奸，肤体毫无损伤，过后不寻自尽者，仍是以强合，以和成，非强论也。但黑夜一人而行强，亦多不成。[2]

---

[1] [清] 袁滨：《律例条辨》，转引自 [清] 袁枚：《答金震方问律例书》，载《袁枚全集新编》第6册，王英志编纂校点，浙江古籍出版社2015年版，第284页。
[2] [清] 王又槐：《办案要略·论犯奸及因奸致命案》，光绪十八年浙江书局刊本，载于《官箴书集成》第四册，黄山书社1997年版，第761—762页。

王又槐做刑名师爷多年，他对性犯罪的认识并不代表他个人的偏见，而是当时刑事司法中官吏们的流行观念。在他看来，女性遭遇了性侵害只有当时冒着生命危险拼死反抗或者事后当即自杀，才能证明自己是清白的，否则就成了"和奸"（通奸），自己也成了犯奸的奸妇。[1]

学者王跃生根据乾隆朝的刑科题本档案中婚姻奸情类的2000多件个案资料做了详尽统计，在其中的131个强奸案中，"受辱后自尽者（包括上吊、投井、投塘，其中以上吊自缢形式居多）和被害者共67例，在总数131例中占51.15%。其中自尽者49例，占总数的37.40%；因拒奸而被害者有18例，占总数的13.74%。它表明，在清代中期，妇女受性侵害后的反应是比较激烈的"[2]。这些激烈的反应说明当时的社会对贞节的宗教式崇拜对女性形成了强大的社会压力，被害人如果不拼死反抗，就只有用自杀才能证明自己的清白。《大清律例》的官方注释中明确表达了在性犯罪中妇女的名节是远比生命重要的，为了捍卫名节，生命是可以在所不惜的，"诚以一人奸一妇女，即使恃强逞淫，而妇女若果抵死不从，未必遂其淫念"[3]。按照清代法律对性犯罪中妇女的严苛要求，被害人如果没有家中的男性亲人保护，几乎根本都没有为自己寻回救济的途径，她们遇害了以后，名节从此就被毁了，再次

---

[1] 乾隆四年刑部处理的一起性犯罪中，两名女性被害人因为不能证明强奸而被定为"和奸"，被处以杖一百并枷号三个月。参见〔美〕苏成捷：《中华帝国晚期的性、法律与社会》，谢美裕、尤陈俊译，广西师范大学出版社2023年版，第146—148页。

[2] 王跃生：《清代中期婚姻冲突透析》，第216—217页。

[3] ［清］姚雨芗原纂，胡仰山增辑：《大清律例会通新纂》卷三十一《刑律·犯奸·犯奸》，台湾文海出版社1987年版（同治十二年原刊），第3199页。

第二章　秦可卿之死与清代的亲属相奸罪

遇害的时候就被定义为"犯奸妇女",就像已经贬值的商品一样。如果她们想要捍卫自己的名节,唯一的选择就是当即自杀。如果她们没有这样选择,她们活下来就要遭到舆论的唾弃和围猎。

六、天香楼的真相

焦大怒骂后没几天,秦可卿就病了,宁国府请了很多医生来看病,都没能看好她的病。

焦大是宁国府里一个执拗古怪的老人,不招主人待见,宁国府的奴才多是势利眼,这么一个又老又不招人待见的人,不会有什么人和他来往,他这样信息途径很有限的人,都知道了贾珍和秦可卿不名誉的关系,看来宁国府里人人都知道,只有贾蓉和尤氏要装作不知道。传统中国是绝对的男权社会,清代社会对贞节的推崇和对性犯罪被害人的不宽容更是登峰造极的,发生了这样的事情,舆论往往更多地谴责女性,也对女性更为不利。

说者无意,听者有心,就是焦大的这一通怒骂,让秦可卿知道她已经成了贾府里千夫所指的淫妇,平时对她尊敬无比的下人们就是这样在背后鄙视她的,而她还无法摆脱这个罪恶的家庭。那一天之后,她的心境就如同入了真正的地狱。

假如用悲悯的眼光去看待秦可卿,在这桩乱伦的罪恶中,她是受害者,她是一个自律很强、很顾体面的人,也是一个并不贪图财富的人,更是一个很敏感心很细很在意舆论的人。第十回写她刚生病时,尤氏对亲戚这样解释了她的病情:"虽则见了人有说有笑,会行事儿,他可心细,心又重,不拘听见个什么话儿,都要度量个三日五夜才罢。这病就是打这个秉性上头思虑出来的。"尤氏很清楚她的病因,她是因为人言可畏,忧郁成疾。第十一回,王熙凤和宝玉到宁国府去看她,王熙凤惊呼:"我的奶奶!怎么几日不见,就瘦的这么着了!"她在很短的时间内,就因为恐惧和羞耻感而憔悴得不成形了,面对着和她最知心的王熙凤,她说的话让人落泪:"这都是我没福。……我自想着,未必熬的过年去呢。"

"我自想着,未必熬的过年去呢。"这话意思再清楚不过,秦可卿已经有心要死了。她的病是心病,用现在医学的标准来看,秦可卿的病就是重度的抑郁症,她因为恐惧流言陷入了抑郁,已经有心想死了。脂评本《红楼梦》有多处批语写道:"焦大之醉,伏可卿之病至死。"秦可卿的死并不是因为在天香楼败露了奸情导致的,而是因为焦大的怒骂把她推到了宁国府舆论带来的耻辱之中。焦大的怒骂暴露得再清楚不过,宁国府尽人皆知她和贾珍的关系,但她自己此前并不知道这一点。秦可卿是个很要强的人,她一个贫家女嫁到宁国府,衣食无忧,长辈亲人都宠着她,下人也都尊敬她,她有什么可忧虑呢?她忧虑的正是自己身败名裂,成为贾府族人切齿咒骂的淫妇,被钉在耻辱柱上。

"威逼人致死"中有一类是因为性犯罪导致的,称为"因奸威逼人致死"。如果因为亲属相奸导致家族中的女性自杀,导致他人自杀的人要承担法律责任。清代法律明确规定:"强奸子妇未成而妇自尽,照亲属强奸未成例科断。"(《大清律例·刑律·犯奸·诬执翁奸》）¹"凡亲属犯奸至死罪者，若强奸未成，依律问罪，发边卫充军。"（《大清律例·刑律·犯奸·亲属相奸》）²按照这条法律规定，公公侵犯儿媳妇导致儿媳妇自杀的，要判刑流放边远地区充军。《刑案汇览》及其他刑事判例中有四起性侵子媳、孙媳致被害人自杀的案例，罪犯都受到了发边远充军的惩处，其中三起经过请示刑部以后还受到了加重处罚，虽然罪犯都没有被处死刑，但是受到的处罚也是很重的。³

亲属相奸是严重的犯罪行为，但法律又十分严格地保护家长的权利。这样的法律规定是自相矛盾的，这导致女性在这类犯罪中成了绝对的弱势群体。女性如果遭遇了禽兽公公，顺从、自卫和告发都有可能是死路，都有可能被处死刑。但是假如她选择自杀并留下控告，一方面能向舆论证明自己的清白，一方面还有可能让禽兽公公受到法律的严惩。嘉庆二十五年（1820）的那拉氏自杀一案说明了这一点。旗人妇女那拉氏上吊自杀身亡，从她的遗体棉袄里襟内发现了一个状纸，其中叙述她在丈夫亡故后立志守节，她的公公常亮经常调戏她，因为她不愿意顺从，常亮就经常找碴折磨她，还逼迫她改嫁，她不甘失节，自杀以表明自己坚贞的志向。那拉氏自杀后，她所在的镶黄旗满洲统领向官府报告，官府派人来验尸，发现了藏在棉袄里襟的状纸。经审理查明

---

1 这条例文于雍正三年修律时加入。参见马建石、杨育棠主编：《大清律例通考校注》，第958页。
2 这条例文是明律原有条文，清律沿袭。参见马建石、杨育棠主编：《大清律例通考校注》，第956页。
3 参见［清］祝庆祺等编：《刑案汇览三编》，第1995—1997页。［清］许槤、熊莪纂辑：《刑部比照加减成案》，法律出版社2009年版，第719页。

属实。常亮是刑部衙门的官员,此案经向嘉庆帝请示,嘉庆帝下旨予以加重处理:常亮被判在镶黄旗先戴枷示众一个月,再发配新疆充当苦差。[1]

在宁国府这桩亲属相奸的罪恶中,秦可卿是绝对的弱者,她的自杀固然是因为对痛苦的尘世不再有任何留恋,但也是唯一可能反抗罪恶的理性选择。

秦可卿在这样的精神和身体状况下,还会有心情和贾珍幽会吗?天香楼的那一晚,秦可卿不是要和贾珍幽会,而是和他谈判,希望终止这种可耻的关系,甚至可能提出希望离开宁国府。但是贾珍这样毫无廉耻的禽兽怎么可能被她打动呢?他们的谈判肯定是以秦可卿的再次屈服告终,贾珍在宁国府是个无法无天不受任何约束的恶霸,他不会愿意让秦可卿逃离他的魔爪。也许他们发生了争吵,最后不欢而散。贾珍走了,秦可卿绝望了,决定自杀脱离耻辱和恐惧。她早已有心自杀了,并不是这一天才起意的,只是选择了这个时刻和场所,为了更好地证明在这个耻辱的关系中她是无辜的,也希望娘家的人能为自己出头申冤。女性选择在夫家而不是其他场所自杀,这本身就是对夫家人的控诉。"在夫家死去的女性埋葬之前,必须由娘家人验尸。验尸通常由死者的兄弟姐妹来进行。这个风俗见于中国各地。如果发现尸体有可疑之处,如可能是自杀或被虐待致死的话,娘家是不允许尸体下葬的。这时夫家要和娘家协商交涉,在取得娘家人同意后才能埋葬死者。由此可以推断,在中国,在夫家受虐自杀的妇女们

---

[1] 参见[清]祝庆祺等编:《刑案汇览三编》,第1995—1997页。

相信，死后通过自己的尸体，娘家人可以为自己报仇雪恨。"[1]

七、瑞珠、宝珠与尤氏的困境

秦可卿就这样死了。贾珍应该很清楚，他们的关系不仅是为礼义廉耻所不容的，也是国法所不容的。贾府是位高权重的贵族，犯了法也不怕官府，奴婢和平民不敢随便到官府控告贾府的人，照王熙凤的话说，"便告我们家谋反也没事的！"（第六十八回）可是现在出了人命，秦家的人虽然地位低微，宁国府仍然需要火速处理，让他们不再声张把事情摆平。

俞平伯在《红楼梦辨》中推测瑞珠是因为发现了秦可卿和贾珍的关系害怕灭口而自杀。在清末修律以后，干名犯义罪等维护封建尊卑制度的罪名已经退出了历史舞台，家长的特权得以限缩，"威逼人致死"罪也基本不复存在了。民国初年的人们已经很难理解乾隆朝时的法律与社会了，俞平伯得出这样的理解也并不奇怪。《红楼梦》中多处出现"胳膊折了往袖子里藏"一语，第七回焦大酒后怒骂时最后说到"胳膊折了往袖子里藏"，第六十八回王熙凤因为贾珍国孝家孝中为贾琏主婚偷娶尤二姐到宁国府大闹，贾蓉说到"胳膊只折在袖子里"，都表明奴婢和卑幼十分清楚自己不能到衙门告发家主和尊长的罪行，即便去告发成功也是得不偿失的。回到《红楼梦》写作时的法律现实中去看，贾珍并不会害怕家族里的人知道他和秦可卿的关系，丫鬟是

---

[1]〔日〕上田信：《被展示的尸体》，载孙江编：《事件·记忆·叙述》，浙江人民出版社2004年版，第128页。

贱民，是这个家族中地位最低贱的人，主人把她们打死可能都不用承担什么法律责任。但是贾珍会害怕外人知道秦可卿的真正死因，原来她不是病死的，而是自杀的。秦家的人、和贾府有过节的政敌假如知道这件事，都有可能让他陷入牢狱之灾。秦可卿处事向来考虑周全，她既然选择了自杀，应该会留下什么遗言说明她的死因。

秦可卿自杀了，第一个发现她的遗体和遗言的人是贴身服侍她的丫鬟瑞珠和宝珠。瑞珠和宝珠不可能是到这一天才发现贾珍和秦可卿的关系的，她们肯定早就知情。但是现在发现秦可卿自杀，她们陷入了极度的恐惧，因为秦可卿的自杀是贾珍绝不愿意让外人知道的。她们不得不报告了贾珍，可能也报告了尤氏和贾蓉。秦可卿上吊了，她的遗体应该是贾珍指使瑞珠和宝珠卸下来以后安放的，遗体很快就被处理包裹，以免来祭奠的人发现不正常。瑞珠和宝珠成了这个事件最清楚内情的目击证人，除了她们，贾珍、尤氏和贾蓉都不愿意再有第六个人知道秦可卿的真实死因。她们害怕会被灭口，于是一个选择了立即自杀，一个选择了去铁槛寺守灵逃离贾府。宝珠自愿做秦可卿的义女在丧礼上引丧驾灵，极尽哀苦。宝珠是个很有智慧的少女，她很清楚贾珍这时最害怕她和秦家的人接触告诉他们真相，她表示要做主人的义女，在丧礼上极尽悲痛，用这种态度表明她是忠于宁国府的，就可以打消贾珍的疑虑，也可以在丧礼上全程参与一直去到城外停灵的铁槛寺，众目睽睽之下没有人能暗害她。整个丧礼，宝珠用尽了自己的智慧在与贾珍周旋，一直去到铁槛寺逃离了魔爪。作者设计这样一个人物，本意应该是要在后文让她起些关键的作用的。她应该得到了秦可卿的遗言,会在后文成为关键的证人。[1]

回到书中描写的那个时刻去看看,"彼时阖家皆知,无不纳罕,都有些疑心"。"纳罕"和"疑心"很清楚地说明了贾府中人们的反应,怎么突然就死了呢?人们只能是疑心秦可卿死得不明不白,怕是和贾珍有什么关系。

可是人们就算疑心,谁会去为这个弱女子多管闲事呢。书中写道,宝玉听闻了死讯,心痛不已,当时就要过去。他去了宁国府,只见里面哭声摇山振岳,他想见尤氏。谁知尤氏正犯了胃疼旧疾,睡在床上。出来再见贾珍,此时贾府族人都已来了。很快,秦可卿的父亲秦业、弟弟秦钟也都来了。

《红楼梦》的写法是很有章法的,作者写出很多大场面,不可能去还原每一个场景,但往往用不多的几句话就交代出其中的脉络。尤氏这时候突然不出来见客了,过去有不少人分析,秦可卿的死终于让尤氏知道了贾珍和她的关系,尤氏不能忍受这个残酷的事实,可能还和贾珍发生了争吵,这时候就不愿意出来了。

---

[1] 从瑞珠和宝珠在情节中承担的功能来看,作者此处的写法明显借鉴了赵氏孤儿故事中公孙杵臼和程婴的构思。作者完全可以不构思和写作一个丫鬟,比如只有宝珠。公孙杵臼与程婴忠仆的故事始见于《史记》,后在纪君祥《赵氏孤儿》中被沿用。为保全赵氏遗孤,公孙杵臼和程婴选择了一人假装已经带着秘密去死、一人活下来抚养遗孤。"公孙杵臼曰:'立孤与死孰难?'程婴曰:'死易,立孤难耳。'公孙杵臼曰:'赵氏先君遇子厚,子强为其难者,吾为其易者,请先死。'乃二人谋取他人婴儿负之,衣以文葆,匿山中。程婴出,谬谓诸将军曰:'婴不肖,不能立赵孤。谁能与我千金,吾告赵氏孤处。'诸将皆喜,许之,发师随程婴攻公孙杵臼。杵臼谬曰:'小人哉程婴!昔下宫之难不能死,与我谋匿赵氏孤儿,今又卖我。纵不能立,而忍卖之乎!'抱儿呼曰:'天乎天乎!赵氏孤儿何罪?请活之,独杀杵臼可也。'诸将不许,遂杀杵臼与孤儿。诸将以为赵氏孤儿良已死,皆喜。然赵氏真孤乃反在,程婴卒与俱匿山中。"(《史记·赵世家》)在纪君祥改写的杂剧《赵氏孤儿》中,程婴假意告密后,公孙杵臼触阶自杀而死。(纪君祥:《赵氏孤儿》第三折)瑞珠和宝珠在秦可卿故事中也承担了同样的功能,宝珠假装告知贾珍瑞珠得到了秦可卿的遗言,瑞珠假装已经带着秘密(秦可卿的遗言)触柱自杀,宝珠用尽智计活下来逃离贾府以保全秦可卿的遗言。

这种认识是用现代的夫妻关系去揣测古代的夫妻关系，是不符合《红楼梦》创作时代的社会现实的。尤氏在宁国府虽然是女主人，但其实是一个地位很尴尬的人，她是贾珍的继室，并不是原配，贾蓉不是她的亲生儿子，她没有子女。她的家族地位很卑微，父亲可能是一个普通的平民，父亲已经死了，母亲也早已死了，还有一个继母，继母改嫁时带过来两个和她没有血缘关系的妹妹，尤二姐和尤三姐。所以，实际上她没有任何有血缘关系的亲人，也没有任何家族的力量可以保护她，在宁国府她的地位可能还不如秦可卿，对于贾珍，她是不敢有任何违逆的。假如贾珍先她而死，她无权继承他的财产，她在家族中的生计要依靠她的继子贾蓉，所以她一直小心翼翼地和贾蓉处好关系。《红楼梦》中写道，后来她的两个妹妹来到宁国府，任凭她的丈夫贾珍和继子贾蓉欺辱，尤氏不敢替她们说一句话。她怎么可能为了秦可卿去和贾珍争吵呢？焦大怒骂的那个晚上她也在场，作者这样的写法分明在暗示，尤氏和贾蓉都是早已知情的，但他们也都是贾珍统治下的奴隶，不敢因此有任何不满。所以尤氏这时候称病不出来不可能是因为和贾珍别扭，而是因为秦可卿的死是一个可怕的事故，是可能给宁国府带来麻烦的，她是个弱女子，此时手足无措，不知道这时该怎样应对外人的疑问，尤其是秦家人的疑问，因为丧礼之上，外客来了都要来见家族的女主人。清代传世的女性自杀案例中，媳妇被婆婆辱骂后自杀也是很高发的类型，如果一个女性在夫家自杀了，娘家的人首先就可能怀疑她和婆婆的关系出了什么问题。尤氏在这个问题上不会心虚，但她觉得自己没有义务出来接受秦家人的质疑。秦可卿生前和她的关系处得很好，此时这样死了,她的内心深处应该是感到同情的,这样她就更不愿意出来见客人了。

八、离奇的葬礼

整个葬礼,贾珍成了主角,从名分上说,他是家长,应该出面主持,从因果上讲,这个悲剧是他造成的,这个摊子应该他来收。尤氏不敢和他争吵,但很清楚这个利害,她明智地选择了装病不出来见人。尤氏用自己的沉默表达了她的真实态度:秦可卿的死与我无关。贾蓉也不是在这时毫无伤心的,但他不是家长不应该主持丧礼,他这时最不愿意见到的也是秦家的人。

这是一个非常豪华的葬礼,宁国府为此不惜代价。"贾珍哭的泪人一般",还向族人表示:"如何料理,不过尽我所有罢了!"(第十三回)这样的描写是带有讥刺意味的,是在讥讽贾珍毫无廉耻,不顾体统,如果这样安葬自己的儿媳妇,以后该怎样对待自己的父亲呢?

贾珍到荣国府去请王熙凤来协理宁国府时还挂着拐杖,按照传统中国的亲属丧服制度,如果有些重要的亲属死亡,服丧时需要用丧杖,比如子女为母亲,孙子女为祖母,丈夫为妻子。公公为儿媳妇是不需要穿很重的丧服的,更不需要用丧杖。贾珍这时拿着丧杖,作者是在讥讽他以葬妻之礼来对待秦可卿。但是按照传统中国的丧服制度,丈夫为妻子服丧,如果父母还在就不应该拿丧杖。[1]这样的描写是在辛辣地讽刺贾珍是个目无尊长毫无孝道的无耻之徒。

　　葬礼的最高峰是贾珍此时出钱给贾蓉捐了一个五品的御前龙禁尉，这样贾蓉就有了官职，秦可卿也就成了诰命夫人，出殡的时候体面很多。贾珍看了好几副棺材都觉得不如意，薛蟠给他推荐了一副罕见的木料，说是原来的义忠亲王给自己定的，后来这亲王犯了法就没有用。贾政十分谨慎，劝说这样的东西不是常人能享用的，但是贾珍不听，执意就用了这副棺材。传统中国的法律是非常讲究器物与身份相称的，地位低的人不能僭用高等地位的人专用的器物。贾政很清楚，义忠亲王是皇族，贾府的人不能僭用皇族专用的器物，这是违反礼制和法律的。贾珍根本不顾忌，可见他无法无天惯了。

　　从心理学的角度来说，贾珍这时极尽奢华、逾越礼制地操办丧礼，到底出于什么动机？是出于极度伤心感到内疚自责希望以此补偿死者吗？《红楼梦》写人物是很客观的，即便十分反面的人，作者有时也会写出他们某一点闪光的品性。但是对于贾珍，作者极力鞭挞，不遗余力，贾府里的男人恐怕没有比他更无耻的了。贾珍丧礼的表现，更可能是另外两方面的原因：一是给死者的亲属有个交代，让他们平息疑虑；二是他心虚恐惧，害怕受到死者的诅咒。

---

1 齐衰杖期服制包括："嫡子众子为庶母，嫡子众子之妻同（庶母父妾之有子女者，父妾无子女不得以母称矣）；子为嫁母（亲生母，父亡而改嫁者）；子为出母（亲生母为父所出者）；夫为妻（父母在，不杖）。"《大清律集解附例·服制·齐衰杖期》，[清]沈之奇撰，怀效锋、李俊点校：《大清律辑注》，第31页。着重号为笔者所加。

秦可卿突然死去，贾府的人们都感到"纳罕"和"疑心"，那难道她的家人不会一样"纳罕"和"疑心"吗？他们应该早已知道她的病情和诊断，在她病中可能还来探望过。他们也应该根本没有想到她怎么突然就会死。如果是病死的，最后弥留之际不是应该和家人见一面吗，不是还应该留下什么遗言吗？可是就这样突然死了，他们来时应该会去看下遗体，难道看了不觉得死得不明不白吗？所有这些细节书中都没有写。

所有这些作者不愿写的，就是宁国府这桩罪恶背后隐藏的人生的无奈。秦可卿的出身并非显贵，父亲秦业是个小官，家境并不宽裕，早年因为没有子女从养生堂里抱养了她，秦钟是秦业五十岁时生的儿子，不是她的亲弟弟。秦业和宁国府有些渊源，就和贾珍结了亲，把秦可卿嫁给了贾蓉。所以秦可卿和尤氏一样，没有任何和她有血缘关系的亲人。宁国府的老少当家人，都娶了一个近乎是孤女的寒门女子，他们在这家族里边干尽坏事，都不用担心姻亲会对他们有什么不满。相比尤氏，秦可卿的境遇还稍好一点，她的养父好赖还是个官，假如她们父女情深，这时她死得很突然，秦业还可能深究原因给她讨个公道。

秦业把秦可卿嫁给贾府，应该就是为了攀附贾家的权势，结一门有势力的亲戚。可是秦可卿来到贾府以后也没给自己的父家谋取多少财产，书中写得很清楚，秦钟要去贾府的义学上学，秦业很高兴，可是实在拿不出来多少钱，东拼西凑给先生准备了二十四两银子的拜师礼。秦钟的拜师礼都是秦业到处借凑来的，秦业虽然是个小官，但秦家并不宽裕。此时秦可卿突然死了，能给她的家人留下什么呢？虽然她在贾府很受长辈喜爱，但她并没有独立的财产所有权,也没有王熙凤那样的头脑给自己攒私房钱。

　　细读《红楼梦》,作者其实悄无声息地交代了在秦可卿葬礼上贾珍和秦家人的博弈,让读者领悟到底发生了什么。秦可卿死后不久,第十六回就写到,秦业因为秦钟和智能儿私通,打了秦钟一顿,气得老病复发,没几天就死了,秦钟本来就体弱,这时痛悔不已,也病倒了,他的魂魄弥留之际,"又记念着家中无人掌管家务,又记挂着父亲还有留积下的三四千两银子"。原来秦可卿死后,秦家突然有钱了,有了三四千两银子的巨款,这钱从哪里来的呢?原来秦可卿死了不久她的父亲就气死了,真的只是为了儿子不争气这一个原因吗?脂评本《红楼梦》在"三四千两银子"这句下有一句批语:"更属可笑,更可痛哭。"[1] "更属可笑"是说秦家的人懦弱无能,只能拿了贾珍的钱息事宁人,所以很可笑;"更可痛哭"是说秦可卿死后她的家人不敢为她讨还公道,只能接受了贾珍给他们的钱从此闭嘴,所以让人痛哭。秦可卿以这样的死为她的家人换来了一笔巨款。她的父亲应该是很爱她的,也许怀疑她的死因,但是已经年迈无力,又胆小怕事不敢声张,再看着儿子这么不争气,没多久就气死了。秦钟病倒之后不久也死了,临死只见了宝玉一面。秦家的人就这样一家都没了。

---

[1] 俞平伯辑:《脂砚斋红楼梦辑评》,第211页。

九、原型何人

宁国府这桩亲属相奸致人自杀的罪恶就这样被掩盖和平息了。秦可卿的死绝不是什么香艳刺激的八卦剧,而是一个贫家女子嫁入豪门遭遇凌辱含恨而死,也毁了她的整个家庭的莫大的悲剧。在清代社会男尊女卑、官尊民卑的社会背景下,这样的悲剧可能在很多贵族家庭里上演,秦可卿并不是唯一的受害人。《刑案汇览》中收入了二十余件翁媳相奸的犯罪,这些是被官府发现也得到处理的案件,但在当时的社会中,应该还有很多像秦可卿这样的被害人,她们的自杀事实被掩盖了,导致她们自杀的罪恶可能也被永远掩盖了。

了解了清代关于亲属相奸和自杀的法律,俞平伯先生提出的那八大悬疑都能迎刃而解:瑞珠并不是因为看到了秦可卿和贾珍的通奸去自杀的,而是因为看到了秦可卿的自杀,恐惧被灭口所以自杀的。宝珠也是因为同样的原因,选择了用曲折迂回的方式逃离了宁国府。尤氏也不是因为知道了秦可卿和贾珍的通奸而郁闷不愿意出来见人的,而是因为秦可卿死得不明不白无法应对她娘家人的疑问。贾蓉也不是在这时毫无伤心的,但他不是家长不应该主持丧礼,他这时最不愿意见到的也是秦家的人。

曹雪芹写了这样一个悲剧,用草蛇灰线的笔法揭示了这悲剧的前前后后,他本来写得更详细,后来不得不把其中一些比较直接的情节删去了。根据脂砚斋的批语,曹雪芹塑造秦可卿这个人物可能真有原型。这个女子应该是作者和批书人都认识或至少是知道的人,这件事情也是当时很多人都知道的,批书的人觉得这样写出来会让知情的人看到以后很难受,所以就让曹雪芹"大发慈悲心"把这一段给删了。

《红楼梦》是小说,不是实录,但是可能会利用一些同时代的素材。脂评本《红楼梦》的批语说明,秦可卿可能真有原型,真的有一家人发生了翁媳相奸致人自杀的罪行。那到底是谁家的人呢?从情理上说,作者既然听从了批书人的建议大幅删改,目的就是为了为尊者讳也不给原型家庭带来法律上的麻烦,所以删改后的文字不可能留下让人猜度原型的痕迹。即便秦可卿真有原型,作者在创作时也肯定经过了创造性的加工,以让这个故事更具有艺术震撼力。作者把一个真实的亲属相奸加工成了小说中的情节,让读者看到清代社会常见的一种罪恶,揭露当时黑暗的法制现实,这比秦可卿的原型是谁要重要得多,因为秦可卿的死代表的不仅仅是她一个人的悲剧,而是当时社会很多女性遭遇的共同悲剧。

红学家戴不凡先生认为,最初作者写的秦可卿之死应该没有那么早,而应该是在七十多回贾府行将衰败之时。在批书人建议下作者被迫改写,秦可卿的死就被提前到了第十三回。[1]

仔细读《红楼梦》,会发现第十三回秦可卿死后"贾蓉之妻"这个人物仍然出现过很多次,但书中从没有交代贾蓉何时续娶了。第七十五回写贾珍守孝不堪寂寞,先是招来族内子弟习射游戏,没几天就觉得不过瘾,索性开始聚众赌博了,招了邢大舅、薛蟠和一干纨绔子弟每晚狂赌,还玩弄娈童。八月十三这一天晚

---

[1] 参见戴不凡:《秦可卿晚死考——石兄〈风月宝鉴〉旧稿探索之一节》,载戴不凡:《红学评议·外篇》,文化艺术出版社1991年版,第257—268页。

上,尤氏从荣国府回来,有心要看看贾珍等人怎样取乐,她在窗外静观,后来听到一个少年纨绔子弟说出非常不堪的脏话,就不由得在窗外啐了一口,骂道:"你听听,这一起子没廉耻的小挨刀的,才丢了脑袋骨子,就胡吣嚼毛了。再肏攮下黄汤去,还不知吣出些什么来呢。"尤氏的性格一贯无原则地从夫,这一回突然有心要偷窥贾珍在干些什么,她在窗外看不下去了,甚至啐了一口,这表现实属异常。

第二天是中秋节的前一天,宁国府开了夜宴欢庆,贾珍和姬妾们饮酒划拳,趁着酒兴又让两个妾侍吹箫唱曲,直到三更时分,就在这时,

> 大家正添衣饮茶,换盏更酌之际,忽听那边墙下有人长叹之声。大家明明听见,都悚然疑畏起来。贾珍忙厉声叱咤,问:"谁在那里?"连问几声,没有人答应。尤氏道:"必是墙外边家里人也未可知。"贾珍道:"胡说。这墙四面皆无下人的房子,况且那边又紧靠着祠堂,焉得有人。"一语未了,只听得一阵风声,竟过墙去了。恍惚闻得祠堂内槅扇开阖之声。只觉得风气森森,比先更觉凉飒起来,月色惨淡,也不似先明朗。众人都觉毛发倒竖。贾珍酒已醒了一半,只比别人撑持得住些,心下也十分疑畏,便大没兴头起来。勉强又坐了一会子,就归房安歇去了。(第七十五回)

宁国府的祠堂墙下传来了一个人的长叹声,吓得众人毛发倒

竖。戚蓼生序的《石头记》在这一回有批语:"贾珍居长,不能承先启后丕震(振)家风,兄弟问柳寻花,父子呼幺喝六,贾氏宗风,其坠地矣。安得不发先灵一叹!"[1]那是宁国府先人的叹息。贾珍的胡作非为,连他一贯无原则顺从的妻子都看不下去了,列祖列宗的鬼魂发出了长叹,他们仿佛看到了他不久之后就将身败名裂,为自己的种种恶行付出代价。

从《红楼梦》故事的整个节奏来看,贾府的罪恶一直是和人命案相伴,而且恶行越来越明显,越来越出格。张金哥、金钏儿、鲍二家的、尤三姐、尤二姐先后自杀而死,秦可卿的自杀应该在这些事件之后更符合小说本来的节奏。所以秦可卿死在第七十五回以后才是比较合情合理的。

从《红楼梦》留下的各种抄本来看,有一些十三回以后的抄本异文也能印证原本秦可卿晚死的可能性。《红楼梦》第六十七回列藏本中有一段别的版本中没有的文字,写王熙凤听平儿说了贾琏偷娶尤二姐的事,找来旺儿、兴儿问明了实情,气得面如金纸。她开始向平儿怒骂贾琏好色,平儿劝她说"这都是珍大爷的不是"。王熙凤就开始数落尤氏和贾珍,说到贾珍毫不客气:

> 若论亲叔伯兄弟中,他年纪又最大又居长,不知教导学好,反引诱兄弟学不长进,担罪名儿,日后闹出事来,他在一边缸沿上站着看热闹。真真我要骂,也骂不出口来。再者他那边府里的丑事坏名儿,已经叫人听不上了,必定

---

1 [清]曹雪芹:《戚蓼生序本石头记》,人民文学出版社1975年版,第2911页。

也叫兄弟学他一样，才好显不出他的丑来。这是什么做哥哥的道理，倒不如撒泡尿浸死了，替大老爷死了也罢了，活着做什么呢。你瞧东府大老爷那样厚德，吃斋念佛行善，怎么反得了这样一个儿子孙子！大概好风水，都叫他老人家一个人拔尽了。[1]

　　列藏本这段异文真伪向来有争议，但也有论者认为这是《红楼梦》的早期乾隆抄本残存下来的，其他各版本的第六十七回应是在这个更早的抄本基础上修改而成的。[2]这里王熙凤说"他（贾珍）那边府里的丑事坏名儿，已经叫人听不上了"，如果秦可卿已经死去了，王熙凤和她生前关系很好，怎么可能在死者死后言及与死者有关的不名誉的事？一种可能的推测就是：列藏本中这段异文是根据一个较早的抄本抄出，那时曹雪芹还没有修改秦可卿的死亡时间将其提前到第十三回，宁国府里传出了贾珍乱伦的风言风语，荣国府里也传言甚众，王熙凤本来不愿议论此事，可是此时贾琏偷娶了尤二姐威胁到她的利益，她发现是贾珍在撺掇这桩婚事，心恨不已，就对平儿说出了这番话。

　　另外，《红楼梦》第六十八回写到，王熙凤得知贾琏被贾珍父子撺掇偷娶尤二姐的事，心生毒计，决心报复贾珍父子和贾琏，她让心腹仆人旺儿指使尤二姐原来的未婚夫张华到衙门控告他们三人。都察院受理之后，不敢到荣国府传贾琏来问话，只派

---

[1] [清] 曹雪芹著，脂砚斋评：《红楼梦》（脂汇本），岳麓书社2011年版，第717页。着重号为笔者所加。
[2] 参见蒋维锬：《再谈列藏本的年代问题》，载《红楼梦学刊》1988年第3期，第245—247页。

衙役传了旺儿来问话。但是到宁国府，衙役却敢去传贾蓉问话。"都察院又素与王子腾相好，王信也只到家说了一声，况是贾府之人，巴不得了事，便也不提此事，且都收下，只传贾蓉对词。"《红楼梦》的作者显然很了解清代的相关法律，知道官员有权不躬对诉讼，衙门不可传官员亲自来答话，[1]所以不敢传贾琏来。但是贾蓉在第十三回秦可卿死时也已有了官职，是五品的龙禁尉，为什么这时衙门就敢传贾蓉来答话呢？一个合理的解释是：秦可卿在原本中的设计是在第六十八回以后死的，尤二姐事发时贾蓉还没有官职，后来中途改写，将秦可卿之死提前到第十三回，后文出现的很多纰漏还没来得及一一改正弥合，所以才出现第六十八回贾蓉被传去答话这处矛盾。

综合种种迹象来看，戴不凡先生的这个结论是很有道理的，秦可卿临死前托梦给王熙凤，一直在忧虑贾府会由盛转衰，她非常恳切地说："如今我们家赫赫扬扬，已将百载，一日倘或乐极悲生，若应了那句'树倒猢狲散'的俗语，岂不虚称了一世诗书旧族了！"（第十三回）这样的话在第十三回就出现是不太和谐的，所以作者最初写的秦可卿之死应该是在第七十五回以后，贾府已经显示出各种丑恶和弊端，已经离垮不远了，连王熙凤、尤氏都已经看不下去了，宁国府的祠堂外都传来了先人的叹息，秦可卿关于贾府败落的预言在她死后不久就应验了。

红学家王昆仑先生认为，其实《红楼梦》中秦可卿的塑造是一个败笔，中途删改，又没有完全衔接上，导致出现很多矛盾的

---

[1]《大清律例·名例律·职官有犯》："凡在京在外大小官员有犯公私罪名，所司开具事由，实封奏闻请旨，不许擅（自勾）问。"

地方，尤其是她的性格出现了矛盾。[1]曹雪芹因为受到了批书人的干扰，打乱了自己的写作计划，其实他可能不愿意这样删改，但为了顾忌批书人的感受被迫删改了，有些地方他还是坚持不愿意改，比如焦大的怒骂，比如瑞珠的自杀、宝珠的离开，所以如果我们用心去读的话，还是能读出一些原本的蛛丝马迹，但是毕竟留下了缺憾。

　　脂砚斋的批语对于理解《红楼梦》的创作过程很有帮助，但对于这些批语不能过高估计，不能用它们来代替作者本人的创作。从《红楼梦》中很多批语都可以发现，批书人的思想境界和作者本人是无法相提并论的，很多时候批书人都站在封建礼教的角度评头品足，见解陈腐甚至庸俗。批书人的干扰显然对作者的写作形成了很大的障碍。批书人可能觉得应该为尊者讳，另外，自杀在清代就是人命案，曹雪芹把这事过于真实地写出来能让读者看出这是谁家的事，也是可能给这家人带来法律上的麻烦的。批书人的见解也显然更符合当时的流俗，认为在这桩真实的罪恶中过错更多在女性。曹雪芹精心设计的情节被删改，他肯定是感到郁闷的，也许就有些不太负责任了，就写出一些调侃的笔调，比如描写秦可卿的卧室。[2]

　　王蒙先生评《红楼梦》时曾指出，书中秦钟的死写得很不负责，有些潦草，大约摊子铺得太大了，为了主线情节，就早早安排这个人物去死了。[3]《红楼梦》中秦家的名字都安排成了谐音，秦业（情孽）、秦钟（情种）、秦可卿（情可轻），秦家人在

---

1 参见王昆仑：《红楼梦人物论》，北京出版社2003年版，第52页。
2 参见本章第四节"秦可卿自杀的导火索——焦大之怒"。
3 参见王蒙：《双飞翼》，生活·读书·新知三联书店2006年版，第140页。

秦可卿死后不久也都很快死去。这样的安排也许不是作者最初的设计，而是因为此事有原型，批书人坚持要让作者删改，作者无奈就只有故弄些玄虚，编出这么几个古怪的名字，还安排这家人都很快死去，以免露出原型的痕迹。很有可能，他为了应付批书人的监督，也给秦可卿写了一篇敷衍了事的批语："情天情海幻情身，情既相逢必主淫。漫言不肖皆荣出，造衅开端实在宁。""情"是"秦"的谐音，曹雪芹不能根据自己最初的判断来总结秦可卿的人生，批书人坚持要他把秦可卿塑造成引发这桩罪恶的祸水，他就只有给秦可卿作了一个红颜祸水的结论："情（秦）天情（秦）海幻情（秦）身，情（秦）既相逢必主淫。"脂砚斋批语中出现的"秦可卿淫丧天香楼"也未必是作者本来设计的第十三回回目，脂批暴露出作者和批书人在这一回的写作上发生了很大的争议，最终的结果是作者屈服，按照批书人的意愿删改了，"秦可卿淫丧天香楼"可能是批书人为作者拟定的回目，而并非作者的本来设计。[1]

---

[1] 2021年3月25日在东南大学的学术研讨中，一位不知名的听众根据脂批和十二钗的判词提出了一些疑问，她认为秦可卿在原书中可能是一个并不完美的被害人，而笔者试图把她塑造成一个完美的被害人。这是一个非常好的疑问。但本书仍坚持遵循阐释学的悲悯原则，试图对秦可卿之死做逻辑自洽的解释，从当时的法律状况和社会背景来看，从脂评本批语中暴露出的作者与批书人的激烈思想冲突来看，这样的解释也是完全可能符合《红楼梦》最初未受干扰的创作真相的。《红楼梦》诞生于文字狱酷烈的时代，甲戌本卷首凡例明言："此书不敢干涉朝廷，凡有不得不用朝政者只略用一笔带出，盖实不敢以写儿女之笔墨唐突朝廷之上也。又不得谓其不备。"（俞平伯辑：《脂砚斋红楼梦辑评》，第1页。）秦可卿是金陵十二钗中最具争议性的人物，其判词未见得全为作者对主线人物的真实判断，秦可卿在书中的情节被批书人敦促大幅删改，这种删改不仅仅全为隐人之讳，也暴露出了作者与批书人在价值观上的根本冲突，批书人的价值观显然更符合当时社会的流行看法，当时的社会，人们对性犯罪的流行认识就是"被害人有罪论"。秦可卿之判词出现在开篇不久，判词、回目和篇首文字是文字审查时最可能被翻阅和寻找罪错的地方，为避免文字审查的祸事，作者对秦可卿的判词更可能贯彻批书人的意图以符合流俗，而不是坚持他自己的价值判断。

作为一个文学人物，秦可卿的塑造的确留下了缺憾。本来在很多方面，秦可卿都是一个近乎完美的女性，她美丽性感，性情温柔平和，对长辈很孝顺，对下人很仁慈，并不贪图财富，处世也比较低调，最可贵的，她还很有见识，她临死前给王熙凤托梦担忧贾氏家族将来败落，劝王熙凤要留意管理为家族留后路，这不是当时一般女性所能有的见识。可是经过删改，再加上脂评本的评语和后世一些文人的过度想象，似乎她又变成了一个淫妇的形象。这充分说明作家的自主创作太重要了，假如不是受到批书人的干扰，曹雪芹能够完全自主地创作，秦可卿完全可以塑造得更加合逻辑和没有矛盾。但是曹雪芹能写出这样的悲剧，绝不是为了记录某一个贵族家庭的轶事给读者提供八卦的素材，而是为了揭示当时社会的黑暗和女性在其中可能遭遇的苦难，这样的悲剧不仅仅属于秦可卿一个人，在当时的社会，有很多女性都在遭遇类似的苦难。但她们的美丽和灵魂的高贵并不会因此失色，她们的遭遇足以让我们反思传统中国到了它的最末阶段时，男尊女卑成了束缚这个社会发展的沉重的桎梏，男尊女卑的社会现实吞噬了很多像秦可卿一样才情超群的女性，假如她们生在合理的社会环境中，她们本来可以有幸福绚烂的人生。

在《红楼梦》已经失传的八十回后真本中，在曹雪芹最初设计的写作中，秦可卿的含恨死去可能是导致宁国府垮台的重要原因，这件亲属相奸致人自杀的案情会被翻出来，仍然在世的宝珠会成为重要的证人，贾珍会因此受到法律的制裁，宁国府也因此彻底败落。这样的创作才是合乎逻辑的。

第三章

赵姨娘的诅咒
与清代的巫术犯罪

　　《红楼梦》里写人物是很客观的,作者几乎不会用脸谱化的手法来处理任何一个人物。书里作者很肯定的人,有时也会写出他们很不可爱的地方。林黛玉有时候会使小性,有时候爱钻牛角尖,有时候说话尖酸刻薄,比方说她给刘姥姥起了个外号叫"母蝗虫",对社会下层的劳动者毫无同情心。金陵十二钗其他的人物,曹雪芹也是这样写的,有些方面很可爱,有些方面很不可爱。比如薛宝钗,很多时候她的待人接物、人情世故都是近乎完美的,简直像个女圣人,但是一个十几岁的少女就想得这么多、城府这么深,有时候也让人觉得有点可怕。这书里边明显归于反面的人物,比如薛蟠、贾琏等,也能发现他们一些很可爱的地方。薛蟠虽然不少干坏事,但对他的母亲很孝顺,对妹妹也很关心,人也非常直率,不太使奸使诈。贾琏虽然很好色,但本性还比较善良，不愿意做过分欺负人的事情，贾雨村把石呆子逼死了抢走了他的扇子来巴结贾赦，贾琏就觉得这事做得太过分了，很不以为然。曹雪芹对他笔下的这些人物，并没有很强烈的爱憎和分别心，他只是要展现人生的各种可能性。他对当时的社会有很深刻的洞察，他塑造出的每一个人物，言行和想法都符合当时社会的逻辑，也符合他们身处的具体情境。他对他们几乎不做什么评判，只是让读者看到生活的真实。

但很多红学家都指出，《红楼梦》里有两个人，作者写他们似乎是一无是处的，就是赵姨娘和贾环。也许在作者的真实生活里，有过类似的很不愉快的经历，留下了心理阴影，所以才塑造出这样两个人物。

一、妻妾的区别

《红楼梦》第二十五回，贾宝玉的脸被贾环用灯油烫伤了，凤姐、李纨、宝钗都来看望他，黛玉这时也来了，凤姐和她说笑，说要让林黛玉嫁给贾宝玉。黛玉有些不好意思，想要出去，被众人留住了。接着众人被王夫人的丫鬟请走了，只剩下宝玉和黛玉。"宝玉拉着林黛玉的袖子，只是嘻嘻的笑，心里有话，只是口里说不出来。"黛玉觉得不好意思又要想走，就在这样喜悦的时刻，突然发生了不幸的事。宝玉忽然"嗳哟"了一声，说："好头疼！"又大叫一声："我要死！"将身一纵，离地跳有三四尺高，口内乱嚷乱叫，说起胡话来了。黛玉吓坏了，忙和丫鬟们去唤了王夫人和众人来，宝玉越发疯得厉害，"拿刀弄杖，寻死觅活的,闹得天翻地覆",贾母和王夫人等哭得死去活来,这还不够乱,这时凤姐也疯了,只见"凤姐手持一把明晃晃钢刀砍进园来,见鸡杀鸡,见狗杀狗,见人就要杀人"。

宝玉和凤姐就这样突然疯了,虽然后来他们被一个和尚一个道士治好了,贾府里的人们并不知道他们得这疯病是什么原因,可能会觉得他们是被恶鬼附体了。书里交代,是赵姨娘非常恨他们,花钱请了马道婆诅咒他们,这一罪行到八十回后才败露。

传统中国的大家庭中,妻和妾、嫡出和庶出子女之间的关系是非常紧张的。在很大程度上,这是法律制度造成的。

赵姨娘为什么这么恨王熙凤呢?王夫人表面上还是能容得下赵姨娘的,一般不会公然排斥她。王熙凤是王夫人的内侄女,和贾府亲上做亲嫁给了贾琏。王熙凤能在贾府里边总管事务,她和王夫人的这层关系是很重要的因素。王熙凤确实才干出众处事周到,深得贾母的认可,但她的出身也是很重要的原因。王熙凤和王夫人结成了坚固的利益同盟,她既要维护王夫人在贾府中的地位,也要维护王家人在贾府中的利益。王夫人不愿意落人口实公然排斥赵姨娘,王熙凤可就不顾忌那么多,她很多时候都能替王夫人出头来训斥赵姨娘。王熙凤对待地位比她低的人向来没什么顾忌,很多时候连表面功夫都不做,这种处世方式也很容易被人记恨。第二十五回写赵姨娘和周姨娘来看宝玉,李纨、宝钗、宝玉等都让她两个坐,"独凤姐只和林黛玉说笑,正眼也不看他们"。

第二十回写贾环到宝钗母女的院中和丫鬟们玩赌钱,输急了赖账,宝钗的丫鬟莺儿觉得委屈,就抱怨了几句:"一个作爷的,还赖我们这几个钱,连我也不放在眼里。前儿我和宝二爷顽,他输了那些,也没着急。下剩的钱,还是几个小丫头子们一抢,他一笑就罢了。"贾环就伤心了:"我拿什么比宝玉呢。你们怕他,都和他好,都欺负我不是太太养的。"说着,便哭了。不久宝玉来了,他倒是好心,就劝贾环去别处玩。贾环回到他的母亲处,赵姨娘问了缘由,就骂贾环出气:"谁叫你上高台盘去了?下流没脸的东西!那里顽不得?谁叫你跑了去讨没意思!"

赵姨娘这样的教育方式是很成问题的,贾环自小和这样的母亲一起长大,心理不可能很阳光。她这样骂贾环,不巧王熙凤从窗外经过听见了。王熙凤是个火暴脾气,隔着窗户就开始教训赵姨娘:"大正月又怎么了?环兄弟小孩子家,一半点儿错了,你只教导他,说这些淡话作什么!凭他怎么去,还有太太老爷管他呢,就大口啐他!他现是主子,不好了,横竖有教导他的人,与你什么相干!环兄弟,出来,跟我顽去。"贾环平素非常怕王熙凤,就被王熙凤领出去和丫鬟们玩去了,赵姨娘一声也不敢吭。

传统中国实行一夫一妻多妾制,妾在丈夫的家中地位是很低下的。纳妾的原因是很复杂的。有的是因为正妻无子,为了传宗接代纳妾。有的是因为婚姻不自由,夫妻感情不和,妻子只能由父母选择,妾则可以自己选择。有的是因为男人长期在外,妻子必须在老家照顾父母,夫妻长期分居,需要有人就近照顾生活。[1] 瞿同祖先生在《中国法律与中国社会》中指出,妻和妾的区别在于:首先,娶妻要由父母做主,要经过六礼的隆重仪式。妾一般

---

[1] 参见程郁:《清至民国蓄妾习俗之变迁》,第86—92页。

是买来的，不需要什么隆重的仪式，在法律上，妾不被视为丈夫的配偶。其次，妾在丈夫的家中不算家族成员，她和丈夫的亲属之间不发生亲属关系，不被视为这些人的亲属。她和他们之间相互没有亲属的称谓，有丧事时也没有亲属的服制。他们称呼她"姨太太"或"姨娘"，她只能像仆人一样称呼这些人为老太爷、老太太、老爷、太太或少爷、小姐。甚至对于老爷太太所生的子女也要如此称呼，比方说宝玉，赵姨娘就应该称呼他"二爷"。除非是她自己亲生的子女，她才能直呼其名而有母子的关系。再次，她自己娘家的亲属不被视为丈夫的姻亲，他们之间根本不成立亲戚关系。妾不能进入宗庙祭祀，她不被视为丈夫宗族的成员。[1]

所以，按照传统中国的宗法制度，赵姨娘不算王熙凤的婶娘，她们之间没有法律上的亲属关系，也没有亲属的名分。王熙凤在贾府里是主子，赵姨娘却不是主子。当然她也不算奴才，她的地位介于奴才与主子之间。王熙凤是管家，赵姨娘犯了家族的规矩，王熙凤还就是可以训斥她的。赵姨娘在贾府的地位还不如她的子女，她的孩子因为父亲的缘故，能成为这家里的主子，地位比她要尊贵。王熙凤说贾环"他现是主子，不好了，横竖有教导他的人，与你什么相干！"这话还真没有说错。

所以《红楼梦》里赵姨娘的地位是十分尴尬的。第五十五回讲到探春不认舅舅的故事，凤姐身体不适，李纨和探春暂时替她管家。李纨素性不多事，探春却不愿让家人们小看自己这个年轻

---

[1] 参见瞿同祖：《中国法律与中国社会》，第156—158页。

姑娘。贾府里的家人势利而且狡猾，都要等着看她把事办砸好看笑话。赵姨娘的兄弟赵国基死了，李纨想起前阵子袭人的母亲死了赏了四十两，就说要照此办理。探春却要叫家人翻出常例，指出这四十两不合规矩，规矩是赏二十两。赵姨娘死了弟弟，女儿却这样无情，她忍不住要来和她理论。进得门来，她就忍不住哭了起来。"我这屋里熬油似的熬了这么大年纪，又有你和你兄弟，这会子连袭人都不如了，我还有什么脸？连你也没脸面，别说我了！"母女间的争执后来到了非常不堪的地步，李纨还想要息事宁人，也在善意地提醒探春：你照顾你母亲的弟弟原本没有什么错。探春却偏偏不领情，表示赵国基不是她的舅舅："谁是我舅舅？我舅舅年下才升了九省检点，那里又跑出一个舅舅来？"（第五十五回）探春的这些话现在听来不近人情，但正合于传统社会的礼法。妾的亲属不被视为家族的亲属，即便有血缘关系，庶出的子女也不是他们的亲属。只有正妻的亲属才是家族的亲属，王夫人的哥哥王子腾才是贾政子女们名正言顺的舅舅。

　　探春接着说得更伤心了："何苦来，谁不知道我是姨娘养的，必要过两三个月寻出由头来，彻底来翻腾一阵，生怕人不知道，故意的表白表白。也不知谁给谁没脸？幸亏我还明白，但凡糊涂不知理的，早急了。"为什么提到自己的出身她就这么伤心呢？传统中国的女性，只有嫁人一条出路，而庶出的女儿，在订立婚约时是可能遭遇歧视的。联姻的首要考虑是对方的门第和亲戚关系，庶出的女儿往往不被父亲重视，也没有有势力的血亲，这些都是对她不利的。

　　但是庶出的女儿一般不会继承父亲的财产，和嫡子倒是没有什么利益冲突。探春和宝玉就处得非常好，甚至看待宝玉比她自己的亲弟弟贾环还亲一些。探春的弟弟贾环，却有和探春不一样的苦恼。贾环虽然还年幼，他的母亲却从小就开始给他灌输他成年后会遇到什么样的危机。

妾的地位在家族中这样低下，她的孩子却能变成主子阶层，但他只是庶子。按照传统中国的继承制度，嫡长子可以继承父亲的法律身份，贾珠早死，贾宝玉就成了贾政实际在世的嫡长子。贾政如果有世袭的爵位，将来就可以由贾宝玉继承。庶子和嫡子的地位在宗法制度中是无法相提并论的，如果家长的正妻没有儿子，庶子才可能继承父亲的法律身份。满族人本来是没有嫡长子继承制度的，入关以后推行汉化，自康熙朝开始，嫡长子继承的宗法制度也就在满族人中普及开来。涉及到财产继承，清代法律规定："嫡庶子男，除有官荫袭先尽嫡长子孙，其分析家财田产，不问妻妾婢生，止以子数均分。"（《大清律例·户律·户役·卑幼私擅用财》）历史学者程郁指出，虽然理论上所有的儿子可以均分家产，不分嫡庶，但由于传统家庭中正妻有较大的发言权，如果丈夫早亡，在分家时庶子就很可能受到压抑。[1] 所以嫡子和庶子的关系也非常紧张，清代传世的案例中常有因为争夺家产，嫡子庶子闹出人命的。

《红楼梦》里妻和妾的关系都比较紧张，一般都是正妻排挤妾，但是王夫人对赵姨娘还算基本能包容，因为她有儿子，贾宝玉深得贾母的宠爱，在贾府里如众星捧月一般。长子贾珠虽然早

---

[1] 参见程郁：《清至民国蓄妾习俗之变迁》，第244页。

逝，但还有儿子贾兰在世。所以王夫人看赵姨娘，心理上是不会怯场的，她不仅有儿子，还是个很争气很受宠的儿子，赵姨娘和贾环威胁不到她的地位。但她也不是没有任何风险，她的第一个儿子贾珠就早亡了，如果贾宝玉再出点什么意外，贾环就可能成为贾政的继承人，甚至可能继承他的法律身份。

赵姨娘是贾府里最让人轻贱的姨娘，她的让人轻贱恐怕有出身的原因。《红楼梦》里有些妾原来是良人，并不是买来的丫鬟，比如尤二姐。有些妾原来是正妻带来的陪房丫鬟，比如平儿，她和王熙凤就好相处，因为本来就是主仆，相识多年彼此早有了解和磨合。作者虽然没有交代赵姨娘的出身，但可以推断的是，赵姨娘的出身既非良人，也不是王夫人的陪房丫鬟，她很有可能是贾府的家生奴仆，原来服侍过贾政，被收作了贾政的妾。当然，应该还有她自己性格上的原因，地位低下还争强好胜，很多小事爱和人计较，甚至和下人计较。

虽然书里把赵姨娘写得那么不堪，但其实从她的心理活动来说，她很清楚自己在贾府的地位，也很清楚她自己的危机，她就是不甘心有这样的命运。按照传统中国的法律，妾在丈夫生前，丈夫是她的主人，丈夫死后，丈夫的正妻或者嫡子就成了她的主人。她要以主仆之礼对待他们，更重要的，丈夫不在世了，她的生活要依赖丈夫的族人供养，而如果丈夫的正妻或嫡子不厚道，她很有可能不再被继续供养。历史学家定宜庄指出，清代妾的地位较之前朝要更加低下。丈夫死后，正妻及其子女为了防止家产被分割，将妾再嫁或转卖的现象屡见不鲜。[1] 在现有传世的清代案例中，有子女的妾在丈夫死后被正妻或丈夫族人逼迫改嫁甚至转卖的也并不罕见，她们最后要落到骨肉分离的结局。

所以赵姨娘未来唯一的指望就是贾环，虽然贾宝玉很厚道，王夫人看上去也能容得下她，但假如哪一天贾政先她而去，她还能不能留在贾府就不好说了。如果贾环再不争气不能自己谋生，也分不到什么财产，她们母子将来的生计都会成问题。贾府里的人都轻贱她，连她的女儿都看不起她。

第二十七回，探春向宝玉诉苦，她给宝玉做了双鞋，她的母亲就抱怨她不给自己的亲兄弟贾环做，探春评论她的母亲见识"阴微鄙贱"，"他只管这么想，我只管认得老爷、太太两个人"，"论理我不该说他，但忒昏愦的不象了"。"阴微鄙贱"，这是一个女儿对自己母亲的评价，大概就是说阴险、琐碎、粗俗、下贱。《红楼梦》里赵姨娘和探春的关系很生分，探春几乎从来没有去主动看望过她的母亲，在人前都是这样评价她的母亲。第五十五回，赵姨娘因为自己兄弟的丧事来找探春理论，见了探春都是叫探春"姑娘"。其实探春是她亲生的，她可以对探春直呼其名，但赵姨娘这样称呼她，可见母女关系恶化到了什么程度。

她的亲生女儿都这么看不起她，别人怎么可能尊重她呢？她又能怎样尊重自己？也许她心里没有爱了，她只有恨，她要向这个等级森严的大家族表达自己的恨。那恨，就落到得最多人宠爱的宝玉和凤姐身上。她的儿子贾环看来真是没什么出息，形容猥

---

[1] 参见定宜庄：《满族的妇女生活与婚姻制度研究》，第98页。

琐，不学无术，什么事情都做不好，性格也不招人待见，这更让她感到了深重的危机。她把自己满腔的恨都释放到了儿子这里，这种不健康的情绪也让贾环从小就形成了畸形的心理，觉得自己被众人遗弃了。怀着这样一种心理，无论贾宝玉怎么善待他，贾环都不可能和他这个嫡出的哥哥处得好，他和他的母亲一样，心中充满了怨恨。

二、马道婆的生意

赵姨娘母子的怨恨终于遇到了导火索，来了一次歇斯底里的爆发。第二十五回写道：薛姨妈同凤姐儿并贾家几个姊妹、宝钗、宝玉一齐去了宝玉的舅舅王子腾家贺寿，晚上才回来。王夫人见贾环下了学，就让他来抄个《金刚咒》。贾环正在王夫人炕上坐着抄经，一边给丫鬟们摆谱。丫鬟们平日都很厌恶他，都不答理。只有彩霞还和他合得来，倒了茶递给他。贾环却不领情，抱怨彩霞现在和宝玉好了，不把他当回事。彩霞就骂他狗咬吕洞宾，不识好人心。没一会儿凤姐和宝玉都来了，王夫人见了宝玉满是疼爱，叫人拿了枕头来。宝玉在王夫人身后倒下，彩霞在跟前伺候。宝玉便和彩霞说笑，彩霞淡淡的不大答理他。宝玉便拉她的手笑道："好姐姐，你也理我理儿呢。"一面说，一面拉她的手，彩霞夺手不肯，便说："再闹，我就嚷了。"

贾环见宝玉在他面前和彩霞玩闹，心里的怨恨就爆发了。故意装作失手，把那一盏油汪汪的蜡灯向宝玉脸上只一推。贾环本来是想用热油烫瞎宝玉的眼睛，还好没有伤到眼睛，但是烫伤得很严重,宝玉满脸满头都是油,烫出一溜大泡。王夫人又急又气,一面命人来替宝玉擦洗,一面又骂贾环。凤姐赶紧上炕去替宝玉收拾着,一面笑道:"老三还是这么慌脚鸡似的,我说你上不得高台盘。赵姨娘时常也该教导教导他。"王夫人听了这话也爆发了,她不骂贾环,叫过赵姨娘来骂了一顿:"养出这样黑心不知道理下流种子来,也不管管!几番几次我都不理论,你们得了意了,越发上来了!"

王熙凤是明眼人,贾环的教育问题根子在赵姨娘这里,她一句话就给挑明了。王夫人公然骂赵姨娘是很罕见的,但是这回贾环事弄得过分了,她就不能再忍了。这是贾政这个小家庭中很罕见的一次激烈冲突,妻与妾、嫡子与庶子的矛盾在这个事件中交织到一起,公然爆发了。

赵姨娘被王夫人骂了是绝不敢还嘴的,即便丈夫在世的时候,正妻对妾都有管理教导的权利,更何况这回是她的儿子惹了祸。可是以她那样的性格,她怎能忍得下去呢?恰好第二天,贾宝玉的干娘马道婆来了贾府,赵姨娘和马道婆还有些来往,她向马道婆诉说了她的愤懑,马道婆就想出了一个罪恶的计划。

马道婆听名字感觉像个道姑,其实她不是道姑。道婆是尼姑庵或道观里的女执役者,尼姑和道姑们在修行,很多杂务事需要人来料理,有些跟寺庙道观常有来往的妇女就会到尼姑庵或道观里做这些事,这些人就被称为"道婆"。《红楼梦》第四十一回,贾母带着少女们到妙玉修行的栊翠庵里喝茶,就出现过一个道婆来替众人收茶杯。马道婆不是严格意义的出家人,只是在寺庙里讨生活,应该也能念几句佛经说几句佛法,还会搞点迷信活动。

明清以来，中国的民间宗教有儒释道三教合一的趋势，民间大众并不会很清楚地区分和尚和道士，有很多民间土生的迷信活动也常常披上佛教道教的外衣。这个马道婆，会念阿弥陀佛，但也会搞些低级的迷信活动。

马道婆是贾宝玉的寄名干娘。古代社会人们常有迷信，认为生在富贵之家的孩子命容易被人克，不好养活，就要给他们起个土点的名字或者认个出身普通点的妇女做干娘，这样孩子就不容易遇到灾祸，会一辈子顺利。刘姥姥进了大观园，贾母觉得她见多识广会说话，心地也很厚道，王熙凤就让刘姥姥给自己的女儿起名字，还做她女儿的干娘。宝玉小时候，家人估计是到马道婆的庙里给他认了这个干娘，再把他的寄名符供奉在佛前，保佑孩子顺利成长。虽说这只是个形式，宝玉和这干娘不会有什么感情，但从道义上讲，承诺了要保佑孩子一生平安，做了他的干娘，怎么也不能想到去害这孩子吧？

《红楼梦》第十五回写到，贾府家庙馒头庵的主持静虚是个混进寺庙的奸人，她干的坏事间接害死了张金哥和她的未婚夫。比起静虚，马道婆是一个混进寺庙的更恶毒的奸人，她明明是贾宝玉的干娘，却能为了钱财，想出很龌龊的主意试图害死贾宝玉。

马道婆在庙里给宝玉供着寄名符保佑他平安，可是宝玉现在一点也不平安，眼睛差点被人烫瞎了。就在这时候马道婆来了，见了宝玉的样子，她吓了一大跳，听说是烫的，她便装神弄鬼起来，向宝玉脸上用指头画了一画，口内嘟囔囔的又持诵了一回，说道："管保就好了，这不过是一时飞灾。"马道婆接着又向贾母说了一通装神弄鬼的鬼话：

> 祖宗老菩萨那里知道，那经典佛法上说的利害，大凡那王公卿相人家的子弟，只一生长下来，暗里便有许多促狭鬼跟着他，得空便拧他一下，或掐他一下，或吃饭时打下他的饭碗来，或走着推他一跤，所以往往的那些大家子孙多有长不大的。（第二十五回）

现代社会也还有很多人迷信，迷信的心理都认准一个道理：过去烧的香不灵，那还是心不诚香烧得不够。从古到今，都是这样。贾母真是厚道人，这时也不抱怨马道婆过去天天给宝玉念的经怎么不灵，只是忧心忡忡，问那该怎么办呢。马道婆接着就说出一些套路，要多积德行善，供奉大光明普照菩萨。捎带手就给她庙里的灯油拉生意，还排出了价码，王妃供多少斤，侯爷供多少斤，穷人供的又是多少。贾母掂量了下贾府的地位，马上就决定一天给供五斤，又吩咐众人去施舍僧道和穷苦人。

同样是混进寺庙的奸人，马道婆的道行可能还是比静虚差点，用我们现在的话说，她可能不如静虚有文化，到了贾府里边，她没搭上王熙凤、王夫人这样高级的人脉，只能搭上赵姨娘这样又没文化又没地位的主儿。她把灯油的生意拉完了，又到贾府各院转了一回，看来没有拉到更多生意，最后来到了赵姨娘的房中。

看书里写的，马道婆应该是和赵姨娘比较投契，能说到一块儿，赵姨娘跟她说话也没什么避讳。马道婆在贾府应该是找不到什么大施主,连赵姨娘粘鞋的零碎缎子都能看得上,顺手就要走两块。赵姨娘开始跟她抱怨自己没有多少钱,开始诉说她的心病:她的儿子怎么都不如宝玉。又说到她不服王熙凤,猜测王熙凤要把贾府的家私都搬到她娘家去。听了这番对话,几乎只有一个主题,就是钱,大概这就是她们共同的追求,也是她们过去常有的共同话题。

只是这一回赵姨娘说得这么直接了,马道婆是个生意人,觉得这就是机会来了,可以明说了。她做着各种各样的生意,对正常人做灯油生意,供奉大光明普照菩萨,对心怀怨恨的人还有另一种生意,这生意要供的又是什么菩萨呢?马道婆见机会来了,试探了半天终于阴森森地说道:"不是我说句造孽的话,你们没有本事!——也难怪别人。明不敢怎样,暗里也就算计了,还等到这如今!"(第二十五回)

三、清代的巫术犯罪

传统中国巫术一直很流行,巫术的历史可以上溯到商代。古代社会科学技术不发达,人们不了解很多自然现象,觉得很多自然现象背后都有神秘的力量,巫术就是企图借助大自然的力量来干预人间的生活。厌(通"压")胜是巫术的一种形式,意思就是压而胜之,指用法术来诅咒或祈祷,以图制胜所厌恶的人、物或魔鬼。厌胜是一种古老的巫术,方法多种多样。有的是用文字的办法,使用特别的人名、地名。比如,张三特别痛恨李四,就给自己的小孩起名张克李。《资治通鉴》中记载,唐玄宗崇信道教、热衷迷信活动，安禄山造反以后，他就下旨把"鹿泉"这个地方改名为"获鹿（音同禄）"，把"鹿城"这个地方改名为"束鹿"，希望以此克制战胜安禄山。[1]有的使用咒语或符号，比如念一种特别的咒语。清末有笔记记载，乾隆皇帝晚年也很迷信，白莲教作乱，官军一直打不过起义军，他就每天坐在宫里闭目念一种奇怪的咒语，希望这样就能平定白莲教。[2]有的使用偶像的方法，把自己痛恨的人做成木偶、土偶、布偶或面人，再用各种办法诅咒。研究中国巫术的学者胡新生指出，清代用偶像诅咒人的巫术在民间很流行，有按仇家模样做成面人蒸熟食用的，有用针、钉钉刺布偶的，有将对方的生辰八字写在纸上埋在土窖里用法诅咒的，还有一种最邪门的办法，就是马道婆教赵姨娘的办法。[3]

马道婆说出了暗害人的主意，赵姨娘马上就让她教给自己："到底是什么好办法，教给我，我会好好地谢你。"马道婆先跟她谈了半天价钱，赵姨娘给了几两银子和几件衣服首饰，还写了一个五百两银子的欠条，马道婆见到了钱，这才拿出了她的绝

---

[1]《资治通鉴·卷第二百一十九·唐纪三十五》，胡三省注："明皇以安禄山反，改常山之鹿泉曰获鹿，饶阳之鹿城曰束鹿，以厌之。"［宋］司马光编著，［元］胡三省音注：《资治通鉴》第22册，中华书局2013年版，第7214页。
[2] 李岳瑞：《春冰室野乘·纪和珅遗事（四则）》："高宗纯皇帝之训政也，一日早朝已罢，单传和珅入见。珅至，则上皇南面坐，仁宗西向坐一小机（每日召见臣工皆如此）。珅跪良久，上皇闭目，若熟寐然，口中喃喃有所语。上极力谛听，终不能解一字。久之，忽启目曰：'其人何姓名？'珅应声对曰：'高天德，苟文明。'上皇复闭目诵不辍。移时，始麾之出，不更问讯一语。上大骇愕。他日，密召珅问曰：'汝前日召对，上皇作何语？汝所对六字，又作何解？'珅对曰：'上皇所诵者，西域秘密咒也。诵此咒则所恶之人虽在数千里外，亦当无疾而死，或有奇祸。奴才闻上皇持此咒，知所欲咒者，必为教匪悍酋，故竟以此二人名对也。'"［清］李岳瑞：《春冰室野乘》，《近代中国史料丛刊》第六辑，台湾文海出版社1967年版，第78—79页。
[3] 参见胡新生：《中国古代巫术》，山东人民出版社1998年版，第420页。

招,她"满口里应着,伸手先去抓了银子掖起来,然后收了欠契。又向裤腰里掏了半晌,掏出十个纸铰的青面白发的鬼来,并两个纸人,递与赵姨娘,又悄悄的教他道:'把他两个的年庚八字写在这两个纸人身上,一并五个鬼都掖在他们各人的床上就完了。我只在家里作法,自有效验。千万小心,不要害怕!'"(第二十五回)

马道婆使用的巫术是偶像诅咒法里最邪门的一种,把对方的形象做成纸人,写上对方的生辰八字,连同五个纸铰的恶鬼一起藏在对方的床上,施术的人再做法念咒,召唤恶鬼来祸害人。马道婆随身都带着这个东西,诅咒一个人用一个纸人五个纸铰的鬼,诅咒两个人就是两个纸人十个纸铰的鬼,可见她这生意是到处兜售的,找到了合适机会就卖一宗。见了正常人就卖大光明普照菩萨,见了心怀怨恨的人就卖恶鬼,这都是她的生意。那她不是贾宝玉的干娘吗?还在佛前供着贾宝玉的寄名符天天保佑他,怎么扭头就来祸害自己的干儿子?可见她在寺庙里借供奉菩萨的机会给人当干娘,也就是个生意。

古代社会人们普遍都迷信。相信巫术是基于一种这样的心理:人是有灵魂的,灵魂可能被其他不可见的灵魂影响,进而影响到自己的肉体。很多人类学家都指出,有人相信驱鬼能给人治病而不相信医院,还真有一些人用了驱鬼的办法以后病就好了。其实一个人的精神状态很重要,很多疾病不仅需要吃药,也需要调整自己的精神。很多不严重的疾病,不去看医生,自己调整精神状态,也是可能慢慢就会好的。如果一个人坚信自己是被鬼附了体,相信巫术会起作用,他(她)的精神会高度集中,精神状态变得稳定，病有时候就是会好，就会让患者觉得这是巫术的作用。按照这个原理，诅咒人的巫术可能有时候也会看上去能起作用，假如被诅咒的对象正好状态不好、精神萎靡、生活规律不正常，这个时候有人诅咒他（她），他（她）过段时间真的生病了，诅咒他（她）的人就会相信这也是巫术起了作用，如果凑巧过了段时间他（她）出了什么事故死了，诅咒的人更会相信巫术能致人死亡。

现代社会随着科学技术的发展，人们慢慢发现巫术都是迷信，并不能把人害死，法律也就不把巫术视为一种专门的犯罪行为。古代社会人们很迷信，巫术在很多国家都是法律严惩的对象，传统中国历朝刑法都严惩巫术害人。西汉武帝统治时，曾经有一起著名的巫蛊之祸，汉武帝怀疑自己生病是有人在用巫术害他，因此牵连被惩办的达数万人。[1]自唐律以来，传统中国的刑法更把诅咒巫术视为严重的犯罪行为，属于"十恶"重罪中的"不道"罪。清代刑法将诅咒巫术视为谋杀行为，"若造魇魅符书咒诅欲以杀人者（凡人、子孙、奴婢、雇工人，尊长、卑幼），各以谋杀（已行，未伤）论。……欲令人疾苦（无杀人之心）者，减（谋杀已行未伤）二等。"（《大清律例·刑律·人命·造畜蛊毒杀人》）

---

[1]《资治通鉴·卷第二十二·汉纪十四》"武帝征和二年（前91）"："是时，方士及诸神巫多聚京师，率皆左道惑众，变幻无所不为。女巫往来宫中，教美人度厄，每屋辄埋木人祭祀之；因妒忌恚詈，更相告讦，以为祝诅上，无道。上怒，所杀后宫延及大臣，死者数百人。上心既以为疑，尝昼寝，梦木人数千持杖欲击上，上惊寤，因是体不平，遂苦忽忽善忘。……上以充为使者，治巫蛊狱。……自京师、三辅连及郡、国，坐而死者前后数万人。"［宋］司马光编著，［元］胡三省音注：《资治通鉴》第3册，第748页。

所以这马道婆不是个一般的生意人,她什么买卖都做,犯法的买卖她也做,作案的工具纸人纸鬼都是随时揣在裤腰里,见了合适的主顾就拿出来推销。《红楼梦》的作者看来是相信巫术有作用的,马道婆的诅咒看来真起了作用,没过多久宝玉和凤姐就都病了,看上去像是疯了,贾母和王夫人差点哭死过去。贾府里的人都来了,不知道该怎么办,已经准备要给他们两人办后事,赵姨娘这时暗自得意,出来劝说贾母:"老太太也不必过于悲痛。哥儿已是不中用了,不如把哥儿的衣服穿好,让他早些回去,也免些苦;只管舍不得他,这口气不断,他在那世里也受罪不安生。"(第二十五回)登时挨了贾母的一顿痛骂。

宝玉和凤姐的病很快就被和尚道士治好了,就是《红楼梦》里总在关键时刻出现的那两个和尚道士,一个癞头和尚和一个跛足道人。他们来到贾府,要来通灵宝玉,行了些法术,宝玉和凤姐就慢慢好了。《红楼梦》里常有魔幻的写法,作者对社会现实的揭露非常深刻,他看到这是一个完全病态的社会,但并不知道能有什么出路,他能看到的出路就是出家避世,所以就常用这种魔幻的写法。

满族入关以前的传统宗教是萨满教,萨满教本来就盛行跳神驱鬼等巫术,入关以后,萨满教的风俗对当时社会仍有很大影响。清人笔记《永宪录》中记载,跳神是清代的国制,祭祀和生病时都会用到跳神,康熙帝就在宫中跳神。[1] 清代社会没有兴起像汉代那样大规模的巫蛊之祸,但巫术在政治斗争中曾被多次使

---

[1] 参见[清]萧奭:《永宪录》卷一,中华书局1959年版,第15—16页。

用。后金时期，努尔哈赤的嫡长子褚英太子之位被废并被解除兵权，就曾经用祭天祷告的办法诅咒他的兄弟，因此被囚禁，后被处死。[1]康熙年间，康熙的众多儿子们为了争夺储位各显神通，康熙的长子胤禔（庶出）曾派蒙古喇嘛巴汉格隆使用偶像诅咒法诅咒废太子胤礽，后来被皇三子胤祉告发，胤禔因此被圈禁。[2]雍正在《大义觉迷录》中提到，康熙皇十子胤䄉也曾用镇魔法诅咒雍正。[3]在政治斗争中使用诅咒术对付政敌，看来在清朝初年是很常见的手段，尽管这些巫术并不能达到目的，但还是有很多人前仆后继地使用这类方法，也因此受到刑罚惩处。清代传世的刑事判例中这样的案例并不多见，因为诅咒其实并不能达到害人的目的，尽管民间巫术很流行，但想这样子害人的人一般都达不到目的，所以也不容易被抓获。

《红楼梦》使用魔幻的手法描写赵姨娘和马道婆用诅咒术害人，应该是对当时社会现实的真实写照，无论皇室还是平民，很多人都会用这种办法对付仇人。但《红楼梦》中也提到，有人也

---

[1] "褚英意不自得，焚表告天自诉，乃坐咀咒，幽禁，是岁癸丑。"赵尔巽等撰：《清史稿·卷二百十六·列传三·诸王二·太祖诸子一》，第三十册，中华书局1977年版，第8966—8967页。
[2] "（康熙）四十七年九月，皇太子允礽既废，允禔奏曰：'允礽所行卑污，失人心。术士张明德尝相允禵必大贵。如诛允礽，不必出皇父手。'上怒，诏斥允禔凶顽愚昧，并戒诸皇子勿纵属下人生事。允禔用喇嘛巴汉格隆魇术魔废太子，事发，上命监守。寻夺爵，幽于第。"《清史稿·卷二百二十·列传七·诸王六·圣祖诸子》，第三十册，第9061页。
[3] "允䄉无知无耻，昏庸贪劣，因其依附邪党，不便留在京师，故令送泽卜尊丹巴胡土克图出口。伊至张家口外，托病不行，而私自禳祷，连书雍正新君于告文，怨望慢亵，经诸王大臣等以大不敬题参。朕俱曲加宽宥，但思若听其闲散在外，必不安静奉法，是以将伊禁锢以保全之，伊在禁锢之所竟敢为镇魇之事，经伊跟随太监举出，及加审讯，凿凿可据。允䄉亦俯首自认，不能更辩一词。"[清]雍正帝撰：《大义觉迷录》卷一，《近代中国史料丛刊》第三十六辑，第51—52页。

会利用巫术相关的法律条款来陷害别人。第八十回，夏金桂为了陷害香菱，就把自己的形象做成纸人，写上自己的生辰八字，用五根针钉在心窝并四肢骨节等，藏在自己的枕头里，又故意抖出来让人发现，诬陷香菱在用邪术诅咒她。有这样心机的人，《红楼梦》里只有夏金桂这么一号，她的心术之毒真的是登峰造极，超越贾府里其他所有的人。其实这也是当时社会现实的写照，使用巫术害人的人固然很下作，但这办法其实害不了什么人，倒是有人生病或暴死的时候，人们会因为恐慌来迫害一些被怀疑使用了巫术的人。

贾府里这桩风波就这样过去了，宝玉和凤姐的病都好了，马道婆的诅咒没有见效。贾府里的人们也不知道是什么人在害他们。学者胡新生指出，西汉时巫蛊引起了社会的恐慌，是因为那个时候人们还不知道破解的办法。道教形成和佛教传入后，道士和和尚们就想出了破解的办法，慢慢人们遇到这种事就不太恐慌了。[1]一个癞头和尚和一个跛足道人，使了些法术，宝玉和凤姐就好了。

在《红楼梦》的一百二十回本中，续书的作者非常相信因果报应的观念，马道婆和赵姨娘都得到了严惩。

第八十一回写道，马道婆到当铺里去给人驱鬼看病，不小心把一个绢包儿掉在地上被人捡到了，里边藏着她用来诅咒害人的各色纸人。事情就这样败露了，她被送到了锦衣府衙门，公差到她的家里抄家，抄出了更多作案的工具，还有账本，上面记着谁

---

[1] 参见胡新生：《中国古代巫术》，第426页。

曾经出钱买过她的纸人。事情传到了贾府，王熙凤回忆，自己病好后，一次遇到马道婆到贾府里来找赵姨娘讨银子，马道婆神色慌张，当时自己就疑心是赵姨娘找了马道婆诅咒自己和宝玉。此时王夫人倒是很大度，表示这事情很难找到证据，既然马道婆已经被抓了，自有官府法办，如果赵姨娘真的想害人，以后会自作自受，不要和她理论。

第一百一十二回，续书作者给赵姨娘安排了十分惨烈的结局。她"得了暴病"，不断诉说自己和马道婆当年搞阴谋要谋害宝玉、凤姐的事情。"双膝跪在地下，说一回，哭一回，有时爬在地下叫饶，说：'打杀我了！红胡子的老爷，我再不敢了。'有一时双手合着，也是叫疼，眼睛突出，嘴里鲜血直流，头发披散。"整整闹了一夜才死。"一人传十，十人传百，都知道赵姨娘使了毒心害人被阴司里拷打死了。"

续书的作者满脑子因果报应的迷信思想，写出来这个结局并不高明。《红楼梦》的八十回后真本失传了，按照作者原初的设计，最后所有的人应该都是悲剧结局。其实在传统中国的宗法大家庭中，妾和庶出的子女都是很受歧视的，妾被正妻排斥，庶出子女被嫡出子女排斥，才是真实生活中的常态。所以，赵姨娘和贾环也都是悲剧人物，他们只是在这个复杂的大家庭中为了生存而挣扎。赵姨娘的女儿探春那么优秀，做事有杀伐决断，未见得不是遗传了她母亲的基因。赵姨娘能在贾府这个矛盾错综复杂的大家庭中保住自己的地位也保住了自己的孩子，她应该是有智慧有头脑的。至于诅咒害人这样的事，也只是当时社会里常见的一种愚昧行为，并不能达到害人的目的。

第四章

宝黛悲剧与清代的婚姻继承法制

1904年,王国维先生作《〈红楼梦〉评论》,其中将《红楼梦》誉为中国文学中真正的悲剧:"《红楼梦》一书,与一切喜剧相反,彻头彻尾之悲剧也。"[1] 其时,胡适关于《红楼梦》后四十回的考证尚未问世,一般读者都还是把后四十回当作曹雪芹的原作的,王国维也是把一百二十回本视为一个首尾一致的整体来评论的。尽管如此,王国维对悲剧的分类和《红楼梦》悲剧性质的概括现在看来仍然十分精到。

王国维提出了三种不同层次的悲剧:"第一种之悲剧,由极恶之人极其所有之能力以交构之者"[2],《赵氏孤儿大报仇》属于这

---

[1] 王国维:《王国维文学论著三种》,商务印书馆2001年版,第13页。
[2] 王国维:《王国维文学论著三种》,第14页。

种类型的悲剧;"第二种由于盲目的运命者"[1],《梁山伯与祝英台》属于这一类型;"第三种之悲剧,由于剧中之人物之位置及关系而不得不然者,非必有蛇蝎之性质与意外之变故也,但由普通之人物、普通之境遇逼之,不得不如是。彼等明知其害,交施之而交受之,各加以力而各不任其咎。此种悲剧,其感人贤于前二者远甚。何则?彼示人生最大之不幸非例外之事,而人生之所固有故也。"[2]《红楼梦》就是这种普通之人物、普通之境遇自然而成的悲剧,宝黛最后的悲剧,其中既没有蛇蝎小人的作祟,也没有意外变故的袭来,只是各种普通的人物因为各自人生态度的不同而酿成的悲剧。"金玉以之合,木石以之离,又岂有蛇蝎之人物、非常之变故行于其间哉?不过通常之道德、通常之人情、通常之境遇为之而已。由此观之,《红楼梦》者,可谓悲剧中之悲剧也。"[3]

《红楼梦》八十回后的续本已经给读者留下了强烈的心理暗示,似乎贾府的家长们都不太可能支持宝黛的结合,他们最后的悲剧就是包办婚姻的悲剧。传统中国的礼法将婚姻视为家族的头等大事,婚姻不被视为是个人的事务,而是家族壮大势力和延续血脉所必需的家族公益。这种意义的婚姻首先考虑的是家族财产的有序流转,其次是基因的良好传承,个人的感情好恶是不予考虑的。两姓一旦缔结为婚姻,双方家族就成了稳固的利益同盟。婚姻必须由家长来做主,国家对婚姻也进行适度的干预,主要是

---

[1] 王国维:《王国维文学论著三种》,第14页。
[2] 王国维:《王国维文学论著三种》,第14页。
[3] 王国维:《王国维文学论著三种》,第15页。

防范等级过于悬殊的人（比如良贱、尊卑）之间结为婚姻，破坏社会既有的等级秩序。

《红楼梦》前八十回写尽了宝黛的感情波折，却一直没有正式交代他们的婚事，读者们也一直在猜测长辈们到底是什么心意？为什么这事就一直没有提上日程？到底他们的悲剧是不是包办婚姻造成的？当时的礼法对他们的结合到底可能形成哪些障碍？

一、表亲的婚姻

《红楼梦》中第一次提及宝玉和黛玉的婚姻是在第二十五回，就在贾环恶意烫伤了宝玉的脸之后，王熙凤拿林黛玉开玩笑："你既吃了我们家的茶，怎么还不给我们家作媳妇？"王熙凤能这样开玩笑，不仅仅代表她个人的意愿，而是这时她了解贾母有意这样安排。现代读者读《红楼梦》，最容易产生的疑问就是：宝玉和黛玉、宝钗都是表亲，现代社会的法律是不允许近亲结婚的。现行我国婚姻法规定，直系血亲和三代以内的旁系血亲禁止结婚。近亲结婚可能把有害基因遗传给后代，基于这个遗传学的科学结论，现代世界各国的婚姻法大多都禁止近亲结婚。

传统中国是由父系家族组成的社会，亲属关系的计算以父系为主，凡是同一始祖的男系后裔，都属于同一宗族。亲属范围包括自高祖至玄孙的九个世代，以本人为中心，向前推四代，向后推四代，加上自己这一代，这就是所谓的"九族"。母系的亲属称之为"外亲"，外亲的关系是次要的，亲属的计算范围也很有限,只推及一世。[1]以这两个原则为基础,亲属关系的远近具体又表现为死者丧礼时丧服的轻重,具体分为五等,这就是民间俗称的"五服"。从重到轻依次为斩衰、齐衰、大功、小功、缌麻。

传统中国自春秋时期,就提倡族外婚,所以从西周时候开始古人就讲究"同姓不婚"[2],《礼记·曲礼》中说:"娶妻不娶同姓,买妾不知其姓则卜之。"从唐代开始,法律就明确禁止同姓相婚,这一规定一直延续到清代。古人提倡族外婚,主要是伦理礼仪的需要,人类要区别于禽兽,家族内部要有稳定的秩序,家族中本有嫡庶、尊卑、亲疏这些等级区分,如果亲属之间婚配或发生两性关系,就会破坏这些等级的区分,让家族内的秩序变乱。在确立"准五服以制罪"[3]的法律原则之后,不同亲属之间的相互侵犯要适用不同的法律,而如果一个人因为和某些亲属结婚导致亲属关系发生错乱,这些法律就无法准确地适用了,他(她)在家族内的权利与义务也会发生错乱。传统中国对近亲结婚的禁忌和现代相比有一点显著不同,现代社会法律禁止的是血亲结婚,古代的婚姻禁忌则扩张到血亲以外的一些并没有血缘关系的亲属(比如婶母、嫂子等),这类禁忌的宗旨是要维护家族内部的尊卑等级,而不是优生的考虑。

---

[1] 参见瞿同祖:《中国法律与中国社会》,第1—2页。
[2]《国语·晋语四》。
[3]《晋律》首立"准五服以制罪"的制度,唐宋元明清历代相沿不改。"准五服以制罪"是根据亲属关系的远近来确立亲属之间互相侵犯的量刑原则,具体表现为:1.尊长杀伤卑幼,服制越近则定罪处罚越轻;反之,卑幼杀伤尊长,服制越近则定罪处罚越重。2.奸非罪无论尊卑长幼,服制越近则处罚越重。3.亲属间的盗窃罪,比同凡人减等治罪,即服制越近罪行越轻,服制越远则罪行越重。参见顾元:《服制命案、干分嫁娶与清代衡平司法》,法律出版社2018年版,第54—55页。

西周时对近亲结婚的遗传学病理就已有所了解，《左传》中说："男女同姓，其生不繁。"（《左传·僖公二十三年》）《国语》中说："同姓不婚，惧不殖也。"（《国语·晋语四》）但优生的考虑在古代的近亲结婚禁令中是次要的。古代中国宗法制度以父系血缘为主来计算亲属关系，母系的血缘是次要的，母系的亲属只推及一世，只包括外祖父母、舅父姨妈以及他们的子女。[1]亲属关系这样的计算方式势必导致某些现代医学定义的近亲（比如同一个曾外祖父的亲属）不被视为近亲，对这类亲属也没有结婚的禁令。因此，古代中国的近亲结婚禁令并不具有明显的医学和遗传学意义。

战国以后，中国人姓的意义开始有了变化，常有姓氏相混、赐姓改姓和异族汉化起汉姓的情况，姓不再像起初那样代表血缘关系，同姓不婚的禁忌就不像先前那样严格了，虽然法律还是明确规定同姓不能结婚，司法实践中把握却是比较灵活的。清代司法中对于同姓不同宗的人结婚，一般是不会追究责任强制离婚的。但是民间有些地方固守习俗，将同姓结婚视为大逆不道，不时出现干涉同姓男女自由恋爱的个案，这样的个案在新中国成立以后还在有些农村地区出现过。

古代中国的法律对表亲结婚的态度一直有变化，唐代法律不禁止同代的姑表亲和姨表亲结婚，宋代开始有了变化，尽管法律没有明文禁止，但是司法中常有判例判定这样的婚姻无效，必须离婚。明清以后，法律都明确禁止表亲结婚。《大清律例》明

---

[1] 参见瞿同祖：《中国法律与中国社会》，第1页。

确规定:"若娶己之姑舅两姨姊妹者(虽无尊卑之婚,向有缌麻之服),杖八十,并离异。"(《大清律例·户律·婚姻·尊卑为婚》)

同辈的表亲兄弟姐妹应该穿"缌麻"丧服,没有出五服,也是重要的亲属。按照《大清律例》的规定,姑表姊妹和姨表姊妹不应该成为结婚对象,违者要受杖刑八十,并且必须离婚。另外,《大清律例》还规定,表亲之间也不能有两性关系,违者属于"亲属相奸",要受到法律的制裁,"奸(内、外)缌麻以上亲及缌麻以上亲之妻……各杖一百,徒三年。强者,(奸夫)斩(监候)"。(《大清律例·刑律·犯奸·亲属相奸》)

所以说到宝黛姻缘,第一个应该搞清楚的问题就是这样的婚姻在当时是否合法。贾府是高官豪门,贾母、王夫人都是有封爵的朝廷命妇,她们不可能不清楚国家的法纪。

史学家瞿同祖先生指出,传统中国的法律对于表亲结婚的态度到明清有了明确改变,从《大明律》开始,法律明确禁止同代的表亲结婚。但也正是从明清开始,这个禁令却越来越难以贯彻下去,也就是说,这条法律在人们的社会生活中很难起到真正的效果。[1]

传统中国法律禁止亲属之间的两性关系,主要是为了维持家族内部的秩序和礼仪。唐宋法律对同代表亲结婚都没有明确禁止,是因为考虑到这种亲属关系不算很近,同代表亲结婚不会对宗法等级制度造成很大的破坏,而且民间很多地方都有表亲结婚

---

[1] 参见瞿同祖:《中国法律与中国社会》,第108—110页。

的习俗，国家法律不便直接予以干预。北宋时大文豪苏东坡的一个妹妹就嫁给了舅父程濬的儿子，南宋时著名诗人陆游也娶了表妹唐琬为妻，可见当时这种习俗是很普遍的。但是这种婚姻总归是儒家伦理不提倡的，在宋代的司法中有些官员因为固守儒家伦理，就曾经判决这样的婚姻无效，强制离婚。

古代社会没有婚姻登记制度，国家要直接干涉婚姻，强制要求某些关系的异性不得结婚，并不容易起到实际效果。所以婚姻的缔结很多还是依据习俗的。古代很多地方民间都有表亲结婚的习俗，历史学家郭松义研究了很多中国地方的县志、府志，发现清代广西柳州、四川潼川府、四川荣县、山东邹县的府志、县志中都记载了表亲结婚的习俗。可以说，表亲结婚是中国古代很多地方的民间法都允许、认可的。[1]明代、清代法律明确禁止表亲结婚，这就导致民间法和国家法发生了冲突。而对于婚姻这样人民生活中的大事，国家法很难起到真正的效力。

传统中国女性的社会地位很低，尤其自儒家学说占据统治地位以来，中国文化特别强调"男女之防"。女性都是受到严格禁锢的，她们一般不能受教育，不能抛头露面出去工作谋生，在家族内部也不能随便和男性成员接触。传统中国无论男性女性，接触异性的机会都是很少的。

正是因为异性之间接触的机会很少，婚姻又必须讲究门当户对，还必须由父母做主，导致人们选择婚姻对象的范围是非常有限的，家长为子女选择婚姻对象有两条途径：一是在自己的熟人

---

[1] 郭松义：《伦理与生活：清代的婚姻关系》，商务印书馆2000年版，第78—79页。

圈子里选择，双方协商；二是托媒人去物色选择。相比之下，在熟人圈子里选择显然更可靠，而表亲更是熟人中的熟人，双方对彼此的家境、秉性都有长期的了解。明清以来，婚姻重财的社会风气很盛，男方娶亲要出高额聘财，女方要出高额嫁妆，很多家庭不堪重负。表亲联姻因为双方相互信任，不容易出问题，可以节约聘财和嫁妆，是更为经济的婚姻形式。对世家大族来说，双方的家长本为兄妹、姐弟或姐妹，他们各自选择的配偶都是和自己家族的门第大致相当的。熟悉对方的情况，知根知底，又门当户对，这样的婚姻也是更稳定更不容易出问题的。另外，表亲结婚还可以联合两个家族的利益，让两家人形成稳固的利益同盟，防止家族财产外流，这无疑可以壮大两个家族的势力。世家大族世代通婚，形成"世婚"，是中国古代上层社会常见的婚姻习俗，而"世婚"的表现形式之一，就是双方复杂的亲属关系，表亲联姻是世婚常见的途径。"有清的世婚制，还常常表现为一家同时与几家保持着比较稳定的姻亲关系。"[1]《红楼梦》中贾府同王家可能就存在世婚，王家的女儿嫁到贾府来的有王夫人、王熙凤，薛宝钗是王家的外孙女，后来也嫁给了宝玉。贾府上一代可能同史家也存在世婚，贾母就出自史家。林家是江南书香门第，同贾府可能也存在世婚。贾敏嫁到了林家，到林黛玉这一代，林家败落了没有男丁，但通过林黛玉和贾宝玉的联姻，贾林两家的世婚就能延续下来。

清代很多名人都是选择和表亲结婚，比如哲学家陈确娶表叔

---

[1] 郭松义：《伦理与生活：清代的婚姻关系》，第90页。

之女，剧作家洪昇娶舅父之女，雍正年间大学士鄂尔泰之子娶舅父之女，学者龚自珍娶舅父之女，学者康有为娶舅父之女。历史学家郭松义统计了151种清人年谱中记载的957对夫妻，其中属于表亲婚的有102对，约占全部婚姻人数的10.66%。[1]这个统计大致可以说明表亲结婚在清代婚姻中的普遍程度，实际的比例应该比这个数字更高。

从西周时候开始，古代中国就已经对近亲结婚导致后代不健康有一定的认识，但这种认识主要是基于观察和经验的结论。古代中国没有现代意义的遗传科学，更没有现代意义的基因科学。人类在原始社会普遍实行群婚制，近亲结婚很普遍，到有了国家和伦理秩序之后，近亲结婚开始被不同程度地禁止，经过长时间的观察，人们自然就会发现，族外婚结合出生的孩子不太容易有缺陷，所以西周时候就有"同姓相婚，其生不蕃"的结论。但是古人对于近亲结婚为什么会导致有些孩子有缺陷不健康，并不能够清楚地知道其中的原因。古代中国有祖先崇拜，人们甚至会从迷信的角度去解释这个问题，觉得夫妻双方来自同族，破坏了家族内部的秩序，会有祖先降灾。而只要自己足够虔诚祭拜祖先，祛除邪气，也许就可以避免这个问题。民国编纂的福建永春的县志中记载："中表论婚，古谓违礼，嫁娶之时，例以一牛前导。其说不知何本，令人失笑。"[2]这种迷信式的民俗足以说明，古代中国人对于表亲婚的危害更多的是从迷信角度理解的，而不是从现

---

1 参见郭松义：《伦理与生活：清代的婚姻关系》，第83页。
2 郑翘松纂：《福建省永春县志》，台湾成文出版社1975年版，第521页。参见郭松义：《伦理与生活：清代的婚姻关系》，第84页。

代意义的科学角度去理解的。

另外,中国古代医疗卫生不发达,一直是高出生率高死亡率,小孩子夭折是很常见的事。清史学者罗友枝统计,康熙皇帝有54个小孩,男孩34个,女孩20个,其中男孩有15个夭折了,女孩有12个夭折了,活到18岁以上的合计27个,也就是一半。雍正皇帝有13个小孩,男孩9个、女孩4个,男孩长大成年的只有4个,女孩长大成年的只有1个,合计5个,勉强过了三分之一。[1] 皇家对孩子的保育条件是最好的,即便这样也无法阻止很多孩子在幼年时就因各种疾病夭折,一般的平民百姓家就更可想而知了。在中国古代,几乎每一个有家庭的成年人都要经历丧子之痛,即便避免了近亲结婚也不能避免孩子的健康出大问题。所以,对于古代的中国人来说,孩子的健康问题是他们人生中必然要面对的危机,不管选择和什么样的人结婚都无法避免这个危机,即便孩子出生时没有缺陷,孩子也可能在童年期因为天花、白喉、霍乱、脑膜炎等各种疾病而夭折,近亲结婚可能带来的危害在这样的情境中就更显得不是那么可怕。

新生儿的死亡率在新中国成立之初大约为200‰,随着医疗技术的快速发展和医疗条件的普遍改良,到1970年代降到了47‰,现在是6.1‰。[2] 古代人面临的危机和现代人是不一样的,现代人孩子很少夭折,就觉得孩子的先天缺陷是很要命的问题,

---

[1] 参见〔美〕罗友枝:《最后的皇族:清代宫廷社会史》,周卫平译,上海人民出版社2020年版,第220页。
[2] 参见明艳:《我国婴儿死亡率的变动趋势及区域差异研究》,载《人口研究》2009年第5期。另请参见国家统计局2018年发布《2018年〈中国儿童发展纲要(2011—2020年)〉统计监测报告》。

所以要尽量避免近亲结婚。古代人孩子经常夭折，对于孩子的健康就不可能是现代人这样的态度，对古代人来说更重要的事是要找到合适的人结婚，壮大家族的力量，对于有地位有钱的人家，还可以纳妾。对古人来说更重要的事情是要生下尽可能多的孩子，经历自然的淘汰以后才会有一部分孩子长大成人。

尽管表亲婚在民间非常普遍，但它在伦理和法律上毕竟都是有问题的。民间法对这个问题的态度也不是一致的，固然有些地方有表亲婚的习俗，但也有些地方有禁止表亲婚的习俗，儒家伦理更是明确反对表亲结婚。晚清名臣曾国藩在家书中就批评了这一习俗，他的内兄欧阳牧云想和他亲上做亲，结为儿女亲家，他表示不能接受这门亲事，"兄妹之子女犹然骨肉也。古者婚姻之道，所以厚别也，故同姓不婚。中表为婚，此俗礼之大失"[1]。自明代开始，法律明确禁止了表亲结婚，国家法对这个问题表明了和习俗不同的态度。此后，依照习俗缔结的表亲婚姻就存在法律风险，没被官府发现也就罢了，一旦被官府发现了，就可能被判决强制离婚。朱元璋统治期间，翰林待诏朱善曾经上奏，"民间姑舅及两姨子女法不得为婚。仇家诋讼，或已聘见绝，或既婚复离，甚至儿女成行，有司逼夺"[2]。法律虽然禁止表亲结婚，但是民间有很多这样的婚姻，仇家一旦举报到官府，有些已经定亲的被迫退亲，已经结婚的被迫离婚，甚至儿女成行了，还被官府逼着

---

[1]《曾国藩家书·道光二十五年三月初五日·致四位老弟书》，见《曾国藩家书》，檀作文译注，中华书局2016年版，第325页。
[2] [清] 张廷玉等撰：《明史》第十三册，卷一百三十七《刘三吾汪叡朱善》，中华书局1974年版，第3943页。

离婚。朱善觉得这样太不合理，还举出前朝法律都不禁止这样的婚姻，请求皇帝下旨取消这个禁令。史书记载明太祖采纳了朱善的建议，但是并没有修订法律写成文字。[1]

这样看来，禁止表亲结婚在明清两朝都是一条很难产生实效的法律，现实生活中这样的婚姻比比皆是。但是不管怎么说法律总归是这样规定的。其实明清的文学作品中公然描写表亲之间的婚姻恋爱的并不多。明代剧作家孟称舜有一部戏曲作品《娇红记》(也称《节义鸳鸯冢娇红记》)，描写北宋年间男主人公申纯到舅舅王通判家走亲戚，对表妹娇娘一见倾心。后来申纯派人上门求亲，舅舅却以朝廷规定内亲不得通婚为由，不答应此桩婚事：

> 你话儿不省，要结良缘，须按人伦。如今朝廷立法，内兄弟不许成婚。他弟兄相厮唤，怎可做姻亲？你向他行拜上，少什么贵豪门，彩楼招聘。媒婆，疾早归家去，莫消停，这缕红丝，向别家牵定。[2]

舅舅后来把娇娘许配给了别家，娇娘抑郁成疾，未到婚期就病死了，申纯闻讯，不久也病死了。《娇红记》据说是根据真实故事改编的戏剧作品，作者很清楚法律是不允许表亲结婚的。清朝初年蒲松龄写《聊斋志异》，其中有两篇写到表亲恋爱，《寄

---

[1] 参见瞿同祖：《中国法律与中国社会》，第110页。
[2] [明] 孟称舜：《娇红记》，载王季思主编：《重订增注中国十大古典悲剧集》(中)，齐鲁书社2018年版，第582页。

生附》写寄生爱上了表妹郑闺秀，父亲托了媒人去提亲，但是闺秀的父亲认为国法不许中表联姻，执意不答应这桩婚事，"父遣冰于郑；郑性方谨，以中表为嫌却之"（《聊斋志异·寄生附》）。《婴宁》写王子服在野外见到一个游玩的女子，一见钟情，后来打听才发现这是自己一直没见过的姨表妹婴宁，婴宁的养母也表示国法不允许姨表亲联姻，"如甥才貌，何十七岁犹未聘耶？婴宁亦无姑家，极相匹敌。惜有内亲之嫌"（《聊斋志异·婴宁》）。在这几个故事里，国家法关于中表亲联姻的禁令都对主人公的恋爱形成了障碍，其中主婚的家长都表示了对表亲联姻禁令的了解。可是在《红楼梦》中，却根本没有见到这样的描写，似乎作者根本不曾顾忌表亲联姻的禁令。

关于表亲结婚的国家法和民间法产生了激烈的冲突，两种法对这个问题的态度不一致，不仅给人们的生活带来了混乱，也容易导致强制恩爱夫妻离婚这样不合情理的司法判决。到了雍正八年（1730），就颁布了一条例文："其姑舅两姨姊妹为婚者，听从民便。"乾隆五年（1740）修改《大清律例》时，就把禁止表亲结婚这一条删去了，把雍正朝颁布的这条例文正式写进去了。[1] 此后，在表亲结婚这个问题上，清代国家法就采取了不干涉的态度，由人民根据习俗自主选择。

所以，《红楼梦》中公然描写和歌颂表亲的恋爱和婚姻，也足以证明《红楼梦》确实是在雍正乾隆朝以后才完成的，假如法律没有改变，在一个文字狱严酷的时代，作者恐怕不敢这样公

---

[1] 参见马建石、杨育棠主编：《大清律例通考校注》，第448页。

然宣扬表亲的结婚。《红楼梦》中宝黛钗姻缘的描写，也说明了作者在这个问题上的态度，在这个问题上曹雪芹显然是支持民间法的。

满人入关前主要以游牧狩猎为生，起初生存环境很严酷，婚姻习俗也比较现实，并不禁止近亲结婚。顺治皇帝的第一任皇后博尔济吉特氏就是他的母亲孝庄太后的侄女，就是他的表妹，后来他废了这位皇后，又立了第二任皇后博尔济吉特氏，这位皇后则是孝庄太后的侄孙女，是第一任皇后的亲侄女，从亲属关系上讲是顺治皇帝的表侄女。康熙皇帝的第三任皇后佟佳氏是他的舅父佟国维的女儿，也是他的表妹。由此可见，满族最初的习俗是不避讳近亲结婚的。尽管清朝建立以后沿袭明代法律禁止表亲结婚，但是法律显然不能限制皇室的婚姻。所以清代自开国之初，禁止表亲结婚无论对皇室还是民间，都是很难生实效的表面条文。

起初满族还有族内收继婚的习俗，所谓收继婚，是指丧夫妇女在丈夫家族内重新婚配，一种是不同辈分的收继婚，男子娶继母、庶母或伯叔母为妻，一种是同辈分的收继婚，兄弟娶寡嫂为妻。收继婚是父系社会很多民族起初都有的婚姻习俗，汉族地区在春秋时代也有过这种习俗，《左传》中有不少这种事例。历史学家定宜庄指出，收继婚习俗产生的原因主要是社会生存环境很严酷，频繁的战争导致男性死亡率很高，为了保证家族后代繁衍，家族要尽可能占有更多的女性，这些女性不被视为某个男人所有，而是属于这个家族共同所有，她们有义务为这个家族繁衍后代，而不仅仅是为某个男人繁衍后代。另外，收继婚还可以防止寡妇带走财产，避免家族财产流失。收继婚的原则是"尊者不下淫"，年长的男性不能娶家族内年轻男性的寡妇为妻，这是为了保证更年轻、身体更精壮的男性有更多繁衍后代的机会，让家族能有更多健康的下一代。[1]

汉族进入农耕社会脱离游牧文明以后，文化开始逐步进化。自周代制定礼仪以来，就强调禁止同姓相婚、族内相婚和近亲结婚，这是汉族文明提升的表现。但是其他游牧民族文明发展还没有到这个阶段，所以中国古代游牧民族几乎都存在收继婚习俗。匈奴、契丹、女真以及后来的满族，都是这样。汉代王昭君到匈奴和亲后嫁给了父子两代单于，就是遵从了当时匈奴的收继婚习俗。满族起初在关外也一直有这个习俗。

所以最初满族的习俗不要说不禁近亲结婚，连子娶继母、弟娶兄嫂都是不禁止的。但是随着满族的征服战争，他们接触了汉族文化，意识到自己文明的落后，就开始改革原有的习惯法，逐步汉化儒家化。这一过程在没有入关以前，自清太宗皇太极时代就开始了。1631年，皇太极即位后第五年就颁布了禁止收继婚和近亲婚的诏令："凡取（娶）继母、伯母、弟妇、侄妇，永行禁止。……同族嫁娶，男女以奸论。" 1635年，这条禁令以法律的形式正式确立下来："若不遵法，族中相娶者，与奸淫之事一例问罪。汉人、高丽因晓道理，不娶族中妇女为妻。若娶族中妇女，与禽兽何异。我想及此，方立其法。"在这条立法中，皇太极明确表达了要实行汉化革除陋俗的决心。[2] 入关以后，清政府继

---

1 参见定宜庄：《满族的妇女生活与婚姻制度研究》，第9、13、18页。
2 参见定宜庄：《满族的妇女生活与婚姻制度研究》，第27—28页。

续实行汉化，《大清律》基本沿袭《大明律》，禁止表亲结婚也就成了明确的法律规定："若娶己之姑舅两姨姊妹者（虽无尊卑之婚，向有缌麻之服），杖八十，并离异。"但经过近百年的法律实践，表亲婚的禁令仍然很难落到实处，乾隆五年（1740）终于最终做了修订，删去了这一条，改为"其姑舅两姨姊妹为婚者，听从民便"。

了解了中国古代关于近亲结婚的法律变化，就不难理解为什么中国古代描写表亲婚姻的文学作品并不多见，以及《红楼梦》为什么会写这样一个故事。现代我国的法律已经不再允许这种婚姻，实行婚姻登记制度以后，国家法关于近亲结婚的禁令才能真正落到实处。更重要的，随着科学的普及，婴儿的夭折率大大减少，出生率逐步下降，孩子的健康问题成了每一对夫妇的头等大事，人们在观念上越来越难以接受近亲结婚，慢慢这种习俗就逐步消亡了。

二、林黛玉的嫁妆与林如海的立嗣

大约在和曹雪芹差不多相同的时代，奥斯汀在英国写出了《傲慢与偏见》，书中乡绅班纳特先生的五个女儿都不能继承他的庄园，他的远亲科林斯要成为他产业的继承人。奥斯汀比起曹雪芹同时代的中国女性，要多一些自由度，她可以受到良好的教育，也能自己选择恋爱对象，还可以指望以写作谋生，但她笔下的女主人公，仍然面临继承财产方面的困境。无独有偶，曹雪芹在稍早三四十年的时候写出了《红楼梦》，他最钟爱的女主角林黛玉似乎也遭遇了和伊丽莎白差不多的困境。

传统中国婚姻是不能自主的，只能由家长做主，婚姻一定要讲求门当户对，尤其是双方财产实力的匹配。贾府是财大势大的贵族，林黛玉父母双亡被外祖母收养，她经常感到自己寄人篱下，郁郁寡欢，还曾经对薛宝钗说自己"一无所有"，吃的穿的用的都是贾府开销。黛玉有没有得到父亲的遗产，是书中没有正面交代的问题。

《红楼梦》开篇就交代了护官符和"四大家族"，贾史王薛四大家。林家也是贵族出身，林黛玉的父亲林如海祖上也是开国功臣，被封列侯。有封爵的贵族，爵位可以由嫡长子世袭，但是每继承一次，爵位递减一等。本来朝廷的规矩是只可世袭三代，到林如海的父亲这一代，皇帝格外开恩准许林家又世袭了一代，到了林如海，就必须靠科举出身。林如海才学出众中了探花，官至兰台寺大夫。兰台寺大夫是曹雪芹虚构的官名，历史上兰台寺这个地方曾经是御史台的别称，也做过中央政府的藏书机构。[1]林如海是个真正的读书人，林家是书香门第。林家势力也许不及四大家族那么大，但也是贵族世家。

黛玉进贾府时贾母曾经回忆，"我这些儿女，所疼者独有你母"（第三回）。黛玉的母亲贾敏没出嫁时是贾母最疼爱的小女儿，《红楼梦》第七十四回抄检大观园时，王夫人对王熙凤说："只说如今你林妹妹的母亲，未出阁时，是何等的娇生惯养，是

---

[1]《通典·职官六·御史台》："后汉以来谓之御史台，亦谓之兰台寺。"《西汉会要·职官五·御史大夫》："御史大夫，秦官，位上卿，银印青绶，掌副丞相。有两丞，秩千石。一曰中丞，在殿中兰台，掌图籍秘书。"

何等的金尊玉贵,那才象个千金小姐的体统。如今这几个姊妹,不过比人家的丫头略强些罢了。"贾敏在荣国府财力鼎盛之时嫁给林如海,林家不可能没有相当的财力。林家无论门第还是财力,都是能和贾府匹配的,否则贾府不可能考虑把贾敏嫁给林如海。可惜林家人丁不旺,到林如海这一代,只有几个堂族兄弟,他没有亲兄弟,命里也无子,黛玉本有一个弟弟,不幸在三岁时夭折了,只有黛玉这一个女儿。

黛玉的母亲死后,贾母就要求把外孙女接到荣国府自己抚养,黛玉就去了贾府。《红楼梦》第十二回写到,林如海生了重病,派人接黛玉回去,贾母只得派贾琏送黛玉回去。这一去到年底回来,林如海不幸病逝,黛玉从此就只能常住贾府了,贾母从此就成了她的监护人。

传统中国女性社会地位很低,最初她们是没有财产继承权的,唐宋以后法律才开始有了一些松动,承认女性附条件的继承权。从继承法的角度来说,家长的女儿分为三种:在室女,即还未出嫁的女儿;出嫁女;归宗女,指出嫁后因为丈夫死亡或离异回到父母家中生活的女儿。从唐代开始,无论被继承人有没有儿子,在室女的继承权都得到了一定的保障,因为出嫁时需要嫁妆。唐代法律规定:"诸应分田宅及财务者,兄弟均分……其未娶妻者,别与聘财,姑、姊妹在室者,减男聘财之半。"(《开元令·户令》)[1]被继承人死亡以后,他的财产应由儿子们均分,还没有娶妻的儿子要额外得到聘财,就是定亲下聘礼的花费。还没

1〔日〕仁井田陞:《唐令拾遗》,栗劲、霍存福等编译,长春出版社1989年版,第155页。

有出嫁的女儿也要在遗产中给她保留必要的嫁妆份额，数量相当于未娶妻儿子们聘财的一半。这一原则基本被后世王朝法律沿袭了。

那如果被继承人没有儿子只有女儿怎么办呢？这种情况传统中国的法律称之为"户绝"。按照《唐律》中的解释，"无后者为户绝"，指死者没有男性继承人，无法继承他的法律身份。户绝是中国古代常见的法律问题，学者刘翠溶指出，明清时候没有儿子的夫妇约占总数的20%。[1] 学者白凯指出，"户绝"的概念是很严格的，如果一家兄弟数人还没有分家共同生活，其中一个兄弟死亡没有儿子，其他的兄弟还有儿子，就不能视为"户绝"。只有被继承人已经与他的兄弟分家自立门户，死后没有儿子，才能被视为"户绝"。[2] 黛玉的父亲林如海没有亲兄弟，只有堂兄弟，这些人和他关系很远，更没有和他共同生活，有一个儿子但是已经夭折了，只有黛玉这一个女儿还在世。所以贾敏和林如海相继死亡，林家毫无疑问就成了法律上规定的"户绝"情形，林黛玉是林如海唯一的直系亲属。

自唐代开始，中国古代的法律就承认户绝情形发生时女儿对财产的继承权。《宋刑统·户婚》中收录了唐丧葬令："诸身丧户绝者，所有部曲、客女、奴婢、店宅、资财，并令近亲（亲依本服不以出降）转易货卖，将营葬事及量营功德之外，余财并与女

---

[1] 参见刘翠溶：《明清时期家族人口与社会经济变迁》，台湾"中研院"经济研究所1992年版，第179页。
[2] 参见〔美〕白凯：《中国的妇女与财产：960—1949年》，刘昶译，上海书店出版社2009年版，第11页。

（户虽同资财先别者亦准此）。无女，均入以次近亲。无亲戚者，官为检校。若亡人在日，自有遗嘱处分，证验分明者，不用此令。"[1]根据唐律，如果父亲死去也没有留下遗嘱另行安排，除去丧葬费用外，财产就归女儿，如果没有女儿，就归其父系的其他近亲属，包括兄弟、子侄或堂兄弟。唐代法律对于女性继承权已经相当开明了，假如她们没有兄弟，就能成为父亲财产的第一顺序继承人。宋代法律开始对户绝时女儿的继承权作了限制，只有在室女也就是未出嫁的女儿可以全部继承父亲的财产，出嫁女和归宗女都只能得到父亲财产的一部分。[2]

但是女儿的继承权是附条件的，这取决于父亲有没有过继的儿子。自宋代开始，过继的嗣子享有和亲生儿子相同的权利义务，嗣子可以是家长在世时自己选择的，也可以是家长死后寡妻选择的，还可以是夫妻双方都死亡后族人为他们选择的。如果被继承人有了嗣子，也不能被视为"户绝"，亲生女儿就可能被排除出继承，顶多是为未出嫁的在室女保留必要的份额作为嫁妆。明清法律对此都做了明确规定。"户绝财产，果无同宗应继者，所有亲女承分。无女者，入官。"（《大清律例·户律·户役·卑幼私擅用财》）学者白凯指出，明太祖朱元璋还确立了为无子死者强制立嗣的制度，假如死者生前没有立族侄为嗣，他的寡妻在他死后必须立嗣，如果寡妻生前也没有立嗣，她丈夫的族人就必

---

[1]〔宋〕窦仪等详定，岳纯之校证：《宋刑统校证》，北京大学出版社2015年版，第169—170页。
[2] 参见〔美〕白凯：《中国的妇女与财产：960—1949年》，第11—12页。

须在她死后为她的丈夫立嗣。这个制度写入了《大明会典》。[1]到了清代，死后由族人公议立嗣也是顺理成章的做法，如果族人之间发生了争执，还可以由地方官主持立嗣。

按照这样的法律规定，林黛玉的母亲、父亲都已相继死亡，她没有兄弟姐妹，也没有亲叔父伯父。她的父母应该没有为自己立嗣，但是林家还有族人，虽然和林如海只是堂族，但如果他们不愿意放弃这份财产，他们是可能坚持在林如海死后为他立嗣的。

清代法律对于户绝时立嗣做了详尽规定："无子者，许令同宗昭穆相当之侄承继，先尽同父周亲，次及大功小功缌麻，如俱无，方许择立远房及同姓为嗣。若立嗣之后，却生亲子，其家产与原立均分。"（《大清律例·户律·户役·立嫡子违法》）根据这条法律，一个男性死去却没有儿子，他的族人当中只要是辈分和他的儿子相当的男性，只要没有出五服，都可以成为他的嗣子人选。法律不允许以同族以外的异姓为嗣子。历代传世的判例常有某人死后家族中为争立嗣子的诉讼，所以在中国古代，一个有财产有地位的男人死了却没有儿子是一件很麻烦的事，他的侄子们、堂侄们甚至远房侄子们都可能来争着给他当嗣子，而且在他死后仍然可能启动立嗣的程序，只要族中有人坚持，就可以通过宗族会议的形式为他立嗣。假如他死时他的妻子还在，妻子可以选择谁作嗣子，假如妻子也死了，谁成为他的男性继承人就要由他的族人来决定，他的女儿对这个问题是没有发言权的。

---

1 参见〔美〕白凯：《中国的妇女与财产：960—1949年》，第39页。

这就是贾敏和林如海相继死后林黛玉面临的困境。黛玉进贾府时可能六七岁上下，林如海死时应该也就十岁左右，她成了一个孤女，她的父母很疼爱她，但法律并没有给她全面的保障，假如林家的族人执意相争，她很可能失去继承权，顶多能得到一份嫁妆。

林如海写信来说自己病重要接黛玉回去时，贾母忧心忡忡，她预感到了林如海将不久于人世，假如这时她不肩负起监护人的责任，让贾府出面来据理力争，孤苦无依的外孙女可能都分不到她父亲的遗产，而这份遗产中应该还包括贾敏出嫁时带去的巨额嫁妆。贾母很快就决定派贾琏送黛玉回去，贾琏的使命不仅是要保证黛玉安全来去，更重要的，他要在万一发生了意外林如海病重死后为黛玉争得继承权。

日本学者滋贺秀三指出，明清法律都没有明确规定遗嘱的效力问题，但是在司法实践中还是可能认可遗嘱的效力。清朝初年曾经有一个真实的判例，就是一个父亲排除了侄子的继承权，通过遗嘱将财产留给了庶出的女儿。生员徐鍠因为妻子没有子女，娶杨氏为小妾，杨氏生下了一个女儿。他的侄子徐浃是个品行不好的青年。徐鍠得了重病，同学吕日昌、田一泰和他交好，他就将五岁的女儿许配给吕日昌的儿子，预先送去了陪嫁的首饰衣物，还拨出田产作为女儿的嫁妆田。并让小妾杨氏改嫁给田一泰，让田家善待自己的女儿，把她抚养成人，等她长大后嫁到吕家去。他亲笔写下了遗嘱，处分完毕。死后他的侄子告到官府认为自己才有继承权，遗嘱处分无效。县令判决认为徐鍠的遗嘱处分适当,应为有效。[1]

由此可见,清代遗嘱继承并不必然发生效力,假如死者家族中的其他男性有不同意见,可能发生争执告到官府,但是司法仍然可以认可遗嘱的效力。《红楼梦》没有写林黛玉回扬州这一段发生了什么,林如海非常疼爱他的女儿,假如他临终立下遗嘱把财产留给他的女儿是可能得到司法认可的。

《红楼梦》第十六回写秦钟临死时,宝玉赶着去见他最后一面,带了几个仆人,"来至秦钟门首,悄无一人,遂蜂拥至内室,唬的秦钟的两个远房婶母并几个弟兄都藏之不迭"(第十六回)。秦钟的姐姐死了,父亲也死了,他也快死了,他没有其他的兄弟姐妹,秦家这时面临的也是"户绝",秦可卿的死给她的家族换来了一笔巨款,秦业还有留积下的三四千两银子。脂评本《红楼梦》在此处有一句批语:"妙!这婶母兄弟是特来等分绝户家私的,不表可知。"[2] 户绝的家庭会有远房的族人来等着分家私,看来是当时社会的常态。估计林家的族人也不例外。作者写到这一点,也说明他十分了解当时关于"户绝"的法律。

林家还有一些同姓的远亲。《红楼梦》第五十五回写紫鹃假意试探宝玉的心意,骗他说林家的人要来接黛玉回去,宝玉急火攻心差点要疯,后来紫鹃说了实情他才好过来。紫鹃说:"那些顽话都是我编的。林家实没了人口,纵有也是极远的。族中也都不在苏州住,各省流寓不定。纵有人来接,老太太必不放去

---

1 参见〔日〕滋贺秀三:《中国家族法原理》,张建国、李力译,法律出版社2003年版,第324—325页。
2 俞平伯辑:《脂砚斋红楼梦辑评》,第210页。

的。""纵有人来接,老太太必不放去的。"这话很有意思,可以想象,就算林如海死时林家的族人有意为他立嗣争夺财产,他们又怎么可能跟财大势大的贾府对抗呢?贾母是林如海的岳母,法律上不能继承他的财产,但她作为林黛玉的监护人,可以在法律上尽力维护她的继承权。林如海应该立下了遗嘱处置好了后事,他面临的情形跟前面讲到的徐鎔案有些类似,妻子已经死了,留下一个孤女,有几房小妾,可能还有一些远房的侄子。那他的遗嘱会交代什么事呢?显而易见,让小妾改嫁,让她们生活有着落,因为他不能指望年幼的女儿来照顾她们,把孩子托付给她的外祖母,还会让贾母操心黛玉的婚事,他的遗产就要留着给黛玉作嫁妆。贾母应该是接受了林如海的托孤,为他的女儿代管财产。无论考虑到血缘关系还是林如海的遗嘱,她都有义务把林黛玉抚养成人,完成她父亲的遗愿。至于林家的族人,一来他们关系很远又分散各地,二来贾府位高权重,林如海托付了这样强大的遗嘱执行人,他们恐怕也不敢出来打官司质疑林如海的遗嘱争遗产。就算他们敢打官司,此时的应天府知府正是林如海的好友贾雨村,他的官位还是贾府替他谋到的,他不可能不认可林如海的遗嘱。

所以林黛玉应该是顺利继承了父亲的遗产,她的监护人来自四大家族中的贾府,是地方官都不敢惹的人家。但是这些事务都需要一个得力的人去操办,所以林如海的书信一寄来要接她回去,贾母就派了贾琏送她回去。

在传统中国,一个有地位的男人死后没有男性继承人,就意味着他在宗庙中无人祭祀,出嫁的女儿是不能参与宗族祭祀的。

如果他是宗族的族长或有可以世袭的爵位，这些身份女儿也不能继承。《红楼梦》中没有交代林如海是否立嗣的问题，这也引发了后世读者的诸多争议。满族文化并没有儒家文化中那样根深蒂固的父权观念，一个人死后如果没有男性继承人，按照满族文化的观念，是可以用灵活的形式来变通的。乾隆五年（1740）颁布了一条例文，特准旗人可以异姓承嗣。根据这条法律，没有男性后裔的旗人可以选择母系的其他亲属作为自己的嗣子。[1] 晚清律学家薛允升对此提出了自己的看法，认为汉人如果选择血缘关系较近的异姓亲属承嗣也是合乎情理的："即以民人而论，如有孤单零户，本宗及远房无人承继者，取外姓亲属之人承继，似亦可行。古来名人以异姓承继者，不知凡几，亦王道本乎人情之意也。"[2] 汉族民间也多有以外甥或外孙为嗣子的习俗，这种习俗是为了在没有血缘关系密切的男性后裔时，留给女儿一种间接继承娘家家产的机会。[3] 历史学者吕宽庆也指出，汉朝法律本来规定了本族无人可以外孙为嗣，从汉代到隋代这一条律文得到了遵行。唐代为了捍卫父系宗法制度将这一条律文删去了，《唐律》禁止异姓为嗣，以后历朝法律也都沿袭了这一点。"但民间习惯却仍然认可以外甥外孙为嗣，……其存在的地域分布非常广泛，清代汉人聚居的十八行省的很多地方都认可立外甥外孙为嗣。"[4] 毕竟，血

---

[1] "旗人无嗣，许立同宗昭穆相当之侄承继，先尽同父周亲，次及五服之内，如俱无，方准择立远房及同姓为嗣。……如同宗内并无昭穆相当可立为嗣，请继另户异姓亲属者，查非户下家奴及民人子弟，取具两姓族长并参佐领，印甘各结，准其过继。"乾隆朝《钦定户部则例》卷二《户口·继嗣》，载故宫博物院编：《故宫珍本丛刊·钦定户部则例》第一册，第53页b。
[2] ［清］薛允升：《读例存疑点注》，第178页。
[3] 参见邢铁：《家产继承史论》，云南大学出版社2000年版，第55页，第81—84页。
[4] 吕宽庆：《清代立嗣继承制度研究》，河南人民出版社2008年版，第217页注③。

缘与亲情的纽带是国家法律很难割断的,民间这样的习俗显然更合乎人情。

《红楼梦》中没有交代林如海的立嗣问题,并不是作者的疏忽和不近人情,而正是因为在清代的旗人家庭看来这根本都不成其为一个问题,所以也无需交代。只是现代的读者囿于对儒家宗法的形式主义的理解,会觉得这是一个问题。宝黛的联姻可能是林如海临终的遗愿,他通过遗嘱解决了两个难题,一是排除他的远房族人而将财产全部留给他孤苦无依的女儿,二是让宝黛长大后结为夫妻,解决他的嗣子问题。贾宝玉的父亲贾政已经有了长房长孙贾兰,贾宝玉作为林如海的内侄出继给林如海作嗣子,在法律和礼俗上都是不存在障碍的。更为可靠的方案是,宝黛结姻,将来生下的外孙成为林如海的嗣孙。

所以黛玉的嫁妆问题牵涉到贾、林二家复杂的家族利益。林如海不希望斩断自己的血脉,让血缘关系很远的族人白白拿走自己的财产,如果他的族人为他立嗣,林黛玉以后也应由林家的族人抚养,这也是他不能放心的。贾府希望拿回贾敏出嫁时带去的巨额嫁妆,不想让自己的财产白白外流到和自己关系很远的林氏族人那里,贾母非常疼爱她的外孙女,也希望能让自己来抚养这个孩子。林如海临终立遗嘱将财产留给女儿并托付她的婚事,让贾府承诺宝黛姻缘,将遗产留给黛玉作为嫁妆,无论是对黛玉本人,还是对这两个家族,都是最好的解决方案。

可是《红楼梦》没有把这些事情交代清楚,黛玉有没有遗产,林如海怎么立嗣,都没有交代。作者可能觉得这顺理成章无需交代,后世的读者不了解当时的礼法和社会,却凭空生出很多

疑问。晚清文人涂瀛首先发出了追问,

> 或问:"凤姐之死黛玉,似乎利之,则何也?"曰:"不独凤姐利之,即老太太亦利之。何言乎利之也?林黛玉葬父来归,数百万家资尽归贾氏,凤姐领之。脱为贾氏妇,则凤姐应算还也;不为贾氏妇,而为他姓妇,则贾氏应算还也。而得不死之耶?然则黛玉之死,死于其才,亦死于其财也。"[1]

后世很多人也延续了这个追问,他们觉得贾府吞没了林黛玉得到的巨额遗产,也没有为林如海立嗣,实在是为富不仁之家。用今天社会的情形去看待林黛玉的境遇,就会产生这样的误会。

细读《红楼梦》,其实可以看到贾母对黛玉财产的安排。贾府里的人都是要发月钱的,每个月大家都有固定的零花钱。一般月钱是由王熙凤发放的,她会到贾府银库里领钱,按照标准发放给每个人。但是林黛玉和她的丫鬟们,月钱却不是王熙凤发的。《红楼梦》第二十六回写小丫头佳蕙向小红说起她得了意外之财:"可巧老太太那里给林姑娘送钱来,正分给他们的丫头们呢。见我去了,林姑娘就抓了两把给我,也不知多少。你替我收着。"原来林黛玉和她的丫鬟们的月钱是从贾母处送出的,和别人都不一样,黛玉顺手就抓了两把给碰巧来送茶叶的小丫鬟,这个细节说明她很清楚这些钱是属于她自己的。贾母是她的监护人,为

---

[1] 涂瀛:《红楼梦问答》,载一粟编:《红楼梦资料汇编》(上册),中华书局1964年版,第145页。

她代管财产。林如海死的时候黛玉很小，也许很多事情并不明白，但是贾母这样特地安排，用和别人都不一样的方式来给她发月钱，说明她是一个称职的监护人，并没有向黛玉隐瞒她父亲的遗产，等黛玉大一点了，她会把遗产的事情告诉黛玉。黛玉向宝钗抱怨说自己"一无所有"，应该只是情绪性的话，她本性善良，对钱财并没有太多概念，也许她觉得既然父亲把自己托付给了外祖母，父亲的财产就应该由外祖母来处置，自己孤苦无依来到贾府，各种事务都要靠贾府操持，她不觉得那些钱是完全属于她自己的。

很多读者都猜测林黛玉的财产去了哪里，因为到七十回以后，贾府财政越来越困难，都快撑不下去了。红学家陈大康分析，黛玉的财产可能被贾府挪用去建省亲别墅了。[1]也有读者延续涂瀛的猜测，黛玉的财产被贾琏夫妇私吞了不少。但这只是猜测。曹雪芹没有直接交代黛玉财产的去向，但他留下很多线索让读者明白黛玉的财产被贾府动用了。我们不能用现代人的眼光去看待古代的世界，传统中国的女性基本是没有独立的财产所有权的，在她没有出嫁之前，财产要听凭父母或监护人的安排，出嫁后由丈夫安排，如果丈夫早亡她要改嫁，她也不能带走她的嫁妆。[2]对于古代中国的女性而言，财产对她们的最大意义不是她可以随心所欲地自由支配，而是她可以因为嫁妆的丰厚在夫家得到较高的地位。从法律上看，林黛玉不是一个现代意义的人格独立

---

[1] 参见陈大康：《荣国府的经济账》，人民文学出版社2019年版，第30页。
[2] "妇人夫亡，无子守志者，合承夫分，须凭族长择昭穆相当之人继嗣。其改嫁者，夫家财产及原有妆奁并听前夫之家为主。"（《大清律例·户律·户役·立嫡子违法》）

的女性,她孤苦无依来到了贾府,假如没有她的外祖母家鼎力支持,她也许并不能顺利得到她父亲的遗产,在她没有成年之前,她也无权动用处分她的财产。[1]她的监护人贾母为了整个家族的利益可能决策动用了她的财产,这其中还包括她的母亲最初带去林家的嫁妆,但这也是为了她的利益。如果贾府败落了,黛玉就没有了依靠,也不可能有好的生活。黛玉在贾府度过了几年,等她大一点了,她也许已经悟明白了这是怎么回事,但她不会因此抱怨她的外祖母家,也不会觉得这样安排有什么不适当。

贾府收养了外甥女林黛玉,接受了林家的巨额财产并且已经动用这笔财产维护自己的家族利益,就有义务终生照顾林黛玉,贾母很清楚这个道理。更何况把黛玉留在贾家可能正是林如海临终和贾府达成的协议,她的嫁妆早就送到贾府来了,贾府已经当自己的财产一样动用了。

三、宝黛的婚姻谁做主

根据清代法律,女性只享有附条件的继承权,黛玉父母双亡孤苦无依,这时如果她的外祖母家不为她据理力争,她不见得能够顺利继承她父亲的遗产。黛玉就这样来到了贾府,她还没有成年,不能独立处分自己的财产,很多事情都要依靠贾母出面为她

---

[1] 古代中国家族中的卑亲属使用处分财产必须得到尊长的同意,他们并没有现代意义的完整的财产所有权,卑亲属未经尊长同意动用处分财产构成犯罪,称为"卑幼私擅用财"。清代法律规定:"凡同居卑幼,不由尊长,私擅用本家财物者,十两笞二十,每十两加一等,罪止杖一百。"(《大清律例·户律·户役·卑幼私擅用财》)

打理。那么她的婚姻到底应该由谁来做主呢？贾母和贾府里的其他人又是怎样看待她的婚事的呢？

传统中国婚姻是不能由当事人双方自己做主的，而必须由尊长做主，这就是现在通常说的"包办婚姻"。清代法律规定："嫁娶皆由祖父母、父母主婚，祖父母、父母俱无者，从余亲主婚。"（《大清律例·户律·婚姻·男女婚姻》）祖父母在，祖父母做主，祖父母不在了，父母做主，祖父母、父母都不在了，其他关系较为密切的近亲属做主。林黛玉父母双亡，没有亲伯父叔父，也没有姑妈，更没有哥哥姐姐。从法律上讲，她的祖父母、父母都不在了，应该由其余属于尊长的近亲属做主。《大清律例》的官方注释中明确解释了这一条，"余亲当尽伯叔父母、姑、兄姊、外祖父母，如无，则从余亲尊长。"[1]所以，只要贾母还在世，林黛玉的婚姻法律上就应该由她做主。假如她也不在了，就该轮到贾赦、贾政了。

至于宝玉的婚事，按照法律贾母也是最高的主婚人，她如果表示要由她做主，贾政和王夫人在法律上是不能违反她的决定的。《红楼梦》第七十九回写贾赦要把迎春嫁给孙绍祖，父亲对女儿是有一定主婚权的，这时贾政觉得不妥，但也劝不住，贾母是可以有效地反对这桩婚事的，但她不想和贾赦争执，也不是很重视迎春这个孙女，而且当时她也没想到迎春嫁的那个男人会有那么糟糕，她也就没有反对。

传统中国是一个父系家长主义的社会，亲属的远近首先考

---

[1] ［清］沈之奇撰，怀效锋、李俊点校：《大清律辑注》，第255页。

虑是父系还是母系,母系亲属都被视为"外亲",区别于父系的"内亲",重要程度也远不及"内亲"。唐宋时候,法律并没有规定外祖父母的主婚权,如果祖父母、父母都不在了,就应该由伯叔父母、姑妈、兄姊这些父系的尊长来做主。明朝开始,外祖父母才被列入了主婚人之列,清代法律沿袭了这一规定。法律这样的改变是合乎情理的,如果完全遵循父系亲属为重的原则,林黛玉没有祖父母、父母、伯叔父、姑妈、兄姐,那就应该由林如海同族的男性族人做主,比如她的堂伯父或堂叔父。但这些人和她关系的密切程度远不及她的外祖父母,也很难指望他们会替黛玉的幸福着想。

有很多读者认为王夫人并不想让贾宝玉娶林黛玉,王夫人可能很不喜欢林黛玉,宝钗是她的姨侄女,她当然想让宝玉娶宝钗为妻。这些只是猜测,《红楼梦》虽然是文学作品,但是写到大家族里边的规矩是完全符合当时的礼法的。黛玉的婚姻轮不到王夫人来做主,即便将来贾母不在了,也应该是贾赦或贾政做主,贾赦假如不爱管事,很有可能就是贾政做主。宝玉的婚姻王夫人可能有发言权,但是她并不能左右贾政的态度。《红楼梦》里从没有直接描写过贾政和王夫人对宝玉娶妻的态度,他们也从没有主动提起这个话题,因为他们都很懂规矩,知道只要贾母还在,这事情就应该由贾母做主。

一直到前八十回行将结束的时候,我们都能看到一个事实,在贾母的几个孙女、外孙女中,她最疼爱的是林黛玉。第五十四回写贾府庆贺元宵放烟花,有时会发出巨响,"林黛玉禀气柔弱,不禁毕驳之声,贾母便搂他在怀中"。活脱脱一个慈爱的外祖母形象，生怕孩子受了惊吓。第七十五回写贾府经济已经陷入了危机，日常的用度都不能像以前那样讲究了，但是给贾母吃的还是最好的饭，她一边吃一边吩咐，"将这粥送给凤哥儿吃去"，"这一碗笋和这一盘风腌果子狸给颦儿宝玉两个吃去，那一碗肉给兰小子吃去"。老太太见了好吃的，惦记的就是让她最疼爱的几个孩子都能吃到，她称呼黛玉为"颦儿"，这恰好是宝玉给黛玉起的名字。颦儿和宝玉一同提起，她时常都惦记着这两个小冤家，她最疼爱的外孙女和孙子。

第二十九回写贾母带了阖家女眷和仆人去清虚观打醮，张道士和贾母是老相识，就趁机给宝玉提亲，说是在别人家见了一个十五岁的小姐生得很好，聪明智慧，根基家当也和贾府相配，请示贾母可行否。贾母道："上回有和尚说了，这孩子命里不该早娶，等再大一大儿再定罢。你可如今打听着，不管他根基富贵，只要模样配的上就好，来告诉我。便是那家子穷，不过给他几两银子罢了。只是模样性格儿难得好的。"

这次打醮王夫人没有同去，宝玉、黛玉、薛姨妈和宝钗都在场。这是贾母首次表示了对宝玉婚姻的态度，宝玉自小生得性格和常人不一样，贾母很迷信，和尚说不能早娶，所以现在还不能定。接下来的就是客气话，有好孩子你替我物色着，只要模样性格好，家里富不富贵无所谓，就算穷点我们家多出点钱。

贾母的这个表态信息很丰富。首先，老人家这是表示，宝玉的婚事应该我做主。其次，还早呢，不急，和尚说孩子不能早娶。第三，不稀罕有钱人家，只要模样性格好。第三条是个客气话，但也正显示了贾母的世故和老到。张道士是荣国公在清虚观的替身道人,和荣国府来往很久,也是很有地位的道士,人家要操心宝玉的婚事当然要表示领情,所以就请他多操心。但是张道士怎么可能去给穷人家的女儿提亲呢,他来往的都是王公贵族,好的就是富贵荣华,给穷人家女儿做媒那对他有什么好处呢?贾母要张道士操心的事,实际上是他不可能去做的事,那这等于委婉地告诉他,不用你操心,你找的人我看不上,我已经有主意了。当时薛姨妈在场,贾母公开说只要模样性格好,有没有钱无所谓,我不稀罕给宝玉找个有钱人家的姑娘,出不起嫁妆没什么,哪怕我们家多贴点钱也没什么。贾府里谁最符合这个标准呢?那肯定不是薛宝钗了,林黛玉觉得自己"一无所有",倒好像符合这个标准。

自古一家人里边,尊长都是最疼身体弱的孩子,别的孩子他们觉得不会出什么大问题,身体弱的孩子要特别照顾,这是为人父母和祖父母的人之常情。更何况黛玉是个孤女,父母双亡,她的母亲又是贾母最疼的女儿,她的父亲临终时把她托付给了贾母。所以贾母只要还有一口气在,都要尽职尽责把这孩子照顾好,不能让她有一点闪失。否则她觉得自己就没有尽到监护人的职责,对不起孩子死去的父母。黛玉也是一个教养很好很懂礼数的孩子,长辈一般也没有理由不喜欢她。她有时候使小性子和言语刻薄,只是她没有心机的表现,在长辈眼里,一个孩子这样不是什么大毛病,倒是很多人都从年轻过来,会觉得这样的性格很率真很可爱。

可是《红楼梦》里贾母确实当众高度评价了宝钗。第三十五回写宝玉被贾政管教痛打后正在养伤,薛姨妈和宝钗来怡红院看宝玉,正巧碰到贾母、王夫人和王熙凤都在。宝玉说起众姊妹,贾母这时说:"提起姊妹,不是我当着姨太太的面奉承,千真万真,从我们家四个女孩儿算起,全不如宝丫头。"王夫人也说:"老太太时常背地里和我说宝丫头好。"贾母特别表扬了薛宝钗,觉得自己家里四个女孩子都不如宝钗。这四个女孩子就是迎春、探春、惜春和黛玉,黛玉虽然不是贾家的人,但是已经被贾府收养了,贾母把她视同自己家的女孩儿。

《红楼梦》是一部写尽人情百态的书,对人性的把握十分细腻。现代人爱用情商标准评判人,《红楼梦》里的女性,要论情商高,恐怕最出众的就是贾母、王熙凤和薛宝钗了。她们都很懂得在什么场合说什么样的话,也很照顾别人的感受。贾母夸奖了薛宝钗能证明什么呢?一方面说明她认可宝钗的为人处世,一方面她对王夫人和薛姨妈这样说,也是她对亲戚的礼貌,夸别人家的孩子有教养,等于就是夸这孩子的母亲会教育孩子。但是这样的表态和宝玉的婚事没有任何关系。贾母向张道士明确说过宝玉不应该早娶,现在还不合适操心这事,所以她在这个问题上态度很谨慎,绝不会随便当众表达自己的态度,以免引起家人的争议。不到合适的时候,她是不会表这个态的。

《红楼梦》里王熙凤也是一个特会说话的人,但她比起贾母修养就差得远了,因为她不懂得尊重和善待比她地位低的人。在这一点上,贾母作为贾府的家长,足以做她的儿孙们的楷模。刘姥姥这样的穷亲戚来到贾府,贾母就当她是和自己人格平等的同龄人一样对待,对待下人,她也从不会苛责打骂。细读《红楼梦》,贾母不仅夸奖过宝钗比自己家的所有女孩儿都强,也这样夸奖过伺候自己的丫鬟鸳鸯。第三十九回写惜春和平儿闲聊说到鸳鸯，惜春笑道："老太太昨儿还说呢，他比我们还强呢。"

所以贾母对人的赞扬就是她对这人的真实判断，并不代表别的什么意义。无论是亲戚还是下人，她觉得她们好就都不吝惜赞扬她们。她夸宝钗、鸳鸯比自己家的女孩子们都强，一来说明她做人的修养，二来也是她在善意地教导自己家的女孩儿们，为人处世要向她们学习。更重要的是，贾府里已经有金玉良缘的传言，贾母已经知道薛家有意缔结这个姻缘，那她心里越是不愿意，越是要赞扬宝钗，以表示对亲戚的礼貌，在婚姻大事这样的问题上，要拒绝别人而不伤人，这是一个贵族的教养和对亲戚的礼貌。

前八十回里边还有一次似乎真是贾母提到了宝玉的婚事，对象似乎是薛宝琴。第五十回写大雪天大观园里的众姐妹们即景作诗联句，难得贾母兴致也很高，顺路来到园中和姐妹们欢聚，一会儿薛姨妈也来了。这时贾母说到了薛宝琴，书中写道：

> 贾母因又说及宝琴雪下折梅比画儿上还好，因又细问他的年庚八字并家内景况。薛姨妈度其意思，大约是要与宝玉求配。薛姨妈心中固也遂意，只是已许过梅家了。

贾母向薛姨妈问起薛宝琴的年庚八字和家里的情况，薛姨妈觉得这大概是想给宝玉做亲事，她觉得这倒是不错的，不过薛宝琴已经定了亲事，许给了梅翰林的儿子，她就如实给贾母说了这情况。

这段对话非常有意思,作者并没有说贾母问起这些是想给宝玉定亲事,但是薛姨妈却猜测是这样。这说明薛姨妈这时已经很清楚贾母没有想让宝玉和宝钗结姻缘,贾母不会考虑宝钗,所以才问起别的女孩儿。她正在给贾母叙说宝琴怎样定了亲,凤姐在一旁一直听着,"也不等说完,便嗐声跺脚的说:'偏不巧,我正要作个媒呢,又已经许了人家。'"书里没有明说凤姐要给谁做媒,最后只交代说,"贾母也知凤姐儿之意,听见已有了人家,也就不提了。"(第五十回)

　　作者的意思很清楚,贾母和凤姐都想给薛宝琴做媒,贾母是替某人问的,可能有人托她帮着给自己的儿子物色一个好女孩,凤姐所说的她想要替做媒的那个人,可能和贾母考虑的这个人是同一个人,但这人并不是宝玉。只是薛姨妈自己心中猜测贾母这是想给宝玉说亲事。

　　贾母是个厚道人,贾府里有人传言金玉良缘,说宝钗命里要和有玉的人结婚,她不可能不知道这个传言。但她心里并不这样打算,她经常跟王夫人和薛姨妈夸奖宝钗,这正表现出她的厚道,这等于她委婉地表达了这样的意思:这孩子其实非常好,比我们家的女孩儿都好,是我的宝玉配不上这样的好孩子。她更不可能故意去提醒薛姨妈我不打算考虑宝钗,她就真的是觉得宝琴很不错,想替别人做媒,没想到薛姨妈就给领会错了。但是这样阴差阳错的一番对话,薛姨妈就弄清楚了贾母的意思,贾母并不打算替宝玉缔结金玉良缘。

　　所以,贾母在宝玉的婚姻问题上态度一直是一致的,她打算让宝玉和黛玉结婚,但是这两个孩子都很让她操心,宝玉不好好读书，黛玉身体很弱，这婚事不合适早办，要再等等。

《红楼梦》前八十回贾母一直没有直接说过这个问题，王熙凤和她身边的仆人倒是说过不少次。

第二十五回，就在贾环恶意烫伤了宝玉的脸之后，王熙凤拿林黛玉开玩笑："你既吃了我们家的茶，怎么还不给我们家作媳妇？"第五十五回写到，凤姐和平儿商量如何缓解贾府的财政危机，凤姐儿笑道："我也虑到这里，倒也够了：宝玉和林妹妹他两个一娶一嫁，可以使不着官中的钱，老太太自有梯己拿出来。"

王熙凤能这样和林黛玉开玩笑，不仅仅代表她个人的意愿，而是这时她了解贾母有意这样安排。贾母和王熙凤特别说得来，可能私下和她表达过这样的安排。另外，王熙凤和薛宝钗关系很微妙，虽然她们是血缘关系很近的姑表姐妹，但是王熙凤似乎并不太待见薛宝钗，薛宝钗可能也不太看得上王熙凤。在宝玉的婚事这个问题上，王熙凤可能更愿意有一个林黛玉这样的弟媳妇，而不是薛宝钗这样的弟媳妇。林黛玉没什么心机，对钱都没什么概念，身体也不太好，如果她做了宝玉的妻子，既不会揽权也不会揽钱，王熙凤还会继续替王夫人管家。薛宝钗可就不好说了，那可是个人精子，而且人缘超好，王夫人也很信任她，如果她做了宝玉的妻子，王夫人说不定就要考虑让她来管家了。

王熙凤对宝玉的婚事固然有自己的小九九，但假如只是担心薛宝钗可能威胁她的地位，那为什么她就一定要认准林黛玉呢？不是也可以考虑别的人吗？找个比林黛玉更没心机的不是更好吗？所以她在这个问题上一再表态，真实的原因只能是贾母有意这样安排，因为她对宝玉的婚事是没有任何权力指手画脚的，贾母没有这样的态度,她是不合适这样到处说的,她不可能不懂这样的规矩。

第六十六回写贾琏偷娶了尤二姐,贾琏的仆人兴儿和尤二姐、尤三姐闲聊说起宝玉,尤二姐拿尤三姐和宝玉开玩笑,兴儿就说:"若论模样儿行事为人,倒是一对好的。只是他已有了,只未露形。将来准是林姑娘定了的。因林姑娘多病,二则都还小,故尚未及此。再过三二年,老太太便一开言,那是再无不准的了。"兴儿这话说得再明白不过,"只是他已有了",意思就是宝玉的婚事已经定了,贾母定了要让他和黛玉成婚,只是还没到时候。兴儿肯定是听贾琏和凤姐说过这事。

林黛玉是带着巨额的遗产来到贾府的,无论从法律上还是从道义上,贾母作为她的监护人都有义务为她选一门好亲事,让她终生幸福。贾母年近八十,看尽人情百态,最初黛玉进贾府是因为她的安排,让宝玉和黛玉住得非常近,两个孩子自小青梅竹马,再大点了感情都很深了,于情于理,她都不忍心拆散这两个孩子。更何况为了家族的利益,贾府已经动用了黛玉的财产,把黛玉留在贾家也符合家族的利益,因为那样黛玉出嫁时就不用再给她准备嫁妆。如果把她嫁给别的家族,她父亲的遗产问题就会在她出嫁时被提出来,即便她自己不计较,她的婆家也会把此事提出来,那样对贾府在道义上和经济上都是不利的。林如海病重时是贾琏送黛玉去接受遗嘱的,贾琏夫妇最清楚林如海托孤的过程,应该是在林如海死后林黛玉再次进贾府时,贾母就已经决心这样安排,而且她的意愿也从未改变。

从前八十回作者的整体写作来看,黛玉最后的悲剧绝不可能是被别人抢走了她的婚事，一直到临近八十回的时候，贾母都没有改变她的态度。八十回后的《红楼梦》不是曹雪芹所作，续书的作者显然并不赞成宝黛的结合，但又无法改变前八十回故事的逻辑，就改写了一个非常拙劣的"掉包计"，让宝钗冒充黛玉和宝玉成婚了。这样的结局完全不符合前八十回中人物性格的逻辑，先不说宝玉会不会这样任人摆布，薛宝钗用这样屈辱的方式嫁给宝玉，她和薛姨妈怎么可能接受这样失身份的安排呢？我们不知道在曹雪芹所写的已经失传的旧时真本中宝黛具体是怎样结局的，但是他的创作不可能违背逻辑，尤其是人物性格发展的逻辑。

四、宝黛姻缘与礼教

用现代人的观点来看，宝玉和黛玉的爱情故事很凄美动人，但是在传统中国，青年男女之间的自由恋爱是为礼法所不容的，贾府甚至仅仅大观园里都会有人不能接受他们的自由恋爱，甚至会对他们恶意中伤。

《红楼梦》开篇不久就写到，黛玉初进贾府，见到了宝玉，宝玉就觉得这个妹妹好像在哪里见过的。黛玉进贾府时应该六岁左右，宝玉比她大一岁。两个孩子一见到就非常有缘。贾母本来安排让宝玉从碧纱橱外的卧室搬出去，让黛玉住在碧纱橱。可是宝玉表示不愿意搬，就在那里很好。两个六七岁的孩子就这样同处一堂，他们自幼两小无猜、亲密无间。《红楼梦》一开篇的安排就让他们结下了不解之缘。

后来来了薛宝钗，又来了史湘云，贾府里传出了"金玉良缘"的舆论，黛玉自幼父母双亡、敏感而多虑，她开始和宝玉别扭。这时他们也还只是十一二岁的孩子，也许古人要比现代人稍稍早熟，但他们毕竟都是孩子。两个孩子一直要好了几年，现在来了别的人，黛玉多心开始怀疑，这就是刚懂人事的孩子最自然的反应。

他们别扭了好久，到第三十二回，误会终于说开了。他们终于说开了心事，宝玉真挚地向黛玉表白了，劝她"你放心"，黛玉终于明白了宝玉的心意，两眼不觉滚下泪来，回身便走了。宝玉却还站在原地发呆。这时袭人怕他受不了热，送了扇子来给宝玉，她在远处见到宝玉和黛玉站在一起，不一会儿黛玉走了。她走到跟前和宝玉说话，宝玉却还呆着，似乎不知道黛玉已经走了。

宝玉出了神，见袭人和他说话，并未看出是何人来，便一把拉住，说道："好妹妹，我的这心事，从来也不敢说，今儿我大胆说出来，死也甘心！我为你也弄了一身的病在这里，又不敢告诉人，只好掩着。只等你的病好了，只怕我的病才得好呢。睡里梦里也忘不了你！"

袭人吓坏了，赶紧把宝玉推醒，宝玉醒悟过来以后感到害羞，抽身就走了。这时袭人是怎么想的呢？

这里袭人见他去了，自思方才之言，一定是因黛玉而起,如此看来,将来难免不才之事,令人可惊可畏。想到此间,也不觉怔怔的滴下泪来,心下暗度如何处治方免此丑祸。

这是《红楼梦》前八十回最惊心动魄的一幕。宝黛历经了很多误解,宝玉终于向黛玉倾诉了真情,在现代的读者看来这是很美很感人的事情,可是在袭人看来这却是一件很丑陋的事。

中国古代女性的社会地位到明清以后是最为低下的,到清代则到了最低点。民国时候的著名教育家陈东原先生曾经总结:"中国女性的非人生活,到了清代,算是登峰造极了!蔑以加矣了!"[1]

汉唐时候,女性还有一定的自由度,可以和异性自由交往,离婚也是社会习俗都能接受的。敦煌出土的文物中有唐代夫妻离婚时写下的很动人的分手告白。在汉唐时,社会观念并不把男女自由恋爱视为可耻的事,也没有对女性贞节的过度要求。

宋代理学兴起后,特别强调贞节和对女性的禁锢,十三世纪以来,理学开始成为中国官方推崇的主流思想。明清两朝政府把理学思想中的"男女之防"推到了极致,社会习俗特别推崇对女性的禁锢和贞节崇拜。从元明以来的杂剧作品就可以充分看出,到了这时的社会,女性是被严格禁锢的,《牡丹亭》中的女主角养在深闺人未识,除了自己的父兄几乎没见过什么异性,春天到花园游玩一下都得偷偷摸摸地,生怕父母知道,甚至都有罪

---

[1] 陈东原:《中国妇女生活史》,商务印书馆2017年版,第172页。

恶感。

女性尤其是未婚的青年女性是不能随便和异性接触的，包括她家族中的人。女性居住在家中最深处的空间里，称为"内阃"或"内闱"，内外有门相隔。宋代的理学家司马光认为"女子十年不出"才是符合礼仪的，到了明清时候，他的这个理想成了很多世家大族践行的标准，小姐是不能随便见人的，一直到父母给她安排了婚姻成婚之日，她都要静养在自己的闺房里，不能让陌生男人见到，家族里的异性也要尽量少接触，在她定了婚以后，她的父亲最好都不要进入她的闺房。[1]

扬州有一处著名的园林"何园"，是光绪年间的官员何芷舠建造的。何园里有一座水上的戏台，戏台四周是回廊，演出时观众就站在回廊上观看，但是何家的小姐是不能到回廊上看戏的，她们只能在自己的闺房透过山墙上的几重窗户远远地听戏。何家小姐住的绣楼二楼楼板上有几个圆形的大洞。小姐住在二楼，只有她的父母和贴身服侍的丫鬟可以进她的闺房，别人都是不能随便进去的，小姐也是不能随便下楼的。据说楼板上的大洞就是给小姐传递各种用的东西和扔的东西，东西都用篮子提着，用绳索在楼的上下传递。

何家在晚清没有出过官位很高的官员，但是一个治家严谨、恪守儒家礼仪的世家大族。何园里何家小姐的生活足以说明，《红楼梦》里的大观园生活是作者虚构和想象出的一个乌托邦，在清代社会，一个世家大族里的青年男女像贾宝玉和大观群芳一

---

[1] 参见〔美〕伊沛霞：《内闱：宋代的婚姻和妇女生活》，胡志宏译，第20页。

样每天随意串门交往、谈笑风生、吟诗作赋甚至相互送东西，在现实生活中是不太可能发生的。即便对男女之防没有汉族人那么严格的满族家庭，入关以后也逐步汉化和儒家化，也都接受了严格的儒家礼仪，青年女性也要受到严格的禁锢。

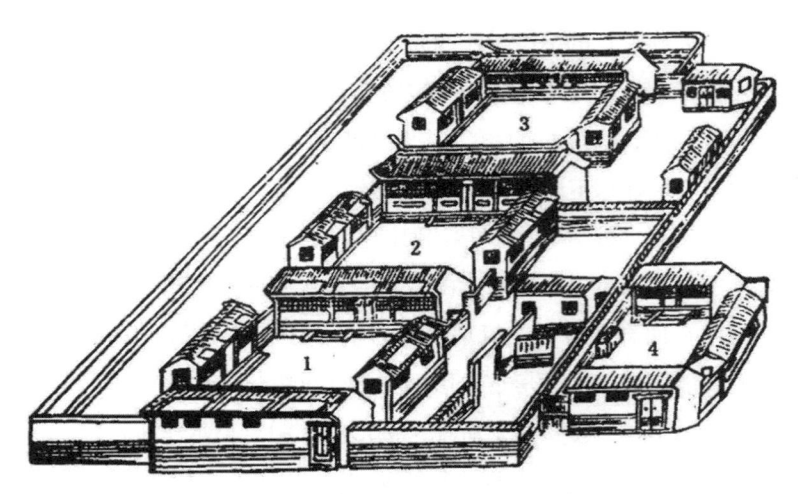

历史学者绘制的中国闺秀的住所[1]

历史学家定宜庄指出，满族人最初的习俗中妇女还有一定的自由度，可以到家门外自由活动，后来满族人接触了汉族文化，满族人也出现了理学家，他们就开始提倡改革风俗，要限制满族妇女自由活动。顺治年间刚刚入关，满族的儒学家阿什坦就给皇

---

[1]〔美〕曼素恩：《缀珍录——十八世纪及其前后的中国妇女》，定宜庄、颜宜葳译，江苏人民出版社2005年版，第65页。如图所示：（1）外院，接待客人；（2）里院，进行家庭日常活动（读书、记账、商谈、休闲）；（3）深藏在最里的"内阁"，妇女专有的天地；（4）仆人的住处。

帝上了奏章，认为妇女离家在街上买东西和异性杂处违背礼法，不成体统，要求以后严禁八旗妇女上街买东西。他的建议很快就被皇帝采纳了。[1]清代社会对女性的贞节崇拜更是达到了登峰造极的地步，清政府一直不遗余力用制度化的方式旌表各类节妇烈女，满族的妇女们争当节妇贞女的势头甚至大大超过了汉族人。

在这样的社会背景下，自由恋爱会受到什么样的压制是可想而知的。清代法律把婚外的两性关系一律定义为"犯奸"，双方自愿的称为"和奸"，"凡和奸，杖八十。有夫者，杖九十"（《大清律例·刑律·犯奸·犯奸》）。这一量刑并不比唐宋时更重，但是清代法律强化了家长在家族内的执法权，把对犯奸妇女的处罚权下放给了家族，丈夫处死、卖掉犯奸的妻子，父亲处死犯奸的女儿，在法律上责任是很轻的。嘉庆二年（1797），四川灌县人李世楷的女儿二姐和一位名叫周俸潍的男子相爱，因为家长不支持他们的结合，他们一起离家出走。后来二姐被其父抓获，当场活活打死。案发后，地方衙门以李二姐和周俸潍属于"奸拐同逃"，依据法律判处周俸潍绞刑，李世楷只判杖刑。此案上报到刑部以后，嘉庆皇帝认为对李世楷的处罚还是太重，专门下旨纠正：

> 父母殴毙无罪子女予以杖罪，尚为慎重人命起见，今李二姐既系犯奸，即属有罪之人，李世楷将伊女殴毙系出于义忿，尚有何罪？……嗣后遇有似此情节者，其父母竟

---

[1] 参见定宜庄：《清代妇女与两性关系》，载于杜芳琴、王政主编：《中国历史中的妇女与性别》，天津人民出版社2004年版，第353页。

不必科以罪名。[1]

嘉庆皇帝的这道旨意被刑部专门补充到《大清律例》中,此后这样的家族私刑就会被视为无罪。

所以在清代社会,青年男女的自由恋爱要承受比以前更大的社会压力,女性要以贞节为自己的绝对道德标准,社会观念和社会舆论对失贞的行为也特别不宽容。如果被社会舆论视为在两性关系上犯了错误,青年男女可能被家族处死或被官府惩处,或者因为受不了社会压力而自杀,周围的舆论也会特别谴责他们。

《红楼梦》第五十四回写贾府庆元宵节,叫了说书的女艺人来给贾母表演,艺人介绍自己要说的这回书名叫《凤求鸾》。贾母就发表了一通对这类文学作品的看法:

> 这些书都是一个套子,左不过是些佳人才子,最没趣儿。把人家女儿说的那样坏,还说是佳人,编的连影儿也没有了。开口都是书香门第,父亲不是尚书就是宰相,生一个小姐必是爱如珍宝。这小姐必是通文知礼,无所不晓,竟是个绝代佳人。只一见了一个清俊的男人,不管是亲是友,便想起终身大事来,父母也忘了,书礼也忘了,鬼不成鬼,贼不成贼,那一点儿是佳人?

有不少读者认为,贾母这番话是有所指的,说的就是林黛

---

[1] [清] 祝庆祺等编:《刑案汇览三编》,卷二十五"杀死奸夫"条,第917页。

玉。其实倒不见得是这样，贾母看尽世情百态，对人的心态是很包容的。这里她就是有感而发，直言了她对《西厢记》这类文学作品的看法，这也是当时社会流行的关于女性的道德标准。如果说这话指的是林黛玉，那薛宝钗和薛家人大造"金玉良缘"的舆论，不也符合贾母批评的这个标准吗？所以这话就是贾母无心的评论，不是刻意针对谁的。就在这一回同样可以看到，贾母最疼爱的孩子就是林黛玉。仆人们放起了烟花，有时会发出巨响，"林黛玉禀气柔弱，不禁毕驳之声，贾母便搂他在怀中"。

在贾母的眼中，宝玉、黛玉都是孩子，说他们是"两个小冤家"，但她相信他们都是懂礼仪有分寸的。但并不是贾府里所有的人都能理解他们。第三十二回中，袭人被宝玉的痴情倾诉吓坏了，"心下暗度如何处治方免此丑祸"。《红楼梦》并没有刻意丑化袭人，袭人此时的看法并不代表她个人对宝黛的偏见，而是当时社会对青年男女自由恋爱的流行观念。《红楼梦》就用这样反差强烈的描写告诉读者，在作者生活的时代，青年男女的自由恋爱在世俗看来就是离经叛道的，就离"淫奔"和"犯奸"不远了，就可能大祸临头了。曹雪芹写作的高妙之处就在于他从不会刻意褒贬书中的某个人物，他只是写出他们不同的态度，这些态度都很真实也很自然，人和人人生态度的不同往往就是很多悲剧的根源。

宝黛的悲剧结局也就是从这一回发源的。袭人这样看待他们的恋爱，贾府里很多人也会这样看问题，甚至会有人在背后风言风语、恶意中伤。其实袭人对宝玉的关切是善意的，尽管她不能理解他们，但她真的害怕会出了什么事情，坏了他们的名誉。她更害怕宝玉没有好前程,她自己将来没有好的依靠。

不久之后,宝玉因为和金钏儿嬉闹导致金钏儿被赶出贾府,贾环恶意挑唆,宝玉被贾政毒打了一顿。这时袭人的担忧更重了,第三十四回,她找到了机会向王夫人建议,让宝玉从大观园里搬出去。

王夫人听了,吃一大惊,忙拉了袭人的手问道:"宝玉难道和谁作怪了不成?"袭人连忙回道:

> 太太别多心,并没有这话。这不过是我的小见识。如今二爷也大了,里头姑娘们也大了,况且林姑娘宝姑娘又是两姨姑表姊妹,虽说是姊妹们,到底是男女之分,日夜一处起坐不方便,由不得叫人悬心,便是外人看着也不象。……倘或不防,前后错了一点半点,不论真假,人多口杂,那起小人的嘴有什么避讳,心顺了,说的比菩萨还好,心不顺,就贬的连畜牲不如。

袭人的话说得很在理,而且也很懂技巧,并没有把矛头单单指向林黛玉,她把薛宝钗也捎带进来了。王夫人被袭人的深明大义彻底感动了,感动得哭了。宝玉是她最疼爱的儿子,但她其实也很清楚,这孩子离经叛道不循常理,将来要是考不上科举,真说不好是什么前途。要再出点别的什么坏事,弄不好会被贾政彻底厌弃。没过多久,第三十六回,王夫人就决定给袭人涨工资,涨到二两银子,和赵姨娘一样了,等于让袭人做了宝玉非正式的妾。她把监督和劝诫宝玉的重任托付给了袭人。

话说回来，既然贾母早已决定了宝玉和黛玉的婚事，那么为什么在前八十回这件事就一直没有正式提上日程呢？

现代人会觉得性情古怪就是不正常，有这样特征的人在谈婚论嫁时就可能被对方家长排斥。现代科技已经通过出生干预排除了很多先天有严重缺陷的生命，绝大部分孩子都是健康的，情商较低就显得很不正常。但是古代社会的情形却不是这样，古代社会孩子夭折活不到成年很常见。古代社会人们根本就没有情商这个概念和判断标准，如果一个孩子身体很健壮但情商有点低，这根本不会被视为不正常，这点毛病都不算什么毛病。对于古代的家长来说，一个孩子身体很不好总要喝药才是最值得操心的"不正常"，因为他们会担心他（她）能不能活到成年。林黛玉在贾府恰好就是这样的一个不正常的孩子，她的身体很差，贾母不能不担心这孩子能不能长寿，在整个前八十回，黛玉的健康问题都是贾母和宝玉最悬心的问题。对贾母来说，可能她已经接受了林如海的临终嘱托要让这两个孩子结为良缘，将来他们生下的外孙就要成为林如海的嗣孙。所以黛玉的身体不见好转她是不敢轻易操办这桩婚事的，宝玉和黛玉肩负着为林家继绝的艰巨使命，只有等黛玉身体好起来，贾母才能放心操办他们的婚事。

贾政是第一代荣国公的孙子辈，到他这一代，他的长兄贾赦袭了爵位，本来他就要从科举出身的，没有世袭的官可当了，皇帝格外开恩赐了他一个官。到贾宝玉这一代，就不可能再有世袭的官做了，他必须通过科举出身才能做官。其实在贾府，贾宝玉的前程是比他的婚姻更大的事，他的离经叛道让他的父亲头疼，贾母和王夫人也是非常担心的。假如他做不了官，他父亲这一房到他这一代真的可能就衰败了。所以贾母不愿让他早娶不仅仅是迷信,这也是贾母和贾政夫妇的真实意愿,他们都在等着他成才考中科举。

整个前八十回,读者没有看到黛玉的身体好起来,也没有看到宝玉要回归正途的苗头。宝玉和黛玉都要追求心灵的自由,他们不在意世俗的功名富贵,可能也不知道世俗的人在人后怎样议论他们,但是他们这样的人生态度在现实的世界中不可能不感到压抑。"一年三百六十日,风刀霜剑严相逼"(第二十七回),《葬花吟》中这句诗正是黛玉的真实心声,贾府里没有人恶待她也没有人当面指责她,她在这里衣食无忧不愁生计,但是她的本真个性不被理解,让她感到孤独和寒意。

第三十二回写黛玉明白了宝玉的真情,她很感动,但想到自己孤苦无依,不禁心中哀愁:

> 所悲者,父母早逝,虽有铭心刻骨之言,无人为我主张。况近日每觉神思恍惚,病已渐成,医者更云气弱血亏,恐致劳怯之症。你我虽为知己,但恐自不能久待;你纵为我知己,奈我薄命何!

宝黛爱情的悲剧并不是包办婚姻的悲剧,他们悲剧的根源在于他们的人生态度都是世俗无法接受的,黛玉比宝玉更清楚地知道这一点,所以她经常彻夜难眠,身体越来越差。她应该是在贾母还没来得及操办她的婚事之前就因为世俗的不理解郁闷伤身而早夭了,也在贾府最后的抄家灾难来临之前就清清白白地离开了人世间。

《红楼梦》开篇作者就写了一个神话,说宝黛本分别是西方灵河岸边的神瑛侍者与绛珠仙草下凡,绛珠为了报答神瑛的灌溉之恩,许愿要还他一世的眼泪。

第五回中,《红楼梦》中最动人的曲子《枉凝眉》清楚地预言了,宝玉和黛玉最后无缘结合。"一个是阆苑仙葩,一个是美玉无瑕。若说没奇缘,今生偏又遇着他,若说有奇缘,如何心事终虚化?一个枉自嗟呀,一个空劳牵挂。一个是水中月,一个是镜中花。想眼中能有多少泪珠儿,怎经得秋流到冬尽,春流到夏!""想眼中能有多少泪珠儿,怎经得秋流到冬尽,春流到夏!"这就是开篇神话中预言的,她要还他一世的眼泪,直到泪尽而殇。

第五章

宝钗结局
与清代的选秀制度

自有《红楼梦》以来，读者就分化为两派，有的拥黛贬钗，有的拥钗贬黛。《红楼梦》中践行儒家女德的典范是一个旗人少女薛宝钗，代表性灵清韵的却是一个汉人少女林黛玉。这是一个非常有意思的二律背反，汉族才女林黛玉同汉族人千年引以为傲的儒家正典形若疏离，旗人新秀薛宝钗却十分虔诚地恪守新习来的儒家伦理。这不仅仅是她们个人性情的抉择，也是当时满汉文化冲突融合的生动隐喻。

谢国桢先生在《明末清初的学风》中论及乾隆朝树立清王朝正统性的策略，其一是文字狱，其二就是大兴理学意识形态。"清王朝用以夷变夏的方法推行孔孟之道，那些繁文缛礼比汉族缙绅之家还要繁多，甚至家庭婆媳之间，一天还要请安三遍，以表示王公贵族的尊严。从《红楼梦》中所描写的琐屑礼节，犹可以见到这种情况。"[1]清政权自关外入主中原，合法性理据先天不足，在文化上也是很自卑的。清王朝为了寻求汉族人的认同，大兴尊孔崇儒，以证明自己接续明朝统治天下是合于正统的。清政权对儒家宗法规条的恪守，几乎近于迂执，远胜于历代汉族王朝，原因正在于此。这种后来者居上的文化现象是耐人寻味的，比如现代的人们去到上海，也会很难获得上海老居民的认同，如果上海人原来有喝午茶的礼仪，午茶大约一到两个小时，新来到上海还不会说熟练上海话的新人，或许就要坚持三到四个小时的午茶，以证明自己是一个正宗的上海人。清初上层旗人家庭对儒家文化学习的热衷远远胜过很多汉族精英，他们在家族治理中贯彻各种礼仪的繁文缛节，甚至比很多汉族世家大族还要讲究，这种文化心态就和现今新来到上海的人们一样，这就是时下心理学中经常讨论的"皈依者狂热"现象。《红楼梦》中贾府对婚丧祭祀饮食起居的各种仪礼都十分讲究，以至于出自汉族书香世家的黛玉新来到贾府，反倒害怕自己错了他家的规矩，这正是当时社会旗人贵族家庭的真实写照。

常有人讨论钗黛合一的问题，但从文化源流来看，钗黛难以合一。或许能用文化发展的不同阶段来看待这二者，钗与黛的差异，近于茧与蝶的差异。宝钗和黛玉，是文化原型的两个不同阶段，原来不存在孰优孰劣，她们虽然相聚，但其实不属于同一个时空。

时下常见一种解读，就是将《红楼梦》解读为贾母凤姐（代

---

[1] 谢国桢：《明末清初的学风》，上海书店出版社2006年版，第82页。

表宝黛）与王夫人姐妹（代表宝钗）为了木石前盟和金玉良缘而展开的宫斗，她们或明或暗牵引较劲，为要给宝玉找个她们称心的妻子而用尽心机，而这场宫斗最后以宫廷势力的介入而告终，元春支持她的母亲，赐婚支持了金玉良缘。这样的解读是用现代人的婆媳关系去映射清代的婆媳关系，也许很有趣，但并不符合当时社会的现实。在清代社会，家长（父母）对子女、儿媳具有绝对的权威，子女、儿媳不听家长的管教或者不孝，家长可以执行家法责罚他们，甚至把他们送给官府惩处。[1] 现代人婆媳的关系是人格平等的关系，为了子女教育、生活方式发生争执是常有的事，古代人的婆媳关系却是完全不平等的尊长与卑幼的关系，婆婆是不需要为了什么事情去和儿媳妇争斗的，如果儿媳妇真的违逆她，儿子一般都会无条件地支持母亲。按照清代法律的规定，妻子骂丈夫的祖父母、父母，丈夫如果自行执法将其杀死，法律责任只是杖刑一百，而且还必须是祖父母、父母坚持告官才会处刑。[2]

《红楼梦》里王夫人一直都小心翼翼地服侍贾母，贾母对儿媳妇一般也都很客气，但在鸳鸯抗婚那一回难得地对王夫人发了一回脾气，尽管这事和王夫人没有任何关系，但当时在贾母跟前

---

[1]《大清律例·刑律·斗殴·殴祖父母父母》："其子孙殴骂祖父母、父母及妻妾殴骂夫之祖父母、父母而（祖父母、父母，夫之祖父母、父母因其有罪）殴杀之，若违犯教令而依法决罚邂逅致死，及过失杀者，各勿论。"《大清律例·刑律·诉讼·子孙违反教令》："凡呈告触犯之案，除子孙实犯殴詈罪干重辟（按斩决绞决）及仅止违犯教令者（按杖一百）仍各依律例分别办理外，其有祖父母、父母呈首子孙恳求发遣及屡次违犯触犯者，即将被呈之子孙实发烟瘴地方充军，旗人发黑龙江当差。如有祖父母、父母将子孙及子孙之妇一并呈送者，将被呈之妇与其夫一并金发安置。"
[2] "凡妻妾因殴骂夫之祖父母、父母而夫（不告官）擅杀死者，杖一百（祖父母、父母亲告乃坐）。"（《大清律例·刑律·人命·夫殴死有罪妻妾》）

的儿媳妇只有王夫人，贾母这就等于公开地表示了她的权威：只要我还在，你们不能胡乱算计我。所以在宝黛的婚事问题上，贾母是犯不着那么丢份儿和她的儿媳妇争斗的，她只需要适时地表明她的态度就够了。王夫人也绝对不敢在这个问题上挑战婆婆的权威。

一、宝钗待选宫女

《红楼梦》开篇不久就交代了，薛蟠进京是为了送妹待选，薛宝钗可能会被选进宫。薛宝钗来自于四大家族的薛家，从护官符里的描述来看，薛家是四大家族中势力最弱的，是皇商出身。护官符的注释里讲得很清楚，贾、史、王家都是世袭贵族，贾家祖先是宁国公和荣国公，史家祖先是保龄侯尚书令，王家祖先是都太尉统制县伯。薛家祖先没有什么显赫的爵位，仅是紫薇舍人薛公。"紫薇舍人"可能是作者虚构的官名，唐代曾有中书舍人，一般别称"紫微舍人"，明代还有这个官，但就是个负责抄写文书的小官。作者这里就是虚写，大意就是薛家祖上是个小官，不是世袭贵族。薛家的专业是"现领内府帑银行商"，这句可是实写。曹雪芹是内务府汉军旗人出身，他的祖父曹寅就是内务府的织造，曹家对内务府的制度构造很清楚，虽然《红楼梦》是虚构的文学作品，但是把书中的人物落到自己熟悉的真实背景上，显然更方便作者组织情节。

薛家的身份就是内务府的商人，对外可以自称"皇商"。清朝有两套官僚体系，一套是朝廷的官僚，中央有内阁六部，地方有省道州县；一套是内务府，皇帝的私人官僚系统，替皇帝办理各种宫廷内务的，主要是管理皇家的财政和生活服务。内务府是清代特有的专为管理皇家事务设立的机构，《红楼梦》作为文学作品，不便直接提到"内务府"。第四回护官符处脂砚斋的批语指明，薛家"现领内府帑银行商"，就指明了薛家的身份是内务府商人。

皇家很多物品都是专用的，比如皇帝后妃的衣服要绣特别的图案，用特别的衣料，皇家上至各种礼仪下至吃饭穿衣看病用东西，都有特别的制度。这些东西都需要有专门的买办去采购。另外，清代很多稀缺物资都是禁止民间私相买卖的，比如食盐、人参，这些东西都由政府专卖，内务府也可以通过交易这些物品给皇家增加收入，这些事也需要专门的商人去打理。内务府的皇商可以到户部支领银两去采购皇家需要的物品，交易完毕要到户部清算报销，再支领下一次的开销，《红楼梦》里交代了，薛蟠打死了人准备进京，要"亲自入部销算旧帐，再计新支"（第四回）。另外，清代北京城里有些当铺就是内务府皇商经营的，称为"皇当"。[1]《红楼梦》第五十七回写邢岫烟家境贫寒，十分节俭，把自己的棉衣都当了，宝钗知道了很同情她，就问去了哪家当铺，结果发现是自己家开的。邢岫烟已经和宝钗的堂弟薛蝌定了亲，宝钗就调侃说"人没来衣裳先来了"。薛家经营的当铺就是北京的"皇当"。

清代内务府里当差的都是旗人，但他们不同于其他旗人。清

---

1 参见黄一农：《从皇商薛家看〈红楼梦〉中的物质文化》，载《中国文化》2018年第2期，第1—2页。

朝入关后，从皇帝亲统的"上三旗"（镶黄旗、正黄旗、正白旗）挑选所属包衣旗人，组成内务府三旗，简称"内三旗"，内三旗与八旗是互不相干的两个独立的组织体系。为了区别于"内三旗"，八旗可以称之为"外八旗"。[1]"包衣"是满语音译，本意为"家里的仆人"，指清代满洲贵族家中豢养的仆人。按照清代的制度，包衣主要的来源是战争中被掠夺的俘虏，也有贫民因债务或犯罪沦为包衣的。包衣是世代为奴的，即便因为战功而成为显贵，对自己的主人仍然保持奴仆身份。包衣中身份最高的就是内三旗的包衣，因为内三旗是由皇帝直接统领的，皇帝就是他们的旗主，他们是皇室的家奴，地位要比其他包衣更高。他们给皇帝做内勤，虽然他们是家奴，但可能被皇帝特别信任，也可能飞黄腾达。但他们的社会地位是不如八旗贵族的。薛家的第一代祖先可能跟皇帝关系很密切，就赐了一个小官，但他的职责是给皇家经商。照书里写的，薛宝钗的父亲应该没有官职。古代官员的妻子一般也要受封，成为朝廷命妇，也有个封号。明清时候，七品以上官员的妻子都有封号。但是《红楼梦》里多次提到，薛姨妈是没有封号的，元妃省亲之时问起薛姨妈，王夫人对答"外眷无职，未敢擅入"（第十八回）。第五十八回写宫中有一位老太妃过世，有封号的官员妻子都要入朝参加丧礼和送灵，贾母、邢夫人、王夫人、尤氏和贾蓉续娶的妻子许氏都必须参加，也没有薛

---

[1] 参见刘小萌：《清代北京旗人社会》，中国社会科学出版社2008年版，第49页。"内务府三旗，分佐领、管领。其管领下人是我朝发祥之初家臣；佐领下人，是当时所置兵弁……鼎业日盛，满洲、蒙古等部落归服渐多。于天命元年前二载，遂增设外八旗佐领。而内务府佐领下人，亦与管领下人同为家臣，惟内廷供奉亲近差事，仍专用管领下人也。"［清］福格：《听雨丛谈》卷一《八旗原起》，中华书局1984年版，第4页。

姨妈什么事。

《红楼梦》第四回交代了宝钗要待选进宫的事,"近因今上崇诗尚礼,征采才能,降不世出之隆恩,除聘选妃嫔外,凡仕宦名家之女,皆亲名达部,以备选为公主、郡主入学陪侍,充为才人、赞善之职"。才人是明代以前低级嫔妃的称号,赞善是作者虚构的名号。但是这里说得很清楚,薛宝钗待选的不是妃嫔,而是宫女,准备给皇帝的女儿上学陪读,充当才人、赞善。

清代帝王不仅是国家之主,也是所有旗人(包括满洲、蒙古和汉军旗人)的旗主,历代清帝都把八旗治理视为头等大事,一直到清朝结束,旗人女性的婚姻都是不能自主的,而必须首先由国家来安排,这就是清代特有的选秀女制度。旗女一出生就要到各旗的基层长官佐领那里报户口,到十三岁,大部分旗女都要参加选秀女,落选的才可以自行婚配。旗人父母没有经过选秀就私自嫁女要受到严厉的处罚。这个制度起初应该是奴隶社会的遗迹,要首先保障八旗首领占有部落中最优秀的女性,但入关以后还继续这种制度,应该也是为了保障旗人贵族的血统纯正,没有旗人身份的女性是不能参加选秀的。

清代选秀女有两种不同的途径。一种三年一次,针对外八旗女性,起初是所有的旗女,后来逐渐缩小范围,乾隆八年(1743)定为外八旗官员的女儿,文职同知(六品)以上,武职游击(五品)以上的旗人官员女儿都必须参选。选中的秀女要充当嫔妃或给皇室贵族做福晋。清人笔记记载,"八旗挑选秀女,或备内廷主位,或为皇子皇孙拴婚,或为亲郡王之子指婚。"[1]另一种一年一次,针对内三旗旗女,选中的要到宫廷当宫女,在宫廷里做各种杂务。

所以《红楼梦》里写的宝钗待选指的是一年一次的内三旗女性待选宫女,而不是选妃。曹雪芹祖上就是内三旗包衣出身,他对这些制度再熟悉不过,他家族里和他的亲戚朋友家应该有不少女性都参加过选宫女,他就给薛宝钗安排了一个这样的身份。

为什么贾府里迎春、探春、惜春和黛玉就没有参加选秀呢?贾府是官宦世家,这家的女儿是可以参加选妃的。作者这样的写法是在暗示,林黛玉不是旗人,她不需要参加选秀。至于迎春、探春和惜春,乾隆七年颁下谕旨:"嗣后挑选秀女,遇有皇太后、皇后之姊妹、亲弟兄之女、亲姊妹之女记名者,着户部奏闻,撤去记名。至妃嫔等姊妹、亲弟兄之女、亲姊妹之女,有记名者,着内务府告知首领太监奏闻,永着为例。"[2]也就是说,一家已经出了嫔妃,她的姐妹和低一辈的侄女、姨侄女都不能再参选,这是为了防止宫廷里的伦理秩序错乱。[3]贾府已经出了一个贵妃元春,所以迎春、探春、惜春也不需要再参加选秀。

清史学者罗友枝指出,清代宫廷里除了皇后之外,还有七级嫔妃,分别是:皇贵妃、贵妃、妃、嫔、贵人、常在、答应。前四级嫔妃是通过外八旗官员的女儿"选秀女"选来的,被授予爵位。贵人、常在和答应没有爵位,她们一般是宫女出身,并不是

---

1 [清]吴振棫:《养吉斋丛录》卷二十五,中华书局2005年版,第321—322页。
2 《清实录·高宗实录》卷一七二,《清实录》第11册,第192页a。
3 参见定宜庄:《满族的妇女生活与婚姻制度研究》,第227页。

秀女出身。[1]《清史稿》中记录了各级嫔妃的法定人数："皇后居中宫，皇贵妃一，贵妃二，妃四，嫔六，贵人、常在、答应无定额。分居东西十二宫。"[2]《国朝宫史》记载了各级后妃应该配备的宫女人数：皇太后12名，皇后10名，皇贵妃8名，贵妃6名，妃6名，嫔6名，贵人4名，常在3名，答应2名。[3]级别低的后三级嫔妃也可能被提升变成有爵位的前四级嫔妃，只是概率比较低。清代帝王吸取汉族王朝宫廷治理混乱的教训，大大裁减了宫女人数，而且宫女不会终生服务，宫女25岁就必须退役出宫，自行婚配。[4]如果被皇帝看中的话，宫女也有成为低级别嫔妃的可能性，概率也比较低。清代有16%的嫔妃原来是宫女出身。[5]正常情况下，宫女13—15岁入宫，25岁退役回家，一般要为宫廷服务十年左右，但这十年正是她们最宝贵的青春年华。

清代旗人中是非常讲究等级和门第的，同为旗人，他们原来的出身和等级却是千差万别。清政府把做宫女的差使专门分配给内三旗旗女，主要是考虑宫女在宫中身份低微，是要做各种杂务服侍人的，让官员的女儿来做这些事是不合适的，内三旗的组成人员就是皇家包衣，是皇帝的家奴，他们正适合做这些事。而选择嫔妃和皇室成员的福晋，显然要从身份更为高贵的外八旗旗人家庭中考虑。

---

1 参见〔美〕罗友枝：《最后的皇族：清代宫廷社会史》，周卫平译，第199页。
2 赵尔巽等撰：《清史稿》第30册，卷二二四，中华书局1977年版，第8897页。
3 乾隆二十四年增修《国朝宫史》卷八《典礼四·宫规》，《景印文渊阁四库全书》第657册，第135页a。
4 "康熙间，年三十以上遣出。雍正间，年二十五遣出。"〔清〕吴振棫：《养吉斋丛录》卷二十五，第321—322页。
5 参见〔美〕罗友枝：《最后的皇族：清代宫廷社会史》，第198页。

雍正七年（1729）曾经下旨强调了宫廷女性的等级不同，来源也一定要区分贵贱："尔等留心切记：嗣后凡挑选使令女子，在皇后、妃、嫔、贵人宫内者，官员世家之女尚可挑入。如遇贵人以下挑选女子，不可挑入官员世家之女。"[1]

同为选秀女，选妃和选宫女是完全不同的两个概念。《红楼梦》交代宝钗待选时说"近因今上崇诗尚礼，征采才能，降不世出之隆恩"显然是个门面话客套话，是为了美化这种制度免犯忌讳。实际上在整个清代，待选宫女都是一个苦差，很多内务府旗人有抵触情绪，甚至叫苦不迭。因为他们的女儿在最适合婚配的时候要被选去当苦差，进宫后升为嫔妃的可能性又非常渺茫，这苦差一当就是十年，去了连父母家人面都见不到，薪水也很微薄，25岁才能出宫自行婚配。在古代，女子25岁绝对是晚婚年龄了，这些少女被耽误了婚嫁的最好年龄，这时出宫可能都找不到好的人家出嫁了。另外，身在京城外的内三旗旗女要长途跋涉到北京待选，一路都很辛苦，政府给的路费也并不宽裕，有的没有及时赶到还得等下一年，花钱受累不说，很多事情也都要被耽误。史学家刘小萌指出，顺治皇帝的保姆朴氏的丈夫萨克达家族本是内务府包衣，因有功得到康熙皇帝的优待，特准其家族女性可以不参加选宫女，萨家视为莫大的荣耀，将此事写进了族谱。可见待选宫女是内务府旗人避之唯恐不及的苦差。[2] 清代宫廷和内务府都是腐败横行的机构，普通宫女在宫中的生活也并不像宫廷

---

[1] 乾隆二十四年增修《国朝宫史》卷三《训谕三·世宗宪皇帝谕旨》，《景印文渊阁四库全书》第657册，第28页b。
[2] 刘小萌：《清代北京旗人社会》，第535—536页。

剧里描写的那么风光,徐珂描写了清代宫女的真实生活状况,入宫后侥幸分配到嫔妃宫中境遇可能稍好一点,如果没有分到宫中留作一般杂役,境遇是甚为凄惨的:

> 入宫后,除配各宫外,置永巷中,所居屋漏墙圮。巷十室,居十人,一内监领之。内监权甚大,其家有馈赠,必由各门监交进,进一物,非二十金不可。故宫女能生活者,赖女红以自存,不需家人资助。所用材料,悉巷监代购,购价必昂,制成,由巷监代售,售价必贱,巷监亦从中渔利焉。每餐,置饭木桶,咸鸡、鸭肉二片佐之,臭腐不中食,还之,下餐复进……惟衣由内务府进,绸缎至佳,四时更新耳。平时不能见帝。[1]

二、宝钗落选

照这么来说,薛宝钗进京待选并不是什么美差。薛宝钗十三岁来到京城借住在贾府,她在贾府应该度过了好几年,但是书里后来再没明确交代过她待选的事。

内三旗旗女选宫女一年一选,每年都选,当年放出了多少人,就补选多少人。清史学者罗友枝据清宫档案统计,雍正十二年(1734)宫里有500多名宫女,是清代历史最高峰。宫女们入宫的年龄应该在13—15岁之间,每年出缺的人数大概不会很多,

---

[1] [清]徐珂:《清稗类钞》,中华书局2010年版,第二册《礼制类·选宫女》,第485页。

应该不会超过100名。参选的人数据统计,乾隆元年(1736)共有2092名旗女参选,1742年时1165名。[1]所以选中的比例应该也不会太高。

《国朝宫史》中记载了选秀女的程序:

> 凡三年一次引选八旗秀女,由户部奏请日期。届日,于神武门外豫备,宫殿监率各处首领太监关防,以次引看完毕,引出。其秀女各给饭食并车价银两,俱由户部支领。
>
> 凡一年一次引选内务府所属秀女,届期由总管内务府奏请日期。奉旨后,知会宫殿监。宫殿监奏请引看之例同。其赏给饭食并车价银两,俱由广储司支领。[2]

两种秀女都是要在宫殿里由皇帝、太后们亲自阅看的,她们身上有名牌,皇帝、太后也能看到送上的她们的名牌,名牌上要写明她出自哪个旗什么家庭,父亲是什么职务。为了方便帝后阅看,秀女们可以不跪,几人站成一排让帝后看清楚。如果被看中了,就留下她的名牌,这叫"留牌子"。没被看中的叫"撂牌子"。"留牌子"的还要经过复选,复选没有通过也可能被"撂牌子"。[3]

---

[1] 参见〔美〕罗友枝:《最后的皇族:清代宫廷社会史》,第256—257页。
[2] 乾隆二十四年增修《国朝宫史》卷八《宫规》,《景印文渊阁四库全书》第657册,第144页。
[3] "当意者,留名牌,谓之留牌子。定期覆看,覆看而不留者,谓之撂牌子。其牌子书某官某人之女,某旗满洲人(蒙古、汉军则书蒙古、汉军),年若干岁。"〔清〕吴振棫:《养吉斋丛录》卷二十五,第323页。

帝后们选择的标准是什么呢？官方声称的标准是品行和出身。现代人无法详细还原这种程序的细节，但可以运用合理的想象力。一年一千至两千名旗女来待选不到一百名宫女，进宫去当十年苦差，成为嫔妃被皇帝宠幸的可能性很小，所以很积极地希望选上的家庭可能不会很多，大多数父母都是希望自己的孩子不要被选上。无论是希望选上还是希望不选上，能有什么办法可想呢？也许可以行贿太监，把自己的孩子安排在比较合适的次序，人的注意力不可能一直那么集中，帝后一直在看人，几分钟看几个人，也是会累的，所以最先出场和最后出场的那些被选上的可能性会高一些，中间出场的不被选上的可能性就高一些。也许选宫女不像选妃那么重要，帝后不会像选妃那样重视，可能会相信资深太监的推荐，那么还可以行贿关键的太监，推荐或是不要推荐自己的孩子。除此之外，还可以有别的更有效的办法，比如伪造医生的证明，说自己的孩子有恶性疾病，不适合当宫女。野史记载，清代有旗人家庭为避过选宫女，故意给自己的女儿脸上涂画伪造痣或疤痕，甚至有旗人家庭买来穷苦人家的汉女冒充自己的女儿待选。[1]

宝钗的才貌都是出色的，但她的出身说不上显赫。从《红楼梦》中的描写来看，她肯定是没有选上，否则贾府里不可能谈起

---

[1] 参见单士元：《关于清宫的秀女和宫女》，载《故宫博物院院刊》1960年号，第103页。嘉庆九年（1804）镶黄旗都统奏报"该旗汉军秀女内有十九人。俱经缠足"，嘉庆帝大为惊愕，感慨"一旗既有十九人，其余七旗汉军想亦不免……惟此等汉军自幼乡居，是以沾染汉习"。这十九名秀女的父亲都因此受到了处罚。《清实录·仁宗实录》卷一二六，《清实录》第29册，第698页。汉军统计秀女有很多缠足之人，不见得是真有这么多汉军旗女自幼学汉人缠足，而可能是有一些内务府汉军旗人找来汉女冒充自己的女儿备选宫女。

她的婚事了。有不少读者分析,《甄嬛传》里没选上的宫女得到了赏赐,赏赐了宫花,所以第七回薛姨妈送宫花给贾府里的女眷,就是在暗示宝钗没有选上。这分析有道理吗?

从现存的清代文献来看,宫花还真有可能是选秀女被"撂牌子"的一个标志。道光年间的刑部尚书完颜崇实在他的年谱中回忆了道光十七年(1837)的一段往事:"春间接京信,知四妹撩牌,蒙上赐大红江绸二卷,又皇后赏翠花两对。予寄诗贺之,有'不栉居然成进士,宫花插帽让君先'之句。吾父甚乐。"[1]完颜崇实是镶黄旗旗人,其父是四品官。所以他的妹妹参加了三年一次的选秀女,是为选妃准备的,他的妹妹落选了,皇后赏赐了两对翠花。崇实写诗祝贺他的妹妹,"不栉进士"是个成语,指不绾髻插簪的进士,古人用以指有文采的女性。可见选妃落选家人都不认为是什么坏事,父亲很高兴,哥哥还写诗祝贺她。从崇实的记述来看,赐宫花可能真的是落选秀女的法定程序,这么辛苦的事让人来了一趟,皇家顾礼仪,虽然没看上人家,还是赐宫花以示鼓励。

所以薛宝钗可能真在第七回就没有选上,被赐了宫花,曹雪芹应该很熟悉旗人选秀的礼仪和程序,就用宫花这个标志隐晦地交代了宝钗落选的结果。那没选上就没选上,薛姨妈为什么还要把宫花送给贾府里的姐妹们,难道生怕别人不知道自己的女儿选不上吗?

第七回写,周瑞家的把刘姥姥送走了,回来想给王夫人汇

---

[1] [清]完颜崇实:《惕盦年谱》,载《清代诗文集汇编678·适斋诗集四卷附年谱一卷》,第738页b。

报,发现王夫人去薛姨妈那里闲聊了。她就来到薛家人住的梨香院,见了宝钗,问起她怎么几天没见,宝钗说前几天身体不太好,还说起了自己从小得的怪病,要吃一种非常难配的药,叫"冷香丸"。周瑞家的见到王夫人和薛姨妈,薛姨妈就交代让周瑞家的带东西回去:"这是宫里头的新鲜样法,拿纱堆的花儿十二支。昨儿我想起来,白放着可惜了儿的,何不给他们姊妹们戴去。昨儿要送去,偏又忘了。你今儿来的巧,就带了去罢。"还说宝钗古怪,从来不爱这些花儿粉儿。

从情理上说,作者虽然交代了薛家送女儿去选宫女,但薛家应该并没有在贾府大肆宣扬这件事,王夫人可能是知道的,别的人不一定知道。薛姨妈守寡带着一儿一女,儿子又很不争气没什么指望,宝钗就是她未来的希望,她不可能希望自己的女儿选上。薛家虽然没有人做官,但是很有钱,几代人做皇商跟宫里的太监们经常打交道,薛家应该是想了办法不让自己的女儿选上,也许就是用女儿的身体不好为借口让她落选了。所以在薛姨妈看来,这是一件值得庆贺的事,她的女儿终于不会被耽误了。得到了作为落选标志的宫花赏赐,她很高兴,就和自己的姐姐王夫人倾诉,也许都开始操心宝钗的婚事了。把宫花顺便送给亲戚们,也是表达她的喜悦之情。

三、金玉良缘

金玉良缘的说法在送宫花之后不久的第八回就出场了,曹雪芹就用这样含蓄的笔法交代了薛宝钗的成功落选。进宫当宫女是个白白耽误青春的苦差，内务府旗女必须待选，未经选聘就私自婚配是要受到法律严惩的。薛姨妈肯定不希望她的女儿被选上，薛家可能动用了在宫里的人脉关系让宝钗成功落选了，所以薛宝钗才可以谈婚论嫁了。金玉良缘很快就在贾府传开了。

宝钗从小就是个很懂事很会体贴人的孩子。《红楼梦》开篇不久，薛蟠打死了人准备进京时就详细介绍了宝钗的来历，她从小就"生得肌骨莹润，举止娴雅。当日有他父亲在日，酷爱此女，令其读书识字，较之乃兄竟高过十倍。自父亲死后，见哥哥不能依贴母怀，他便不以书字为事，只留心针黹家计等事，好为母亲分忧解劳"（第四回）。薛家是内务府的皇商出身，不是世袭贵族，但是家里很有钱，护官符里说他家"珍珠如土金如铁"，薛姨妈带了儿女来到姐姐家里，却不花她家的钱，一切都是自己开销，倒是贾府缺了牛黄、人参、燕窝之类的东西，薛家都能拿出地道的好货来。照现在的眼光来看，薛宝钗是标准的富二代，但薛家不是暴发户，照书里交代的，也是"书香继世之家"。

薛家人很擅长通过联姻来改善自家的状况，薛姨妈是王夫人的妹妹，出自贵族家庭，薛宝钗应该是更多遗传了她母亲的基因。开篇描写她从小就这么懂事，本来她可以多读书识字，但是见母亲守寡哥哥不争气，就放弃了读书的爱好，只学些针线活和家务事，好多陪伴母亲为母亲分忧。她从小就是一个活得很累的孩子，很懂得克制自己。相比之下，林黛玉虽然父母双亡孤苦无依，但正因为不需要为父母分忧，反倒可以比宝钗更自在地成长。薛宝钗从来不爱浓妆艳抹，不爱花儿粉儿，打扮得总是很素净，她的闺房也没有什么摆设，陈设很简单，刘姥姥二进大观园时,贾母带着众人无意中来到宝钗居住的蘅芜苑,只见"雪洞一般,一色玩器全无,案上只有一个土定瓶中供着数枝菊花,并两部书,茶奁茶杯而已。床上只吊着青纱帐幔,衾褥也十分朴素"(第四十回)。贾母都觉得这朴素得过分了,吩咐要给拿些摆设来。很难想象,这是一个富二代的生活方式。从种种细节都可以看出,薛宝钗活得非常克制,她克制自己的各种欲望,这种克制肯定不是与生俱来的,她曾经和林黛玉倾诉过,说小的时候也淘气过,也看《西厢记》《牡丹亭》这些大人们都认为不正经的书,"后来大人知道了,打的打,骂的骂,烧的烧,才丢开了"(第四十二回)。她的克制是因为她的家族对她寄予了厚望,幼年时就受到了严格的规训,她渐渐接受了这些规训,用女德的标准处处克制自己。

宝钗落选了宫女,薛家人解决了一件烦心事。《红楼梦》里人物的年龄交代得一直不是很清楚,但是宝钗待选是个标志,薛家进贾府那一年她应该十三岁左右,宝玉十二岁左右,黛玉十一岁左右。宝钗落选了差不多就十四岁了,在中国古代,女孩子十三四岁就该操心定亲出嫁了,虽然薛家很富有,但是社会地位并不算很高,很多事情都要靠有势力的亲戚帮忙。宝钗的哥哥薛蟠浪荡无行,看样子是定不下什么好亲事的,家里原来的生意也指望不上他,都是靠老仆人们打点着。所以,宝钗的婚姻是薛家人的头等大事。中国古代婚姻虽然讲究门当户对,但是女子嫁到比自己家门第更好的夫家是常态,薛姨妈当然一心想让宝钗嫁到贵族官宦家,这样薛家才有振兴的希望。

那薛家造出"金玉良缘"的舆论难道真的是为了抢走黛玉的

婚事吗？很多读者已经形成了这样的印象，这是八十回后的续书造成的。续书的作者不敢犯忌讳，为了维护封建礼教，一定要让宝黛姻缘落空，但又无法改变前八十回中宝黛姻缘已成定局的逻辑，所以只能编出一个拙劣的"掉包计"。这个结局的最拙劣之处就是让薛家母女变成了小人，为了达到"金玉良缘"的目的不择手段，逼死了黛玉。这个续书结局也把薛家母女写得非常掉价，宝钗再不济也是名门世家出身，要出嫁总得按礼仪行事。古人的婚姻都要讲究"六礼"的程序，依次为纳采、问名、纳吉、纳征、请期、亲迎，要问女方的生辰八字，要占卜吉祥，还要下聘礼定亲，贾府是贵族豪门，不可能不讲究这些礼仪。《红楼梦》第五十回写到，贾母可能有意给薛宝琴做媒，就向薛姨妈问她的年庚八字和家境。虽然这媒没做成，薛宝琴已定了人家，但是贾母很遵循这些礼仪。薛宝钗要出嫁，薛姨妈也不可能不讲这些礼仪，既没有问生辰八字也没有下聘礼定亲，而且明着安排这是让你的闺女冒充黛玉，这样没体统没颜面的亲事，对两家人都是一个笑话，都是非常失身份的，贾母和贾政都不可能接受这样的主意，薛家也不可能答应。

要理解宝钗母女的选择，必须摒除八十回后续书的印象，要回到她们性格和生活的本来逻辑。《红楼梦》第七回用"送宫花"的方式隐晦地交代了宝钗的落选，宝钗有几天没在贾府里出现了，她向周瑞家的描述了自己从小就有的病情。紧接着这一回，宝玉到梨香院来看薛家母女，问起宝钗的身体可大好了，薛姨妈就让他去内室看宝钗了。此时宝钗进贾府并不久，她和宝玉还不是很熟，这一天她仔细打量了宝玉，见到了他脖子上挂着的那块玉。宝钗就说好奇想看看:"成日家说你的这玉,究竟未曾细细的赏鉴,我今儿倒要瞧瞧。"宝玉就从脖子上摘下来递给了宝钗。宝钗就见到了通灵宝玉正面的那两句题词:"莫失莫忘,仙寿恒昌。"她不觉念出了声,她的丫鬟莺儿正在身后一同观看,这时就说了出来:"我听这两句话,倒象和姑娘的项圈上的两句话是一对儿。"宝玉也觉得好奇,就要看宝钗的项圈,原来上面刻的是"不离不弃,芳龄永继"。这两句话还真是一副对子。宝钗并没有明言这铭文的来历,莺儿又替她说了实情:"是个癞头和尚送的,他说必须錾在金器上……"(第七回)

　　金玉良缘的来由就在这里。《红楼梦》不是宫斗剧,而是以一个神话开篇的。作者在这里作了很多铺陈,用神话式的笔法,回忆了开篇石头下凡的经历。"木石前盟"是神瑛侍者与绛珠仙子的神话,"金玉良缘"却是石头下凡的神话,是癞头和尚给石头安排的人间归宿,癞头和尚就是开篇神话中携玉下凡的两个僧道之一,法号是茫茫大士。

　　石头来到了人间,降生在荣国府,神话就要落实为人间的真实生活。《红楼梦》第二十八回后来交代了,"薛宝钗因往日母亲对王夫人等曾提过金锁是个和尚给的,等日后有玉的方可结为婚姻等语",就把金玉良缘的现实逻辑交代得更清楚了。原来薛姨妈很早就和王夫人提过这事。从时间的序列上看,宝钗在童年时得到了癞头和尚给的这两句话和"金玉良缘"的预言,并说要把这预言刻在金器上,薛家就给宝钗打了这个项圈。宝玉比宝钗小一岁左右,他的通灵宝玉是出生时就有的,薛姨妈是王夫人的妹妹,宝玉出生带着一块玉,这事她应该很早就知道了,她也应该很早就和王夫人提过癞头和尚的预言，那个时候宝玉、宝钗和黛玉都还不曾相见，黛玉也还没有进贾府。所以从现实生活中的时间序列来看，"金玉良缘"的由来要比"木石前盟"更早。

　　宝钗想看宝玉的玉，她这时是怀着好奇心的，想看看这个可能是预言中和自己有缘的人到底戴了块什么样的玉。看到两句题词确实是一对，就笑了，但没有直接说出癞头和尚预言中的关键——她命里要和有玉的人结为婚姻。这样的话她是说不出口的。薛家母女进贾府的时候，应该并不知道贾母对宝黛姻缘的意愿。但是薛姨妈和王夫人应该早就商议过这件事，到了贾府更会商议这事。"金玉良缘"就从这时明朗化了，可能很快，它就成了贾府里的传言。

　　在这一点上，宝钗和黛玉对待自己终身大事的态度有明显的不同。黛玉虽然爱和宝玉打闹使小性，但从没有主动提起婚姻的事，即便王熙凤和别人开了玩笑，她都是羞涩躲避的，用她自己的话来说，"我为的是我的心"（第二十回）。她的生命里只有诗和爱情，别的事情她并不放在心上。后来她明白了宝玉的心，她就再也不和宝钗别扭了。更重要的，在中国古代，这样的事情都是应该由尊长来做主的，是不合适自己提起的。黛玉的教养非常良好，她非常清楚这一点。第三十二回写宝玉向黛玉诉说了真情，黛玉终于明白了，那时她怎样想的呢？"所悲者，父母早逝，虽有铭心刻骨之言，无人为我主张。况近日每觉神思恍惚，病已渐成，医者更云气弱血亏，恐致劳怯之症。你我虽为知己，但恐自不能久待；你纵为我知己，奈我薄命何！"黛玉对自己人生的态度是非常悲观的，从她来到贾府开始，这一点始终没有改变。

相比之下，宝钗的母亲却可以为她积极筹划，她对这问题的态度就比较积极，所以她才会主动要求看宝玉的玉。

四、宝钗结局

所以，从来都不存在薛家母女后来居上要用"金玉良缘"来算计黛玉的阴谋，只是宝钗在她的家族中承受了殷切的期待，她的母亲很积极地为她筹划罢了。那么，贾府里能对宝玉、黛玉、宝钗的婚姻拿主意的那些尊长们，除了贾母之外，其他的人又都是什么态度呢？他们的态度又可不可能影响宝玉的婚事呢？

《红楼梦》里没有明确交代王夫人对这问题是什么态度，她可能是有意的，但是宝玉的婚姻她说了是不算的，贾政可以做主，但贾政很孝顺，贾母还在世，他必须尊重贾母的态度。《红楼梦》里贾政和王夫人的关系看来并不亲近，两人几乎都没怎么同时出场过。甲辰本第二十二回写贾府正月间家人欢聚，难得贾政也参加了，贾母就让贾政去猜大家所制的灯谜。贾政见到了宝钗所作的灯谜，只见是一首七言律诗：

有眼无珠腹内空，荷花出水喜相逢。
梧桐叶落分离别，恩爱夫妻不到冬。

这谜底应该是竹夫人，是一种圆柱形的竹制品，又叫青奴，是民间夏日降温取凉的用具。"贾政看完，心内自忖道：'此物还倒有限。只是小小之人作此词句，更觉不祥，皆非永远福寿之辈.'想到此处，愈觉烦闷，大有悲戚之状，因而将适才的精神减去十分之八九，只垂头沉思。"

宝钗的谜语似乎也在预言她自己的命运，"恩爱夫妻不到冬"。贾政读了却不觉烦闷起来，觉得很不祥，"皆非永远福寿之辈"。那么贾政是否知道王夫人和薛姨妈有意安排"金玉良缘"呢？书里没有交代过这事，倒是不经意交代过一次贾政有意给宝玉纳妾。第七十二回写贾府的仆人旺儿的儿子看中了王夫人跟前的丫鬟彩霞，求凤姐去说媒。彩霞之母见是凤姐来说，心里不愿意也只得答应了。彩霞知道旺儿的儿子品行相貌都很差，害怕嫁给这样的人，她和贾环关系不错，就去求赵姨娘做主。赵姨娘觉得可以让彩霞做贾环的妾，就去求贾政，贾政却说："且忙什么，等他们再念一二年书再放人不迟。我已经看中了两个丫头，一个与宝玉，一个给环儿。只是年纪还小，又怕他们误了书，所以再等一二年。"书里淡淡写了这一个细节，其实蕴含了很多信息，王夫人已经有意让袭人作宝玉的妾，已经决定把袭人的月钱都给涨了，但是看来并没有和贾政说过，贾政根本都不知道这件事。贾政这时说他已看中了两个丫头，"只是年纪还小"，看来并不是袭人。由此可以推断，王夫人应该是很怕贾政的，很多事情都不敢马上跟他商议，要等到合适的机缘她才会提起，所以"金玉良缘"的事情她应该也没有和贾政提起过。

贾政还是很操心儿子们的婚姻，纳妾不同于娶妻，这事他还可以做些主。贾政对贾母很孝顺也有些怕贾母，宝玉娶妻要由贾母做主，轮不到他做主，他很清楚这一点。林如海的临终嘱托他应该是知道的，黛玉是他的外甥女，虽然书里也从来没有说过他对这事的态度,但是贾母拿了主意,他是不会反对的。

有不少人分析过,元春有意给宝玉赐婚,让他和宝钗婚配,这种分析又有没有道理呢?

《红楼梦》第十八回写元春回家省亲,见到了大观群芳,最后赏赐众人:"宝钗、黛玉诸姊妹等,每人新书一部,宝砚一方,新样格式金银锞二对。宝玉亦同此。"元春在这一回夸奖了薛林二妹的才华,但并没有表示要特别对待宝钗。之所以把宝钗排在黛玉前面,是因为宝钗年长,这是合乎礼仪的次序。到了这一年的端午,事情似乎有了一些微妙的变化,第二十八回,元春让太监又给众姐妹和宝玉赏赐,宝玉的和宝钗一样,都比别人多两样东西。

也许可以合理地推测,王夫人有意让宝钗嫁给宝玉,薛姨妈应该早就和她商议过金玉良缘的事,在黛玉来到贾府之前,她们应该早就商议过了。王夫人此时可能也还不太明确贾母和贾政的态度,她也左右不了他们的态度。但她觉得可以说服她的女儿,也希望她的女儿对促成这事能有些影响。大约她找机会向元春禀报过,元春尊重她的母亲,也不太清楚别人的态度,觉得这婚事不错,以为这事差不多定下来了,就特别地赏赐宝玉和宝钗,表明了她的态度。

但是元春不会在这个问题上过多干涉,虽然她成了贵妃,但是她和家人的接触很有限。按照清代的制度,后妃父母年老时得到皇帝批准可以入宫会亲,后妃未获特别批准不得派遣仆人到娘家去,也不得接受娘家人的任何礼物。[1] 元春能回家省亲,一直到端午赏赐,都是皇帝特别恩准的。此后她就很少直接出现了。端午赐物时她还赐了贾府一百二十两银子,是要用来到清虚观打醮,为家人祈福消灾。紧接着下一回,第二十九回,贾母带了全家女眷去清虚观,张道士给宝玉提亲,贾母就十分圆熟地应对了。贾母此时的态度很清楚,这事我做主,还早呢,不需要别人操心,我也不稀罕给宝玉找个有钱的人家,等于半公开地表明了她不会考虑薛家。从贾母的态度来看,此时元春并没有直接干预宝玉婚事的态度。国有国法,家有家规,元春虽然成了贾府里最有权势的人,但她对祖母和母亲都很孝敬,她不会在这个问题上过多干预。她不愿违逆她的母亲,也不愿违逆她的祖母,一旦她的祖母对这事明确表了态,她不可能用生硬的下旨赐婚的方式来违逆她祖母的意愿。

贾母对宝玉婚事的态度是很坚定的,就在清虚观打醮这一回,宝钗、薛姨妈都在场,贾母回绝了张道士的提亲,表示不稀罕有钱人家的女孩子,谁能听不出这言外之意呢?打醮本来安排了三天,但只过了一天贾母就不去了。"那贾母因昨日张道士提起宝玉说亲的事来,谁知宝玉一日心中不自在,回家来生气,嗔

---

[1] 参见〔美〕罗友枝:《最后的皇族:清代宫廷社会史》,第201页。乾隆六年十二月七日上谕:"凡宫内之事,不许向外传说,外边之事,亦不许向宫内传说。至于诸太妃所有一切,俱系圣祖皇帝所赐。诸王妃所有,亦是世宗皇帝所赐。即今皇后所有,是朕所赐。各守分例,撙节用度,不可将宫中所有移给本家,其家中之物亦不许向内传送,致涉小气。嗣后本家除来往请安问好之外,一概不许妄行。"《故宫珍本丛刊·钦定宫中现行则例二种》卷一《训谕》,第7页a。"内庭等位父母年老奉特旨许入宫会亲者,或一年或数月,许本生父母入宫。家下妇女不许随入,其余外戚一概不许入宫。各宫首领遇年节奉主命往外家或以事故慰问前往者,不许传宣内外一切事情。"乾隆二十四年增修《国朝宫史》卷八《宫规》,《景印文渊阁四库全书》第657册,第136—137页。

着张道士与他说了亲,口口声声说从今以后不再见张道士了,别人也并不知为什么原故;二则林黛玉昨日回家又中了暑:因此二事,贾母便执意不去了。"(第二十九回)张道士的多管闲事让宝玉很生厌,天太热黛玉中了暑,贾母就不再去清虚观了,她时时记挂着她最疼爱的孙子和外孙女,谁也改变不了她对这两个孩子的特别钟爱。

所以,薛家不曾有过要抢走林黛玉婚事的阴谋,只是她们初来到贾府,还不清楚这里的局势,不知道贾母已经对这事拿定了主意。我们可以清楚地看到,薛家母女明白了局势,很快就调适了自己的态度,接受了这个事实。

《红楼梦》第二十七回写芒种节这一天众姐妹们游玩,没有见到黛玉,宝钗就到潇湘馆去寻她,"忽然抬头见宝玉进去了,宝钗便站住低头想了想:宝玉和林黛玉是从小儿一处长大,他兄妹间多有不避嫌疑之处,嘲笑喜怒无常。况且林黛玉素习猜忌,好弄小性儿的。此刻自己也跟了进去,一则宝玉不便,二则黛玉嫌疑。罢了,倒是回来的妙。想毕抽身回来。"宝钗已经开始要避嫌疑了,她现在很清楚自己成了局外人。

《红楼梦》是一部几乎没有褒贬的慈悲书,作者并无意要特别褒贬其中的某些人,只是写出人生的各种不同态度,让读者明白,人间的很多悲剧往往就是因为不同人的不同人生态度导致的。薛宝钗是作者花费了很多心力来塑造的一个人物,她初来到贾府就得到上上下下各人的赞誉,很多人都觉得黛玉不及她。她对人和善能体谅别人的难处,对史湘云、邢岫烟都是这样,后来黛玉跟她消除了芥蒂,跟她倾诉自己不合适让贾府的人给予特别待遇天天吃燕窝，她就很快给黛玉安排了。她懂得察言观色，贾府里很多人，包括袭人、小红这样的下人，她都留心观察她们，很快就摸透了她们的秉性，对待尊长，她更知道要顺着他们的意愿，贾母让她点戏点菜，她就拣老人爱听爱吃的点。林黛玉和薛宝钗，是作者塑造出的两类完全不同的人，黛玉是出世的，是要追求心灵自由的，宝钗是入世的，是要追求安分随时的，但她们在各自不同的人生逻辑中，都达到了几乎完美。

宝钗最后的结局应该是在黛玉病死后，在家人的安排下和宝玉结了婚，但宝玉最后出家了，她要落到守寡的命运。《红楼梦》第五回太虚幻境中排演的曲子中有一首《终身误》，交代了金玉良缘和木石前盟的最终结局：

> 都道是金玉良姻，俺只念木石前盟。空对着，山中高士晶莹雪；终不忘，世外仙姝寂寞林。叹人间，美中不足今方信。纵然是齐眉举案，到底意难平。

"纵然是齐眉举案，到底意难平"，说的是宝玉和宝钗成婚之后相敬如宾，但是宝玉还是不能忘怀"木石前盟"，他们成了夫妻却貌合神离。

《红楼梦》开篇金陵十二钗的判词中，黛玉和宝钗的判词是："可叹停机德，堪怜咏絮才。玉带林中挂，金簪雪里埋。"（第五回）"停机德"说的是薛宝钗，这里作者用了东汉乐羊子妻的典故，乐羊子外出求学，一年就回家了，他的妻子就用剪刀割断了织机上的布匹，劝诫乐羊子不要半途而废。乐羊子被妻子感动,就回去继续求学,七年不归。[1]"咏絮才"说的是林黛玉,作者用了东晋女诗人谢道韫的典故。谢道韫是东晋著名政治家谢安的侄女,有一天谢安和儿女们讲写文章,忽然下雪了,谢安问怎么比喻纷纷的白雪,他的侄子胡儿说:"撒盐空中差可拟。"谢道韫答:"未若柳絮因风起。"[2]宝钗的德行堪比乐羊子妻,黛玉的才华堪比谢道韫。脂砚斋在此处的批语是"寓意深远,皆非生其地之意"[3]。玉带本应束在人身上,但是挂在了林中,金簪本应戴在人头上,但是埋在了雪里。这是一个比喻,比喻物无所用,比喻人来到了错误的时空。这判词说宝钗德行超群,黛玉才华横溢,但她们的德行和才华都"非生其地",都没有适合她们的环境。黛玉想要追求心灵的自由,不可能被世俗的礼教接受,这是她的悲剧。宝钗安时随世,为了家族的利益,听从家人的安排嫁给一个根本不爱她的人,这又何尝不是莫大的悲剧。宝黛钗的姻缘并不是《红楼梦》唯一的主题,但确是作者用心最多的主题,作者在其中看到了传统中国女性悲剧的根源,她们的才华、德行和见识都没有向社会展示的可能,她们唯一出路就是嫁人,而要嫁给什么样的人,都要听凭尊长们的安排,她们根本不能选择自己的人生。

1《后汉书·列女传·乐羊子妻》:"(羊子)一年来归,妻跪问其故,羊子曰:'久行怀思,无它异也。'妻乃引刀趋机而言曰:'此织生自蚕茧,成于机杼。一丝而累,以至于寸,累寸不已,遂成丈匹。今若断斯织也,则捐失成功,稽废时日。夫子积学,当"日知其所亡",以就懿德;若中道而归,何异断斯织乎?'羊子感其言,复还终业,遂七年不返。"[南朝宋]范晔撰,[唐]李贤等注:《后汉书》,中华书局1965年版,第2792—2793页。
2《世说新语·言语》:"谢太傅寒雪日内集,与儿女讲论文义。俄而雪骤,公欣然曰:'白雪纷纷何所似。'兄子胡儿曰:'撒盐空中差可拟。'兄女曰:'未若柳絮因风起。'公大笑乐。即公大兄无奕女,左将军王凝之妻也。"余嘉锡撰:《世说新语笺疏》,中华书局1983年版,第131页。
3 俞平伯辑:《脂砚斋红楼梦辑评》,第85页。

第六章

鲍二家的之死与清代的仆妇贞节

清末民初著名文人刘禺生在他的笔记《世载堂杂忆》有一则谈及清代的刑罚：

> 冒鹤亭云："予初分发刑部，新到部人员，必在司阅《大清律例》《刑案则例》《洗冤录》等书。少年人最喜阅者，则奸拐案也。一日，司官考问所阅，以奸拐律对。司官曰：'有何意见？'答曰：'刑律，仆人奸主妇者斩立决，主人奸仆人妻者罚俸三月，太不平衡，罪主人太轻，罪仆人特重。'"[1]

---

[1] 刘禺生：《谈前清刑部则例》，载《世载堂杂忆》，中华书局1960年版，第15页。

清末初来刑部学习的少年吏员读了法律,发现性犯罪中不同主体的刑罚大相径庭,"仆人奸主妇者斩立决,主人奸仆人妻者罚俸三月",觉得这太不平等了。主管的上级官员就给他讲了一通冠冕堂皇的理由,大意是官场最忌讳主人被仆人要挟,做仆人的很多人都没有廉耻,"若辈既无廉耻,何事不可为?如奸淫仆人妻律所订较重,仆人或故遣妻女诱惑主人,为揽权挟持之具;或主人本无其事,仆人乱造蜚语、证据,挟制其主人。主人恐丢官,不得不将就,仆人乃得横行无忌"[1]。所以法律对这类问题处刑很轻,仆人就没有办法要挟做官的主人了。

这笔记是当笑话写的,但其中提到的清代法律是真实的,官员性侵了家仆的妻子,处罚轻到只需罚俸三个月。其中反映的清代社会观念也是真实的。仆人是贱民,主人伤害了低贱的仆人,不被视为道德上的严重瑕疵。贱民被视为在道德上是必然低劣的,做官的主人不能让自己被仆人要挟。《世载堂杂忆》主要记录清末民初的故事,到清末时,少年吏员看到这样的法律,已经无法理解这样的不公平,因为清末关于民权民主的新思想已经广有传播。但回到整个清代的法制史去看,即便这样很不公平的法律,都是经过了改良的结果,最初的清代法律,甚至根本都不保护仆妇的贞节,主人性侵了她们都不用承担法律责任,雍正乾隆朝才有了一点点稍有人道色彩的改良。

《红楼梦》前八十回中自杀的7名女性,秦可卿是贵族女性,尤二姐、尤三姐是良人,瑞珠、金钏儿、鲍二家的是贱民。鲍二

---

[1] 刘禺生:《谈前清刑部则例》,《世载堂杂忆》,第16页。

家的之死在《红楼梦》中一瞬而过，作者没有描写过她的形象、性格，读者只知道她是一个仆妇，不知道她本来的姓名，她在王熙凤的生日那一天和贾琏私通，被王熙凤抓了现行，当场撕打，回家以后就上吊了。如果脱离当时的社会背景，用现代人的观念去审视这件事，似乎人们很难对这个人物给予同情。但就是她的很不体面的死去，足以透视清代女性贱民们的一种特别的苦难，以及当时的法律为她们所做的一点小小的让步……

一、贾琏的惧内

《红楼梦》第四十四回，贾府里赶上了好日子，王熙凤要过生日，贾母很高兴，老人家喜欢热闹，就让大家都凑份子给王熙凤过生日。说来也巧，这一天也是金钏儿的生日，宝玉想起她死得很冤，悄悄到城外祭拜她。就在王熙凤被满府的人奉承、无限风光的这一天，贾琏却趁她不在和贾府的女仆鲍二家的私通，还被王熙凤撞到了，于是好好一个生日，最后以王熙凤和贾琏的大闹而收场，事情被闹得沸沸扬扬，整个贾府里的人都知道了。鲍二家的上吊自杀了，她的阴魂也跟着张金哥、秦可卿、瑞珠、金钏儿一起去了。

《红楼梦》中贾府里有很多对夫妻，贾琏和王熙凤夫妇的关系是很特别的，贾琏可能是贾府里唯一一个比较怕老婆的主子。《红楼梦》第二回交代了贾府中各房的情况。贾琏是贾赦的长子，不好好读书，考不上科举，就出钱捐了个同知的官。他脑子灵活，能说会道，在他叔叔贾政家里帮助料理家务，自从娶了王熙凤之后"上下无一人不称颂他夫人的,琏爷倒退了一射之地。说模样又极标致,言谈又爽利,心机又极深细,竟是个男人万不及一的"(第二回)。贾琏在荣国府是管理家务的,本来还有些治家的才干,可是王熙凤嫁给他以后,马上就把他比下去了。

《红楼梦》第四十八回写到,贾琏被贾赦"打了个动不得"。起因是贾赦看上了石呆子的古董扇子,让贾琏去买,石呆子呆性发了死活就是不卖,贾琏也没有办法。谁知道贾雨村听说了这事,就想了办法讹诈石呆子拖欠官银,把石呆子抓到衙门里去了,判决所欠的官银变卖家产赔补,把扇子都抄没了,作了官价送给了贾赦。贾赦拿了扇子说贾琏:"人家怎么弄了来?"贾琏就说了一句:"为这点子小事,弄得人坑家败业,也不算什么能为!"贾赦就生气贾琏顶撞他,后来又为了几件小事,积怨一起爆发,抄家伙就混打了贾琏一顿,贾琏脸上被打破了两处。贾琏破了相没法出门,平儿专门跑到宝钗处讨要治伤的药。

贾琏性子还是比较温和的,不太争强好胜,一般做事也都留有余地,不是心狠手辣之人,应该也没什么太复杂的心机。他心不如王熙凤狠,心机手腕就更不如王熙凤了,所以王熙凤开始管家以后,他就不太怎么管事了,要玩花花肠子,他肯定是玩不过王熙凤的,气势上也就怯了一头。《红楼梦》第六十五回写贾琏的心腹仆人兴儿跟尤二姐闲聊,说起荣国府里的人事,"我是二门上该班的人。我们共是两班,一班四个,共是八个。这八个人有几个是奶奶的心腹,有几个是爷的心腹。奶奶的心腹我们不敢惹,爷的心腹奶奶的就敢惹"。兴儿这话非常有意思,贾府里贾琏降不住王熙凤,形势看来已成定局,连他们各自的手下都默认了这种格局，大家都知道，得罪了贾琏没什么大不了，得罪了王熙凤那可不是好玩的事。

《红楼梦》第十六回写贾琏和林黛玉从苏州回来了，正好这时元春晋升为贵妃，贾府遇到了大喜事。王熙凤备了酒菜给贾琏接风，给贾琏显摆自己被贾珍请去协理宁国府，说得那才真叫巧舌如簧啊，"那府里忽然蓉儿媳妇死了，珍大哥又再三再四的在太太跟前跪着讨情，只要请我帮他几日；我是再四推辞，太太断不依，只得从命。依旧被我闹了个马仰人翻，更不成个体统，至今珍大哥哥还报怨后悔呢。你这一来了，明儿你见了他，好歹描补描补，就说我年纪小，原没见过世面，谁叫大爷错委他的"。她嘴上说是自己不会办事，其实心里是无比的得意，最后还假惺惺地说贾珍抱怨后悔，其实根本没有这事，她这就是撺掇贾琏去贾珍那里表功，好听贾珍怎么夸奖她能干。脂评本《红楼梦》在此处有一句批语："阿凤之弄琏兄如弄小儿，可怕可畏！若生于小户，落在贫家，琏兄死矣！"[1]所以贾琏玩心计是绝对玩不过王熙凤的，他们根本就不是同一个段位的选手，贾琏只有被王熙凤玩弄于股掌之上。假如他不是生在贵族之家，而是穷家小户，娶个这样的老婆，又没钱没能耐罩住人家，迟早他就被王熙凤玩死。

不过王熙凤再强悍，她也必须服从男权社会的规则，她嫁到了贾府这样的豪门，更要遵循社会的等级规则。她必须三从四德，贾琏却可以拈花惹草，而且她就是不争气，没有儿子，贾琏就更有了四处寻芳的理由。《红楼梦》里边贾府的男性，除了贾

---

[1] 俞平伯辑：《脂砚斋红楼梦辑评》，第198页。

宝玉和他的父亲贾政，形象都是比较污浊的，贾琏也不例外，只是比起贾赦、贾珍，他心地还算善良，不太有害人之心。他镇不住王熙凤，也没什么心计，还到处拈花惹草，导致的结果就是很多跟他有牵扯的女人，最后都被王熙凤所害。

平儿是王熙凤出嫁时带来的陪房丫鬟，从小就服侍她，很了解她的秉性，也早就学会了怎么保护自己，她对王熙凤忠心耿耿，从不往贾琏跟前凑，所以王熙凤还能容得下她。其他贾琏家里的女人，都没有什么好下场。第六十五回贾琏的仆人兴儿说过，王熙凤出嫁时带过来四个丫鬟，有的嫁人，有的死了，只剩下平儿一个。贾琏没成家时也有两个丫鬟服侍，王熙凤来了不到半年，就都找了她们一堆不是，把她们都打发出去了。再后来，来了尤二姐和秋桐，王熙凤更是设下了毒计对付她们。

二、王熙凤的全武行

在金陵十二钗的正册女性中，王熙凤的戏份可能最多，却是其中唯一一个丧失了灵性的人，她从不会去反思自己身处的这个社会有什么不合理，更没有可能超然于污浊的现实，对那些地位比她更低的人，她没有丝毫的悲悯与同情，她的灵性都被这个病态的社会吞噬了。古人有句格言，强极则辱。人要强要过了头，迟早要自取其辱。王熙凤盯着贾琏跟防贼一样，贾琏难免会有逆反心理，所以她一不留神，贾琏就会出去惹点风流债。

王熙凤过生日贾母给足了她面子，专门请尤氏来帮管家一天，贾母带头，全家女眷都凑份子，要让大家伙儿都来给她敬酒。就在这时,贾琏回到了自己家里,派了丫鬟去看王熙凤何时回来,知道她还在坐席,一时半会儿回不来。贾琏就开了箱子,拿了两块银子,还有两根簪子,两匹缎子,让丫鬟悄悄地去送给鲍二的老婆,叫她进来。鲍二家的收了东西就来了。贾琏又让丫鬟去看着王熙凤什么时候回来。

贾琏能把鲍二家的叫到自己家里来,鲍二家的也真敢来,他们应该早就认识了。贾琏没有成婚之前有两个服侍自己的丫鬟,王熙凤来了以后很快就把她们打发走了,有可能,鲍二家的以前就是服侍贾琏的丫鬟。王熙凤容不下她,她可能就由贾琏做主嫁给了鲍二。书里后来交代过,鲍二是个很怕老婆的主,在贾府里一直都是靠老婆发迹的,只要有饭吃有酒喝,别的什么事都不管。

这一天这么多人都在给王熙凤庆贺生日,贾琏料定她不会很快回来,鲍二家的和他是旧相识,他就把她叫到家里来了。谁能想到,人算不如天算,王熙凤偏偏就喝多了上了头,要回家去歇歇。她趁人不防离了席往自家去,平儿不放心她,就跟过来了,凤姐儿便扶着她。"才至穿廊下,只见他房里的一个小丫头正在那里站着,见他两个来了,回身就跑。凤姐儿便疑心忙叫。那丫头先只装听不见,无奈后面连平儿也叫,只得回来。"(第四十四回)

原来贾琏派了丫头在外面放哨盯着凤姐什么时候回来,万一突然回来了好给他报信。偏偏这时王熙凤就喝多了回来了,她虽然喝多了,脑子却还清醒,一看就知道情形不对。可怜小丫头被派了这样难做的差,却被识破了,登时挨了王熙凤的毒打。

贾府里有很多女主人，能动手打人的并不多。贾政为金钏儿的事教训宝玉时曾经说，贾府待下人一向宽柔，这话应该是实情。贾母就是贾府家风的最好代表，老人家从没有苛责打骂下人。王夫人一时气不顺打了金钏儿一个嘴巴子，也就有过这么一回。王熙凤是王夫人的内侄女，也是王家人，不过她比她的姑妈狠得多了。第六十一回，王夫人的房里丢了一瓶玫瑰露，王熙凤就想出了狠招体罚婢女们："依我的主意，把太太屋里的丫头都拿来，虽不便擅加拷打，只叫他们垫着磁瓦子跪在太阳地下，茶饭也别给吃。一日不说跪一日，便是铁打的，一日也管招了。"看来王家的家训和贾府不太一样，王家的姑娘都比较厉害。就在她的生日这一天，王熙凤上演了全武行，无辜被贾琏派去放哨的小丫头，就第一个遭了王熙凤的毒手。她下手之狠，着实让人触目惊心。

王熙凤把小丫头带到穿堂让她跪下，开始拷问，一边骂，一边"扬手一掌打在脸上，打的那小丫头一栽；这边脸上又一下，登时小丫头子两腮紫胀起来。平儿忙劝：'奶奶仔细手疼。'凤姐便说：'你再打着问他跑什么。他再不说，把嘴撕烂了他的！'"（第四十四回）那小丫头子先还犟嘴，后来听见凤姐儿要烧了红烙铁来烙嘴，吓得魂飞魄散，只得马上交代了。

奴婢都是贱民，相对于主人，他们的法律地位是极为低下的。清代奴婢的法律地位比起前朝要更为低下。满族人在关外本有奴隶制度，他们在战争中大量掠夺异族人变为自己的奴隶，对待异族奴隶十分残酷。[1]清政府入关后修改了法律,继续维护满洲的蓄奴传统,旗人打骂奴隶甚至杀死奴隶在法律上责任都是很轻的。[2]所以清代奴婢的地位真的是牛马不如,如果遇到一个糟糕的主人,打骂甚至私刑都可能是家常便饭。雍正二年(1724),旗人护军九哥十分暴戾,打死并无过失的家奴达子,刑部为此上奏请雍正议处,雍正决定加重处理,枷号三个月鞭一百,并指出旗人对待奴仆的私刑十分普遍,"向来八旗官军人等,待家人过严,微小之失,必加殴责,甚至伤体毙命,以至奴仆畏惧逃遁者颇多"[3]。旗人家主打死奴婢要比汉人家主的刑罚更轻,经过皇帝特批加重,九哥才得到了枷号三个月鞭一百的刑罚。前面讲香菱的命运时提到了乾隆六年刑部审理安氏杀死婢女金玉一案,金玉为安氏刚买来不到半年的婢女,"因金玉沾污身上衣服,安氏即将金玉用铁通条烧红炮烙,溃烂三处,又将铁通条毒殴身死。……而该司拟罪应以二钱二分五厘银两收赎"[4]。金玉只是不小心弄脏了

---

[1] "主仆之分,满洲尤严。康熙初,大司寇朱之弼疏言:臣见八旗仆婢,每岁报部自尽者,不下二千人。岂皆乐死恶生哉,由其平日教不谨,而养不备。饥寒切于中,鞭扑加于外,饮恨自尽,势固然也。"[清]徐珂:《清稗类钞》第十一册,《奴婢类·康熙初八旗仆婢自尽之多》,第5268—5269页。
[2] 按照清代法律,家长打死或杀死奴婢,都不必偿命,只判处杖六十徒刑一年。如果家长殴打奴婢致残,只要不打死,家长不受法律制裁。如果奴婢违犯家长的教令,家长有权对其进行体罚,奴婢不听教令被家长体罚至死,或家长过失打死奴婢,家长无罪。"若奴婢有罪(或奸或盗凡违法罪illa皆是),其家长及家长之期亲若外祖父母,不告官司而(私自)殴杀者,杖一百。无罪而(殴)杀(或故杀)者,杖六十,徒一年。当房人口(指奴婢之夫妇子女),悉放从良。(奴婢有罪,不言折伤、笃疾者,非至死勿论也)……若(奴婢雇工人)违犯(家长及期亲外祖父母)教令,而依法(于臀腿受杖去处)决罚邂逅致死,及过失杀者,各勿论。"(《大清律例·刑律·斗殴·奴婢殴家长》)
[3] 《钦定八旗通志》卷首之九,雍正二年六月十二日上谕,《景印文渊阁四库全书》第664册,第170页a。
[4] 中国第一历史档案馆:《乾隆初张照等为安氏杀婢案奏折》,吕小鲜编选,《历史档案》1997年第2期,第17页。

衣服，就被施以炮烙酷刑毒打致死，主人安氏根据法律只应判处杖刑六十。此案上报到刑部，刑部仅仅判安氏以二钱二分五厘银两收赎。[1]此案中安氏只是普通旗妇，并不是官员之妻，远不及王熙凤有势力，酷刑毒打一个婢女致死，就判了很小一笔罚金。如果是王熙凤用炮烙酷刑害死一个奴婢，衙门估计都不敢来调查抓人。王熙凤怀疑自己的老公有外遇，为什么就能对一个无辜的奴婢这么狠呢？就敢用烧红烙铁烫人这样的酷刑？显然，她很清楚主人对奴婢在法律上是可以为所欲为的，一个小丫头，她就算下狠手打死了，也可以算作是奴婢不听话合法管教，她都不用负什么责任。清代传世的旗主殴死奴婢事例中，用烧热的器物对奴婢施以酷刑是并不罕见的手段，[2]王熙凤准备用炮烙酷刑对付小丫鬟，这就是当时社会典型的旗人悍妇形象。

小丫头交代了贾琏的秘密，王熙凤气不打一处来，一路朝自己家里去，在院门又遇到另一个被贾琏派在那里把守的丫鬟，又"扬手一下打的那丫头一个趔趄"。看看这气势，一路打过来，有任何人拦路，这时都可能被她打倒。可她盛怒之下，脑子还是非常清醒，进了自家院子就"摄手摄脚的走至窗前"，悄悄听里边说些什么。

---

[1] 清代法律中妇女犯罪情节较轻的一般只适用赎刑，"其妇人犯罪应决杖者，奸罪去衣受刑，余罪单衣决罚。皆免刺字。若犯徒、流者，决杖一百。余罪收赎"（《大清律例·名例律·工乐户及妇人犯罪》）。

[2] 乾隆五十六年十一月，旗人妇女乌苏氏因为幼婢二格无心的过失，就用烧热的烟袋烫烙二格致其死亡。此案刑部判决乌苏氏绞监候，朝审时乾隆念在其有主仆名分，免其勾决。"乌苏氏因契买幼婢二格弹剔蜡花，误落伊女脖项，伊女啼哭抽风，该氏气忿，辄用烧热烟袋烫烙多伤，以致幼婢殒命。该氏身系女流，凶暴残忍，轻视人命，情节甚为可恶，但念契买之婢，究有主仆名分，是以免其勾决。"《清实录·高宗实录》卷一三九〇，《清实录》第22册，第679页b。

她听见什么了呢?只听里头说笑。"那妇人笑道:'多早晚你那阎王老婆死了就好了。'贾琏道:'他死了,再娶一个也是这样,又怎么样呢?'那妇人道:'他死了,你倒是把平儿扶了正,只怕还好些。'贾琏道:'如今连平儿他也不叫我沾一沾了。平儿也是一肚子委屈不敢说。我命里怎么就该犯了"夜叉星"。'"(第四十四回)

　　王熙凤终于听到了她的丈夫、丫鬟和家里的仆人对她的真实看法,在贾琏看来,她就是个"夜叉星",家里的下人都当她是阎王,就连对她忠心耿耿的平儿,服侍她也是十分委屈。换了有教养顾体面的人,这样的事情就应该事后去理论,哪能这样当面去找难看呢?可是王熙凤就是个一点不服输的个性。于是她好好一个生日,就以她的全武行收场了。

　　王熙凤听到了这些话,气得浑身乱战,第一反应是回身先把平儿打了两下。这是多么奇特的反应,看来她觉得她被全世界的人欺骗了,平儿就是欺骗她最厉害的人。接着一脚踢开门进去,不容分说,抓着鲍二家的撕打一顿。又怕贾琏走出去,便堵着门站着大骂,说着又把平儿打了几下。平儿无端受了这冤屈,又不敢还手,也把鲍二家的撕打起来。贾琏又气又愧,不敢骂王熙凤,看见平儿也动了手,就踢骂平儿不让她动手,平儿只得住了手,委屈地哭了起来,跑出去找刀子要寻死,家里的女仆们纷纷跟去解劝。王熙凤最后索性一头撞在贾琏怀里,寻死觅活闹起来,贾琏也借了酒劲,发狠从墙上拔出剑来,说要杀了王熙凤。这时已经闹得阖府皆知、鸡飞狗跳。尤氏闻讯,带了众人来劝解,王熙凤见来的人多了,马上就收起刚才的撒泼架势,装出可怜样,哭着去贾母那里求救了。贾琏索性装疯卖傻,拿着剑追了过去。

王熙凤跑到了她的救星贾母那里,就好像玩变脸戏法一样,马上换了一副样子,她怎么毒打小丫头、怎么无理取闹打了平儿,这些她都不占理的事,她却能哭诉成另一回事,仿佛她受了天大的冤屈,她向贾母哭诉:"我才家去换衣裳,不防琏二爷在家和人说话,我只当是有客来了,唬得我不敢进去。在窗户外头听了一听,原来是和鲍二家的媳妇商议,说我利害,要拿毒药给我吃了治死我,把平儿扶了正。我原气了,又不敢和他吵,原打了平儿两下,问他为什么要害我。他臊了,就要杀我。"(第四十四回)

《红楼梦》第六十六回写贾琏的仆人兴儿跟尤二姐闲聊,兴儿这样概括了王熙凤的性格:"嘴甜心苦,两面三刀;上头一脸笑,脚下使绊子;明是一盆火,暗是一把刀:都占全了。"这话说得非常形象。王熙凤的个性是绝不示弱的,她的处世哲学就是媚上欺下,好让自己立于不败之地,绝不能让比她弱势的人占她一点上风,也特别擅长伪装,绝不能让比她地位高的人挑出她一点不是。看看王熙凤对贾母的这番哭诉,道理都被她占尽了,好像平儿倒成了罪魁祸首,好像她倒成了一个受害人。贾母等人都信以为真,这时贾琏借着酒劲拿着剑赶来闹了,贾母、邢夫人、王夫人都喝骂他,夺下了他的剑,他才赌气出去了。贾母一边劝解王熙凤,说改日让贾琏给她赔不是,又开始骂平儿:"平儿那蹄子,素日我倒看他好,怎么暗地里这么坏。"(第四十四回)尤氏等人看不过眼了,觉得不能让平儿受这样的冤枉,忙给贾母解说了缘由,贾母这才明白过来,又命人去劝解平儿。一场风波总算平息了。

其实,王熙凤在男权社会里总归是个弱者,但她的不肯示弱,却是用迫害比她更弱的人来作为武器。为了保住她在贾府的地位,她用尽心机来对付贾琏身边的其他女人,心思诡诈,手段毒辣。她天赋的智商和才干,除了用来讨好贾母王夫人和捞钱之外,其余几乎都用在了这件事上。平儿从小服侍她,随她陪嫁来到了贾府,为人厚道,对王熙凤也是忠心耿耿,可王熙凤一旦发现她可能威胁自己的地位,就毫不留情地让她难堪。但王熙凤用尽了心机像防贼一样防着贾琏,还是防不胜防。

贾琏在贾府里和女仆私通这不是第一次了。《红楼梦》第二十一回写道:他的女儿出天花,他被迫搬到外屋去住,就和贾府里的厨子多浑虫的老婆私通。看来贾琏真是胆子越来越大,上一次他和多姑娘私通是在外边,这一回居然把人带到家里来了。

三、鲍二家的无罪

鲍二家的是在《红楼梦》中昙花一现的人物,她引发了贾琏和王熙凤夫妇的一场大闹,惊动了贾母甚至整个贾府。用现代人的观念去看,人们很难对这样一个人物寄予同情,似乎她就是贪图财富和主人通奸,事情败露了羞忿自杀,纯属咎由自取。她就出了这么一回场,只说了寥寥的几句话,然后就被王熙凤辱骂,被堵在贾琏的家里,被王熙凤、平儿相继撕打。她没有回骂过一句,更不敢还手,没人知道她什么时候出去的,又是怎么回到自己家里的。第二天，贾琏听了贾母的教训给王熙凤赔了不是，两人和好如初，又安慰了平儿，贾琏的小家庭恢复了往日的平静。就在这时，有人传来了消息："鲍二媳妇吊死了。"（第四十四回）

脂评本《红楼梦》在此处有一句批语："倒也有气性，只是又是情累一个，可怜！"[1] 批书人说她有血性，是个"情累"，大约是说她和贾琏是旧相识，是有旧情的，所以为情所累。批书人对她寄予了同情。

清代法律区分良人和贱民。贱民是彻头彻尾的下等人，法律不承认他们和良人有平等身份。官私奴婢是贱民的主要组成部分。用现代的话来说，传统中国的贱民阶层没有完整的公民权，他们被剥夺了很多基本人权。他们的生命权、健康权和其他基本权利都是不完整的，都在一定程度上被剥夺了。良人如果伤害贱民，处刑要比良人之间的相互伤害轻得多。主人同奴婢之间的关系，要比良贱之间的关系更为不平等。如果是主人打死或杀死奴婢，法律责任是很轻的。

贱民本来就法律地位低下，女性贱民则是贱民中更为弱势的群体。传统中国的法律一直强调要保护妇女的名节，对于性犯罪的刑罚历朝都是很重的，男女双方自愿的"和奸"也是犯罪行为，也要受到处罚。但这些法律规定主要是适用于良人的。女性贱民的贞节是基本不被法律保护的，自唐代到明代，男主人如果和婢女发生性关系（不论婢女是否自愿）不被认为是犯罪，法律

---

[1] 俞平伯辑：《脂砚斋红楼梦辑评》，第452页。

对这一行为几乎没有对应的条文。[1]清代法律略有变化，但男主人因此受到的惩罚也是非常轻的。雍正三年（1725）才颁布了一条例文，其中规定："若家长奸家下人有夫之妇者，笞四十；系官，交部议处。"[2]如果男主人性侵家里奴仆的妻子，处笞刑四十，如果是官员犯了这一条，交给他所属的部门处理。官员不同于平民，传统中国的法律对官员的特权有全面的保护。官员犯罪根据具体情况，可以比照平民犯罪的同样情形降低刑罚，还可以用缴纳罚金、降级、罢官等形式折抵刑罚。所以如果是官员性侵自己家里奴仆的妻子，受到的处罚要比笞刑四十更轻，很有可能只会受到降级、缴纳罚金这样轻微的处罚，就像《世载堂杂忆》中那个少年吏员看到的那样，官员做了这样的坏事，判决中给他的处罚就是罚俸。[3]

这是中国古代法律中非常沉重的一幕，法律这样的态度虽然不等于直接赋予了男主人随意性侵婢女的权利，但实际的后果就是默许了这类行为。如果婢女遇到了无耻的男主人，不甘失节，法律也没有赋予她们正当防卫的权利，如果她们反抗男主人将其打伤打死，法律会对她们加重处罚，刑罚要比良人女性同类的行为严厉得多。按照清代的法律，奴婢打伤家长要处以斩刑，杀死

---

[1] 参见瞿同祖：《中国法律与中国社会》，第256—257页，第272—273页。另请参见胡祥雨：《清代法律的常规化：族群与等级》，社会科学文献出版社2016年版，第87页。
[2] 雍正三年修律时加入这条例文。参见马建石、杨育棠主编：《大清律例通考校注》，第958页。
[3] "官员奸家下有夫之妇者，罚俸六个月。"［清］孙纶辑：《定例成案合镌》卷二十五《刑部·犯奸·官员宿娼》，康熙五十八年刊本（日本东京大学东洋文化研究所藏本）。"官员奸家下有夫之妇者，降一级，罚俸一年。"故宫博物院编：《故宫珍本丛刊·钦定中枢政考（乾隆朝）》第一册卷十五《木部杂犯·官员犯奸》，第368页a。

家长要处以凌迟酷刑。相比之下，男主人因此受到的处罚则非常轻。所以她们的反抗行为必然是得不偿失的。如果反抗打不过反倒被男主人打死或者打伤，主人在法律上所负的责任也是非常轻的。也就是说，女奴婢一旦遭遇了男主人这样的侵害，你打死打伤他罪很重，他打死打伤你罪很轻。女奴婢遭遇了侵害，也根本没有诉讼上的权利去为自己讨回公道。依据清代的法律，奴婢告家长、子女告父母、妻子告丈夫本身就是犯罪行为，称为"干名犯义"罪，即便所告罪名被查实了，他们也要被处杖刑一百徒刑三年，诬告者会判绞刑。[1]婢女遭遇了男主人的侵害选择去衙门告状也是得不偿失的。

　　清代刑部处理的判例中，有很多案情都反映了女性贱民和奴仆遭遇男主人性侵害之后在法律上的困境。[2]乾隆朝曾有一个奴仆的妻子自卫打伤了试图不轨的男主人之弟，判决最后适用奴仆打伤家长近亲属的法律规定，本来应处斩刑，考虑到是自卫，减一等处罚，判刑杖一百流放三千里。男主人之弟性侵奴仆的妻子，按照清代法律的规定，刑罚是杖刑六十，被害人为了自卫打伤了男主人之弟，却要被判杖一百流放重刑，比加害人应受的处罚要严厉得多。[3]这样荒谬的法律现实可能导致什么结果呢？瞿同祖先生的结论是，仆妇在这种情形之下，"最好的办法不是服从，便

---

1 "凡子孙告祖父母、父母，妻妾告夫及告夫之祖父母、父母者，（虽得实亦）杖一百，徒三年。……但诬告者（不必全诬，但一事诬，即）绞。……若奴婢告家长及家长缌麻以上亲者，与子孙卑幼罪同。"（《大清律例·刑律·诉讼·干名犯义》）
2 清代旗人在法律上不可能成为贱民，但旗人可能为家主服役，或为包衣，或为家仆，旗人奴仆与家主之间仍有主仆名分，旗人奴仆控告主人也构成干名义罪。
3 参见［清］祝庆琪等编：《刑案汇览三编》，第三册，第2004—2005页。

是自尽"[1]，而不是自卫。嘉庆末年，豫亲王裕兴在嘉庆帝国丧期间强奸使女寅格，致寅格羞忿自缢身死，寅格是裕兴家下包衣世禄之女。此案引起道光帝震动，道光帝下旨：裕兴居丧犯奸，不忠不孝，应加重处罚，革去王爵，交宗人府圈禁三年。[2] 但世禄为女鸣冤控告家主，仍然以干名犯义罪处罚，付出了很高的代价，"革去六品典仪官，依奴婢告家长得实，拟以满徒（徒刑三年），折枷"[3]。另外，清代法律规定常人因强奸而杀死妇女，或因奸而逼人致死者皆处死刑，但这两条法律对于主人是不适用的。也就是说，主人如果性侵婢女，婢女反抗反被主人打死，主人所受的法律制裁是从轻的，不至于死，一般是判处流刑。[4]

在这样的法律现实之下，男主人是否胡作非为，基本只能靠自己的道德良知和礼义廉耻的心理约束。这样的约束能起的作用是很有限的。看看贾府里的男主人就知道了。《红楼梦》中贾琏曾经两次和贾府的女奴婢私通，一次是多姑娘，一次是鲍二家的。贾府里其他的男主人，贾珍、贾蓉、贾赦都不会比贾琏更有廉耻，只是作者没有直接描写他们类似的行为。只有贾宝玉和他的父亲贾政还能自我约束。贾府的男主人们还不算非常出格的，《红楼梦》第八十回写到，贾赦因为用了孙家五千两银子不想偿还，就硬把迎春嫁给了军官孙绍祖，孙绍祖几乎性侵了他家中所有的仆妇和婢女，迎春稍加劝诫，就被他打骂羞辱。虽然《红

---

1 瞿同祖：《中国法律与中国社会》，第274页。
2 参见《清实录·宣宗实录》卷五，《清实录》第33册，第126页b。
3 [清] 祝庆琪等编：《刑案汇览三编》，第三册，第2001页。
4 参见瞿同祖：《中国法律与中国社会》，第274页。

楼梦》只是文学作品,但作者写出这类的故事肯定是源于生活的,因为作者在现实生活中见过太多这样的事。嘉庆年间旗人贵族礼亲王昭梿的笔记《啸亭杂录》中记载:雍正年间某公爵性侵家中婢女,不从的就虐待致死;乾隆年间某驸马经常性侵家中婢女,不从的就鞭打致死,尸体从墙洞抛出,死者的父母根本不敢追究。[1]《红楼梦》虽然只是文学作品,但也是一部真实的社会史,它揭露了清代社会女性贱民的悲惨遭遇,贾府里男主人们的风流债和孙绍祖更为明目张胆的禽兽行径足以说明,假如法律对某种人的某种权力几乎不作约束,人性可能堕落到何种程度。

鲍二家的在《红楼梦》里匆匆一现就死了,作者没有交代她的名字,也没有描写她的形象和性格,她应该不是贾府的家生子,她家的亲戚不是贾府的奴仆,她可能是因为贫困被父母卖到贾府的。其实她就是一个符号,是清代社会众多被凌辱的女性贱民的化身。她的主人调戏她,她敢反抗吗?她能指望她的丈夫保护她吗?她虽然拿了主人的钱财,但那不是一个在法律上根本无权的弱者自然的反应吗?一个非常有意思的现象是,清代的法律把良人之间的婚外自愿性关系视为通奸犯罪,称为"和奸","凡和奸,杖八十,有夫者,杖九十"(《大清律例·刑律·犯奸·犯奸》),但是婢女同男主人通奸却不被认为是犯罪,法律不会追究她们的责任。《大清律例》官方注释的作者法学家沈之奇对此做了解释:"若婢则服役家长之人,势有所制,情非得已,家长奸

---

[1] 参见[清]昭梿:《啸亭杂录》卷九《权贵之淫虐》,中华书局1980年版,第292页。

之，虽和犹强也，止坐家长不应之罪，婢不坐。"[1] 婢女是为家长服役的，受制于他们的势力，是不得已的，家长和她们私通，即便她们看上去是自愿的，实际上也是被强迫的，所以只应追究家长的罪责，不追究婢女的通奸罪。当然，清代法律对于家长这类行为的处罚也是非常轻微的，只是象征性的。但是法律明确了一点，婢女和男主人私通，不构成通奸罪，不负法律责任。很讽刺的是，法律在这个问题上对婢女网开一面，并不是想要赋予她们更多自由，而是为了赋予男主人更多特权。明代法律不允许庶民拥有奴婢，清代法律混合了满洲奴隶制的传统，打破了明代法律的这一限制，清代奴婢制度远比明代发达，女奴婢的买卖在清代是基本没有法律风险的，很多旗人家庭都拥有大量女奴婢。清代法律又明确禁止将旗人卖为奴婢。所以，清代法律对家长随意侵犯女奴婢权力的默许，就带有一定民族压迫的色彩。

　　鲍二家的没有罪，在法律上她是无辜的，她是受害者。但她却承受了她的女主人暴风雨一样的羞辱和打骂，贾琏不敢保护她，平儿是个比她高级一些的奴才，为这事受了委屈也不敢去和贾琏、王熙凤争辩，也只有拿她出气。她不该到主人的家里来，但是主人叫她去了，她又怎么敢不去呢？王熙凤的生日这一天，是鲍二家的这个无辜的婢女短暂的生命中最黑暗的一天，她没有还一句嘴，更不敢还手，没人知道她什么时候出去的，又是如何在众人的侧目而视中回到自己家里去的，又能怎样面对自己的丈夫。她应该是在这一天就上吊自杀了，只是消息第二天才传到王

---

[1]《大清律·刑律·犯奸·奴及雇工人奸家长妻》条文下的官方注释。[清]沈之奇撰，怀效锋、李俊点校：《大清律辑注》，第926页。

熙凤那里。贾府里谁人不知王熙凤心狠手辣有仇必报，鲍二家的暴露了自己，她能不心惊胆战吗？王熙凤以后会放过她吗？整个贾府里的人都知道了贾琏和她的私通，她又能承受这样的耻辱吗？她的丈夫虽然胆小怕事，但是现在闹得满府风雨，贾母和其他所有的主子们都知道了，他们以后在这家里还能抬得起头吗？她没有别的选择，只有去死。

四、王熙凤的反诉

鲍二家的自杀的消息第二天传到了贾琏夫妇那里，贾琏和凤姐儿都吃了一惊。王熙凤生性胆大，很快就收住了害怕的样子，转为镇定，反喝道："死了罢了，有什么大惊小怪的！"过没一会儿，林之孝家的进来悄悄回凤姐道："鲍二媳妇吊死了，他娘家的亲戚要告呢。"在清代，只要不是因为公务行为导致的自杀都是人命案，导致他人自杀的人都可能犯了"威逼人致死"罪，可能承担刑事责任。鲍二家的自杀了，这就成了人命案，那到底是谁的责任呢？为什么不是鲍二去告而是她娘家的亲戚去告呢？

从唐到明，主人性侵家中婢女的行为，一直没有对应的法律条文，法律根本是不过问这类事情的。男主人性侵未婚婢女，古代的法学家们也从没有觉得这有什么不合理。所以在清代，贵族官僚和有特权的旗人把家中的婢女转为妾侍是很常见的现象，未婚的婢女基本就被视为预备的妾侍。《红楼梦》第六十五回写贾府的仆人兴儿和尤二姐、尤三姐闲聊，说道："我们家的规矩，凡爷们大了，未娶亲之先都先放两个人伏侍的。"贾府里服侍男主人的大丫鬟们会有两个被选为妾侍,这大约还是为了节制,长辈给成年的晚辈选定两个。从唐代到清代,一个有身份有地位的男人死去,他的所有儿子都能参加分配他的财产。"嫡庶子男,除有官荫袭先尽嫡长子孙。其分析家财田产,不问妻妾婢生,止以子数均分。"(《大清律例·户律·户役·卑幼私擅用财》)这个法律条款隐含的背景就是:男主人和婢女生育子女是理所当然的事。

但是对于男主人性侵已婚婢女是否应处罚,古代的法学家们对此是有争议的,有些法学家就觉得这类行为应该处罚。晚明的法学家雷梦麟认为:"盖家长之于奴及雇工人,本无伦理,徒以良贱尊卑相事。使若家长及家长之期亲以下,奸奴及雇工人之妻者,是尊者降而自卑,良者降而自贱,其辱身已甚矣。"[1]奴仆是贱民,雇工人不是贱民,但身份比贱民也只稍高了一点,他们也是为家长服役的。雷梦麟认为家长和奴仆、雇工人之间是没有伦理可言的,只有自由人之间才有伦理,才应该讲道德,主仆之间没有什么道德可讲,但是家长和家长的亲属性侵奴婢或雇工人的妻子,是降低了自己的人格,侮辱了自己的身份,所以这类行为也应该处罚。

古代中国律学家们的这类理论在现代的犯罪学看来是惊世骇俗的,按照雷梦麟的这种理论,家长性侵仆妇之所以应受惩罚并不是因为仆妇受到了侵害,而是因为他们自甘堕落污染了自己。换言之,在这种理论看来,只有和家长身份平等的女性才能成为

---

1 [明]雷梦麟撰,怀效锋、李俊点校:《读律琐言》,法律出版社2000年版,第452页。

这类男性性犯罪的被害人,仆妇因为身份低贱,丧失了在这类性犯罪中成为被害人的资格。家长性侵仆妇并不存在被害人,只是一种自损行为,他们之所以应受到处罚,不是因为他们侵害了别人,而是因为他们侮辱了自己,败坏了他们所属的等级。很显然,古代的法学家们从没有考虑要保护婢女本人的贞节,而只是考虑如何维护贵贱尊卑的等级秩序。

到了清代,雍正三年(1725)才颁布了一条例文,其中规定"若家长奸家下人有夫之妇者,笞四十;系官,交部议处"[1]。这似乎是采纳了法学家们的意见。那这条法律的目的主要不是为了保护已婚婢女的名节,而是为了缓和阶级矛盾,也维护主奴之间尊卑贵贱的法律秩序。学者赖惠敏在对清代司法档案的研究中发现,清代有很多男性奴婢多次逃亡,最后被处死刑,他们的口供中经常提到的逃亡原因就是妻女被主人侵犯,也有很多女奴婢逃亡是不堪忍受主人的性侵害。[2]雍正继位之后,一直很关注社会矛盾的缓和,也推出了一些带有人道色彩的法令。奴婢的逃亡一直是困扰清政府的严重社会问题,贵族官僚尤其是旗人贵族是需要大批奴婢为他们服务的。雍正朝出台的这条例文应该是为了缓和

---

1 雍正三年修律时加入这条例文。参见马建石、杨育棠主编:《大清律例通考校注》,第958页。
2 参见赖惠敏:《法律与社会:论清代的犯奸案》,载邱澎生、陈熙远编:《明清法律运作中的权力与文化》,广西师范大学出版社2017年版,第233、249页。清人萧奭《永宪录》载,雍正年间旗人家主为霸占奴仆妻女,经常横加罪名将奴仆送至刑部,刑部常不问原委将奴仆流放边地。"每月旗下以吃酒行凶送家奴者不一,而部内司官不加讯究,据来文发遣。……各旗狂幸之奴固多,其主行不端,每窥家人妻女,不便行私者,辄以吃酒行凶,远遣其夫,其妻女可踞为己有。其奴恐蹈不测,亦隐忍远去,如此者往往有之。"[清]萧奭《永宪录》卷二下,第137—138页。

主奴之间的矛盾，避免奴婢大量逃亡。[1]

贾琏和王熙凤听闻了鲍二家的之死讯，当时都吃了一惊。虽然贾琏是个官，但是和仆妇有染本来就是违法的，现在人都自杀了，事情可能更盖不住了。乾隆二十年（1755），河南地方一个叫杨有的人试图性侵其父的雇佣工人曹三之妻赤氏，致使赤氏羞愤自尽。此案经过多级审理，刑部最后判处杨有充军刑罚。此案判决被制定为一条例文，后被收入《大清律例》："家长之有服亲属，强奸奴仆、雇工人妻女未成，致令羞愤自尽者，杖一百，发近边充军。"[2] 此后，仆妇如果遭到了家中男主人们的侵犯，就可以选择自杀，以生命为代价来让加害人受到严厉的惩处。[3]

曹雪芹不是法学家，但从《红楼梦》中的很多细节都可以看出，他很了解雍正乾隆朝的一些重大法律变化。鲍二家的自杀这个故事就很清楚地说明了这一点。在清代社会，因为自杀大多都是人命案，会导致有人承担法律责任，有很多被欺凌的人选择自杀，固然是因为对痛苦的尘世不再有任何留恋，但也是一种寻求正义的手段，希望以自己的生命为代价来让欺凌自己的人受到法律的严惩。鲍二家的在经历了王熙凤暴风雨一般的打骂凌辱之

---

[1] 清朝初年旗下奴仆逃亡是严重的社会问题。顺治三年多尔衮给兵部的谕旨中提到："止此数月之间，逃人已几数万。"《清实录·世祖实录》卷二六，《清实录》第3册，第218页b。康熙二十八年（1689）四月十六日兵部督捕侍郎石柱题本："康熙二十七至二十八一年之间八旗逃走男妇子女共八千八百一十四名。"转引自定宜庄：《清代八旗驻防研究》，辽宁民族出版社2003年版，第130页。雍正六年六月十三日上谕："看来旗人之家仆逃亡者甚众。……现今旗下仆人，一年之内逃避者至于四五千人。"《世宗皇帝上谕八旗》卷六，《景印文渊阁四库全书》第413册，第185页b、186页b。
[2] 乾隆二十一年修律时加入这条例文。参见马建石、杨育棠主编：《大清律例通考校注》，第958—958页。另请参见［清］祝庆琪等编：《刑案汇览三编》，第三册，第2003—2004页。
[3] 参见胡祥雨：《清代法律的常规化：族群与等级》，第98—99页。

后，已经觉得生无可恋，但她的自杀，也是以死抗争的选择。

鲍二是贾府的奴仆，他如果到衙门去告自己的主人，即便所告的罪名属实，他也犯了干名犯义罪，是会得不偿失的。更何况他胆小怕事，根本不敢触怒主人。鲍二家的娘家亲戚不是贾府的奴仆，他们应该是良人身份，所以才没有顾忌。

在清代社会，按照法律，自杀是必须报官的，官府应该派人验尸调查死因，自杀是不能私自处理的。四川巴县保存的清代县衙门档案中详细记载了一宗自杀命案的调查程序。乾隆二十七年七月间，巴县县民伍大和外出买米回来，发现妻子还没有做饭，就骂了她几句，惠氏不服回骂，还打破了几个坛坛罐罐，伍大和气愤，就找来柴棍往惠氏的后颈处打了几下。次日，惠氏在正房旁边的空屋上吊身亡。伍大和立即通知了惠氏娘家的人，说是病故。娘家人来后发现情形不对，惠氏的弟弟惠先就报告了官府。县令马上派了仵作来验尸，勘验后结论是自杀，但死前曾被殴打，死者后颈另有一处伤痕。县令传讯了报案人惠先、死者丈夫伍大和、伍大和的房东和邻居以及乡约保长，这些人经讯问后都写下了结状，确认惠氏确实是自缢身死，签字画押。在确定死者是自杀而非他杀之后，县令依据雍正三年颁布的一条例文："妻与夫口角以致妻自缢，无伤痕者无庸议，若殴有重伤缢死者，其夫杖八十。"判决伍大和受杖刑八十。[1]

在清代社会，处理自杀是有一套完整的法律程序的，死者的家属一般都会报案。已婚女性的自杀，往往会引起娘家人和夫家

---

[1] 参见四川省档案馆编：《清代巴县档案整理初编·司法卷·乾隆朝（二）》，西南交通大学出版社2015年版，第2—15页。

的矛盾爆发,好好的人平白无故自杀了,娘家人首先就会怀疑她被夫家虐待了。鲍二应该给妻子的家人报了死讯,娘家人来了,他不得不如实陈述了原因。鲍二家的娘家人也是有血性的,他们的第一反应是要去报官。

林之孝家的来给王熙凤报告了,说鲍二家的亲戚要去告,她为了巴结主人,已经拿了主意:"我才和众人劝了他们,又威吓了一阵,又许了他几个钱,也就依了。"可是王熙凤是个一点不吃亏的主,她是什么反应呢?"我没一个钱!有钱也不给,只管叫他告去。也不许劝他,也不用震吓他,只管让他告去。告不成倒问他个'以尸讹诈'!"(第四十四回)她觉得她娘家势力大,好像衙门就是她们家开的,穷家小户去告也白告。

明清时候,因为人命案罪重,自杀也可能导致他人承担法律责任,常有刁民故意杀死他人伪造现场,或者找到无名死尸假扮亲属,或者唆使他人到富户或仇家自杀,以图让对方承担法律责任,或是拿钱出来息事宁人。这种行为在明清法律中称为"图赖","本与人无干,而图谋赖人,私下诈骗者谓之图赖"[1]。这就是王熙凤所说的"以尸讹诈"。"图赖"也是犯罪行为,是要受到严厉惩处的。王熙凤这意思就是说,你尽管去告,你告不赢,我要反告你们"图赖"之罪。别看王熙凤不识多少字没多少文化,她王家有人做大官,她对衙门里的事情都很清楚,鲍二家的就这样死了,她连拿钱打点都不愿意,反倒摆出了讼棍一样的架势,你们敢跟我打官司,我让你们吃不了兜着走。

---

[1]《大清律·刑律·人命·杀子孙及奴婢图赖人》正文下官方注释。[清]沈之奇撰,怀效锋、李俊点校:《大清律辑注》,第695页。

贾琏还是有些害怕，他的性子本来就温和，也比较胆小。他出去和林之孝家的商议了，给了二百两银子让鲍二家的安葬。他还是不放心，担心有变，就派人去找了王熙凤的叔父王子腾，叫来了几名衙门里的公差和仵作，让他们去帮着鲍二办丧事。鲍二家的亲戚见了这阵势，知道人家势力大，打官司很难打过他家，只得忍气吞声罢了。贾琏又给了鲍二一些银两，让他再去娶个媳妇，鲍二本来就胆小怕事，又得了主人的银子，丧事也办得很体面，很快就把这事忘了，照旧奉承贾琏。

贾府里又一桩致人自杀的人命重案就被这样拿钱私了了。一个女奴婢的死去，在这个等级森严的豪门，就像平静的湖面上泛起一个小小的涟漪，很快就无影无踪了。她的死去无足轻重，只为她的家人换来了一些善后的银两，她的家人还是有血性的，想要为她申冤，但是无力对抗官官相护的豪门。在中国古代的法律中，女性首先被视为丈夫的财产，仆妇贞节得到的法律保护在雍正朝、乾隆朝有了那样一点小小的改良，立法者考虑的是适度维护男性仆人的财产权，而不是她们自己的人格权。《红楼梦》展示了贵族家庭表面的歌舞升平和闲情逸致，但也无情揭露了这背后隐藏的种种罪恶和女性贱民们的斑斑血泪。

第七章

王熙凤管家
与清代的宗族治理

通部《红楼梦》，王熙凤是金陵十二钗中戏份最多的女性。第五回太虚幻境中演的《红楼梦曲》，留给王熙凤的是一首《聪明累》：

> 机关算尽太聪明，反算了卿卿性命。生前心已碎，死后性空灵。家富人宁，终有个家亡人散各奔腾。枉费了，意悬悬半世心；好一似，荡悠悠三更梦。忽喇喇似大厦倾，昏惨惨似灯将尽。呀！一场欢喜忽悲辛。叹人世，终难定！

这首曲何其警世，王熙凤生前不曾有半点性灵，只有死后，或可得到超度。《红楼梦》里有很多人命，其中不少是直接、间接和王熙凤相关的，贾瑞、张金哥和她的未婚夫、鲍二家的、尤二姐和她没有出世的孩子，还有一个从她手里侥幸逃生的张华（尤二姐的未婚夫）。她只是在荣国府当个管家，只是有做大官的叔叔和公公，就能葬送这么多人命，如果她命再好点进宫当了贵妃甚至皇后，不知道要有多少嫔妃和宫女死于非命，但最后一样难免"反算了卿卿性命"。王熙凤十分要强，人前人后都不愿意有半点示弱，一定要让自己彻底立于不败之地，对比自己更弱势的人毫无悲悯之心，她对自己的生命和环境毫无反思，只是冥顽不灵地朝向黑暗而去。

一直到第十五回以前，王熙凤还没有干过太出格的坏事，也就是对待贾瑞手段比较狠，不过贾瑞自己起坏心在先，王熙凤算计他也就是让他得点教训，应该没有存心要把贾瑞害死，贾瑞后来病死她也是没有想到的。直到馒头庵和老尼姑静虚相遇之前，王熙凤还真没干过什么太出格的坏事，善恶是非她还是能分辨的。奸猾的静虚用了激将法，挑动她去干涉张家的婚事。这激将法果然奏效，王熙凤最不能忍受别人怀疑她的能力，马上就来劲了，发狠说道："你是素日知道我的，从来不信什么是阴司地狱报应的，凭是什么事，我说要行就行。你叫他拿三千银子来，我就替他出这口气。"（第十五回）

王熙凤冒用了贾琏的名义，用贾府的人脉勾兑了一下，就收了三千两。贾府里除了她的心腹仆人，没人知道这件事。这钱来得这么容易，她一下子尝到了甜头，打那以后胆子就越来越大了，再有这样的事就来者不拒了。张金哥和她的未婚夫听到退婚的消息，双双自尽殉情，两个纯情的青年就这样被馒头庵里的罪恶吞噬了。王熙凤手上就这样又多了两条人命，从此她真的不再有任何顾忌，就像她自己说的，她不信什么阴司报应。

一、荣国府的授权管家

《红楼梦》第四十四回，鲍二家的羞忿自杀，贾琏害怕鲍二家的亲戚到官府去告，就拿钱私了了这事。王熙凤表示不愿意出钱了结此事："我没一个钱！有钱也不给，只管叫他告去。"她趁机哭了回穷，生怕贾琏知道她有多少私房钱。贾府里为什么让她管家，她做管家是否合乎当时的礼法呢？

《红楼梦》里宁国府的结构还算正常，荣国府的结构却是有些奇怪的。看上去，贾母似乎很不待见她的大儿子贾赦，和小儿子贾政一起住在荣国府的正房，贾赦虽然是嫡长子继承了爵位，却住在荣国府东边的偏房。贾府里的家内事务似乎也都是王夫人在掌管，贾赦的妻子邢夫人却不管什么事。最奇怪的，贾琏夫妇跑到叔叔贾政家里帮着管家，不怎么给贾赦管家。

其实，从传统中国的礼法来说，荣国府这样的结构并没有不合规矩之处。荣国府的家长是谁呢？女性一般是不能做家长的，法律上贾赦才是家长。但是贾母作为贾赦、贾政的母亲，作为荣国府辈分最高的女主人，具有很多法律赋予的权威。首先，按照清代的法律，"子孙违犯教令"或"不孝"都可能构成犯罪，贾母作为儿孙们的尊长，儿孙们如果不听话不尽孝道，她可以亲自执行家法处罚他们，还可以要求官府惩处他们。其次，尽管传统中国女性没有独立的财产所有权，但如果丈夫死亡，她们选择守节不改嫁（如果无子当选立嗣子），就有了继管亡夫全部家产的权力。[1]史学家邢铁先生指出，中国古代寡妇在法律上虽然不能成为家族财产的所有权人，但有继续管理全部家产的权利，还可以指定经营管理的人。[2]所以，荣国府家产的最高管理者是贾母，而不是贾赦或贾政。

荣国府里贾赦和贾政并没有分家，只是住在不同的院里。他们虽然住在各自独立的空间，也有墙分隔，但并没有把荣国府一分为二，荣国府的家产还是合族共管的。《大清律》规定："凡祖父母、父母在，子孙别立户籍，分异财产者，杖一百。……祖父母、父母在者，子孙不许分财异居。"（《大清律例·户律·户役·别籍异财》）只要尊长还在，子孙是不能要求分家单立户籍的，否则就是大不孝的行为，要受到法律的惩处。所以，只要贾母还在，贾赦、贾政是不敢提分家这件事的。贾母是第二代荣国公贾代善的遗孀，当然可以住在荣国府的正房。她年事已高，不可能亲自操持很多事务，她就选择让贾政夫妇掌管家务，也让贾政夫妇和她一起住在正房。选择家产管理人不同于爵位继承，并不一定要选择嫡长子，可以根据各人的情况和能力来选择。贾政为人比较正派，治家也很严谨，有他祖父的遗风，贾母信任他，就让他们夫妇来管家。贾政有官职，事务繁多，不可能太多操心家里的事，家务就主要由王夫人来处理。男主外，女主内，这样的分工也是很自然的。

---

1 "妇人夫亡，无子守志者，合承夫分，须凭族长择昭穆相当之人继嗣。其改嫁者，夫家财产及原有妆奁并听前夫之家为主。"《大清律例·户律·户役·立嫡子违法》。
2 参见邢铁：《家产继承史论》，第63—65页。

贾赦对于贾母这样的安排肯定是不太高兴的，因为管理家务的人一般在经济上都能得到更多好处。《红楼梦》第七十五回荣国府中秋家宴，贾赦就讲了一个笑话暗示贾母是个偏心的母亲。但是贾母这样的安排并没有不合礼法之处。荣国府还是合族公产的，田产、房产都是没有分割的。只要贾母在世，贾赦再不乐意，也不能提出分割家产。但他终究是嫡长子，是荣国公爵位的继承人，让他的弟弟来管理家务，他肯定是觉得不太服气的，所以就分房而居。

那为什么又让王熙凤来管家呢？王夫人也没有很多精力，又爱吃斋念佛，可能一直想找个能干的晚辈来帮她管这些事。那么王夫人的首选应该是谁呢？似乎应该是她的大儿媳妇李纨。

《红楼梦》第四十三回写王熙凤过生日贾母让众人凑份子，但特别照顾李纨，不让她出钱："你寡妇失业的，那里还拉你出这个钱。我替你出了罢。"这里说"寡妇失业"什么意思呢？是不是说李纨过去管家现在失业了呢？古代女性基本是不存在职业的，在家里操持家务不算什么职业。女性出嫁后生计要靠丈夫，所以这里说的"失业"不是现代意义的失去职业，而是说李纨死了丈夫失去了经济依靠。贾母也是寡妇，但她的儿子们都已长大成年还有了官职，她成了一个富贵闲人一样的大家长，可以代亡夫继管家产。李纨的孩子还很小，上有老下有小，尊长都在，也没有分家单过，没有什么经济来源，所以贾母就特别照顾她。贾母是个厚道人，假如真有李纨原来管家被王熙凤夺了权这回事，她不可能当面去提醒李纨这件事揭她的疮疤，更不可能当众公开李纨和王熙凤的矛盾。

《红楼梦》第四回交代，李纨的丈夫贾珠早亡，留下一个幼子贾兰，年方五岁，已入学读书。李纨出身书香门第，父亲李守中曾任国子监祭酒，这个官职相当于现代的国立大学校长。父亲认为"女子无才便有德"，从小不太让她多读书，只不过识了字，读了些《列女传》之类讲女德的书，只以学习家务事为主。"李纨虽青春丧偶，居家处膏粱锦绣之中，竟如槁木死灰一般，一概无见无闻，唯知侍亲养子，外则陪侍小姑等针黹诵读而已。"李纨生性就不好俗务，丈夫死后立志守节，不好和人交往。她这样的性格肯定是不适合管家的。脂评本《红楼梦》在此处有一句批语："一段叙出李纨，不犯熙凤。"[1]李纨很清楚自己的本分，她就负责孝敬老人、抚养孩子、陪伴小姑子们，绝不干涉王熙凤管理的事情。所以，李纨没有在荣国府管过家，一来她生性不爱俗务；二来她青年丧偶，正在守节，也不适合和太多的人交往；三来她的儿子贾兰是贾政的嫡长孙，还没有成年，贾政全家都对这个孩子寄予了厚望，希望将来他能成才考中科举，贾兰的教育是贾政这一房的大事，李纨职责重大，也没有太多时间精力去管琐碎的家事。

应该是在王熙凤嫁给贾琏以后，因为她表现出了一定的治家才能，王夫人又是她的姑妈，很信任她，再加上她很快就讨到了贾母的欢心，深得贾母的宠爱。所以王夫人在经过贾母的认可之后就让贾琏夫妇来总管荣国府的事务了。和贾政夫妇同样的道理，男主外，女主内，贾琏负责出去采购买办这些外事，荣国府

---

[1] 俞平伯辑：《脂砚斋红楼梦辑评》，第63页。

的家政内务就由王熙凤负责。贾母是荣国府家产的实际管理人，她因为年事已高授权王夫人代她管理，王夫人年轻时应该是管过一段的，王熙凤嫁到贾府以后，王夫人经过贾母的同意又授权王熙凤代她管理。王熙凤总管的是荣国府的所有家务，尤其是财务和人事，并不是替贾政管理他的小家。但是贾赦毕竟是贾府名义上的家长，出于对他的尊重，贾赦自己房里的很多事应该是由他和邢夫人做主的，王熙凤不会过多干涉。

史学家邢铁先生考证发现，中国古代很多大家族中，很多实际管理事务的女主人会把她自己娘家的人请来帮着料理家务，曲阜孔府都曾经出现过这样的事情，这是中国民间常有的习惯，并不存在不合礼法之处。[1] 皇家会有外戚干政，贵族官宦家也可能出现这种情形。女性信任自己娘家的人是很自然的事，如果她的娘家出身显赫，她要把娘家人拉到夫家来管一些事，夫家也是多少会给点面子的。王熙凤既是王夫人的娘家人，又亲上做亲嫁给了荣国府家长贾赦的长子贾琏。贾母接受她来管家，既可以平衡贾赦、贾政兄弟之间的关系，显得自己并不偏心，还可以巩固同王家的姻亲关系。

所以王熙凤在荣国府里管家并没有违背礼法之处，而是经过贾母的慎重考虑和授权的。也不存在李纨原来管家王熙凤来了就夺权的问题，王熙凤就是接替王夫人来管家的。她能来当这个管家，固然是因为她有相当的治理能力，但她的出身和婚姻也是重要的因素，从主观到客观，她都是一个合适的管家人选。

---

[1] 参见邢铁：《家产继承史论》，第70页。

传统中国世家大族之间经常世代联姻，形成所谓"世婚"，这样两家人几代下来以后，亲属关系就会变得很复杂也很有意思。贾府和王家关系很紧密，两家可能就存在"世婚"。王家的女儿嫁到贾府来的有王夫人、王熙凤，薛宝钗是王家的外孙女，后来也嫁给了宝玉。仔细读《红楼梦》，王家不仅和荣国府联姻，可能和宁国府也有联姻。

　　尤氏是贾珍的继室，不是他的原配妻子，她不是贾蓉的亲生母亲，但书里没有描写过贾蓉生母的事迹。《红楼梦》第十三回写秦可卿死后，尤氏称病不出，宁国府乱成了一锅粥。贾珍到荣国府请王熙凤到宁国府帮着管理家务，王夫人说她年轻没经验，不放心让她去。这时贾珍是怎么说的呢？贾珍笑道："从小儿大妹妹顽笑着就有杀伐决断，如今出了阁，又在那府里办事，越发历练老成了。我想了这几日，除了大妹妹再无人了。婶子不看侄儿、侄儿媳妇的分上，只看死了的分上罢！"看贾珍的意思，王熙凤小的时候他就认识，他很熟悉王熙凤的行事风格，说她从小就有杀伐决断。贾珍还请王夫人看在死了的分上答应他这事。这里这个"死了的"似乎不是指秦可卿，因为秦可卿是王夫人的晚辈，和王夫人关系也并不密切，贾珍为了秦可卿的丧事来求王夫人派王熙凤到宁国府去帮着管家，王夫人已经表示不太愿意了。所以"看在死了的分上"应该不是指看在秦可卿分上。那这个"死了的"到底是什么人呢？为什么贾珍对王熙凤小的时候的事那么了解呢？

　　《红楼梦》第六十八回写王熙凤因为贾蓉帮贾琏偷娶尤二姐，威胁到她的地位，到宁国府大闹，提到了贾蓉死去的母亲，她骂贾蓉："天雷劈脑子五鬼分尸的没良心的种子！不知天有多高，地有多厚，成日家调三窝四，干出这些没脸面没王法败家破业的营生。你死了的娘阴灵也不容你，祖宗也不容！"王熙凤为什么这时候说"你死了的娘阴灵也不容你""祖宗也不容"呢？贾蓉得罪了王熙凤和他死去的母亲有什么关系呢？和祖宗又有什么关系呢？

结合这些线索可以推断，贾蓉的生母和王熙凤可能是认识的，可能是一家的人，应该也是同辈分的人。贾蓉的生母可能是王熙凤的堂姐妹甚至亲姐妹，也是王家的人。王熙凤从小被当作男孩养，小的时候可能到宁国府来玩过，贾珍的原配是王家的女儿，应该也常去王家，所以贾珍才对王熙凤小的时候的情况很了解。贾珍的原配就是王家的人，也就是王夫人的侄女，所以贾珍才可以求王夫人"看在死了的分上"答应他的请求。

所以王熙凤在贾府真的可以说是八面玲珑，她跟贾赦、贾政、贾珍都有紧密的亲戚关系，她是贾赦的大儿媳妇、贾政的内侄女和侄媳、贾珍的堂弟媳妇，可能还曾经是贾珍的小姨子。要说管家的能力，李纨、尤氏都不见得比她差很多，但是说到背景她们就差得远了。王熙凤能成为荣国府的管家，就得益于她的家族善于联姻的苦心经营。

二、王熙凤的妇德

荣国府是个人多嘴杂是非特别多的地方，这里的奴才和下人们多半是势利眼，他们在主子面前貌似恭顺，背后却经常说长道短搬弄是非。王熙凤在这府里管家,而且管的是最要害的财务和人事,自己要是犯了很大的错,被人挑出大问题,她的地位也就不见得能稳固。

贾琏很害怕王熙凤,但心里却攒了一肚子怨气。第二十一回写贾琏背地里和平儿抱怨王熙凤:"你不用怕他,等我性子上来,把这醋罐打个稀烂,他才认得我呢!他防我象防贼的,只许他同男人说话,不许我和女人说话,我和女人略近些,他就疑惑,他不论小叔子侄儿,大的小的,说说笑笑,就不怕我吃醋了。"这时平儿却答他:"他醋你使得,你醋他使不得。他原行的正走的正,你行动便有个坏心,连我也不放心,别说他了。"

传统中国是绝对的男权社会,女性如果有生活作风方面的嫌疑,那是致命的品格问题。王夫人和贾母在这方面都是一点不含糊的,王夫人尤其见不得轻佻妖娆的年轻女性。平儿在这个问题上并不是偏心袒护王熙凤,她说的是实话,是她对自己的主人的真实判断。王熙凤自己的生活作风是没问题的,所以她才能防贼一样防着贾琏。

红学界有一桩公案,就是焦大醉酒后的怒骂骂的是谁,焦大揭穿了贾珍和秦可卿不名誉的关系,那"养小叔子"又骂的是谁呢?

有人说这骂的是贾蓉和王熙凤,因为王熙凤看上去和贾蓉很亲近,贾蓉经常去奉承讨好王熙凤,王熙凤和他说话很亲昵,有时候张口就骂,感觉和他很不见外,而且刘姥姥一进大观园的时候,贾蓉正好来了,王熙凤还表示过这会儿跟前有人说话不方便回头再说。这个猜测看来没什么根据,贾蓉不是王熙凤的小叔子，而是她的晚辈，王熙凤是他的婶母。传统中国的亲属关系计算是以父系为主，所以贾蓉才称呼王熙凤"婶娘"。另外，王熙凤同贾蓉的亲属关系可能更为紧密。贾蓉的生母可能是王熙凤的堂姐妹甚至亲姐妹，所以王熙凤很有可能还是他的亲姨妈，他们的关系非常紧密，但是利益的关系，不存在什么男女关系的嫌疑。

贾府里的男女关系非常混乱，上梁不正下梁歪，有贾珍、贾赦这样不知廉耻、好色淫乱的主子，整个贾府都是一片腐朽没落的气息。其实贾府只是传统中国贵族大家庭的一个缩影，从贾府能够透视这些大家庭里常见的罪恶。贾府里经常出现败坏伦常的事。传统中国无论男性女性，接触异性的机会都是很少的，他们最常接触的异性就是家族成员、亲戚和邻居。一夫一妻多妾制而且合族共居的家庭，从社会治理的角度来看本来就是违背人性的，也是很难管理的，难免是非很多。

《红楼梦》开篇不久，王熙凤和贾琏的族弟贾瑞就生出了一段是非。第十一回写，贾瑞是贾琏的堂弟，却试图调戏王熙凤，王熙凤是他的嫂子。贾瑞的祖父贾代儒和贾琏的祖父贾代善应是同胞兄弟，贾瑞是贾琏同四世祖的族弟，按照清代的丧服制度，贾瑞和贾琏相互应该穿缌麻丧服，没有出五服。按照传统中国的法律，贾瑞这样的想法如果得逞了，就犯了"亲属相奸"罪，而且情节很重。《大清律例》规定"奸（内、外）缌麻以上亲及缌麻以上亲之妻……各杖一百，徒三年。强者，（奸夫）斩（监候）。"（《大清律例·刑律·犯奸·亲属相奸》）

所以贾瑞真的是色胆包天，根本不知道尊重伦常。贾瑞起了歹心,王熙凤当时心里就很愤怒:"这才是知人知面不知心呢,那里有这样禽兽的人呢!"后来她回家告诉了平儿,平儿的反应也非常愤怒,说道:"没人伦的混帐东西,起这个念头,叫他不得好死!"(第十一回)王熙凤和平儿的反应都是良家妇女的正常反应,她们也都知道这是很离谱的坏事。从王熙凤骂贾瑞的话来看,她虽然常在男人堆里混,但是生活作风是没问题的。

王熙凤决心要收拾贾瑞,就设下了计谋狠狠收拾了他一顿。她假意骗贾瑞说要和他幽会。第一次晃荡了他一回,害他在穿堂里冻了一晚上。第二次又骗他上钩,结果派了贾蓉、贾蔷去当场把他抓个正着。贾蓉和贾蔷吓唬他说:"如今琏二婶已经告到太太跟前,说你无故调戏他。他暂用了个脱身计,哄你在这边等着,太太气死过去,因此叫我来拿你。刚才你又拦住他,没的说,跟我去见太太!"(第十二回)贾瑞这才清醒过来,意识到自己犯了大罪,便苦苦求两个侄子帮他开脱。于是贾蓉、贾蔷勒索了他五十两银子,逼他写了五十两的欠条,又把他领出去躲在一个台阶下面,说去给他望风看看有没有人,好让他从后门溜出去。贾瑞躲在那里一动不敢动,结果被人泼了一头屎尿,这时贾蔷才跑来赶他快走。贾瑞半夜才回到家中,又冷又脏又怕,没几天就病倒了。

贾瑞后来死得很惨,但其实很难说是被王熙凤害死的。王熙凤的本意是要教训他让他改过,并没有想要让他死。贾瑞起了这样的歹心,本来就是违反家规国法的,王熙凤作为管家,其实是可以执行家法给他些教训的,虽然手段有些毒辣,但是王熙凤并没有真去王夫人、贾母那里告状,已经给贾瑞留了余地了。

曹雪芹写贾瑞的死，寓意其实很深刻。贾瑞父母早亡，祖父贾代儒管教他非常严格，稍微犯点错就是一顿打骂。贾瑞是一个在青春期堕入了欲望陷阱的青年，并没有干过其他过分的坏事，他对祖父过于严厉的规训可能产生了逆反心理，也没有怎么见过外面的世界。他对王熙凤应该是动了真情的，后来他得到了跛足道人送给他的"风月宝鉴"帮他治病，他还是有些慧根的，想要解脱自己，可是他定力不够，拿了镜子看到背面的骷髅就吓得不敢再看了，就不停照正面，他沉没在欲望的陷阱里不能自拔，没过三天就死了。

《红楼梦》塑造了大观园这样清净无暇的乌托邦世界，但也毫不留情地揭示了现实世界的丑恶。贾瑞说到底还是有真情的，他不算贾府里非常污秽的形象，王熙凤派了贾蓉去收拾他，贾蓉其实要比贾瑞无耻得多。贾府里其他的男人，贾赦、贾珍、贾琏、贾蓉等人，还没有贾瑞那一点难得的灵性，他们都是一些徒有光鲜外表的行尸走肉。王熙凤能在这样一堆男人里边纵横捭阖治家执法，确实是难得的女中豪杰。可她最后还是没有落到好下场，因为她有贪财的致命弱点。

三、王熙凤的见识

王熙凤文化程度并不高，《红楼梦》里多次提到，她是不识什么字的。当然也不能说她是文盲，反正是认识字不多，更不会写什么字，她曾经请贾宝玉帮她写一个杂物清单（第二十八回）。吟诗作赋那就更不会了，大观园里众姐妹们开诗社，为了找她要钱请她做个监社。大雪天大家即景联句,她也来附庸风雅一起凑个热闹,打头来起第一句,可是肚子里实在没有什么墨水,就起了一句大白话"一夜北风紧"(第五十回)。书里交代过,她从小是当男孩一样养的,王熙凤是她的学名。可能她生性顽劣,不爱读书,也就没识多少字。传统中国一直提倡"女子无才便是德",女孩子念不念书家人本来就不太放在心上,她自己再不好好念,也就只有由她去了。

不过王熙凤生性聪颖,记忆力很好,智商也是超群的,尤其难得的是伶牙俐齿能说会道,贾母最爱听她说笑话。她的眼是很高的,贾府里做事的仆人,在她看来都是粗粗笨笨的,难得能入她的眼。《红楼梦》第二十七回,王熙凤要寻个丫头回她院里找平儿取件东西,可巧怡红院里的小丫鬟红玉(后改名小红)撞见了去办了这件差。红玉取了东西回来,给凤姐汇报了平儿代她办的事:

> (红玉道:)"平姐姐教我回奶奶:才旺儿进来讨奶奶的示下,好往那家子去。平姐姐就把那话按着奶奶的主意打发他去了。"凤姐笑道:"他怎么按我的主意打发去了?"红玉道:"平姐姐说:我们奶奶问这里奶奶好。原是我们二爷不在家,虽然迟了两天,只管请奶奶放心。等五奶奶好些,我们奶奶还会了五奶奶来瞧奶奶呢。五奶奶前儿打发了人来说,舅奶奶带了信来了,问奶奶好,还要和这里的姑奶奶寻两丸延年神验万全丹。若有了,奶奶打发人来,只管送在我们奶奶这里。明儿有人去,就顺路给那边舅奶奶带

去的。"

李纨这时正和王熙凤闲聊,听了红玉这番话,只听到一堆"奶奶",感觉一头雾水。这话听了让人觉得有点像绕口令。红玉转述的这番话,里边涉及到五个奶奶:"我们奶奶"是指王熙凤,那家的女主人是"这里奶奶",还有另外三个奶奶,五奶奶、舅奶奶和姑奶奶,除了王熙凤,那四个奶奶可能都是王熙凤娘家的亲戚。这番话也涉及到五件事:1.王熙凤问那家的女主人好,"我们奶奶问这里奶奶好";2.贾琏出去了不在家,所以王熙凤迟了两天派人去问候那家的女主人,"原是我们二爷不在家,虽然迟了两天,只管请奶奶放心";3.五奶奶生病了,等她好一点,王熙凤会和她一起去看那家的女主人,"等五奶奶好些,我们奶奶还会了五奶奶来瞧奶奶";4.五奶奶前几天打发人来和王熙凤说了,舅奶奶派人带了信来,问那家的女主人好,还要让姑奶奶帮找两颗延年神验万全丹,"五奶奶前儿打发了人来说,舅奶奶带了信来了,问奶奶好,还要和这里的姑奶奶寻两丸延年神验万全丹";5.如果药找到了,请那家的女主人派人送给王熙凤,王熙凤等有人顺路去时就给舅奶奶捎去,"若有了,奶奶打发人来,只管送在我们奶奶这里。明儿有人去,就顺路给那边舅奶奶带去的。"

红玉的这番交代得到了王熙凤的高度赞赏,凤姐对李纨笑道:"怨不得你不懂,这是四五门子的话呢。"说着又向红玉笑道:"好孩子,难为你说的齐全。别像他们扭扭捏捏的蚊子似的。嫂子不知道,如今除了我随手使的几个人之外,我就怕和人说话。他们必定把一句话拉长了作两三截儿,咬文咬字,拿着腔儿,哼哼唧唧的,急的我冒火,他们那里知道!先时我们平儿也是这么着,我就问着他:难道必定装蚊子哼哼就是美人了?说了几遭才好些儿了。"李宫裁笑道:"都像你泼皮破落户才好。"凤姐又道:"这一个丫头就好。方才两遭,说话虽不多,听那口声就简断。"

凤姐对红玉的赞赏是发自内心的,红玉也是伶牙俐齿能说会道,能把各种头绪复杂的事情分辨得井井有条,而且面面俱到。这也正是王熙凤管家最重要的才能,红玉就具有和王熙凤类似的才能。从凤姐对红玉的赞赏也能看出,她是能识人用人的,红玉不过是个低级的小丫鬟,在怡红院里端茶倒水做杂务,经常被大丫头们排挤,凤姐却并不介意她的身份低微,她看出了红玉的才干,很快就把红玉要去自己跟前使唤重用她。贾府的众多小姐中,探春是很有见识也想有一番作为的,凤姐也能看重她的才能,希望探春能帮着治理家族。第五十五回写凤姐生病了,王夫人让探春和李纨暂时替王熙凤管家,探春和赵姨娘因为赵国基死了该赏多少钱起了争议,探春坚持要按旧例办理,凤姐听平儿描述了探春的行事,也是大加赞赏,说道:"他虽是姑娘家,心里却事事明白,不过是言语谨慎;他又比我知书识字,更厉害一层了。"

在金陵十二钗的正册女性中,王熙凤的形象是比较复杂而多面的。她没读什么书,处事很世俗,没有什么高远的理想,但是她的才干和见识却是其他人没有的。王熙凤非常务实,她的职责就是治理家族,林黛玉薛宝钗固然风雅脱俗,可是她们的未来都要靠这个家族,家族如果衰败了,她们就没有资本再去风花雪月了。最难得的,王熙凤有清楚的自我认知,知道自己的弱点就是没什么文化,她能够识人用人,无论他们出身贵贱,真有实践才干的人她都是能欣赏也愿意重用的。虽然她对下人很严厉有时手段很毒辣,但是真遇到她能看得上的人,只要不威胁到她的切身利益,她是能容人也能用人的。作为一个治理者,王熙凤的气度和见识是难得的。

《红楼梦》第十三回,写贾珍请了王熙凤去协理宁国府,王熙凤过去宁国府坐镇,了解了下形势,很快就分析出了宁国府治理混乱的问题所在:"头一件是人口混杂,遗失东西;第二件,事无专责,临期推委;第三件,需用过费,滥支冒领;第四件,任无大小,苦乐不均;第五件,家人豪纵,有脸者不服钤束,无脸者不能上进。"脂评本《红楼梦》中,批书人在此处写了好长一段批语,感慨万千,觉得这五条不仅是家族治理的大弊病,也是国家治理的大弊病,"五件事若能如法整理得当,岂独家庭,国家天下治之不难"[1]。能把这些问题解决好,不仅能治理好大家族,也能治理好国家。这话可能并不夸张,儒家哲学讲究修身齐家治国平天下,治家的原理是和治国相仿的。

王熙凤在《红楼梦》中的形象代表了作者对国家治理的理想寄托,她的治理方式似乎是一种法家的方式。以宁国府治理的五大问题而论,简单地说就是公有财产人人都想揩油、权责分工不明确、开支花费没有预算和监督、用人不能因才分配、赏罚不能

---

[1] 俞平伯辑:《脂砚斋红楼梦辑评》,第174页。

公正严明。王熙凤新官上任三把火,很快就拿出了改革对策:首先是明确分工,每件东西都由专人负责管理。其次是落实权责,谁管的东西丢了谁负责赔。最后是严明纪律,赏罚到位。第二天清早点名有一个迟到的家人,可能是宁国府中的老仆,有些脸面,那人一再哀求,凤姐坚持不能放过,要不然以后没法管了,喝令"带出去,打二十板子!"(第十四回)还处罚革他一月银米。《红楼梦》中写王熙凤在宁国府执法这段,让人想起商鞅在秦国变法时立木取信的故事,要变法首先就要确立法律的权威,所以一定要赏罚到位。

王熙凤确实是有治理才干的,治理贾府也很有一套。但她对下人很严厉,很少慈悲怜悯之心,得罪了很多人,《红楼梦》第六十五回写贾琏的仆人兴儿跟尤二姐闲聊,兴儿对王熙凤的描述极其生动:"提起我们奶奶来,心里歹毒,口里尖快。……如今合家大小除了老太太、太太两个人,没有不恨他的,只不过面子情儿怕他。""嘴甜心苦,两面三刀;上头一脸笑,脚下使绊子;明是一盆火,暗是一把刀:都占全了。"看这说法,贾府里的下人都怕王熙凤,也都很恨她。

《论语》第十三篇中说:"苟正其身矣,于从政乎何有?不能正其身,如正人何?"(《论语·子路第十三》)这就是"欲正人先正己"这句俗话的由来。王熙凤虽然一心想要整顿家政挽救家族的衰亡,但她自己有致命的弱点,私心太重,贪财如命,而且为了捞钱不择手段。她这样的为人行事就很难得到下人的真心尊重。

四、王熙凤的高利贷

《红楼梦》第十五回写到,馒头庵的住持静虚给王熙凤当了启蒙老师,王熙凤在她的唆使之下,利用贾琏的名义给长安节度使云光打了招呼,干预了长安县守备和张财主家的退婚官司,就收了张家的三千两谢礼。这钱来得太容易了,她一下子尝到了甜头,以后再有这样的事就来者不拒了。按照大清律,王熙凤这样的行为属于教唆词讼,是清代一直大加打击的干扰诉讼行为,是要受到法律惩处的。但是她自恃娘家婆家势力大,没人敢到官府去告她,也就根本没有顾忌。鲍二家的自杀以后,鲍二家的亲戚表示要到官府去告,王熙凤又表示不愿拿钱打点他们,让他们去告,告不成她要反告他们"以尸讹诈"。王熙凤虽然不识多少字没多少文化,但是对这些衙门里的事却很清楚,她属于后天学习能力很强的人,而且是通过社会实践来学习。她家里有人做大官,可能经常有人为了官司来打点她家,她就学到了不少衙门里的门道,成了一个无师自通的讼棍。估计在张金哥的退婚官司之后,她没少弄过这样的事,也给自己捞了不少私房钱。

不过这些事,即便她不在荣国府里管家她也是敢弄的,她有做大官的公公和叔叔,老公也是不大不小一个官,日常迎来送往也没少认识各种做官的人,人脉资源很丰富,干预几起官司对她来说不算什么难事。她就算没做荣国府的管家,弄这些事也能给自己攒下不少私房钱。她做了荣国府的管家之后,又能给自己创造一些新的财源。

王熙凤总管荣国府的权限中最重要的是人事权和财政权,首先是人事权。什么差派什么人去干，什么位置空出来了该谁替补，她都是能话事的，一般情况下贾琏和王夫人也都不会否决她做的决定。她还是很有气度的，能识人用人，但是她眼太高了，能被她看上的没几个人，其他的人在她眼里都是庸碌之辈，那要派差给谁要把好位置给谁，她怎么决定呢？在这一点上她和古今的贪官没什么区别，看谁会奉承，看谁给她送过礼。

《红楼梦》第三十六回写金钏儿死后，王熙凤忽然发现有几家仆人经常来给她请安送东西。她还没搞明白这些人图什么，到了晚间就问平儿："这几家人不大管我的事，为什么忽然这么和我贴近？"平儿冷笑道："奶奶连这个都想不起来了？我猜他们的女儿都必是太太房里的丫头，如今太太房里有四个大的，一个月一两银子的分例，下剩的都是一个月几百钱。如今金钏儿死了，必定他们要弄这两银子的巧宗儿呢。"凤姐听了这话什么反应呢？她说："我看这些人也太不知足，钱也赚够了，苦事情又侵不着，弄个丫头搪塞着身子也就罢了，又还想这个。也罢了，他们几家的钱容易也不能花到我跟前，这是他们自寻的，送什么来，我就收什么，横竖我有主意。"原来这个位置该给谁她已经有主意了，这些人她很看不起，送也白送。她下了这个决心，就把这事拖着，要等这些人把东西送足了，再找机会禀报王夫人安排这个位置。

在这出闹剧中，双方的形象都很丑陋。可见荣国府里的奴仆们为了谋好差送礼是常态，也可见凤姐对送礼是来者不拒的。那凤姐到底想安排谁呢？书里没有明说，可能另有她中意的人选，至于这个人是谁为什么中她的意，应该也是会奉承或者比这些送礼的更有背景吧。那既然不想用这些人,还要拖着让他们把礼送足,这心态真是很不厚道,如果说送礼的是小人,王熙凤这样处理也显得心理很阴暗。用现在的话说,如果哪个贪官是这样的,这就很没底线,只拿人钱财不给人办事,受贿都不讲受贿的游戏规则。不过后来王夫人没有同意再在金钏儿这个位置上安排人,而是让金钏儿的妹妹玉钏儿吃了双份月钱。送的人都白送了,王熙凤想安排的人也没有安排上,但她还是赚的,因为收了几家人的好多礼物。

《红楼梦》第二十四回写到,贾琏的族侄贾芸见大观园建成后贾府里多了不少工程,就来求贾琏给他安排个差事。贾琏说刚有一件好差,王熙凤再三要求就安排给贾芹了,还承诺了等以后园里有栽种花木的工程出来就安排给贾芸。贾琏这话可能是推诿之词,他很怕王熙凤,很多事说了都不算,帮不上忙,但他透露了关键的信息,王熙凤说安排给谁就能安排给谁。贾芸是个明白人,很快就上道了,他想去给王熙凤送礼,就去找他的舅舅香料铺店主卜世仁,想赊些冰片麝香,卜世仁埋汰了他一通不愿意帮忙。贾芸的邻居倪二是个放高利贷的,人很仗义,听说了他的难处,就不要利钱借了他一些银子,让他去买礼物。贾芸买了可能价值八两银子的冰片麝香,去给王熙凤请安,他很会说话,编出一通理由说无意中得了冰片麝香:"若说送人,也没个人配使这些,……想来想去,只孝顺婶子一个人才合式,方不算遭塌这东西。"贾芸的行贿很成功,一来话说的人爱听,二来理由编得巧妙,看上去都不是行贿。王熙凤听了他的话很受用,贾芸第二天又去恳求,她就说看在你叔叔的分上就安排你去种树吧。这俩人都是超会说话的人，一个说自己不是行贿，一个说我照顾你也不是因为受贿，把行贿和受贿都弄得像艺术。贾府族人众多，旁支偏房的很多人家都已经没落了，有些甚至很穷困。贾芸家中并不宽裕，他看了亲舅舅的势利眼费了千辛万苦才借到了钱准备了合适的礼物，成功谋到了种树的差事，马上就领到了二百两银子。

贾芸种树的小插曲透露了很多信息，贾府里当差的人都是有好处可得的，好处应该还很大，要谋到这些差事是必须送礼的。这是很多年以来的陈规陋俗，不是轻易就能革除的。王熙凤在荣国府里总管，也是安于收受贿赂和陋规的。

除了受贿和收取陋规，王熙凤还有额外的生财之道。贾府里的人，上至各级主子，下至丫鬟小厮和家庙里的小和尚、小尼姑，都是要领月钱的，就是每个月的零花钱。贾母和王夫人每月二十两，李纨守寡得到特别照顾，本来应该是十两，贾母后来又给她涨到二十两，王熙凤是已婚主子，是每月四两，迎春、探春等未婚的姑娘是每月二两。荣国府的月钱是王熙凤负责发放的，可是她经常不按时发放。《红楼梦》里多次写到，王熙凤拖着发月钱的日子是因为她拿这些钱去放私债了。

《红楼梦》第十六回写到，凤姐的仆人旺儿媳妇来给王熙凤送利钱来，这时正好贾琏在家，平儿就编了个谎遮掩过去了。第三十九回写到，袭人问起怎么这个月的月钱连贾母和王夫人都还没有发，平儿就悄悄告诉了她原因："这个月的月钱，我们奶奶早已支了，放给人使呢。等别处的利钱收了来，凑齐了才放呢。因为是你，我才告诉你，你可不许告诉一个人去。"

原来王熙凤每个月都提前把荣国府里所有人的月钱支领了，

放贷放出去了,等着利钱收足了,她这才把钱收回来给大家发月钱。那她为什么要这样操作呢?

学者刘秋根指出,明清时候放高利贷的风气很盛,很多文武官员、宗室、外戚、勋臣、内臣等都从事此类经营。[1]清政府对放私债的利率一直有严格的法律规范,但还是不能刹住这股风气,很多放贷的人都想出了办法规避法律。《大清律例》中有一条罪名"违禁取利":

> 凡私放钱债及典当财物,每月取利,并不得过三分。年月虽多,不过一本一利。违者,笞四十。以余利计赃重(于笞四十)者,坐赃论。罪止杖一百。(《大清律例·户律·钱债·违禁取利》)

这条法律明确规定了放私债的利率上限,每月不能超过三分,如果是放债一百两,每月利钱不能超过三两。如果放债时间长了,利息的最高数额不能超过本金。违者笞刑四十。如果利滚利导致利息超过了本金,以坐赃(贪污)论处,最高刑罚杖一百。《大清律例》的官方注释解释了"一本一利":"如借银一两,按每月三分取利,积至三十三个月以外,则利钱已满一两,与本相当,是谓一本一利,虽年月之多,不得复照三分算利,即五年、十年,亦止还一本一利。"[2]每月收三分利息,收了三十三个

---

[1] 参见刘秋根:《明清高利贷资本》,社会科学文献出版社2000年版,第47页以下。
[2] 《大清律例·户律·钱债·违禁取利》条文下的官方注释。[清]沈之奇撰,怀效锋、李俊点校:《大清律辑注》,第365页。

月，利息就跟本金一样了，以后就不能再收利息了，再收就犯法了，哪怕放债放了五年十年，利息也不能超过本金。

这条法律的立法意图是好的，是为了限制放贷的人牟取暴利，规定似乎也很实在，但实际上很容易被规避。放贷的人可以到利息达到本金数额的时候就把本钱收回来，过段再放出去，这样就不能说他放的贷超过"一本一利"了。

《红楼梦》里多次提到王熙凤拖着不发月钱放贷的事，她应该是这样操作的：每个月提前把月钱都领出来放贷出去，等到利息收足了，她就收回来把月钱给大家发了。这应该就是为了规避"一本一利"的法律限制，这可能也是当时社会很多放私债的人的常用手法。《红楼梦》第三十九回写平儿跟袭人偷偷揭发过，王熙凤用众人的月钱和自己的私房钱一起去放债，每年的利钱是上千两银子。这些利息又都成了她的私房钱，下一次放的时候她的本金就增加了。

王熙凤每个月的正式收入就是四两银子，她和贾琏的小家庭每个月的正式收入就是一二十两银子，她曾经跟贾琏算过账，这些钱根本都不够用。教唆词讼的大钱她挣，一次就收三千两。放私债的利息她也挣，一年的利息是上千两银子。仆人晚辈们送礼的小钱她收，贾芸给她送了点香料也就值八两银子，她也很高兴地收了等着端午节时用，想谋金钏儿那个空缺的仆人们送的礼应该不会值太多钱，估计也就值几两银子，她也乐于收下还拖着不表态要让他们不停地送。确实，她的开销很多，有时候王夫人有事要用钱找她要她不能不出，贾琏需要用钱她也不能不出，大观园的众姊妹们要开诗社也来找她要钱，宫里的太监有时候也来打秋风一张口就要二百两。这些开销并不全是为了她私人的。她有她的难处,荣国府人口众多开支浩繁,不善经营,日渐入不敷出,她得想办法多攒点钱来应付各路人的需求,她是个极要强极要面子的人,绝不能让人小看她的能力。当然,也不能说她很高尚就没有私心,她就是生性贪财,不给自己多捞点是不可能的。

贾琏夫妇在荣国府里是晚辈,没有独立处置家产的权力,他们要从荣国府的公库里拿钱都需要贾母的同意。清代法律明确规定:"凡同居卑幼,不由尊长,私擅用本家财物者,十两笞二十,每十两加一等,罪止杖一百。"(《大清律例·户律·户役·卑幼私擅用财》)《红楼梦》第七十二回写到,鸳鸯到王熙凤屋里探望她的病情,正好遇到贾琏从外面回来。贾琏跟鸳鸯说了半天好话,央求鸳鸯从贾母那里弄些值钱东西周转一下:

> 这两日因老太太的千秋,所有的几千两银子都使了。……俗语说,"求人不如求己"。说不得,姐姐担个不是,暂且把老太太查不着的金银家伙偷着搬运出一箱子来,暂押千数两银子支腾过去。不上半年的光景,银子来了,我就赎了交还,断不能叫姐姐落不是。

鸳鸯是贾母最信任的管家丫鬟,她应该拿着贾府银库的钥匙。第七十二回这个细节透露出贾府财政的危机,贾母过了个生日,用了几千两银子,就没有钱周转了。用现在的话来说,贾府此时现金断流了。鸳鸯对贾母十分忠诚,她是不敢私自把财物拿给贾琏夫妇的。但她也很清楚贾府此时的财务状况,知道贾琏夫妇管家有很多难处。这样的话贾琏夫妇是不敢去跟贾母说的,只有和鸳鸯说。鸳鸯也会给贾母汇报真实情况,在征得贾母同意之后再处理。贾府上下都顾面子,不愿意公然讨论入不敷出的现实,只得用权宜之计凑合对付过去。

合族同居共产的大家族,表面上礼节周全一团和气,但各房的人都怀着自己的心事。因为尊长一旦不在就是要分家的,要各自回到自己的小家。《红楼梦》第六十二回写王夫人屋里丢了玫瑰露,贾宝玉和稀泥不想让人受责罚。王熙凤觉得不能宽纵下人,想要严刑拷打王夫人房里的丫鬟们。平儿劝她不要多事:"何苦来操这心!'得放手时须放手',什么大不了的事,乐得不施恩呢。依我说,纵在这屋里操上一百分的心,终久咱们是那边屋里去的。没的结些小人仇恨,使人含怨。"平儿把事情说得再清楚不过,王熙凤在荣国府管家是贾母授权的,贾母年事已高,总有一天要撒手西去,到那时贾赦、贾政自然要分家,王熙凤就要回到贾赦房里去,犯不着得罪王夫人房里的人。

贾府的现状和雍正初年财政改革前国家的现状是差不多的,公家财富日渐空虚,各级管事的却都中饱私囊。贾府官中的钱过了个生日就用得差不多了,那贾琏夫妇难道没有私房钱吗?八十回后的《红楼梦》不是曹雪芹所作,但书中最后交代的荣国府的财务状况应该是和原本一致的。荣国府因贾赦犯罪被抄家时,贾琏夫妇历年攒下的私房钱有七八万两银子,都被官府抄走了。荣国府的败落和一个国家陷入危机的道理是一样,各级管事的人都罔顾公益中饱私囊,贾琏夫妇是荣国府总管财务的,他们就是各级小贪污犯的榜样。抄家之时公差在贾琏夫妇房中抄出了两箱房地契和一箱借票,都是违禁取利的。王熙凤放的确实是高利贷,还收了不少房地产的抵押借贷。

清代用房产抵押来借贷是常见的借贷形式,康熙年间有一件抵押借据传世:

> 立借契人刁璋,今因手乏,指自己房一所,坐落猪市口南,坐西向东,借到佟名下本纹银二百两正,言定每月利银陆两正,当日说明在房租内按月取讨,如房租不到,借银人补还,恐后无凭,立借约存照。
>
> 中保人张髯公
> 康熙三十一年九月二十一日立
> 立借约人刁璋[1]

有的债务人可能没有太多偿还能力,会被逼着用房地契来抵押,最后实在还不上,房地产就归债主了。这是清代高利贷的一种常见形式。很多劣绅和大地主以此为手段不断兼并地产,债务人如果无力偿还,就会被逼迫交出地契形成绝卖(不能再赎回)。

康熙年间的权臣徐乾学在其家乡昆山一带强逼小民以地产抵押放债,兼并了很多土地。徐乾学致仕(退休)回乡后,两江总督傅腊塔于康熙三十年(1691)弹劾徐乾学纵容子侄放贷经商,欺凌人民。很多被逼丧失土地的债务人纷纷到总督衙门控告,其

---

[1] 北京市文物管理处藏借券,载中国人民大学清史研究所《〈红楼梦〉历史背景资料》编辑小组编:《〈红楼梦〉历史背景资料(之三)——清代前期的高利贷和典当业》,《北京师范大学学报(社会科学版)》1978年第6期,第68页。

中有一个种菜为生的八十岁老人秦旋被徐家逼得背井离乡：

> （秦）旋遭昆山县徐府豪奴徐仰田、徐吉甫奉刑部尚书主命，择四方殷实有美产者，即行揑放虎债，剥嚼小民。于康熙七年间，觑旋有肥田壹百伍拾柒亩，栖房贰拾贰间，揑米七十石，假旋代庖领放。旋欲不从，奈何虎威难拂，虑别生波，故权勉受，当年即还白米壹百石。李宁、金甫见证。旋谓七十石之米，而偿其一百，子母已全矣。何期恶心固险，俟至九年十一月十六日，蓦统多凶，驾舡到家，指少利米四十石，二载盘算，共计壹百陆拾石，擒身牢阱，非刑拷逼三昼夜。挽腹亲沈悦公等圈写命田栖房二契，准折共价银贰百零伍两，登时钉田封屋，立逐远迁。[1]

秦旋在康熙七年间被徐家豪奴逼迫，以田地房屋为抵押借贷七十石米。康熙九年，徐家用利滚利的方法算出秦旋还欠徐家一百六十石米，非刑拷打逼迫秦旋写下绝卖文契，折价二百零五两，霸占了秦家田地157亩和22间房，将秦旋全家赶出家门，逼迫其迁居他乡。

徐乾学是康熙初年亲信的宠臣，他和康熙的另一宠臣高士奇都广积财富，两家结为姻亲，互相勾结，权倾一时。时人有民谣说到这两个权贵的财势："五方宝物归东海（徐乾学号东海），万

---

[1] 康熙三十年八月初三日，《秦旋呈控徐乾学主使豪奴霸产掘坟状》，载故宫博物院明清档案部编：《清代档案史料丛编（第五辑）》，中华书局1980年版，第36—37页。

国金珠贡澹人（高士奇字澹人）。"[1]《红楼梦》开篇的护官符，和这民谣有些相似。王家、贾府的势力，也和这两家有些相似。王熙凤仗着娘家有权有势不怕打官司，放贷取利逼人以房产作抵押，到债务人无力偿还高息时，趁机侵占了不少房产。她从娘家带来的陪房旺儿夫妇就是她的帮凶，遇到这样的事需要出面去做狠人的时候，她不用自己出马，旺儿就能替她去恐吓债务人。

　　清代法律对于地主豪强用这类高利贷强占人房产是严禁的。"若豪势之人（于违约负债者）不告官司以私债强夺去人孳畜产业者，杖八十（无多取余利，听赠不追）。若估（所夺畜产之）价过本利者，计多余之物（罪有重于杖八十者），坐赃论（罪止杖一百，徒二年）。依（多余之）数追还（主）。"（《大清律例·户律·钱债·违禁取利》）但是法律对于王家、贾府这样的权贵似乎形同虚设，债务人如果不服到衙门去告，衙门是不敢去找贾府和王家讨说法的。王熙凤仗着王家的势力，到衙门打官司就跟到自己后院办事一样。她连杀人的事情都敢做，曾经派旺儿去想办法把尤二姐原配的未婚夫张华干掉，放点高利贷她有什么不敢的。要不是落到抄家，没人会和她理论这些事，贾府里很多人包括贾政也都不太知道，只是抄家才让她这桩事彻底暴露了。

　　王熙凤徒有一副好脑子和处理事务的才干，她生性贪婪，立身不正，虽然她在荣国府勤勤恳恳做了些修修补补的工作，但她

---

1 [清]赵慎畛：《榆巢杂识》上卷《讽士大夫》："康熙中，徐健庵兄弟显贵，声名赫奕，与高江村姻亲，情好最密。都中有'去了余秦桧来了徐严嵩，乾学似庞涓，是他大长兄'之谣。又有'五方宝物归东海，万国金珠贡澹人'之对。为言官指劾。"中华书局2001年版，第14页。

是没有能力挽救这个危亡中的家族的。她除了钱没有别的什么追求，遇到威胁她利益的人心狠手辣，杀人的事都敢干。吴宓先生认为贾府的覆败都是王熙凤一手造成的："《石头记》写黛宝之情缘，则亦写贾府之历史。贾府王熙凤桀骜自逞，喜功妄为，聚敛自肥，招尤致谤，群众离心，致贾府有查抄之祸。奸雄弄权，贻害国家，亦犹是也。"[1]在已经失传的八十回后原本中，王熙凤的结局具体是什么样的无从而知，但开篇的《红楼梦曲》中说她"机关算尽太聪明，反算了卿卿性命"，这意思大约是说王熙凤最后给自己惹来了祸事，送了自己的性命。她放高利贷强夺良民房产，触犯法律，这是贾府在逼死多条人命之外的另一桩重罪。贾府一旦失势，被夺去房产的债务人都会来申冤报仇。就像徐乾学致仕后被不断弹劾一样，在八十回后的原本中，最后王家和贾府都会因此受到惩处。

---

[1]《红楼梦》中王熙凤确实害了不少人命，吴宓从人道主义的关怀出发，对王熙凤极尽鞭挞，但贾府最后致祸的直接动因是贾珍、贾赦的胡作非为，王熙凤只是协同作恶，不能算作罪魁祸首。

第八章

探春治家
与贾府的陋规

《红楼梦》中最耀眼的三位女性，当属黛玉、宝钗和探春。探春是贾府庶出的女儿，但却赢得了嫡母王夫人的尊重，她的母亲出身低贱，她自己却成了贾府正经的主子阶层。她的天资虽不及黛玉和宝钗，但也十分聪颖。她自幼就好学深思，勤于读书，也勤于观察身边的人事和世界。她厌弃自己的出身，但又无法摆脱她的出身。她为命运对自己的不公而愤懑，决意要靠自己的才能闯出一片新天地。她在衰朽的贾府里没有施展才干改变现实的空间，经过一番努力碰了壁就自认失败了，最后去到了全新的世界。

从文化原型的视角去看，探春的形象是一个新贵族的隐喻。新贵族自有他们难以摒弃的局限，他们总是十分急切地想要摆脱自己并不高贵的过去，但也正是这种急切，能够成就他们的刚健意志和冲创活力。如果说钗与黛的差异就是茧与蝶的差异，探春则是破茧将出的蝶，正在苦痛中寻找飞行的方向。

　　贾府里有治家才能的女性很多，王熙凤徒有一副好脑子和精明的才干，她生性贪婪，立身不正，虽然她在荣国府勤勤恳恳做了些修修补补的工作，但她是没有能力挽救这个危亡中的家族的。贾府里的女性还有很多能干而且行事正派的人，只是她们都没有像王熙凤这样高调张扬。《红楼梦》第五十回往后，贾府的管理日渐混乱，财政越来越困难，王熙凤也感到自己心力不足，希望推出新的管理者来做些改革。荣国府选择了探春来整顿家政，她又能不能拯救贾府的衰朽和窳败呢？

一、好学的探春

　　在贾府众多未出嫁的小姐中，贾母最疼爱的是她的外孙女林黛玉，其次就数她的亲孙女探春了。《红楼梦》第四十回写刘姥姥二进大观园时，贾母很高兴有这么个老亲戚来走动，带着王夫人、王熙凤、李纨和众姊妹一起，领刘姥姥在大观园里四处参观。一时要坐船了，凤姐忙问王夫人早饭在哪里摆。王夫人道："问老太太在那里，就在那里罢了。"贾母听说，便回头说："你三妹妹那里就好。你就带了人摆去，我们从这里坐了舡去。"凤姐便带人去探春居住的秋爽斋摆了早饭，贾母和众人下船来吃。吃完了早饭，贾母就带着众人往探春卧室中去说闲话。

　　可见贾母很信任探春，去她那里觉得很自在。迎春生性木讷，不爱说话不爱表达，惜春一心沉迷于修道，别的事情都是不太管的。贾府的三个小姐里边，探春是情商比较高的，会说话但也不过分表达，善于察言观色懂得体贴长辈，性格也比较直爽，最难得的，有担当，家里有什么事，愿意替长辈分担。这样的孩子自然是更讨长辈喜欢的。贾母是个通脱开明的老人，爱热闹，性子也比较直，探春这样的性格也更对老太太的胃口。

　　探春是贾政庶出的女儿，她的母亲赵姨娘和贾政的正妻王夫人关系很紧张，和王熙凤也很不对路，还想办法用巫术诅咒过王熙凤。有意思的是，探春和王夫人、王熙凤关系都比较融洽，王熙凤曾经多次表达过对探春的欣赏，称赞她读过书有学问，比自己更有见识。第五十五回写李纨、探春在凤姐病中暂代管家，赵姨娘不明事理，因为自己弟弟赵国基的丧事和探春起了争执，探春顶住了压力坚持照贾府的旧例办理，平儿回去给王熙凤说了详情，王熙凤笑道："好，好，好，好个三姑娘！我说他不错。只可惜他命薄，没托生在太太肚里。"

　　可见王熙凤并不因为和赵姨娘关系不好就把探春当外人，那探春不管怎么着都是个未出嫁的姑娘，怎么贾府里会让她代行管家之权呢？

　　传统中国女性一直是地位很低的，女儿都被视为迟早是要嫁出去的，要成别家的人，所以即便在她们未出嫁时，也不被视为完全意义的家族成员。《红楼梦》第五十三回写贾府庆元宵祭祀宗祠，哪些人参与祭祀呢？宁荣二府的男性家族成员和他们的正妻，其他家里的女人，包括妾、未出嫁的小姐们都是不能参与祭祀的，她们也不被视为家族的正式成员，如果修族谱，她们不会被列入。

清代旗人家庭中未出嫁的小姐称为"姑奶奶",她们在家中的地位要比汉族人略高,旗人看待姑奶奶是很尊贵的。[1]《红楼梦》中贾府举行家宴时,未出嫁的小姐们都是和贾母一起坐着吃饭,王夫人、李纨和凤姐却要站着服侍。旗人贵族的这种治家方式主要是为了让女儿在未出嫁时得到更好的教养,养成千金之体,帮助她们将来能嫁到好人家,到了夫家也能更好地应对大家族的礼仪规矩。满族文化有母权社会的遗迹,女性的自由度要比汉族妇女更高一些。但后来满族人入关统治了中原,很快就接受了汉族文化中的父权宗法制,未出嫁的女儿也不被视为完全意义的家族正式成员,女儿不管怎么样都是要出嫁的,要去做别家的媳妇。

　　也许正是因为这种治家方式的细腻的差异,同是贵族大家庭,旗人女性在家族中的地位要比汉人家族略高一些,自由度也略大一些。一个未出嫁的姑娘被委派出来抛头露面管理家务,在一个汉人大家族里边可能很难想象,出现在旗人大家族里边却是可以想象的。

　　《红楼梦》没有明确指明贾史王薛四大家族是旗人还是汉人,但书中开篇不久就提到贾府出了一个贵妃元春,也提到薛宝钗进京待选秀女,这都用隐晦的笔法指明了贾府是旗人贵族家庭,薛家也是旗人身份。在清代,只有旗女必须在年满十三岁时参加嫔妃和宫女的选秀。

---

[1] "旗俗,家庭之间,礼节最繁重,而未字之小姑,其尊亚于姑,宴居会食,翁姑上坐,小姑侧坐,媳妇则侍立于旁,进盘匜、奉巾栉惟谨,如仆媪焉。……小姑之在家庭,虽其父母兄嫂,亦皆尊称之为姑奶奶。因此之故,而所谓姑奶奶者,颇得不规则之自由。"[清]徐珂:《清稗类钞》第五册,《风俗类·旗俗重小姑》,第2212页。

在黛玉、宝钗来到贾府以前，探春是贾府的小姐中才华最出众的。《红楼梦》第十八回写元妃回家省亲时，命众姐妹作诗同贺。"迎、探、惜三人之中，要算探春又出于姊妹之上，然自忖亦难与薛林争衡，只得勉强随众塞责而已。"这短短几句话，就交代出了探春的完整形象。林黛玉、薛宝钗是大观园群芳中天资超群的人，她们的才情是平常人后天努力也无法匹及的。探春的天资大约是常人中上等的，但她的成才是自己从小努力的结果，最难得的，她对自我的认知很清楚，她知道自己的文学才华是无法与黛玉、宝钗相比的，也就不去和她们作什么竞争。

其实这世上多有不自量力的人，他们既没有对自我的正确认知，也没有对他人的正确认知。探春的母亲赵姨娘似乎就是一个不自量力的人，可赵姨娘偏偏生出了探春这样很有自知之明的女儿。这样的差异不是基因能够充分解释的。赵姨娘没有她的女儿那么幸运，她没受什么教育，可能是贾府的家生奴仆，一直地位低下被人轻贱，她的心态失衡是必然的结果。但她的智商是不差的，否则不可能在贾府这个错综复杂的大家庭里为自己争得妾侍的地位，也为自己的一双儿女争来了主子的地位，让他们可以接受好的教育。

《红楼梦》开篇黛玉进贾府时，迎春、探春、惜春和黛玉初次会面，其中描写探春"削肩细腰，长挑身材，鸭蛋脸面，俊眼修眉，顾盼神飞，文彩精华，见之忘俗"（第三回）。这里用的评语是"文采精华，见之忘俗"。可见探春幼年时就酷爱读书，修炼自己的气质。第四十回写贾母带着众人来到探春居住的秋爽斋，这里的布局也体现出探春好学的特点："探春素喜阔朗，这三间屋子并不曾隔断。当地放着一张花梨大理石大案,案上磊着各种名人法帖,并数十方宝砚,各色笔筒,笔海内插的笔如树林一般。"

古人的俗语说"女子无才便是德",社会观念并不推崇对女性的教育。王熙凤小时候进过学,还起了学名,可她自己不爱读书,家人也就随她去了。李纨的父亲是很有学问的,但是觉得女孩子不要念太多书,就教她识字,只读了些《列女传》之类讲女德的书。相比之下,王家是放任自流,李家是刻意压抑。那贾府对女性的教育是什么态度呢?《红楼梦》第三回写黛玉初进贾府,"贾母因问黛玉念何书。黛玉道:'只刚念了《四书》'。黛玉又问姊妹们读何书。贾母道:'读的是什么书,不过是认得两个字,不是睁眼的瞎子罢了!'"贾母这话是自谦的话,但也说明贾家在女性教育这个问题上态度是和世俗一致的,女孩子能识字粗通文墨就好了,不要读太多书,但也不像李家那样刻意压抑。探春在这样的家庭环境中长大,从小就刻意求学,她大约从她的亲生母亲身上感受到了没文化的劣势,她要克服母亲可能带给她的先天的弱点,就在读书上狠下功夫。

二、探春和她的两个母亲

《红楼梦》第三回,黛玉去见贾政,贾政正好这一天出去斋戒了,王夫人叮嘱她:"你三个姊妹倒都极好,以后一处念书认字学针线,或是偶一顽笑,都有尽让的。"《红楼梦》里没有明确交代过探春是由谁抚养的。但从开篇的描写中可以推断,贾母和王夫人都很重视未出嫁小姐们的教养,惜春是宁国府里的人,也被接到了荣国府由贾母教养。迎春、探春和惜春应该是自幼就被贾母特别关照,由总管荣国府的王夫人统一负责管教,包括让她们识字念书,学习女孩子应该会的针线活儿。王夫人也是很称职的,这几个孩子从小由她管教,应该也和她培养出了一定的感情。

所以探春自幼应该不是由赵姨娘抚养的,一来赵姨娘没有条件和能力给她很好的教育,二来赵姨娘也更看重探春的弟弟贾环,她这个儿子的前途关系到她在贾府的地位和晚年的生计,探春却是迟早要嫁到别人家去的。王夫人和赵姨娘的关系很糟,为什么却愿意教育赵姨娘的女儿呢?其实也是同样的道理,贾环可能威胁到贾宝玉在家族中的地位,探春是个姑娘迟早是要嫁出去的,和王夫人母子没有什么利益冲突。

王夫人受贾母委托负责教养照管迎春、探春、惜春这三个姑奶奶,她们都不是王夫人的亲生女儿,也许她看待她们不会特别偏向谁,但她对这件事是尽了责的。《红楼梦》第七十四回写大观园里出现了绣春囊,王夫人问罪于王熙凤,王熙凤趁机进言丫鬟们人太多难管理,不守规矩的难免以后生事,不如借这个机会整顿一番,裁革一批人节省开支。王夫人听了有些伤感,说道:

> 你说的何尝不是,但从公细想,你这几个姊妹也甚可怜了。也不用远比,只说如今你林妹妹的母亲,未出阁时,是何等的娇生惯养,是何等的金尊玉贵,那才象个千金小姐的体统。如今这几个姊妹,不过比人家的丫头略强些罢

了。通共每人只有两三个丫头象个人样，余者纵有四五个小丫头子，竟是庙里的小鬼。如今还要裁革了去，不但于我心不忍，只怕老太太未必就依。虽然艰难，难不至此。我虽没受过大荣华富贵，比你们是强的。如今我宁可省些，别委曲了他们。以后要省俭先从我来倒使的。

王夫人作为探春的嫡母，是尽了养育之责的，虽然她没有表示对探春的特别偏爱，但探春是怀有感激之情的。她从小没有吃过什么苦也没有被亏待，也不能理解她的母亲是在恶劣的环境中养成了不良的心态，等她长大一点了明白事理了，看到母亲对王夫人满心怨恨，也许她就会认为她的母亲总是无理取闹，在心理上更偏向她的嫡母王夫人。

《红楼梦》第五十五回写，探春在处理赵国基的丧事时和赵姨娘起了争执，最后闹到非常不堪，探春表示赵国基不是她的舅舅，"谁是我舅舅？我舅舅年下才升了九省检点，那里又跑出一个舅舅来？"探春这样的表态在现代人看来不近情理，但其实合于传统中国的礼法。瞿同祖先生在《中国法律与中国社会》中详细概括了传统中国妻与妾的差别，妾不被视为丈夫的配偶，不算丈夫家族的成员，她和丈夫的亲属之间不发生亲属关系，她和他们之间相互没有亲属的称谓，有丧事时也没有亲属的服制。她娘家的亲属不被视为丈夫的姻亲，他们之间也根本不成立亲戚关系。[1] 所以，按照传统中国的礼法，贾政正妻王夫人的哥哥王子腾

---

1 参见瞿同祖：《中国法律与中国社会》，第156—158页。

才是贾政子女们名正言顺的舅舅。

探春应该是一个从小就很敏感的孩子,她的母亲满怀怨毒,没事就向她和她弟弟倒一堆苦水,她从小就知道母亲和嫡母王夫人处得非常糟,也要努力在这个失衡的关系中寻找一个平衡的支点。王夫人对探春是尽了养育之责的,即便王夫人对探春的养育只是公事公办的态度,没有付出什么特别的感情,只是按照贾母的指示也根据贾府的财力制度化地处理,但只要她没有因为赵姨娘的缘故特别歧视探春,她都算是一个很不错的嫡母了,探春也没有理由不感激她。

探春慢慢长大了,在感情上越来越偏向自己的嫡母,想到自己的出身就会特别伤心。传统中国的女性,只有嫁人一条出路,而庶出的女儿,在订立婚约时是可能遭遇歧视的。《大清律》规定:"凡男女定婚之初,若(或)有残(废或)疾(病)、老幼、庶出、过房(同宗)、乞养(异姓)者,务要两家明白通知,各从所愿,(不愿即止,愿者同媒妁)写立婚书。"(《大清律例·户律·婚姻·男女婚姻》)庶出的子女在他们的家族中地位是远不如嫡出的,别的家族要和他们联姻必然要考虑这一点。探春如果是嫡出,王子腾就是她亲生的舅舅,她嫁到谁家,王子腾也就成了这家人的姻亲。但她是庶出,王子腾和她没有血缘关系,只有舅舅的名分,真遇到什么事也不见得尽力帮忙,那就未必能给她的夫家增加势力了。

《红楼梦》里第五十五回写王熙凤觉得探春很有才干见识,禁不住向平儿惋惜了她的出身:"你那里知道,虽然庶出一样,女儿却比不得男人,将来攀亲时,如今有一种轻狂人,先要打听姑娘是正出是庶出,多有为庶出不要的。"所以王熙凤才惋惜"只可惜他命薄,没托生在太太肚里"。探春的内心应该有和王熙凤一样的对自己出身的惋惜,她怎样来到这世间不能由她选择,她觉得这世界对她特别的不公。

探春的心理偏向不是世俗意义的攀高枝,而是她的成长和教育历程让她无法理解她的亲生母亲赵姨娘的艰辛,也对她的嫡母王夫人有更多感情。她是一个很懂事的孩子,从小就看到家族中各种复杂的纷争,她想要一个更和睦的家族。

第二十七回,探春向宝玉诉苦,她给宝玉做了双鞋,她的母亲就抱怨她不给自己的亲兄弟贾环做,探春评论她的母亲见识"阴微鄙贱","他只管这么想,我只管认得老爷、太太两个人","论理我不该说他,但忒昏愦的不象了"。"阴微鄙贱",这是一个女儿对自己母亲的评价,大概就是说阴险、琐碎、粗俗、下贱。探春觉得自己的亲生母亲见识"阴微鄙贱",总是在无理取闹,怨愤自己为什么要托生为她的女儿。而嫡母王夫人对自己并无偏见,想到这些她就满怀感激之情。

《红楼梦》第四十六回写贾赦想要强娶鸳鸯为妾,鸳鸯宁死不从,向贾母表明了自己的心迹,拿出了剪子就铰自己的头发,众人急忙拉住了。贾母听了,气得浑身乱战,口内只说:"我通共剩了这么一个可靠的人,他们还要来算计!"因见王夫人在旁,便向王夫人道:"你们原来都是哄我的!外头孝敬,暗地里盘算我。有好东西也来要,有好人也要,剩了这么个毛丫头,见我待他好了,你们自然气不过,弄开了他,好摆弄我!"王夫人忙站起来,不敢还一言。薛姨妈见连王夫人也被怪上,反不好劝的了。李纨一听见鸳鸯的话,早带了姊妹们出去。

为什么贾母这时向王夫人发怒呢?这事和王夫人又有什么关系呢?传统中国的大家族中,婆婆对儿媳妇是有绝对的权威的,俗语说的"多年的媳妇熬成婆"是什么意思呢?意思就是你得熬到自己没有婆婆了才算是出头了。贾母是贾府中辈分最高的家长,按照清代的法律,子孙如果对她违犯教令或不孝,她都是有权执行家法惩处他们的。贾政管教宝玉如果把他打死了,法律上都不用负什么责任。同样的道理,贾母如果管教贾政贾赦夫妇,把他们打死了也不用负什么责任,如果自己不愿意下手,还可以要求官府惩处。贾母不是一个作威作福的家长,对儿孙们还是很慈爱的,但是贾赦这次的行为太过分了,她感到自己的权威受到了严重冒犯,她就发威了。为什么她对王夫人发脾气呢?此时在她跟前服侍的人,和贾赦同辈的只有王夫人。所以贾母不是老糊涂了乱发脾气,她是出于本能地显示自己的权威。

王夫人虽然心里委屈,但也不敢申辩。薛姨妈是她的妹妹,这时要避嫌也不合适说什么。探春和众姊妹们在窗外看着,她是个很有心的孩子,也比其他姐妹更大胆直爽。书中写道:

(探春)想王夫人虽有委曲(屈),如何敢辩;薛姨妈也是亲姊妹,自然也不好辩的;宝钗也不便为姨母辩;李纨、凤姐、宝玉一概不敢辩;这正用着女孩儿之时,迎春老实,惜春小,因此窗外听了一听,便走进来陪笑向贾母道:"这事与太太什么相干?老太太想一想,也有大伯子要收屋里的人,小婶子如何知道?便知道,也推不知道。(第

四十六回）

探春的话说得入情入理，而且她不是王夫人的亲生女儿，说这话也显得客观公道。贾母本来就不是不讲道理的人，自己一时气头上发了脾气，可能也正想要怎么找个台阶让王夫人下，没想到探春这么懂事，这么快就出来解围了。所以探春的话还没说完，贾母就回过神来了。

贾母笑道："可是我老糊涂了！姨太太别笑话我。你这个姐姐他极孝顺我，不象我那大太太一味怕老爷，婆婆跟前不过应景儿。可是委屈了他。"薛姨妈只答应"是"，又说："老太太偏心，多疼小儿子媳妇，也是有的。"贾母道："不偏心！"因又说道："宝玉，我错怪了你娘，你怎么也不提我，看着你娘受委屈？"宝玉笑道："我偏着娘说大爷大娘不成？通共一个不是，我娘在这里不认，却推谁去？我倒要认是我的不是，老太太又不信。"

贾母又让宝玉代自己去给王夫人赔不是，尴尬的局面很快就化解了。此时王夫人心里会怎么想呢？可能在这之前她并没有特别关注探春，这回看到这孩子这么懂事，她会觉得这孩子还真是没有白养，虽不是我亲生的，这时倒比我亲生的还管用。探春在她的生活中刻意想要培养嫡母对她的感情，应该不止这一件事，但这是很关键的一件事，此后王夫人就对她另眼相看了。王夫人会觉得这孩子有心、懂事、会说话而且有胆识有担当，是个能做事的人。

所以到了王熙凤生病时，本来论理应该李纨暂代管理，但王夫人考虑到探春的才干和对自己的忠心，就决定给探春一个机会让她一起帮着管理。探春不是她亲生的孩子，王夫人选择她也没有任人唯亲的顾虑，还正显出自己的公道，何乐而不为呢？探春就这样登上了贾府治家的前台。

三、探春的改革

贾府是一个四世同堂、合族共居的大家族，俨然就是一个小社会。照《红楼梦》里写的，光荣国府就有上千人口。第六回写道："按荣府中一宅人合算起来，人口虽不多，从上至下也有三四百丁。"丁指的是男丁，加上妇女儿童，数字就差不多上千了。第五十二回写麝月和坠儿之母争吵时说道："家里上千的人，你也跑来，我也跑来，我们认人问姓，还认不清呢！"这些还只是荣国府本府的人口，如果加上田庄上的庄头、庄丁和妇女儿童，人数就更多了。一个上千人的单位搁到现在都是一个中等规模的单位，如果要管理好，至少得需要二三十个处长好几十个科长。荣国府里各级的管家执事，恐怕也有上百个。他们的直接领导是王熙凤，名义上的领导则是贾政夫妇和贾母。

满族人在入关之前就有奴隶制传统，经常将战俘和破产平民变为奴隶，入关后仍然在一定程度上保留这种传统，旗人贵族家庭豢养大批奴仆是当时的常态。顾炎武在《日知录》中记载，苏州的官宦人家蓄奴有至一二千人的。[1] 雍正年间查抄了很多官员的家，奴婢没官，其中曹頫114口，李煦家220余口，年羹尧在京奴婢225名。[2] 所以《红楼梦》中写荣国府有四百男丁上千人口，这就是当时一个公侯之家的正常规模。

这么大一家子人，少数人是主子，多数人是奴才，奴才还分三六九等，奴才们能认得主子，主子却不见得能认得所有的奴才，奴才们相互之间也不可能都认识。合族公产，分房而居，大事有宗祠、家庙、家班和义学，日常用度有银库、账房、库房和厨房，外有庄田，内有花园。这家里的管理跟国家的管理差不多，也得有类似吏部户部礼部工部这样的分工和职能部门。做总管的人，首先要会理财，其次要有威望，能识人用人，还得懂礼仪应对人情世故，贾府里还真没有太多这样的人才。探春自幼就酷爱读书，志存高远，有见识有担当，王夫人和凤姐能放心让她来帮着管家，绝不是偶然的。

《红楼梦》第十三回写王熙凤协理宁国府，她管理多年很有

---

[1] "今日江南士大夫多有此风，一登仕籍，此辈竟来门下，谓之投靠，多者亦至千人。……人奴之多，吴中为甚，（史言吕不韦家僮万人，嫪毐家僮数千人。）今吴中仕宦之家有至一二千人者。"《日知录》卷十三《奴仆》。
[2]《江宁织造隋赫德奏细查曹頫房地产及家人情形折》："细查其房屋并家人住房十三处，共计四百八十三间，地八处，共十九万顷零六十七亩。家人大小男女共一百十四口。"故宫博物院明清档案部编：《关于江宁织造曹家档案史料》，中华书局1975年版，第187页。雍正二年十月《内务府总管允禄等奏李煦家人拟交崇文门监督变价折》："准总督查弼纳来文称，李煦家属及其家仆钱仲璇等男女并男童幼女共二百余名口，在苏州变卖，迄今将及一年，南省人民均知为旗人，无人敢买。……当经臣衙门查明，在途中病故男子一、妇人一、及幼女一不计外，现送到人数共二百二十七名口，其中李煦之妇孀十口，除交给李煦外，计仆人二百十七名，均交崇文门监督五十一等变价。"《关于江宁织造曹家档案史料》附录，第208页。"上以年羹尧在京房屋一所。奴婢二百二十五口并金银绫绮首饰衣服器皿什物赐（蔡）珽。"[清]萧奭：《永宪录》，第209页。

经验，很快就总结出了宁国府管理的几大弊端："头一件是人口混杂，遗失东西；第二件，事无专责，临期推委；第三件，需用过费，滥支冒领；第四件，任无大小，苦乐不均；第五件，家人豪纵，有脸者不服钤束，无脸者不能上进。"脂评本《红楼梦》中，批书人在此处写了好长一段批语，感慨万千，觉得这五条不仅是家族治理的大弊病，也是国家治理的大弊病，能把这些问题解决好，不仅能治理好大家族，也能治理好国家。其实这些问题也是荣国府治理中的痼疾。探春上任伊始，遇到的就是一个这样的烂摊子。

《红楼梦》第五十回以后，贾府的财政日见困难，王熙凤贾琏夫妇经常算计怎么应对财政危机。第六十二回，连黛玉这样不食人间烟火的女诗人都说："要这样才好，咱们家里也太花费了。我虽不管事，心里每常闲了，替你们一算计，出的多进的少，如今若不省俭，必致后手不接。"宝玉和探春是荣国府的第四代后人，荣国府人口越来越多，又依着祖先立下的惯例事事排场绝不省俭，后代子孙也没有什么生财妙招，坐吃山空是迟早的事，再加上管理混乱，各级管理者中饱私囊，危机只会来得更快。

传统中国是以家族为社会之基本单位的，家国同构、家国一体是传统中国政治秩序的基本特征。古人讲究"修身齐家治国平天下"，古代中国的大家族人口众多、结构复杂，齐家和治国是具有相似规律的，国家治理会遇到什么难题，家族治理也就会遇到同样的难题。清代国家治理中最积重难返的问题就是各级衙门胥吏滥收"陋规"，他们不积极征收国家的征税，但对收"陋规"却非常积极，因为这些他们可以自己得利。贾府面临的是同样的问题,贾府里同样"陋规"横行。

  瞿同祖先生指出,"陋规"就是"惯例性收费",字面意思就是"丑陋的规矩"。通过在每一个可以想象的场合收费,官僚体系每一层级的成员们都能补充他们的收入。[1]陋规在各个地方各个衙门的项目都不一样,每个地方有自己的规矩,[2]一般是多年沿袭下来的,它跟我们现在说的"乱收费"有点像,但是要严重得多。贾府里也有形形色色的陋规,贾府的管理体系也是一个复杂的官僚体系,每一层级的成员都可以通过陋规来给自己增加收入。

  探春虽然只是个姑娘家,但她留心观察,早就看出这府里的不少猫腻。那贾府里到底有些什么样的陋规呢?

  贾府里但凡要往上交的钱和东西,每过一道手,都会雁过拔毛一次,这是多年来的惯例,也是贾府里最大的陋规。第五十六回写,探春说道:"我又想起一件事:若年终算帐归钱时,自然归到帐房,仍是上头又添一层管主,还在他们手心里,又剥一层皮。……这一年间管什么的,主子有一全分,他们就得半分。这是家里的旧例,人所共知的。"送给主子多少东西,管事的就得一半,这是贾府一直就有的惯例,主子们也早都默许了。第六十回写,柳五儿的母亲柳家的去探她的嫂子,她嫂子就给了她一

---

1 "虽然这种惯例是'不正常的'、'贱鄙的',正如'陋规'一词本身所表示的;但它仍然被确立和承认,并成为广泛接受的事实。因此,它也在法律的默许之内。但是,我们不要把它与贿赂或别的形式的贪污腐败混淆,后者是非法的、被禁止的。然而,在某些情形下,在收取'陋规'和贪贿之间并没有一个明确的分界线。"瞿同祖:《清代地方政府》,范忠信等译,法律出版社2003年版,第47页。
2 参见瞿同祖:《清代地方政府》,第55页。

些茯苓霜。她哥哥原是在大门上看守的，头一天有粤东的官儿来拜贾府，"送了上头两小篓子茯苓霜。余外给了门上人一篓作门礼"，外客送给贾府的主人多少东西，也要减半送给贾府的守门人。

贾府里但凡要采购东西，负责采购的人是肯定要从中渔利的。贾府里负责采购的事都是肥差，要谋到这些差事都是要送礼的。这是贾府里的第二大陋规。贾府的实物供应实行配给制，吃穿用的东西，都由专门的人去采购，不同级别的人配给的东西是不一样的。贾琏凤姐分派采购的职责，被分派的人领到对牌，到银库去领钱，然后去实际采购，采购完毕到账房报销，多退少补。但是采购来的东西却往往不堪使用，因为负责采购的人一般不太会考虑怎样买到最合适的东西让大家可以好用，而是主要考虑怎么花最少的钱把差事办了，再报假账让自己多落些钱。第二十回写贾芸给王熙凤送礼才谋了个种树的差事，负责去采购些花草树木，领到了二百两银子就欢天喜地。种树这样的小差事尚且有不少好处可捞，如果是负责买卖人口、发包工程，能捞到的应该就是巨款了。

第五十六回也写到，李纨、探春和宝钗正在谈论家务，恰好这时平儿来了。探春就说起每月给小姐少奶奶们每人二两银子采购头油脂粉的开支，平儿解释说不能让太太小姐们自己出去买这些东西，所以就有这项开支让人去采购，但是买办们显然是不称职的："如今我冷眼看着，各房里的我们姊妹都是现拿钱买这些东西的，竟有一半。我就疑惑，不是买办脱了空，迟些日子，就是买的不是正经货，弄些使不得的东西来搪塞。"探春和李纨都笑道:"你也留心看出来了。脱空是没有的,也不敢,只是迟些日子;催急了,不知那里弄些来,不过是个名儿,其实使不得,依然得现买。就用这二两银子,另叫别人的奶妈子的或是弟兄哥哥的儿子买了来才使得。若使了官中的人,依然是那一样的。不知他们是什么法子,是铺子里坏了不要的,他们都弄了来,单预备给我们?"所以贾府里的主子们也有很多无奈,虽然名义上是个主子,真要用的东西,买办都是买了最次的货来搪塞,可是钱却一分没少花,都从贾府的银库里按月支出。自己还得另掏私房钱让可靠的人去买能用的。细究起来,似乎这制度存在的真正意义并不是让主子们有能用的东西,而只是为了安排一些人做买办从中赚点钱。

贾府里的第三大陋规:主子们有不同的等级,也有不同的性情。奴才们也会看人下菜碟,没有地位或性格懦弱的主子,还得不时拿钱出来打点奴才们,作为给他们服务的额外报酬。第五十七回写,宝钗见到邢岫烟冬天穿得很单薄,心里过意不去,问她是什么缘故。岫烟和迎春住在一起,说起邢夫人让她每月从二两月钱中省出一两送去给她父母用,岫烟道:"要使什么,横竖有二姐姐的东西,能着些儿搭着就使了。姐姐想,二姐姐也是个老实人,也不大留心,我使他的东西,他虽不说什么,他那些妈妈丫头,那一个是省事的,那一个是嘴里不尖的?我虽在那屋里,却不敢很使他们,过三天五天,我倒得拿出钱来给他们打酒买点心吃才好。因一月二两银子还不够使,如今又去了一两。前儿我悄悄的把绵衣服叫人当了几吊钱盘缠。"邢岫烟是邢夫人的侄女,不算贾府的正经主子,原是亲戚来投靠的,和迎春住在一起，迎春又是一个十分懦弱从不和奴才们计较的主子，她剩下的一两月钱每月都还不够打点这些奴才。

贾府里这些陈年沿袭的陋规，管事的主子们都是心知肚明的，少有人想去触动这些。为什么他们都懒得管呢？在清代社会，衙门里的胥吏要靠陋规生活，陋规是介于合法与犯罪之间的灰色地带，做官的人只有容忍这些，顶多能适度地引导让胥吏们不要搞得太过分。社会就是这样的风气，一个家族里边养了这么多人来伺候自己，又何苦大动干戈来整肃呢？如果当奴仆捞不到什么好处，只有微薄的供养，主人就要靠强力来约束他们，那样管理的成本也是很高的，而且家法太严苛，奴仆会逃亡，也不会有太多的人抢着来大户人家当奴仆。

所以贾府的陋规已是积重难返了，贾母和王夫人都是心知肚明的，贾琏和王熙凤更是比谁都清楚，他们两口子不但不想适度整顿下，他们自己靠这些陋规也是大发其财，攒了不少私房钱的。《红楼梦》第四十三回写王熙凤过生日，贾母让众人凑份子，贾母出二十两，王夫人和邢夫人各出十六两，尤氏和李纨各出十二两，主子们都出完了，下来轮到荣国府大管家赖大的母亲，她表示不敢比主人们出得多："少奶奶们十二两，我们自然也该矮一等了。"这时贾母出言惊人："这使不得。你们虽该矮一等，我知道你们这几个都是财主，分位虽低，钱却比他们多。"这话听上去是很惊人的，这说明贾府里当差必捞油水是主子和奴才们都心知肚明的，上等的奴才如果管了肥差，积攒的财富可能超过低级的主子。

贾府"官中的钱"越来越少了，管事的高等奴才们却越来越有钱了,他们的财富可能超过了不少主子。贾母一番话惊心动魄,王夫人和王熙凤又何尝不知呢?第五十回后,王夫人和王熙凤都很清楚荣国府的家底快耗没了,开始发愁以后日子越来越难过,她们有心整顿,可是不知道如何下手,害怕得罪人,因为她们自己也是依赖贾府的陋规的。就在这时推出探春、宝钗、李纨去管家,其实也是想利用新人去做些改革,死马当作活马医,如果能起些效果当然好,实在做不成什么事,得罪了人也不会归咎于她们,李纨是不会真管的,宝钗只是亲戚不是自家人,探春是个姑娘将来迟早要出嫁的,得罪了谁也不会留下什么后患。

第五十五回写探春到任不久,荣国府里管事的媳妇们本来以为她好对付,"也都想着不过是个未出闺阁的青年小姐,且素日也最平和恬淡,因此都不在意,比凤姐儿前更懈怠了许多。只三四日后,几件事过手,渐觉探春精细处不让凤姐,只不过是言语安静,性情和顺而已"。赵姨娘的兄弟赵国基死了,仆妇们心想这是探春的亲舅舅,都等着看她会不会办事徇私好看笑话,没想到探春十分精细,坚持要翻出旧账来看过去的惯例,只给赏了二十两。吴新登家的是荣国府里有头有脸的奴才,她的丈夫是荣国府银库房的总管,她本来想跟探春耍点心眼好看她的笑话,被探春狠狠教训了一番。众仆妇们见了,都知道探春不是好糊弄的,再都不敢使诈藏奸。

探春对荣国府里管事的仆妇们中饱私囊的猫腻早就了如指掌,她是个非常有心的姑娘,知道家里财政一日不如一日,早就在留心观察能有什么生财之道。现在家长们让她来管家了,她就开始细细筹划了。她和李纨、平儿们说起买办们采购的头油脂粉都用不成,"因此我心中不自在。钱费两起,东西又白丢一半,通算起来,反费了两折子,不如竟把买办的每月蠲了为是。此是一件事。第二件,年里往赖大家去,你也去的,你看他那小园子比咱们这个如何?"原来她早就留心观察赖大家的小花园,发现赖家的花园是有人承包的,除了供应自己的吃用之外,年终还能有二百两银子的收益,探春道:"从那日我才知道,一个破荷叶,一根枯草根子,都是值钱的。"(第五十六回)

探春和宝钗、李纨一番计议,很快就把荣国府的花园承包给了园里的老妈妈们,有的负责种树,有的负责种花,各人专门打理,出产的花果蔬菜准她们自己去经营牟利,年终给主子们随意孝敬些。这样就节省了找专人来打扫收拾的花费,还能调动管理者的积极性。这主意一推出,园里的老妈妈们非常高兴,争着来要求得到职责的分派。为了让她们年终归账时不受中间人和账房的盘剥,探春又决定让承包人们年终直接和内府结算。

探春在贾府的改革表面并不复杂,说到实质,倒是和雍正朝的裁革陋规整顿吏治有些相似。贾府里低效重叠的买办项目被她革除了几项,包括小姐们的头油脂粉开支和少爷们学里吃点心买纸笔的开支,此外,就是把荣国府的花园承包到专人了。但是这样一来,不少人的财路都被断了,还引发了荣国府仆人们之间错综复杂的矛盾。

四、探春改革失败

荣国府的管理体系就是一个复杂的官僚体系,里边有各种各样的派系和明争暗斗。凤姐能在荣国府里当总管纵横捭阖，固然是因为她有相当强的理财和管理能力，但她也是精通权术的，善于处理各种复杂的人际关系，对待下人能够恩威并用，遇到刁钻下作的招数，她也能放下身段撒泼使诈圆熟应对。《红楼梦》第十六回写凤姐和贾琏说起府里管事的下人：

> 殊不知我是捻着一把汗儿呢。一句也不敢多说，一步也不敢多走。你是知道的，咱们家所有的这些管家奶奶们，那一位是好缠的？错一点儿他们就笑话打趣，偏一点儿他们就指桑骂槐的报怨。"坐山观虎斗""借剑杀人""引风吹火""站干岸儿""推倒油瓶儿不扶"，都是全挂子的武艺。

凤姐是个老江湖，成天和这帮各怀心事的下人们摸爬滚打，早就能够游刃有余地应付。探春虽然也很精明，但毕竟没有这样的处事经验，为人也太正，不会用阴招损招，所以她是应付不了这些"全挂子的武艺"的。探春和宝钗、李纨都很敬业，每天从早到晚在小厅起坐办事，晚上还坐着小轿子四处巡查上夜的人。但她们是应付不了复杂的人际矛盾的。很快，探春就意识到她已经得罪了各路人马，其中有些还是有后台有来路的，她毕竟是个未出嫁的姑娘，也是个晚辈，等她意识到这些复杂的人事，她就无心继续推进了。

《红楼梦》第六十二回写，宝玉、平儿、宝琴、岫烟四人同一天过生日，群芳正在欢聚，这时管家媳妇林之孝家的和众人带了一个女仆人来汇报，那个女仆到了阶下只管朝上磕头。探春问是什么事，林之孝家的答说这个女仆口舌不敬，犯了府里的规矩，应该处罚把她撵出去。探春这时的态度却并不积极，表示不愿直接管这件事，

> 探春道："怎么不回大奶奶？"林之孝家的道："方才大奶奶都往厅上姨太太处去了，顶头看见，我已回明白了，叫回姑娘来。"探春道："怎么不回二奶奶？"平儿道："不回去也罢，我回去说一声就是了。"探春点点头，道："既这么着，就撵出他去，等太太来了，再回定夺。"

这时黛玉和宝玉在远处见了情形，黛玉是什么反应呢？黛玉便说道："你家三丫头倒是个乖人。虽然叫他管些事，倒也一步儿不肯多走。差不多的人就早作起威福来了。"黛玉冰雪聪明，她虽然不理俗务，但其实如果用心在这些事上愿意琢磨了，其实比谁都明白。她的评价很客观，她说探春是个"乖人"。探春虽然被委派来管家，但其实她只是个代理人，她没有权柄，也没有承担责任的底气。探春自己很清楚这一点，有的人就不会这么清楚自己的位置，当了代理人也就当自己是真正话事的。

探春初出茅庐意气风发在贾府推行了几项改革，想要革除贾府多年沿袭的陋规，她的新政搅乱了贾府治理体系中早已形成的心照不宣的平衡，管事的仆人们各有派系，但都借着自己的主人的地位为自己谋取利益，也互不侵犯，各安其分。现在杀出来一个三姑娘，谁的面子都不给，也贿赂不了收买不了，原来的微妙平衡很快就被打破了。大观园里乱作一团，很多人在借机生事，

甚至发泄私愤。探春很快也就明白了,这些奴才们背后都有错综复杂的势力,改革并不像她想得那么简单。

荣国府三小姐贾探春的改革没有张罗多久就半途而废了,她没有能给这个濒临破产的家族带来振兴的希望,各怀心事的下人们开始借机怠工、推责任扯是非、找自己的主人离间挑拨,管理的低效比以前更甚了。探春开始撒步抽身,她应付不了这些复杂的派系斗争。下人们看她并没有雷厉风行到最终的决心,也就慢慢不再畏惧了。第五十五回以后,贾母和王夫人出府入宫去为死去的老太妃守灵了,凤姐也抱病不出,荣国府里口角、酗酒、赌博甚至盗窃层出不穷,被剥夺了各种捞钱机会的下人们索性无法无天胡闹开了。探春收拾不了这个局面,开始置身事外。

探春的改革失败和雍正朝一些极力推行新政的大臣们遇到的局面差不多,他们的修修补补并不能根治千疮百孔的低效管理体系,反倒是凭空得罪了很多人,被不断中伤。探春是明智的,她抽身了,力不从心只有顺其自然。

《红楼梦》第五十五回写,赵姨娘为了赵国基的事情和探春争吵,探春气得没办法,发狠说道:"我但凡是个男人,可以出得去,我必早走了,立一番事业,那时自有我一番道理。偏我是女孩儿家,一句多话也没有我乱说的。"现代的读者读来,会觉得探春这话何等豪气,但再看看后半句,其实又是那样凄凉。《红楼梦》中贾府的种种丑恶和弊端,明明奏出了康乾盛世的哀音,贾府治理的种种弊端,也就是当时国家吏治败坏的真实写照。探春只是个弱女子,她不甘坐视家族的衰亡,勇敢地走到了贾府改革的前台,但她的改革收效有限,她很快也就明白了,这家里的积弊已经无药可救了。第七十四回抄检大观园时,探春惊人地预言了贾府的结局:"你们别忙,自然连你们抄的日子有呢!……可知这样大族人家,若从外头杀来,一时是杀不死的,这是古人曾说的'百足之虫,死而不僵',必须先从家里自杀自灭起来,才能一败涂地!"说毕不觉流下泪来。她感到了自己的无力,大观园里姊妹们的诗会常是由她发起的,可那美好的岁月已经一去不复返了,她不得不回到贾府庸常混乱的俗世中,却已经无力延缓它的分崩离析。

《红楼梦》第五回太虚幻境中探春的判词写得很明白:她要远离父母家乡去到远方。"后面又画着两人放风筝,一片大海,一只大船,船中有一女子掩面泣涕之状。也有四句写云:才自精明志自高,生于末世运偏消。清明涕送江边望,千里东风一梦遥。"我们不知道在已经失传的八十回后原本中,曹雪芹给她安排了怎样的结局,她应该是远嫁了,去到远离父母之邦的地方,此生不可能再见到她的父母。作者惋惜这样才情出众、志向高远的女子生在了一个行将衰朽的豪门,只能让她去到一个未知的世界,也许在那里她能找到新生。

第九章

尤三姐之死
与清代的定婚法制

《红楼梦》通篇常述怪力乱神,马道婆作了法术,贾宝玉和王熙凤就真的发了疯,贾瑞勘不破红粉骷髅,沉溺在自己的欲望中不能自拔,最后就死于非命。每到邪戾之事发生,癞头和尚和疯跛道人总要及时出现,有时能救,有时不能救,但他们总不会坐视不管的。独有第七十五回"开夜宴异兆发悲音 赏中秋新词得佳谶",宁国府出了不祥之兆,一僧一道两个高人再未现身。作者似乎在暗示,宁国府的邪戾日积月累,糜烂不可收拾,已经无术可救了。

中秋节的前夜,宁国府的祠堂墙下传来了一个人的长叹声,吓得众人毛发倒竖。宁国府的祠堂里是贾珍先人的魂灵,祠堂外还有一众游荡的冤魂——秦可卿、瑞珠、尤三姐、尤二姐、尤老娘。书中没有细述尤氏姐妹死后她们母亲的结局,只在第六十八回借王熙凤之口交代尤老娘已经死了。大约是在尤三姐死后，老人受不了这样的打击，不久就辞世了。尤氏在秦可卿死时称病不出席丧礼，她不知道怎样应对秦家的人，她内心对秦可卿是感到同情的。现在她又先后失去了三个亲人，虽然她们同她并没有血缘关系，但她们毕竟曾是同甘共苦的一家人，她嫁到宁国府成了贾珍的续弦，继母和两个妹妹的生活才有了着落，现在她们都去了，可是谁才是这一切罪恶的源头呢？

一、金玉之质

《红楼梦》写到六十二回，红楼二尤出场以后，作者似乎一改笔锋，很少忌讳了，批书人到这几回也很少发言了。二尤姐妹是《红楼梦》前八十回中遭遇最悲惨的女性，她们悲剧的细节也是《红楼梦》中最不堪的情节。第六十三回，贾琏想要到宁国府去会尤氏姐妹，"况知与贾珍贾蓉等素有聚麀之诮"。尤氏姐妹来到宁国府不久，宁国府就传出了她们和贾珍、贾蓉都不清白的风言风语，大约宁国府里的人，已经把尤氏姐妹视为风尘女子一类的人物了。这些风言风语未必都属实，可能有些夸大其词。但贾府里的男女关系混乱，到这时已经丑恶到让人无法想象。宁国府的家长贾珍是一个毫无廉耻的大淫棍，他的种种丑行家族里的人多少有些风闻，但凡和他沾上边的人，都会担上不名誉的嫌疑，成为洗都洗不清的受害人，贾蔷是这样，秦可卿是这样，尤二姐、尤三姐也是这样。

《红楼梦》第六十七回列藏本中有一段别的版本中没有的文

字,写王熙凤听平儿说了贾琏偷娶尤二姐的事,找来旺儿和兴儿问明了实情,气得面如金纸。她开始向平儿怒骂贾琏好色,平儿劝她说"这都是珍大爷的不是"。王熙凤就开始数落尤氏和贾珍,说到贾珍毫不客气:"若论亲叔伯兄弟中,他年纪又最大又居长,不知教导学好,反引诱兄弟学不长进,担罪名儿,日后闹出事来,他在一边缸沿上站着看热闹。真真我要骂,也骂不出口来。再者他那边府里的丑事坏名儿,已经叫人听不上了,必定也叫兄弟学他一样,才好显不出他的丑来。这是什么做哥哥的道理,倒不如撒泡尿浸死了,替大老爷死了也罢了,活着做什么呢。你瞧东府大老爷那样厚德,吃斋念佛行善,怎么反得了这样一个儿子孙子!大概好风水,都叫他老人家一个人拔尽了。"[1]王熙凤对贾珍的评价倒算很客观,贾珍自己毫无廉耻,他在宁国府当了家长,怎么可能端正宁国府的家风呢?

《红楼梦》的作者有时会非常冷酷,写出当时社会残酷的真实,自己却丝毫不动声色,也不择立场,只留给读者自己去评判。尤老安人、尤氏、尤二姐、尤三姐,这是一个经历了再婚组合、家里也没有男性的十分弱势的原生家庭,尤氏成了贾珍的续弦,她们的生计才有了着落。那她们最初到底是怎样的出身?

第六十五回,尤三姐酒后大闹时说道:"姐姐糊涂。咱们金玉一般的人,白叫这两个现世宝沾污了去,也算无能。"书里再没交代过她们的出身,只有这么一句。她们本来不姓尤,父亲死后母亲改嫁到尤家,改姓了尤。继父的前妻留下一个比她们大

---

[1] [清]曹雪芹著,脂砚斋评:《红楼梦》(脂汇本),第717页。

的女儿尤氏，尤氏是和她们并无血缘关系的姐姐。尤氏不是贾蓉的生母，而是贾蓉的继母，她自己也有一个继母，她的继母改嫁时带来了两个和她没有血缘关系的妹妹。尤氏没有子女，她和贾蓉没有血缘关系，尤二姐、尤三姐和宁国府的人也没有任何血缘关系。

　　书里没有交代过二尤姐妹的生父和继父，只淡淡说过一句她们的母亲是有封爵的，是"尤老安人"。照清代的法律，"安人"是朝廷命妇，是六品官之妻或其母的封号。尤老安人没有儿子，应该是六品官之妻才得了这封号。六品官在清代不算很小的官了。林黛玉的父亲林如海因已不能世袭，科举出身，后来当了巡盐御史，在清代，两淮巡盐御史是七品官。[1] 林黛玉的母亲贾敏的封号应该是"孺人"，比"安人"低一等。贾政最初是蒙皇帝开恩赐了个工部主事，也就是个六品官，后来升为工部员外郎，才是五品。[2] 王夫人也是有封爵的，最初就是安人，贾政升了五品官，她也就升为"宜人"。[3] 所以尤家老娘的命妇等级是跟王夫人差不多的，比林黛玉的母亲还高一等。她先后嫁了两个丈夫，尤二姐、尤三姐的生父和尤氏的生父，到底哪个丈夫给她带来了这个封号呢？

　　看书里表面的描写，尤氏成了世袭三品爵威烈将军贾珍的续弦，也得了封号，似乎她的生父应该也是个什么官才对，似乎

---

1 参见［清］谢开宠：《两淮盐法志》，台湾学生书局1966年版，第489页。
2 参见故宫博物院编：《故宫珍本丛刊·钦定吏部则例》第一册，第50页b，第52页a。
3 乾隆朝《钦定大清会典》卷七《吏部·验封清吏司·世爵》："命妇视夫若子之品，一品封一品夫人，二品夫人，三品淑人，四品恭人，五品宜人，六品安人，七品孺人，八品八品孺人，九品九品孺人。"《景印文渊阁四库全书》第619册，第89页a。

尤老安人是通过一次成功的再婚变成了朝廷命妇。但其实按照清代的礼法，整个社会都是提倡孀妇守节的，寡妇改嫁会受到各种非议和歧视，法律也贬损她们的社会地位。再嫁之妇是不能受封的，清代法律明确规定，"再嫁之妇不得受封，所以重名器也。命妇既已受封，义当守志，不容再嫁以辱名器"[1]。所以就算尤氏的生父是个什么官，尤二姐、尤三姐的母亲改嫁过来也不可能得到封号，尤老安人的封号只能是她的第一个丈夫带给她的。尤氏的生父能娶一个再嫁之妇，还接受了两个拖油瓶孩子，从当时社会的婚姻市场情况来看，他还真不太可能是个什么官，如果他真是个官，完全没有必要找个再嫁之妇。

原来尤二姐、尤三姐的生父是个并不算小的官，比林黛玉的父亲林如海官还大点。也许他在世时，她们家中的境况是不错的，她们也是千金小姐，养尊处优，还能受到很好的教育。尤三姐虽然沦落了，但她眼界是很高的，她对世事的看法也往往不同于流俗。用世俗人的眼光来看，柳湘莲世家子弟却不务正业，成天和戏子混在一起，还时常惹些祸，三姐却对他心仪已久。

第六十四回写，贾琏的仆人兴儿向尤氏姐妹描述宝玉，大意就是一个不务正业不着调也疯疯癫癫的人。二姐听了这些描述就表示诧异："我们看他倒好，原来这样。可惜了一个好胎子。"尤

---

[1]〔清〕刑部编：《大清律例汇辑便览》卷十《户律·婚姻·居丧嫁娶》正文下官方辑注，光绪十八年刊本。另见，〔清〕孙纶辑：《定例成案合镌》卷二上，《吏部·职制·文武封赠》："凡曾祖父母、祖父母、父母曾犯十恶、奸盗、除名等罪，其妻非礼聘正室或再醮及娼优婢妾，俱不封。"康熙五十八年刊本（日本东京大学东洋文化研究所藏本）。乾隆朝《钦定大清会典》卷七《吏部·验封清吏司·世爵》："各官曾祖父母祖父母父母有曾犯十恶等罪及妻非礼聘正室或再醮不许请封。"《景印文渊阁四库全书》第619册，第90页a。

三姐却道:"我冷眼看去,原来他在女孩子们前不管怎样都过的去,只不大合外人的式,所以他们不知道。"她对宝玉的判断很准确,她也一眼就看穿了兴儿的势利。尤三姐既有不同于流俗的见解,对于世俗之事也是洞若观火。尤二姐嫁给贾琏,她起初就觉得未必是好事,因为"他家有一个极利害的女人,如今瞒着他不知,咱们方安。倘或一日他知道了,岂有干休之理,势必有一场大闹,不知谁生谁死"。

尤三姐花容月貌,才智过人,如果不是父亲早死沦入贫困,她比贾府里的众小姐们都丝毫不弱。她的清高应该有源于基因和教养的原因,她说"咱们金玉一般的人"原不是高抬自己的话。

二、沦落的尤家

可惜尤氏姐妹的父亲早死了,她们的母亲改嫁到尤家,这成了她们不幸的根源。《红楼梦》里出现过几个寡妇,贾母、李纨、刘姥姥、尤老娘,只有尤老娘是再嫁过不曾守节的。

汉唐时候,寡妇再嫁还是常见的事情,社会习俗也并不要求妇女死了丈夫以后一定要守节,甚至还有公主嫁了好几次的。北宋以后,程朱理学成为主导的官方意识形态,"忠臣不事二主,烈女不事二夫"成了判断人的道德水准的严苛要求,妇女为亡夫守节事迹出众者会得到朝廷的旌表,寡妇再嫁从此就要承担巨大的社会压力。[1]满族人在关外时,习俗对妇女再嫁也是比较开明的,入关以后接受了汉族儒生的理学意识形态,也开始推崇女性的贞节。清代社会对女性贞节的推崇远远胜过了以前的汉族王朝,旗人妇女也开始以贞节作为自己的绝对道德标准。到了乾隆朝,乾隆皇帝对理学的节妇观有超乎寻常的爱好,特别喜欢给节妇烈女立牌坊。于是满族人效仿守节习俗十分踊跃,甚至超过了汉族人。史学家定宜庄统计了《八旗通志》中记载的八旗节妇烈女人数,乾隆朝超过前三朝(顺治、康熙、雍正)总和。乾隆朝前55年共旌表了12 400余名节妇,其中八旗节妇达7600余名,前三朝总计才不过2000余人。其中包括夫死殉节的"烈妇",守寡多年的"节妇",未婚守节的"贞女",以及尚未成婚即为未婚夫殉死或守节而死的"烈女"。明朝三百年全国旌表的节烈妇女也不过35 000余人,乾隆朝六十年就旌表了这个数量的一半。[2]整个乾隆朝,中国社会对贞节的推崇达到了近乎变态的地步。

史学家郭松义指出,清代上至国家下至地方、宗族都对再嫁之妇有各种各样的歧视性政策,儒生文人更是不遗余力地提倡妇女的"从一而终"、至死不改嫁。在这样的社会风气下,寡妇中如果有人放弃守节选择再嫁,就会招致社会体系性的排斥,"其姊妹多耻之"或"邻里不耻",有的乡村或家族要求再嫁之妇不

---

[1] 清初名士王应奎考证宋代也不乏再嫁之例,当时习俗并不禁再嫁,至清代大兴理学才对再嫁大加贬斥。"饿死事极小,失节事极大。程子固尝言之。然先王制礼,有同居继父,不同居继父之服。则女子改嫁,固非先王之所禁矣。按宋叶水心翁诚之墓志云:'女嫁文林郎严州分水县令冯遇,遇死,再嫁进士何某。'可见古人不讳改嫁,故于文字中见之。今世衣冠之族,辄以改嫁为耻,而事出勉强,驯致无状,反不如改嫁之为得也。"[清]王应奎:《柳南随笔 续笔》续笔卷四,中华书局1983年版,第176页。
[2] 参见定宜庄:《满族的妇女生活与婚姻制度研究》,第136—137页。

能从正门出入,乘车不能进宅,甚至出现"至穴墙乞路,跌足蒙头,群儿鼓掌掷瓦石随之"的可怕场面。[1]

然而无论官方意识形态唱怎样的道德高调,仍然有很多妇女迫于生计选择再嫁,甚至上层社会的寡妇也会这样选择。[2] 而且她们的再嫁往往并不是自己要求的。在传统中国,守节不仅是对妇女的严苛的道德要求,也会给妇女造成巨大的经济压力,因为女性基本是不能受教育和出去工作的,没有独立生存的经济能力,她们选择守节只能依靠家人的供养,没有一定经济基础的家庭,寡妇守节就会成为不切实际的要求。另一方面,由于实行一夫一妻多妾制,再加上民间常有溺杀女婴的陋习,男女比例失衡,女性成了婚姻市场上的稀缺资源。对于社会中下层的男性来说,只要能娶亲,他们是不会挑拣女方是否再嫁的。

学者王跃生在他对清代婚姻家庭的研究中指出,清代社会寡妇再嫁并不罕见,但这主要是丧偶妇女以各种名目被婆家、娘家及其他人卖婚。[3] 古代社会是包办婚姻制,女性的婚姻是要由尊长做主的,初嫁的时候是这样,再嫁的时候也还是这样。根据乾隆初年发布的例文,寡妇改嫁由夫家父母主婚,夫家无例应主婚之人,始得由母家主之。《大清会典事例》对此做了详细规定:"孀妇自愿改嫁,翁姑人等主婚受财,而母家统众抢夺,杖八十。夫

---

[1] 参见郭松义:《伦理与生活:清代的婚姻关系》,第399页。
[2] 道光年间已故四品宗室奕炳之妻蔡氏因"夫亡子死亦无依靠",迫于生计,与夫家族人立约准其改嫁,亲生女留于夫家,夫家不许她再来看女。参见定宜庄:《满族的妇女生活与婚姻制度研究》,第165页。
[3] 参见王跃生:《十八世纪中国婚姻家庭研究:建立在1781—1791年个案基础上的分析》,法律出版社2000年版,第83—84页。

家并无例应主婚之人,母家主婚改嫁;而夫家疏远亲属强抢者,罪亦如之。"[1]

法律明确规定寡妇的夫家和母家不能因为寡妇的再嫁抢夺财礼,参与抢夺的要受刑罚,这足以说明这类社会现象是经常发生的。一个女人死了丈夫,如果她没有儿子,法律规定她不能继承她丈夫的遗产,顶多只能得到部分生活费用。如果她改嫁,她从前带来的嫁妆都不能带走。[2] 丈夫死了,如果她能在丈夫的家族中为自己选择一个嗣子,嗣子可以继承丈夫的财产,成为她将来的依靠,但是夫家的族人因为贪图财产,可能因为嗣子的人选和她发生争执。学者阿风在他对清代契约的研究中发现,清代很多寡妇最后不能为自己选择嗣子,原因就是夫家的亲属对嗣子人选争执不已。[3]

翻看清代留下的各类判牍和司法档案,能找到数不清的寡妇被丈夫族人侵夺田产、逼迫改嫁甚至被逼自杀的记叙,有些是没有儿子的,有些是儿子年幼或者出门远行的。一个很讽刺的事实是,丈夫生前留下数量可观的财产,反倒往往给寡妇带来灾难。《红楼梦》里刘姥姥在女儿出嫁之后就守着几亩薄田度日没有再嫁,大约那时她已年老,也没有什么财产让人眼红。

所以在当时的社会,对一个死了丈夫的女人来说,没有儿子

---

[1] 光绪朝《钦定大清会典事例》卷七五六,刑部《户律・婚姻・居丧嫁娶》,《续修四库全书》第809册,第336页a。参见王跃生:《十八世纪中国婚姻家庭研究:建立在1781—1791年个案基础上的分析》,第83—84页。
[2] "妇人夫亡,无子守志者,合承夫分,须凭族长昭穆相当之人继嗣。其改嫁者,夫家财产及原有妆奁并听前夫之家为主。"(《大清律例・户律・户役・立嫡子违法》)
[3] 阿风:《明清时代妇女的地位与权利:以明清契约文书、诉讼档案为中心》,社会科学文献出版社2009年版,第24页,第74—75页。

是一件非常不幸的事。如果丈夫的族人较为强势，她不能得到丈夫的遗产，她的女儿也同样不能。丈夫的族人和母家一般也不愿意继续供养她，而把她当作一件可以换来财富的商品，为她选择下一个婆家。即便富裕家庭的寡妇，也难逃这种命运。清代名臣陈宏谋在他的文集中记载了乾隆年间各地为获财礼逼寡妇改嫁的陋俗，在陕西，"妇女新寡，亲属视为奇货，争图改嫁，虽有贞妇矢志守节，男家女家亦不能容，只图多得财礼不顾终身名节"[1]。江苏甚至有族长出面带头逼寡妇改嫁，"三吴恶习，妇女守节者亲族尊长中竟有无良之徒，或因有田产垂涎侵分，或因少艾图得嫁资，多方逼逐，令其改嫁。其妇坚一不从，则又设计刁难，无端污蔑，使之不能自守"[2]。这应该是当时社会的一种普遍现象。

所以守节并不是件容易的事，对一个没有儿子的丧偶女性来说尤其艰难，她丈夫和娘家的族人都可能逼她改嫁，而如果丈夫生前留下了债务，被逼改嫁的命运更是无法逃脱的。《红楼梦》里没有交代过尤老娘是怎样改嫁给尤氏的父亲的，假如不了解清代社会的法律和现实，也许读者会想当然地认为她是一个道德自律较差的女性，她的两个女儿沦落风尘就是遗传了她的个性。

第六十三回贾珍来到宁国府，尤老娘不经意地对他说道："不瞒二爷说，我们家里自从先夫去世，家计也着实艰难了，全亏了这里姑爷帮助。"这淡淡的一句话说出了她前半生的辛酸。

---

[1] 陕西巡抚陈宏谋乾隆十年正月《巡历乡村兴除事宜檄》，载《清代诗文集汇编280·培远堂偶存稿》文檄卷十九，第459页a。
[2] 江苏巡抚陈宏谋乾隆二十五年正月《保全节义示》，载《清代诗文集汇编281·培远堂偶存稿》文檄卷四十六，第356页a。

尤老娘应该是出身名门的，年轻时候也是花容月貌，嫁了一个六品的官员，得了"安人"的命妇封号，她的第一个丈夫活着时，她应该有过幸福的光阴，可能她没有过儿子，也可能她有过，但像林黛玉的弟弟一样夭折了。她只落下了两个美丽可爱的女儿，两个孩子幼时应该是被父亲疼爱的，也是养尊处优的千金小姐。可是尤老娘的丈夫突然早死了，那时尤氏姐妹都还年幼，她们父亲的族人应该是非常强势的，尤老娘没有成功给自己选择一个嗣子，她们母女三人应该都没能得到多少财产，她丈夫的族人可能为了财礼逼她改嫁了，还让她带走了两个孩子。她为了孩子未来的生活，也不得不接受他们的安排。

在明清社会，寡妇落到这样的结局并不算非常不幸。清朝初年，大儒顾炎武嗣父顾绍沛早亡，嗣母王氏含辛茹苦将他抚养成人，后来顾炎武参与抗清被官府缉捕，很多年没有回过故乡，顾家族人为谋夺顾家田产用尽心机，王氏因此受尽欺凌。[1]另一位大儒钱谦益晚年娶秦淮名妓柳如是为侧室，柳如是后生有一女，没有儿子，康熙初年钱谦益死去，钱氏族人图谋钱家房产，柳如是被逼自尽。[2]顾氏、钱氏都是清朝初年江南的名门望族，他们自己也都是当世大儒，是当时颇有势力的人，自己的寡母、寡妇一样

---

[1] 顾炎武晚年在致其从兄顾维的复信中回忆了这段沉痛的往事："孰使我六十年垂白之贞母，流离奔迸，几不保其余生者乎？孰使我一家三十余口，风飞雹散，孑然一身，无所容趾者乎？孰使我遗赀数千金，尽供揉攫，四壁并非已有，一簪不得随身，绝粒三春，寄飡他氏者乎？"[清]顾炎武：《蒋山佣残稿·卷一·答再从兄书》，《清代诗文集汇编43·亭林文集　亭林余集　蒋山佣残稿　谦斋文集　谦斋诗集　石庄先生诗集》，第118页。
[2] 钱氏家难详情，参见陈寅恪：《柳如是别传》（下），生活·读书·新知三联书店2001年版，第1232—1238页。另请参见暴鸿昌：《钱牧斋降清考辨》，载《暴鸿昌文集——明清史研究存稿》，黑龙江教育出版社1998年版，第135页。

落到这样凄惨的结局。在当时的社会风气下，没有儿子的年轻寡妇在亡夫族人对家产的虎视眈眈之下，接受他们再婚的要求给自己选择一个能接受的新丈夫，已经算是不错的结局了。

尤老娘应该就是这样嫁到尤家的，她是一个朝廷命妇，但是当时的法律对再嫁之妇有歧视性的规定，命妇再嫁要"追夺（诰敕）"[1]。当她再嫁以后，她的封爵就被朝廷剥夺了，书里说起她是"尤老安人"，只是提醒读者她曾经有过美好的过去，她的两个女儿也都是千金之体。尤氏比二姐三姐年长，她的生母早亡了，她的生父再婚时选择了一个再嫁之妇，应该不是一个社会地位很高的人。尤老娘就那样的不幸，她再嫁之后不久，第二个丈夫也死了，留下母女四人。书里没有交代尤氏有没有兄弟，但从她们母女四人的生活都靠宁国府接济来看，她应该是没有兄弟，尤老娘也没有给她的第二个丈夫留下一个儿子。

尤家的族人应该不是很强悍，尤氏的父亲死时尤老娘已经不年轻了，可能也没什么财产了，所以没有族人再来逼尤老娘改嫁。此时尤氏已经成年了，她的出身说不上高贵，也许是她的父亲生前做主把她嫁给了贾珍做妾，后来贾蓉的生母死了，她因为会服侍和十分顺从被贾珍扶正做了正妻。《红楼梦》里多次写到，尤氏对下人很宽厚，她来到荣国府，荣国府的下人们有时对她礼数不周，她都不太计较，也不太摆奶奶的架子。她对贾府里的姨娘特别有同情心，王熙凤过生日时贾母让众人凑份子，让王熙凤

---

[1] 顺治十六年谕令："妇人因夫与子得封者，不许再嫁。违者诰敕追夺，治如律。"乾隆朝《钦定大清会典则例》卷三十《吏部·验封清吏司·封赠》，《景印文渊阁四库全书》第620册，第584页。

休息一天,请尤氏来帮忙操持。荣国府里的周姨娘和赵姨娘也表示要出钱,尤氏就悄骂凤姐道:"我把你这没足厌的小蹄子!这么些婆婆婶子来凑银子给你过生日,你还不足,又拉上两个苦瓠子作什么?"(第四十三回)后来她收了银子,趁凤姐不知道,就把周赵两人的银子还给她们了。她这样地同情她们,大约是因为她也曾经是这样的"苦瓠子",可能也曾被贾珍的正妻排挤,熬了多年才成了贾珍的继室。

从这些细节都能看出,尤氏应该是出身平民家庭,吃过很多苦,她靠着自己的小心服侍才成了贾珍的继室,她嫁到了宁国府,还要接济继母和两个妹妹的生活,她是尤家的顶梁柱。尤老娘、尤氏、尤二姐和尤三姐,这是一个虽无血缘关系却能同甘共苦的纯女性的家庭,但也是一个很弱势的原生家庭。照书里写的,林黛玉父母双亡,没有兄弟和叔父伯父,如果没有她的外祖母充当监护人,她会沦落到比尤氏姐妹还弱势的境地,第五十七回紫鹃操心她的婚事曾说:"若娘家有人有势的还好些,若是姑娘这样的人,有老太太一日还好一日,若没了老太太,也只是凭人去欺负了。"尤二姐尤三姐也有外祖母,第六十六回写,尤二姐给贾琏交代尤三姐怎样认识了柳湘莲:"五年前我们老娘家里做生日,妈和我们到那里给老娘拜寿。他家请了一起串客,里头有个作小生的叫作柳湘莲。"她们的外祖母做生日能请人来唱戏,应该也是有身份的人家。不过嫁出去的女儿泼出去的水,尤老娘嫁了两个丈夫都死了,现在沦落了,她的母亲也不大管两个外孙女了。按照传统中国的宗法制度,一个家庭里边没有男人,本身就是一种灾难。这家的女性得不到父兄的保护,别人欺负她们也更少顾忌。

尤氏得到了贾珍的信任,还要小心翼翼地和她的继子贾蓉处好关系,假如贾珍先她而去,她不能继承他的财产,她的生活要依赖贾蓉供养。她的丈夫和继子原是一对禽兽不如的父子,二姐三姐虽和他们没有血缘关系,但毕竟是有亲属的名分的,他们却对她们毫无尊重。

三、三姐的反抗

第六十三回写,贾敬突然过世,贾珍贾蓉父子恰好不在家,尤氏只得先行将灵柩送往城外贾府家庙铁槛寺停放,开丧破孝,做起道场来等贾珍。因为不能回家,便将继母接来在宁府看家。二尤姐妹和她们的母亲,就这样来到了宁国府。贾珍父子很快赶回,到铁槛寺哭丧,贾珍又打发贾蓉回宁国府料理停灵之事。贾蓉回到家中,草草安排了停灵,就迫不及待地来看尤家母女。"原来尤老安人年高喜睡,常歪着,他二姨娘三姨娘都和丫头们作活计,他来了都道烦恼。"贾蓉来了就嘻嘻地望他二姨娘笑说:"二姨娘,你又来了,我们父亲正想你呢。"

宁国府死了家长,正是肃穆家孝之时,贾珍父子去了铁槛寺,"从大门外便跪爬进来,至棺前稽颡泣血,直哭到天亮喉咙都哑了方住"(第六十三回)。看上去是极尽哀苦,可是贾蓉一回去宁国府,马上就赶去调戏他的两个姨妈。作者这样的写法很具讽刺性,贾蓉见了他的姨妈第一句话就是"我父亲正想你呢",他对这两个和他有尊卑名分的女性,何曾有一星儿半点的尊重。

尤氏姐妹见他来了都道烦恼。作者不经意地交代了，她们以前就来过宁国府了，早就领教过了贾珍贾蓉父子的无耻。尤老安人这时是什么反应呢？她年高喜睡，常歪着。她对这样的情形没有丝毫反应，也许她已经麻木了，她没有能力保护她的女儿，只能听之任之。

尤二姐听见贾蓉这话就红了脸，贾蓉这样毫无避讳地调戏她们，再怎么着他也是个晚辈，二姐就开始骂他不成体统，还作势要拿熨斗来打他，尤三姐也上来撕他的嘴。看书里写的，贾蓉这时应该不比贾宝玉大多少，也就是个没有教养的混小子。宁国府里传出"聚麀"这样的风言风语，大约也是下人们过度想象的传闻，贾蓉很怕他的父亲，应该也就是胁从作恶，太出格的事情他还不敢干，但是他不比他的父亲贾珍更有廉耻，也许等他将来做了家长，他只会有过之而无不及。

尤氏姐妹这一对根本没有父兄保护又没有生计着落的弱女子来到了贾府，无异于羊入虎口。可是她们难道不也是受害人吗？从秦可卿和鲍二家的的遭遇就不难看出，清代法律对于性犯罪女性被害人的救济是何等苍白无力。尤氏姐妹遇到了一对禽兽不如的父子，虽然她们和他们并没有血缘上的亲属关系，但终归有这样的名分。她们遇到了贾珍的无耻侵犯，能做的选择和秦可卿、鲍二家的并没有太大分别，要么顺从，要么自杀。她们能去向谁呼冤呢？更何况她们全家四个女人都是靠这家供养的，如果拼个鱼死网破，尤氏在宁国府的地位也就不保了，她们今后的生活都没有着落。

尤三姐本是金玉之质，不幸父亲早亡，母亲被逼改嫁，继父又再去世，家中败落，生计无着。她们的母亲为了全家人的生活，不知已经历了多少辛酸。和她本无血缘关系的姐姐嫁到了宁国府，从妾侍熬到了正室，一直接济她们的生活。她不幸落入了宁国府这个暗无天日的魔窟，从此沦落了。尤氏姐妹来到了宁国府，遭遇了贾珍这样的禽兽，她们的选择各不一样，尤二姐是懦弱屈从的，尤三姐不甘受辱，但也无能为力，她不能当时就拼个鱼死网破，因为顾及母亲和姐姐的生活。她沉沦了，宁国府的肮脏舆论像黑云一样笼罩在四周，她最初没有反抗，也没有能力去向世俗辩白，她从此不再相信这个不公平的世界，但她也还有追求幸福的权利。

贾琏在贾蓉父子的说合之下偷娶了尤二姐，尤氏当时就觉得这不妥，但是贾珍执意这样办，她觉得二姐不是自己亲生的妹妹也不便深管，只好由他们去了。三姐和尤老娘就随着二姐来到贾琏新置下的宅子生活。贾珍这个无耻之徒并没有因此收敛，趁贾琏不在家又来家里纠缠三姐，不想贾琏突然回来撞见了。第六十五回写三姐和贾珍、贾琏二人酒后的大闹，作者的笔锋毫无忌讳，写尽了贾氏兄弟的丑恶。此时的贾珍似乎还比贾琏多些廉耻，看见贾琏回来感到"羞的无话"，贾琏的反应却是令人震惊的无耻，"你（二姐）因妹夫倒是作兄的，自然不好意思，不如我去破了这例……从此以后，还求大哥（贾珍）如昔方好；不然，兄弟能可绝后，再不敢到此处来了……你（三姐）过来，陪小叔子一杯。"

曹公此处不曾着一字评价，三姐的痛快一骂就是回答：

你别油蒙了心,打谅我们不知道你府上的事。这会子花了几个臭钱,你们哥儿俩拿着我们姐儿两个权当粉头来取乐儿,你们就打错了算盘了。我也知道你那老婆太难缠,如今把我姐姐拐了来做二房,偷的锣儿敲不得。我也要会会那凤奶奶去,看他是几个脑袋几只手。若大家好取和便罢;倘若有一点叫人过不去,我有本事先把你两个的牛黄狗宝掏了出来,再和那泼妇拼了这命,也不算是尤三姑奶奶!喝酒怕什么,咱们就喝!(第六十五回)

尤氏母女为了生计和家庭一直忍让,同意了贾琏和二姐的婚事,本以为从此可以摆脱贾珍父子,换来安生的生活,谁曾想到贾氏兄弟这样无耻,她们仍然得不到丝毫尊重,她们仍然摆脱不了贾氏兄弟的秽乱无行。尤三姐再也不能忍耐了,这家里的女人只有她有这样的胆气,决意和这些丑类一搏,"那尤三姐放出手眼来略试了一试,他弟兄两个竟全然无一点别识别见,连口中一句响亮话都没了,不过是酒色二字而已。自己高谈阔论,任意挥霍洒落一阵,拿他弟兄二人嘲笑取乐,竟真是他嫖了男人,并非男人淫了他。一时他的酒足兴尽,也不容他弟兄多坐,撵了出去,自己关门睡去了。"(第六十五回)尤三姐此时的胆气和豪气,何等痛快淋漓,面对毫无廉耻的贾氏兄弟,为了家人的平安,她放出了以死相拼的豪言。她无力阻挡世俗舆论的缠绕侵袭,但她此时的尽情一搏,是对封建礼教何其有力的控诉。二尤这对出身金玉之质的姐妹,她们本是无辜的受害人,可是娘家没有男人能够保护她们,周遭没有人谴责那些无耻的加害人,而是把各种脏水泼到了她们身上。三姐此时的反抗，是弱者被凌逼到无路可走时的绝地反击，从此她再无畏惧，面对着对女性毫无尊重、对弱者也毫无保护的男权礼教，她使出了以彼之道还施彼身的霹雳手段，何其壮烈又何其悲凉。

此后，三姐"或略有丫鬟婆娘不到之处，便将贾琏、贾珍、贾蓉三个泼声厉言痛骂，说他爷儿三个诓骗了他寡妇孤女"。贾珍父子被三姐的霹雳手段彻底击溃，从此再也不敢来纠缠侵扰。"那尤三姐天天挑拣穿吃，打了银的，又要金的；有了珠子，又要宝石；吃的肥鹅，又宰肥鸭。或不趁心，连桌一推；衣裳不如意，不论绫缎新整，便用剪刀剪碎，撕一条，骂一句，究竟贾珍等何曾随意了一日，反花了许多昧心钱。"（第六十五回）二姐担心长此下去会出大事，就和贾琏商议给三姐找个婆家。贾琏虽然无耻，但终归还是胆小怕事的，也觉得应该早做计议。

次日贾琏不出，二姐请了三姐过来，与她母亲来上座，尤三姐冰雪聪明，便知其意，自己含泪说出了她的心意：

> 姐姐今日请我，自有一番大礼要说。但妹子不是那愚人，也不用絮絮叨叨提那从前丑事，我已尽知，说也无益。既如今姐姐也得了好处安身，妈也有了安身之处，我也要自寻归结去，方是正理。但终身大事，一生至一死，非同儿戏。我如今改过守分，只要我拣一个素日可心如意的人方跟他去。若凭你们拣择，虽是富比石崇，才过子建，貌比潘安的，我心里进不去，也白过了一世。（第六十五回）

《红楼梦》里表示要给自己选择婚姻对象的女性，只有尤三姐这一个。她的母亲还在，尤老娘一直操心两个女儿的婚姻大事，还希望贾氏兄弟给女儿找个好归宿，她希望她们生活能有着落，不再受穷，因为她已经尝尽了贫穷的煎熬。在宁国府遇到贾珍父子这样的禽兽，她从来都是装聋作哑。生活的艰辛已经把她磨到完全麻木了，她再也不希望女儿重蹈她的覆辙陷于贫困。

可是三姐此时却说要选自己真爱的人，不论他是否贫困。在当时的社会，青年男女如果有勇气这样选择，就是公然挑战礼教与秩序。试想想第三十二回，宝玉误把袭人当作黛玉说出了自己的心事，袭人吓得目瞪口呆，心下暗度"如何处置方免此丑祸"。袭人的想法就是当时世俗的镜子，贾府里有哪一个女性敢像尤三姐这样说出自己要选真爱的心意？贾琏这时以为她选的是贾宝玉，三姐便啐了一口，说道："我们有姊妹十个，也嫁你弟兄十个不成？难道除了你家，天下就没了好男子了不成！"（第六十五回）

尤三姐在这污秽浊臭的俗世，一如一个从未来时空穿越来的勇士，虽然她沦落在了凡尘，但她的心灵属于自由的仙界。王公卿相府里的贵族子弟，在她看来都是行尸走肉，他们纵有珠缠玉绕，也不过是毫无生气的侏儒。她心里真爱的人，是一个一贫如洗也无正经营生的沦落子弟，但她见了他在戏台上的风姿，仿佛照见了一个和她一样向往自由的灵魂，从此就在等待和他相伴终生。贾府里的奴婢们都是"不奴隶，毋宁死"，贾府外的平民家庭，都希望自己的女儿"宁做富家妾，莫为凡人妻"。尤三姐只是一个弱女子，自幼随着苦命的母亲尝尽生活的艰辛，但她并没有因此而丧失骨气,她绝不要再像她的姐姐那样去做富家的妾侍,她要照自己的心意选一个一生相守的人。第六十五回酒后的大闹,是尤三姐"置之死地而后生"的大解悟,姐姐和母亲的生活都有了着落,她不再牵挂她们,也不再忍受贾氏兄弟的无耻行径,放出霹雳手段击溃了他们,她要去寻找自由的伴侣,虽然他们还不曾相遇,她也要一心向他而去,她的勇气和信心,犹如电光石火划破了周遭全无生气的世界。尤二姐明白了她的心意:"这人此刻不在这里,不知多早才来,也难为他眼力。自己说了,这人一年不来,他等一年;十年不来,等十年;若这人死了再不来了,他情愿剃了头当姑子去,吃长斋念佛,以了今生。"(第六十五回)尤三姐这样的决定,是她对这尘世的最后一丝眷恋,她来到了污秽不堪的宁国府,看破了这富贵之家的肮脏皮相,但她相信,世间还有真正清净的去处,只要有和她一样心向自由的伴侣,哪怕终生贫寒,也值得一生相守。如果等不到这样的缘分,她宁愿从此离世独居。没有人敢否认她的决定,素无廉耻的贾氏兄弟,这时终于见到了他们用钱买不来的奇女子,他们也被她的真情和胆气折服,贾琏决心去成全这桩亲事。

四、柳湘莲退亲

可惜柳湘莲不能识得三姐的金玉之质,他竟是个糊涂无主见一味意气用事的人。柳湘莲在平安道上见了贾琏,加上薛蟠一通说合,很快就同意了婚事。在当时的社会,他这样一个不务正业的票友,又没有什么家底,很难指望娶到门第很好的妻子,尤家毕竟还有贾府这样有势力的姻亲,这亲事对他来说已经算高攀了。可是他回去一想,觉得有些蹊跷,出去打听了些风言风语,再加上贾宝玉也给他证实了这些风言风语,马上就觉得自己受骗和被利用了。他就来到贾琏居处,找了理由要退亲。"客中偶然忙促,谁知家姑母于四月间订了弟妇,使弟无言可回。若从了老兄背了姑母,似非合理。若系金帛之订,弟不敢索取,但此剑系祖父所遗,请仍赐回为幸。"(第六十六回)

传统中国,婚姻都是要由家长做主的。在此前提之下,婚姻的缔结也有一套复杂的程序,通常称为"六礼",依次为纳采、问名、纳吉、纳征、请期、亲迎。首先是纳采,男方家长先派媒人向女方家长表明想要和对方通婚的意愿,如果女方家长同意,再派人送礼,这叫纳采。其次是问名,即询问女子姓名,取得女方的生辰八字。接下来是纳吉,将女方生辰八字到寺庙占卜,如果占卜结果为吉,再将结果反馈给女家,女家如果接受,婚姻就算确定下来了。第四步是纳征,就是通常所说的男家向女家下财礼。第五步请期,由男家选定成婚日期,告知女方,如女方家长同意,婚期就确定下来了。第六亲迎,婚期到时,男方亲到女家迎接女方到男家。

不同于现代婚姻制度的是,传统中国婚礼程序中定亲是非常重要的,定亲的标志程序是男方给女方下了财礼,聘定女方为妻。历史学家郭松义指出,无聘而婚在传统中国是无法想象的,从某种意义上说,聘甚至比成婚仪式更重要。[1]定亲具有严格的

---

[1] 参见郭松义:《伦理与生活:清代的婚姻关系》,第184页。

法律效力,《大清律例》规定:"凡男女定婚之初,……务要两家明白通知,各从所愿,(不愿即止,愿者同媒妁)写立婚书,依礼聘嫁。……虽无婚书,但曾受聘财者,亦是。"《大清律例·户律·婚姻·男女婚姻》这条说得很清楚,定亲要订立婚书,婚书即是两家缔结婚姻的契约凭证。如果没有书面的婚书,但是下了财礼女家已经接受的,也同样受到法律的保护。

《大清律例》中对于悔婚的行为做了明确规定:

> 若再许他人,未成婚者,(女家主婚人)杖七十,已成者杖八十。后定娶者,(男家)知情,(主婚人)与(女家)同罪,财礼入官;不知者不坐,追还(后定娶之人)财礼,女归前夫。前夫不愿者,倍追财礼给还,其女仍从后夫。男家悔(而再聘)者,罪亦如之,(仍令娶前女,后聘听其别嫁),不追财礼。其未成婚男女,有犯奸盗者,(男子有犯,听女别嫁;女子有犯,听男别娶)不用此律。(《大清律例·户律·婚姻·男女婚姻》)

按照这条法律,一旦依法定了亲,一般只有对方犯了"奸盗"之罪,才可以顺利解除婚约。清代传世的判例中,女方悔婚往往是非常困难的,法律一般都严格保护原来定亲的男方的利益。学者们认为,把定亲视为结婚的必经程序,一来是因为农业社会里人们希望生活稳定,大事具有可预期性,二来是因为结婚是非常隆重的事,要给双方足够的准备时间,男方准备婚礼,女方准备嫁妆。[1]另外,传统中国把定亲看得这么重要可能还有一个原因,因为男性娶妻并不容易,男方要早早替自己谋划。史景迁根据一些清代的残存户籍资料,统计出十八世纪末(乾隆统治时)中国沈阳的某个乡村,百分之二十的男性是终生未婚的。[2]这大概也能透视当时整个中国的社会状况。所以但凡有男丁的家庭,都要早早谋划定亲,即便中等以上的人家,也要早点计划,给自己的孩子找个门当户对的好人家。

定亲这种制度更多保护男方的利益,实际上它意味着一经定亲,女方就已经在某种程度上成为男方的家庭成员。已定亲之女应为男方家长服丧,在今天华北的很多农村地区也常见这种习俗。[3]所以定亲在清代社会不是小事,不是说退就可以退的。清代传世的案例中,常有因为悔婚闹出人命官司的。《红楼梦》中一共出现了三桩退婚,几乎每一次都惹出了人命。除了尤三姐自杀之外,第十五回王熙凤在馒头庵被老尼静虚教唆插手张财主家退婚,张财主的女儿张金哥和她的未婚夫双双自杀。第六十九回王熙凤派家人唆使张华到都察院状告贾琏,坚持不愿退亲,后来得了银两又被唆使撤诉,王熙凤怕以后走漏了风声,差点派人把张华杀了,过不久尤二姐也含恨自杀。

道光年间陕西曾有一起著名的悔婚案,王运聘定了屈全经的女儿给自己的儿子王杜儿为妻,嘉庆二十三年(1818)王杜儿到

---

1 参见郭松义:《伦理与生活:清代的婚姻关系》,第195页。郭松义、定宜庄:《清代民间婚书研究》,人民出版社2005年版,第98页。
2 参见〔美〕史景迁:《追寻现代中国:1600—1912年的中国历史》,第97页。
3 参见吴欣:《清代民事诉讼与社会秩序》,中华书局2007年版,第34页。

新疆哈密去做生意了,第二年曾经寄信回家。道光七年(1827)屈全经的妻子梁氏到县衙控告,县官准许了屈的女儿改嫁,县官的判决根据是一项"逃亡三年不还"的判例,其中规定男方逃亡三年不还的,经过官府裁断发给执照,女方可以改嫁,男方不得追回财礼。屈全经在县官裁断后将女儿另嫁给王万春为妻,并已经接娶成婚。王运不服,多次到衙门控告。后来上级知府查明,认为王杜儿只是到外地谋生,曾经寄信回家,不算逃亡不归,根据法律,判决将屈女还给王杜儿成婚。因为屈女嫁到王家已经怀孕,判令等分娩孩子生下后再交王杜儿领回。屈女的现任丈夫王万春后来提出,孩子出世了母亲正在哺乳,母子难以分离。官司又打到巡抚那里,最后还是坚持知府的判决,让屈女回去嫁给王杜儿。[1]从常理来说,女方相对比较弱势,男方坚持退亲,女方多会选择忍让,不会再坚持和男方成婚。学者程郁指出,也有男方悔婚另娶受到惩罚的判例,清末陕甘总督布彦泰失势被调查,他的幕僚丁宝田年轻时在湖北做幕僚,聘定了黄姓女子为妻,后来因为他到甘肃做幕僚了,就娶了孙氏为妻,孙氏死后,才续娶黄氏。丁宝田因此受到了杖八十的刑罚。[2]

五、三姐之殇

在清代社会,无论女方还是男方,悔婚都是很困难的事,法律一般都保护定亲的效力。柳湘莲一提了退亲,贾琏的反应很果

---

[1] 参见〔清〕祝庆琪等编:《刑案汇览三编》,第一册,第243—244页。
[2] 参见程郁:《清至民国蓄妾习俗之变迁》,第86页。

断:"定者,定也。原怕反悔所以为定。岂有婚姻之事,出入随意的?还要斟酌。"(第六十六回)在古人看来,一旦下了聘礼,这婚事就是定了,不是说退就能退的。柳湘莲这时怎么反应呢?他笑道:"虽如此说,弟愿领责领罚,然此事断不敢从命。"(第六十六回)柳湘莲得罪不起宁国府,他也只是听到了些风言风语,拿不出什么证据,是不能以女方"犯奸"为由主张退亲的。但他主张退亲的理由在法律上是站得住脚的,他找到了一条法律上允许的例外。婚姻都是应由尊长做主的,清代法律规定:"嫁娶皆由祖父母、父母主婚,祖父母、父母俱无者,从余亲主婚。"(《大清律例·户律·婚姻·男女婚姻》)祖父母在,祖父母做主,祖父母不在了,父母做主,祖父母、父母都不在了,其他关系较为密切的近亲属做主。《大清律例》的官方注释中明确解释了这一条:"余亲当尽伯叔父母、姑、兄姊、外祖父母,如无,则从余亲尊长。"[1]柳湘莲虽然父母双亡,但还有个姑妈在。他退亲的理由是他的姑妈在他下聘礼之先就已经给他定下了亲事,他自己定下的亲事必须得到尊长的认可,如果他的姑妈已经给他先定了亲事,他定下的这桩亲事如果还没有成婚,就是无效的。《大清律例》中对此有明确规定:"若卑幼,或仕宦,或买卖在外,其祖父母、父母及伯叔父母、姑、兄、姊,(自卑幼出外之)后为定婚,而卑幼(不知)自娶妻,已成婚者,仍旧为婚,(尊长所定之女,听其别嫁);未成婚者,从尊长所定,(自聘者,从其别嫁)。违者,杖八十,(仍改正)。"(《大清律例·户律·婚

---

[1] [清]沈之奇撰,怀效锋、李俊点校:《大清律辑注》,第255页。

姻·男女婚姻》)柳湘莲退婚心意已决,他给自己找了一个合法的理由,这样的理由也是不会让女方难堪的。

尤三姐在里屋听到了柳湘莲和贾琏的对话,很快就明白了是怎么回事,她的梦想当时就被无情击碎了。她的一片真情换来是一个最残酷的结果。书中写道:

> 那尤三姐在房明明听见。好容易等了他来,今忽见反悔,便知他在贾府中得了消息,自然是嫌自己淫奔无耻之流,不屑为妻。今若容他出去和贾琏说退亲,料那贾琏必无法可处,自己岂不无趣。一听贾琏要同他出去,连忙摘下剑来,将一股雌锋隐在肘内,出来便说:"你们不必出去再议,还你的定礼。"一面泪如雨下,左手将剑并鞘送与湘莲,右手回肘只往项上一横。可怜"揉碎桃花红满地,玉山倾倒再难扶",芳灵蕙性,渺渺冥冥,不知那边去了。
>
> (第六十六回)

尤三姐就这样决绝地去了,用了这样惨烈的方式,她用来自杀的剑,是柳湘莲定婚时的信物,她把那剑挂在床前,一直在等着他来,可是等到的却是这样的结局。尤三姐的婚姻悲剧,在传统中国的宗法社会中是必然的。柳湘莲和尤三姐的身世其实很相似,他也是沦落的世家子弟,但他一样脱不去对女性的贞节情结。平安道上贾琏和薛蟠跟他提亲时,他并不知道三姐对他有情,只当这是贾薛二人的安排,后来听了风言风语,他自然就会认为这是贾氏兄弟在利用他。他找了合理的理由来退亲,也未曾想到三姐这时在屋里听见。他对尤三姐没有任何了解，只是一时意气用事，糊糊涂涂答应了，又糊糊涂涂来退亲。

尤三姐毅然决然地自杀了，书中写道：

> 当下唬得众人急救不迭。尤老一面嚎哭，一面又骂湘莲。贾琏忙揪住湘莲，命人捆了送官。
> 尤二姐忙止泪反劝贾琏："你太多事，人家并没威逼他死，是他自寻短见。你便送他到官，又有何益，反觉生事出丑。不如放他去罢，岂不省事。"（第六十六回）

尤二姐这时说出了"威逼人致死"的罪名，可见在当时的社会，威逼人致人自杀要承担法律责任，是尽人皆知的常识。尤三姐临终之时，心里怀着怎样的绝望，她的死是对贾珍的公然控诉。尤二姐也是明白事理的，虽然非常悲痛，但很清楚责任不在柳湘莲。柳湘莲这才对尤三姐有了直观的认识，原来是这样刚烈有情的人。可是后悔已经晚了，他又糊糊涂涂地出去，失魂落魄地跟着道士出家去了。

《红楼梦》通行本八十回后虽为续作，但对尤三姐之死的交代基本合于当时法律的逻辑。第一百零五回写贾赦和贾珍父子都被抓走了，贾府阖家吓得惊慌不已，第一百零七回写，贾政去朝内候旨，不多时旨意传出，北静王代述：

> 所参贾珍强占良民妻女为妾不从逼死一款。……查尤三姐原系贾珍妻妹，本意为伊择配，因被逼索定礼，众人

扬言秽乱,以致羞忿自尽,并非贾珍逼勒致死。但身系世袭职员,罔知法纪,私埋人命,本应重治,念伊究属功臣后裔,不忍加罪,亦从宽革去世职,派往海疆效力赎罪。贾蓉年幼无干,省释。

贾珍是被御史弹劾的,尤三姐当众自杀,事情肯定传得沸沸扬扬,贾府的政敌就找了御史弹劾他们。从情理上说,柳湘莲的退婚是尤三姐自杀的导火索,但并不是直接原因,如果没有贾珍毁了尤三姐的名誉,后面的悲剧本来不会发生。而且柳湘莲的退婚理由(尊长已先定亲)在法律上是能够成立的,并不存在无理取闹。书中这时交代,官府调查难以证明贾珍真的侵犯了尤三姐,一来死无对证,二来时过境迁难以查清。但是皇帝下旨最后给的处罚并不算轻,贾珍被判革职,流放到边境。这处分的意思大约是:虽然查不清了,但是如果与你无关,哪里来的"众人扬言秽乱"呢?而且当时为什么不报官彻查就"私埋人命"?显然是尤氏母女畏惧贾珍的权势,只有忍气吞声就这样算了。

尤三姐的悲剧充分证明了清代社会女性在法律上的极度弱势,如果遭遇了侵犯,只有当时立即自杀才能证明自己的清白,才可能让加害人受到惩处,没有立即自杀就不被视为"贞妇",就成了犯奸妇女,任凭舆论肆意侮辱。这是一个吃人的社会,尤三姐就这样被无情吞噬了。

《红楼梦》第六十六回篇首有乾隆年间文人戚蓼生做的回评:

余叹世人不识"情"字,常把"淫"字当作"情"字。

殊不知淫里无情，情里无淫，淫必伤情，情必戒淫，情断处淫生，淫断处情生。三姐项上一横，是绝情，乃是正情；湘莲万根皆消，是无情，乃是至情。生为情人，死为情鬼。故结句曰"来自情天，去自情地"，岂非一篇至情文字？[1]

"淫必伤情，情必戒淫，情断处淫生，淫断处情生"，尤三姐至情至性，生遭末世，情动之时，她再不愿沉沦，但她的真情甚至根本都还不被所爱知道，就被无情地击碎了，只有以死捍卫自己的尊严。即便在乾隆朝这样官方变态推崇贞节的时代，她的悲剧都打动了戚蓼生、脂砚斋、高鹗、程伟元一干封建文人，高、程整理的一百二十回本中对她的事迹做了多处改写，一定要把她塑造成从始至终都坚贞不屈，这也许不全是儒生的迂腐，而是他们真的不忍心这样美好的生命遭到这样惨痛的毁灭。在乾隆朝礼教对女性的沉重压迫中，尤三姐的故事犹如划破黑夜的惊雷，余音缭绕直至于今，成了《红楼梦》中最悲壮的一曲情殇。

---

1 [清] 曹雪芹:《戚蓼生序本石头记》，第2533页。

第六十六回

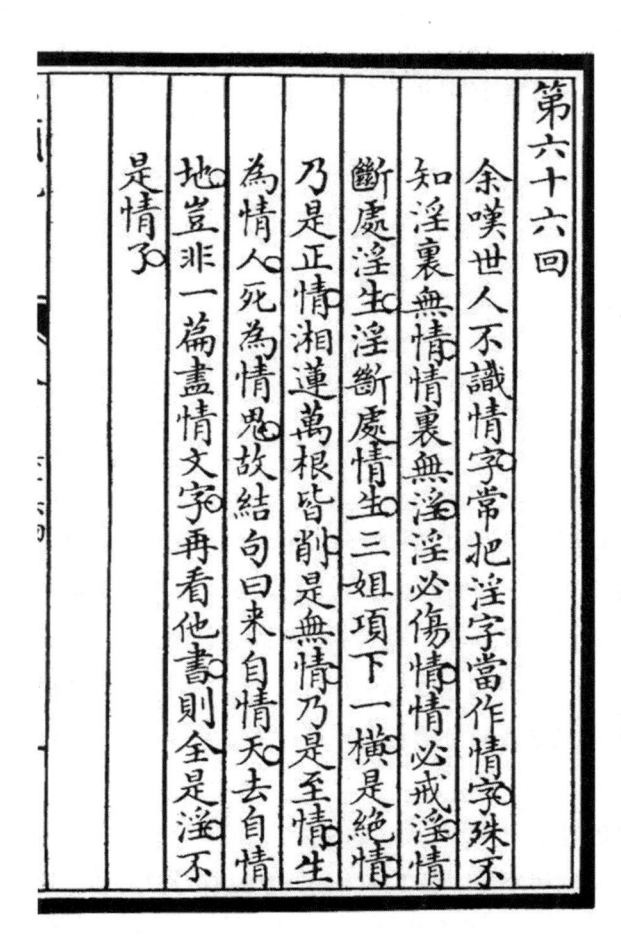

余嘆世人不識情字,常把淫字當作情字,殊不知淫裏無情,情裏無淫,淫必傷情,情必戒淫,斷處淫生,淫斷處情生。三姐項下一橫是絕情斷處淫生,乃是正情。湘蓮萬根皆削是無情,乃是至情生。為情人死為情思,故結句曰:來自情天去自情地,豈非一篇盡情文字?再看他書,則全是淫,不是情了。

《戚蓼生序本石頭記》第六十六回回評書影
(人民文學出版社1975年影印版)

第十章

尤二姐之死
与清代的妻妾宗法

《红楼梦》中尤氏姐妹的性格很不一样，尤二姐生性懦弱，没有什么主见，她的命运总是由别人来安排的，她也从无抱怨。她原是那么善良温顺，根本不曾想到世间会有人处心积虑地谋害他人。《红楼梦》中自杀的女性，尤二姐死前是遭遇最惨的，她就像一只毫无防备的羔羊，被设下了重重关卡，被慢慢凌虐而亡。

民国时才子吴宓深爱《红楼梦》，吴宓评《红楼梦》，认为王熙凤是《红楼梦》中最下等人物，是只有对权力和金钱的物欲、全凭机诈和势力行事的魔鬼一样的人物，[1] 读到尤二姐之死每为之

---

[1] 吴宓将《红楼梦》中人物分为三等：上等人是天界人物，其立身行事本于真理和爱情，宝玉和黛玉为其代表；中等人是人界人物，其处世接物谨慎明达且有伪善矫饰，宝钗为其代表；下等人是物界人物（魔鬼），其对人成功专凭机诈和势力，王熙凤为其代表。参见吴宓：《王熙凤之性格》，载吕启祥、林东海主编《红楼梦研究稀见资料汇编》（下），第1081页。

泣下。王熙凤断送了几条人命，其中尤二姐是被她精心算计、毫无还手之力的猎物。吴宓以为王熙凤对尤二姐的施虐从其自利的角度来看毫无必要，是纯粹权术的运作："对尤二姐，亦尽可斥逐以去，何必赚之入圈而杀之，且连逼张华告贾琏状子？——亦只为欲对死者（尤二姐）生者（琏）及一切人表示二奶奶之宝刀耳。"[1]其实从古代宗法的角度来看，王熙凤害死尤二姐母子不仅是不必要的，甚至可能是损人不利己的。

现代人则很难不从反封建的立场去看待尤二姐的悲剧，哀其不幸而怒其不争，甚至批判她随波逐流自愿选择为人妾侍的庸俗命运。作者写出这样的悲剧也许并无这些用心，也许这只是他在当时社会常常见到的真实。在女性没有财产权也没有基本社会自由的时代，即便贵为金玉之质，一旦丧失了父兄的保护，为生存计，随波逐流只是她们当中很多人身不由己的选择。

一、王熙凤会不会被休

《红楼梦》中写尤二姐的婚姻是暧昧不明的，一面说她是二房，一面又说贾琏偷娶了她，王熙凤还指使张华到衙门里告贾琏"停妻再娶"（第六十八回）。王熙凤没有儿子，尤二姐可能威胁到了她的地位。其实《红楼梦》里贾府男主子们的正妻，并不是只有王熙凤没有儿子。邢夫人、尤氏比王熙凤还要不幸一些，她们没有子女。尤氏不是贾蓉的生母，邢夫人也不是贾琏、迎春的

---

[1] 吴宓：《王熙凤之性格》，载吕启祥、林东海主编《红楼梦研究稀见资料汇编》（下），第1082页。

生母[1]，她们都没有子女，可是她们都没有王熙凤那样强势。尤氏和邢夫人都不是原配，而是继室，她们最初很有可能都是妾侍，在原配死了之后被扶正了。她们的娘家都没什么势力，并非官宦人家。

从常理来说，王熙凤没有儿子，是不应该那么强势的。中国古代婚姻制度从周礼开始就有"七出"之条，丈夫是可以休妻的。"七出"包括无子、淫佚、不事舅姑、多言、盗窃、妒忌、恶疾七种情况，其中第一条就是"无子"。[2]

"七出"是一个很古老的法律条文，最初它是由汉代的儒生提出来的，唐代明确写进了法律，但是也有很多限制。除了"七出"还有"三不去"，就是三种不能休妻的情形，包括：有所娶无所归（娘家无人供养无家可归），与更三年丧（操持过公公婆婆的丧事），前贫贱后富贵（娶时贫贱后来富贵）。[3]俗语说的"糟糠之妻不下堂"，其实就是"三不去"中的法律规定"前贫贱后富贵"这一条。中国人非常熟悉的陈世美和秦香莲的故事，秦香莲就符合"三不去"中的"前贫贱后富贵"，这样的妻子法律是不允许抛弃的。唐宋法律都规定，除了妻子"犯奸"（与人通奸）和"恶疾"之外，其他满足"七出"的情况，如果妻子符合"三不去"，丈夫都不能休妻。另外还规定，只有妻子年满五十以上

---

[1] 邢夫人对迎春道："谁知竟不然，这可不是异事。倒是我一生无儿无女的，一生干净，也不能惹人笑话议论为高。"（第七十三回）

[2] 汉儒戴德所著《大戴礼记》："妇有七去：不顺父母去，无子去，淫去，妒去，有恶疾去，多言去，窃盗去。不顺父母去，为其逆德也；无子，为其绝世也；淫，为其乱族也；妒，为其乱家也；有恶疾，为其不可与共粢盛也；口多言，为其离亲也；盗窃，为其反义也。"[清]王聘珍撰：《大戴礼记解诂》卷十三《本命》，中华书局1983年版，第255页。

[3] 参见[清]王聘珍撰：《大戴礼记解诂》卷十三《本命》，第255页。

无子而且也没有妾可以生子的情况下才能休妻。[1]

所以实际上中国古代男人想要单方面休妻并不是一件容易的事，尤其有身份有地位的人，随意休妻还可能招来舆论的不良影响。官员如果随意休妻，不符合法律上规定的休妻条件，还可能被政敌弹劾。妻子娘家如果很有势力，休妻更不是一件容易的事。元明清以后，法律倾向于保护家庭稳定，对休妻的限制更严了。按照清代法律的规定，除非妻子"犯奸"，否则妻子即便有"七出"的情形，但只要符合"三不去"的条件，丈夫都不能休妻。[2]这比唐宋时的休妻条件更严格了。清代传世的判例显示，休妻的诉讼很少得到地方官的支持。[3]

尽管从唐律以来就把"无子"作为"七出"的第一条款，但实际上这并不是一个充足的休妻理由。法律上并没有要求妻子一定要有儿子，选择妻子尤其是原配的主要考虑是"联二姓之好"，壮大家族的势力。正妻如果有儿子当然更好，如果没有，可以在法律上为她创设子嗣，比如妾生的儿子由她抚养，或者从家族中为她选择嗣子。严格来说，清代社会能够顺利休妻的条件就是"犯奸"，其他的都不成其为休妻的充分理由。"妻犯七出之状，有三不去之理，不得辄绝。犯奸者，不在此限。"（《大清律

---

[1]《唐律疏议》卷十四《户婚・妻无七出》："虽犯七出，有三不去，而出之者，杖一百。追还合。若犯恶疾及奸者不用此律。……妻年五十以上无子，听立庶以长。四十九以下无子，未合出之。"岳纯之点校：《唐律疏议》，上海古籍出版社2013年版，第223—224页。
[2]《大清律例・户律・婚姻・出妻》："妻犯七出之状，有三不去之理，不得辄绝。犯奸者不在此限。……凡妻（于七出）无应出（之条）及（于夫无）义绝之状而（擅）出之者，杖八十。虽犯七出（无子、淫泆、不事舅姑、多言、盗窃、妒忌、恶疾）有三不去（与更三年丧、前贫贱后富贵、有所娶无所归）而出之者，减二等，追还完聚。"
[3] 参见程郁：《清至民国蓄妾习俗之变迁》，第87—88页。

例·户律·婚姻·出妻》）如果妻子娘家很有势力，陪嫁很丰厚，休妻时男方依法应该送还女方的嫁妆，妻子娘家的亲属也可能提起诉讼，坚持休妻不合法。[1]

王熙凤在贾府这么强势不是没有原因的。《红楼梦》第七十二回，贾琏和王熙凤说起用钱的家务事吵起来了，王熙凤毫不客气埋汰了贾琏一通：

> 我们王家可那里来的钱，都是你们贾家赚的。别叫我恶心了。你们看着你家什么石崇邓通。把我王家的地缝子扫一扫，就够你们过一辈子呢。说出来的话也不怕臊！现有对证：把太太和我的嫁妆细看看，比一比你们的，那一样是配不上你们的。

《红楼梦》中到贾赦、贾政这一代，贾府和贾母的娘家史家似乎都已经开始在走下坡路了，王家却正在上升期。开篇第四回，薛蟠打死了人，要进京躲一躲，书中就交代"王子腾升了九省统制，奉旨出都查边"。九省统制是个虚构的官名，大意就是总管九个省的事务。王熙凤出嫁时带来了丰厚的嫁妆，娘家人又不断升官大权在握。贾琏只是出钱捐了个没有实职的官，就在家里管管家务事，还被王熙凤给彻底比下去了，里里外外的人都

---

[1] "又凡丈夫与妻不和离异者，其女衣服及陪送嫁装之现在物件凭中给还女家，若两家争斗者，照律治以应得之罪。其欲娶妾者听，若托故出妻者，依律治罪。"[清]孙纶辑：《定例成案合镌》卷六，《户部·婚姻·夫亡听从守节改嫁》，康熙五十八年刊本（日本东京大学东洋文化研究所藏本）。

说他的能力不及他的老婆。他在外面结交的人脉都是靠着上一代的老关系，胆子也很小不敢给人办太出格的事。相比于王熙凤的做派，他怎么着都有些弱势，还少不了要找王家的人帮忙。书中写到，鲍二家的自杀后她娘家的亲戚要去告，贾琏害怕自己有麻烦，就去找了王熙凤的叔父王子腾，叫来仵作和公差摆平了这件事。（第四十四回）

王熙凤虽然没有儿子，但并不用担心贾琏随时把她休了，休妻不是那么容易的事。但是这毕竟是她最大的危机，因为假如她一直都没有儿子，贾琏就有充足的理由纳妾给自己解决后嗣的问题，如果贾琏和妾有了儿子，这个儿子将来就会成为贾琏最主要的继承人，王熙凤的女儿只能得到一份嫁妆。如果贾琏比王熙凤先死，王熙凤不能继承他的财产，顶多只能代他管理，如果她和贾琏的儿子关系处得不好，她在家族中的地位是可能被动摇的。而且她不能一直指望娘家的人保护她，嫁出去的女儿泼出去的水。贾赦和贾琏还在时，王家和贾府结成了利益同盟，如果将来他们都不在了，王家就可能和下一代的姻亲结成同盟，王熙凤就不那么重要了。

不管怎么说，在中国古代的宗法大家庭中，没有儿子的女性是天然处于劣势的，这可能导致她们老无所依。即便嫁入豪门，没有儿子也可能在丈夫死后被族人侵夺家产甚至逼迫改嫁。要克服这种劣势有很多办法，中国古代有不少成功的嗣母和嫡母，她们通过和嗣子、庶子培养感情，等他们长大成人后，也能得到他们的保护和尊敬。清朝初年的大儒顾炎武就是由嗣母王氏抚养长大的，王氏是顾炎武嗣父的未婚妻，还未过门顾炎武的嗣父就死了,王氏坚持来到顾家和公公婆婆一起生活,并在顾氏大家族中给自己选了顾炎武做嗣子,把他抚养成人。顾炎武对嗣母感情很深,一直都非常尊敬她。[1]现在传世的清代判例中,也能发现很多男孩由生母、嗣母一起抚养长大的例子。

所以对于王熙凤来说,克服自己危机的理性办法是允许贾琏纳妾生子,即便贾琏真有了庶子,她也可以把这孩子立为嗣子,视同己出恩养成人。如果她和妾都有了儿子,庶子更不可能威胁到她的地位。如果贾琏死后王熙凤没有任何意义上的儿子(包括嗣子),这对于她才是最不利的。形势如果演变到那一步,在贾琏死后,贾府族人、王家族人甚至可能逼她改嫁,将她扫地出门。但是王熙凤是不可能这样处理问题的,她的天性就是要自己独大也绝不服输的,她一定要自己生下儿子,决不能让别的女人为贾琏生下儿子。谁拦了她的路,她就一定要除之而后快。她这样做事就是既不给别人留活路,也不给自己留后路,最后迟早会逼得贾琏出去偷着给自己纳妾。

二、贾琏的重婚

俗话说得好,物极必反,强极则辱。贾琏被王熙凤压制很长时间了,管家的事务都是王熙凤说了算,他根本都不能话事。自己跟前服侍的丫鬟都被王熙凤赶走了,平儿虽说也算贾琏的妾,但是她一直都服从王熙凤,不敢和贾琏走得近。贾琏虽然性子比

---

[1] 参见[清]顾炎武:《亭林余集·先妣王硕人行状》,《清代诗文集汇编43·亭林文集 亭林余集 蒋山佣残稿 谦斋文集 谦斋诗集 石庄先生诗集》,第101—104页。

较温和心不狠，但是王熙凤把他压了这么久，他早就受够了。从古代宗法的角度来看，贾琏想给自己纳妾准备子嗣，他的愿望是合理的，但是他被压制了很久，很多欲望都得不到满足，已经对王熙凤心生恨意，多少有点报复心理了。

第六十四回写到，贾琏和贾蓉夸奖尤二姐可敬可爱："人人都说你婶子好，据我看那里及你二姨一零儿呢。"可见贾琏对王熙凤已经有多么不满了，觉得王熙凤比起尤二姐简直一无是处。贾蓉心知其意，就表示回去和父母商议，让尤二姐给贾琏做二房。贾蓉很清楚贾琏的愿望，主意给他出得很周到，怎么说合，怎么买房子收拾东西，都想得十分周全，还给贾琏建议在贾府外置办宅第，瞒着贾赦和王熙凤，等有了儿子了，家里人知道也没奈何了。

尤二姐是定过亲的，未婚夫是张华。书中交代，尤老娘的前夫在时，指腹为婚把尤二姐许给了皇粮庄头张家。"张华之祖，原当皇粮庄头，后来死去。至张华父亲时，仍充此役，因与尤老娘前夫相好，所以将张华与尤二姐指腹为婚。"（第六十四回）尤二姐的生父是个六品官，和张家交好，当时能定下这门亲事，可能也就是朋友感情好，一时兴起，但张家应该是有相当财力的。官宦人家把女儿嫁给大商人，可能是当时常有的联姻方式，薛姨妈出自门第显赫的王家，就嫁给了一个内务府的皇商。不想后来张家遭了官司败落了，尤老娘死了丈夫，改嫁到尤家了，和张家十数年音信不通，尤老娘就有心退婚把尤二姐另嫁给别人。贾蓉也给贾琏想好了万全之策，让尤老娘先找来张华，许些钱让张家退亲，张家穷困潦倒，没有财力给张华办婚事。贾珍让下人找来了张华，尤老娘许了二十两银子，让他写下退婚书。张华心中虽不愿意，但是惧怕贾府的权势，不敢不依，只得写了一张退婚文约。

传统中国婚礼程序中定亲是非常重要的，定亲这种制度更多保护男方的利益，实际上它意味着一经定亲，女方就已经在某种程度上成为男方的家庭成员。定亲在清代社会不是小事，不是说退就可以退的。按照清代的法律，悔婚尤其是女方的悔婚是一件非常困难的事，如果男方坚持要诉讼，法律往往是保护原来定亲的男方的利益的。张华能到衙门去告，似乎他坚持不愿退婚是有理由的。虽然张华十多年没有迎娶，尤二姐也还是他的未婚妻，贾府给了二十两银子就逼他退亲，似乎是仗势欺人。但其实张华这个定亲效力是很成问题的，清代法律虽然严格保护定亲，但也明令禁止指腹为婚："男女婚姻，各有其时。或有指腹、割衫襟为亲者，并行禁止。"（《大清律例·户律·婚姻·男女婚姻》）法律严格保护定亲的效力是很慎重的考虑，但是即便这样，婚姻大事也应到适当的时候才考虑。

所以张家败落以后多年不来迎娶，尤老娘想要退亲说不上是很过分的事，本来这亲事就是尤二姐的生父一时兴起定下的，本来也就有问题。张家败落了，没有能力迎娶，很多年都不来往了。尤二姐的生父死后，尤老娘改嫁到尤家，法律上她才是尤二姐的主婚人，依据清代的法律，改嫁带过去的女儿，应由其母主婚。[1] 早在尤氏母女来到宁国府之前，可能在尤氏的生父还在世时，

---

[1]《大清律例·户律·婚姻·男女婚姻》："嫁娶皆由祖父母、父母主婚，祖父母、父母俱无者，从余亲主婚。其夫亡携女适人者，其女从母主婚。"

尤老娘就有心退婚了。一来这婚定得糊糊涂涂，尤家对张华根本没什么了解，二来张家十多年都不提这事了，也没有诚意要来迎娶。这时尤老娘提出来要退，是想把这事妥当解决，不要再耽误自己的女儿，以免张家以后无理取闹。

尤二姐真是命途多舛，还没出世就被亲父亲稀里糊涂嫁给了张华，定下的是一桩法律上无效的亲事。现在尤老娘做主把她嫁给贾琏，又是一桩糊糊涂涂的亲事。贾蓉说服了贾琏，回来就和贾珍商议，去和尤老娘提亲。书中交代，贾蓉"说贾琏做人如何好，目今凤姐身子有病，已是不能好的了，暂且买了房子在外面住着，过个一年半载，只等凤姐一死，便接了二姨进去做正室。又说他父亲此时如何聘，贾琏那边如何娶，如何接了你老人家养老，往后三姨也是那边应了替聘，说得天花乱坠，不由得尤老娘不肯"（第六十四回）。尤二姐虽说是去做二房，但是却由贾珍做主下了聘礼也准备了嫁妆，书中也一直说贾琏偷"娶"，这意思就是尤二姐是准备嫁去做正妻的，要等王熙凤死了以后扶正。至少尤老娘对这事的理解就是女儿是嫁去做正妻的，只是要等段时间。贾琏现有正妻王熙凤，现在又准备让尤二姐做正室，这也是一桩法律上很成问题的亲事。

《红楼梦》写到尤二姐时多处提到贾琏"停妻再娶"，第六十四回写贾蓉给贾琏出主意时，贾琏当时自己都想到了这一层，"贾琏只顾贪图二姐美色，听了贾蓉一篇话，遂为计出万全，将现今身上有服，并停妻再娶，严父妒妻种种不妥之处，皆置之度外了"。古代婚姻法讲究"聘则为妻，奔则为妾"（《礼记·内则》）。妻和妾的关键区别在于：首先，娶妻要由父母尊长做主，妾则可以自己选择。其次，娶妻是有一套正式的仪式的，婚姻的缔结也有一套复杂的程序，其中最关键的程序是要下聘礼定亲，男方给女方下了财礼，聘定女方为妻。[1] 贾琏给尤二姐下了聘礼，这就是把这亲事当娶妻一样对待的，只是没有征求父母的意见，他是准备先斩后奏，以后有了儿子再让贾赦承认。反过来，尤二姐是由母亲做主许给贾琏的，接受了聘礼，还置办了嫁妆，虽然是由贾珍代办的，但是形式上尤家也是把这事当婚事来办的。尤老娘是要把女儿嫁给贾琏做妻子，虽然是预备的，但是她和尤二姐都是这样理解的。贾琏置办了房子，派了家人来服侍尤家母女，让家人都称呼尤二姐"奶奶"而不是"姨娘"，他对外人也是把尤二姐当妻子对待的。贾府里的仆人都认为他是给自己找了个"新二奶奶"，而不认为是姨娘。

尤二姐这桩亲事性质十分暧昧，大概有点类似于现代社会的"事实婚姻"，双方共同生活，对外以夫妻相称，周围的人也把他们当作夫妻。现代社会有重婚罪，情节严重的"事实婚姻"也可能构成重婚。古代社会也有重婚罪，一个男人只能有一个正妻，不能停妻再娶，也不能妻妾失序。清代法律规定："凡以妻为妾者，杖一百。妻在以妾为妻者，杖九十，并改正。若有妻更娶妻者亦杖九十，（后娶之妻）离异（归宗）。"(《大清律例·户律·婚姻·妻妾失序》)"妻在以妾为妻"大约就是古代的事实婚姻，妻子还在，把妾当作妻子一样对待，违反了宗法家庭中的妻妾等级。"妻在以妾为妻"和停妻再娶的刑罚是一样的，都是

---

[1] 参见瞿同祖：《中国法律与中国社会》，第156—158页。

杖九十。贾琏这桩亲事，就算够不上停妻再娶，也是妻妾失序，"妻在以妾为妻"，说这是重婚并不为过。

另外，贾琏偷娶尤二姐还有些其他的法律问题。当时正值国孝，第五十五回交代，宫中有一位老太妃过世了，皇帝下旨："凡有爵之家，一年内不得筵宴音乐，庶民皆三月不得婚嫁。"有爵位的官员，一年之内不得欢宴娱乐，婚嫁就更不要说了[1]，这一点贾府里的人都是很清楚的，后来王熙凤带了尤二姐去见贾母，贾母就表示一年之后才能圆房，贾母是知道法纪的，不想给贾府惹麻烦（第六十九回）。此外，宁国府贾敬死了不久，贾琏是他的堂侄，是很近的亲属，也正在服丧期间，应该服丧一年。贾珍应为父亲贾敬服丧三年，他在父丧期间为贾琏主婚，也同样有罪："若居祖父母、伯叔父母、姑兄姊丧（除承重孙外）而嫁娶者，杖八十。（不离异。）妾不坐。若居父母、舅姑及夫丧而与应嫁娶人主婚者，杖八十。"（《大清律例·户律·婚姻·居丧嫁娶》）贾琏自己决定结亲时，心里也是嘀咕过这些的，但他当时心急，就顾不了那么多了。

尤二姐就这样先后定了两件糊糊涂涂的亲事，还没出世时父亲就"指腹为婚"把她许给了张华，现在母亲被贾蓉一通忽悠，又嫁给了贾琏做预备妻子，还是在国孝家孝期间。这两桩亲事法律上都是有问题的，都可能给自己惹来麻烦。张华同意了退亲也

---

1 《唐律疏议·名例》中明确了断罪的类推之法："诸断罪而无正条者，其应出罪者，则举重以明轻；其应入罪者，则举轻以明重。""其应入罪者，则举轻以明重"，如果同类行为中性质较轻的都入罪，性质更重的也自然入罪。所以这条圣谕的要求是：有爵位的官员，一年之内不得欢宴娱乐，婚嫁就更不要说了。庶民则只要求三月内不得婚嫁。

就罢了,她嫁给贾琏做预备妻子是做着王熙凤会早死的指望的。王熙凤这样魔王一般的煞星,现在被贾琏、贾珍父子都当成了迟早必死之人,他们都盼着她早点病死让尤二姐扶正,可见她有多么不得人心。尤老娘和尤二姐并不了解王熙凤,她们都听信了贾蓉的话,以为王熙凤身体很差病病歪歪离死不远了。这是多么可怕的误解,尤二姐这样毫无心机毫无涉世经验的单纯弱女子,就这样自投罗网送到了魔王的嘴边。

三、王熙凤的毒计

贾琏选择了一个很不恰当的释放时机,宁国府正在办贾敬的丧事,贾敬是他的堂叔,是很近的亲属,他正在服丧期间。更要紧的,此时还正在国丧期间,他自己当时是知道不妥的,但是没有顾忌那么多。贾珍表示一力包办,尤老娘同意了婚事,尤氏向来谨慎,觉得这事不妥,但也拦不住。贾琏很快就在宁荣街后二里远近小花枝巷内买了一所房子,就在此处金屋藏娇了。他起初倒是注意保密的,另买了丫鬟来服侍,但他的心腹仆人兴儿有时候不得不来。兴儿在贾府的二门上当班,一块儿当班的仆人有些是王熙凤的心腹。很快王熙凤的心腹仆人旺儿就知道了,消息就传出去了,而且传播很快,荣国府里除了主子们不知道,下人们都知道了。

平儿最先知道了消息,她在园子里听见一个小丫头说,二门上两个小厮说:"这个新二奶奶比咱们旧二奶奶还俊呢,脾气儿也好。"(第六十七回)一传十,十传百,荣国府里下人们怎么传言的可想而知，王熙凤素来不得人心，对贾琏很凶悍，又没有儿子，下人们可能揣测贾琏打算休了王熙凤，要让这个新二奶奶进门。他们没有把尤二姐当作贾琏的妾，而是当成了新二奶奶，王熙凤成了"旧二奶奶"，这话意思再清楚不过，旧的该下台了，新的马上要登台。

贾琏这次的行为确实出人意表，他一贯是胆小怕事的。这回弄了这么大的事，又瞒着家里不让知道。平儿也猜不透贾琏葫芦里卖的什么药，她毕竟是王熙凤的陪房丫鬟，不希望王熙凤真的被取代二奶奶的地位。所以她觉得这事情非同小可，不得不给王熙凤报告了。王熙凤迅速审问了旺儿和兴儿，很快就知道了事情的来龙去脉。

王熙凤并不害怕贾琏把她休了，下人们的传闻都是言过其实。但是她被惊呆了，没有想到贾琏能背着她干出这样的事，大约她一直是很小看贾琏的，觉得他一贯胆小不敢弄出格的事。王熙凤如果是个明白人，就应该知道贾琏是被她逼到这一步的，她应该适当改变一下齐家的方式。但她是不会这样想问题的。论玩心计玩手腕，贾琏一直都不是她的对手，一直都是被她玩弄于股掌之上，她从没有想过会斗不过贾琏。现在贾琏来了这一出，她觉得这就是阴沟里翻船，居然着了贾琏的道儿。她认定贾琏想不出这样的主意，这一定是贾珍父子给出的主意。她无论如何都咽不下这口气，很快就想出了一箭三雕的毒计，要把贾琏、贾珍父子和尤二姐一锅都烩了。

王熙凤虽然很霸道，但事情到了这一步，她很快就弄明白了形势，周围的舆论都会觉得贾琏这是被她逼的，荣国府里的男主子们，贾赦、贾政都有妾侍，只有贾琏，一直没有公开纳妾，因为王熙凤容不下她们。"七出"中也有一条"妒忌"，王熙凤已经犯了七出之条中"无子"和"妒忌"两条，还这么强势，处处都要占贾琏的上风，按照传统社会的观念，王熙凤就属于标准的悍妇恶妻，仗着娘家的势力欺负老公。第六十九回写王夫人"正因他风声不雅，深为忧虑"，这话说得再清楚不过，王熙凤对贾琏太过分，周围的舆论对她很不利，连她的姑妈都替她担心了。

乾隆时期的文人戚蓼生评《红楼梦》很有洞见，他把王熙凤比作曹操一样老奸巨猾的奸雄，"作威作福，用柔用刚，站步高，留步宽，杀得死，救得活，天生此等人斫丧元气不少！"[1]王熙凤对人下狠手，有柔有刚，先抑后扬，站位很高，先把你打得半死，等你气都快没了她再来把你救活，谁被她这么收拾一回，不死也得脱几层皮。《三国演义》中写曹操极善伪装，"宁叫我负天下人，莫叫天下人负我"，王熙凤还真是这样的路数。她知道了贾琏的偷娶，第一招棋就是要去把尤二姐接进贾府，这招能够达到三重目的：第一，挽回舆论对自己极其不利的形势，表示她并不是不能容人；第二，让贾琏重婚的目的不能达到，尤二姐进了荣国府，到了贾琏的房里，就只能是妾；第三，让尤二姐处于自己的掌控之下，以后慢慢再算计。这就叫欲擒故纵，反败为胜。

---

1 [清]曹雪芹：《戚蓼生序本石头记》，第2612页。

第六十八回

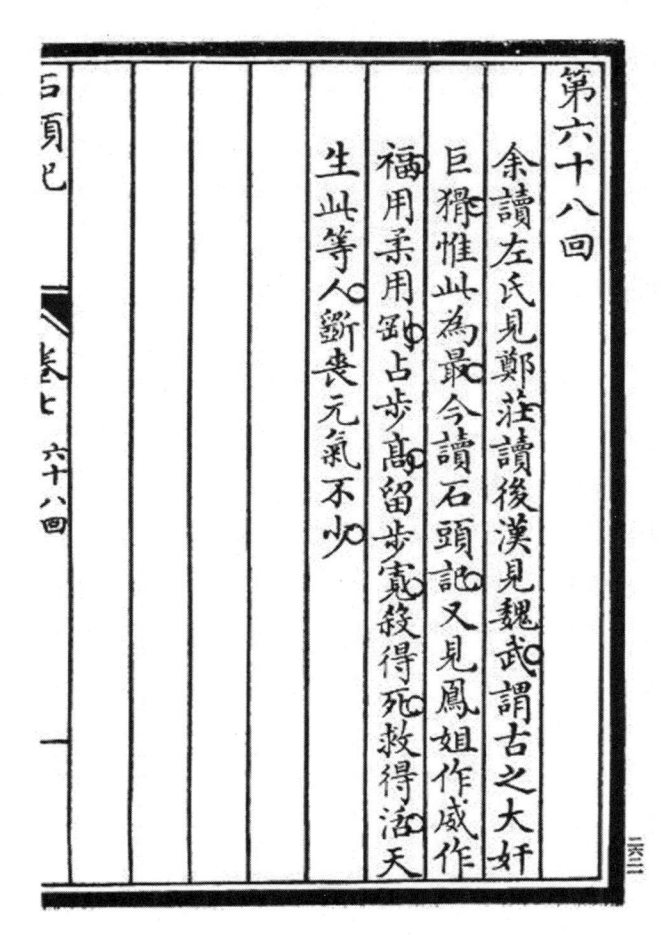

余讀左氏見鄭莊讀後漢見魏武謂古之大奸巨猾惟此為最今讀石頭記又見鳳姐作威作福用柔用剛占步高留步寬發得死救得活生出等人斷喪元氣不少

《戚蓼生序本石頭記》第六十八回回評書影
（人民文學出版社1975年影印版）

王熙凤马上找人收拾了东厢房三间，照着她自己居住的正室一样装饰陈设，摆出了要迎接"新二奶奶"的架势，新二奶奶住的地方都是和她一样的，显得自己诚意满满。接着以迅雷不及掩耳之势来到了花枝巷，服侍尤二姐的仆人都吓坏了。尤二姐倒还镇定，她其实并不愿意这样偷偷摸摸，觉得自己总是应该到贾琏家里去的。可怜尤二姐没有一点心机，哪里知道她遇到的是一个老奸巨猾的"旷世奸雄"。王熙凤把尤二姐骗进贾府的那番话说得真叫感天动地：

> 皆因奴家妇人之见，一味劝夫慎重，不可在外眠花卧柳，恐惹父母担忧。……不想二爷反以奴为那等嫉妒之妇，私自行此大事，并不说知。使奴有冤难诉，惟天地可表。……还求姐姐下体奴心，起动大驾，挪至家中。……若姐姐在外，奴在内，虽愚贱不堪相伴，奴心又何安。再者，使外人闻知，亦甚不雅观。……所以姐姐竟是我的大恩人，使我从前之名一洗无余了。若姐姐不随奴去，奴亦情愿在此相陪。奴愿作妹子，每日伏侍姐姐梳头洗面。只求姐姐在二爷跟前替我好言方便方便，容我一席之地安身，奴死也愿意。（第六十八回）

听听她这番话：我冤啊，我真是冤啊，我没有挤兑谁没有压迫谁，我就是等着你来的，都是小人们胡乱诬陷我，得亏姐姐你来了，这可算真相大白了，姐姐和我一起回去，我们情同骨肉，让那些小人们再不敢胡乱编排我了，姐姐你就是我的大恩人，你算帮我申了冤了。你如果不去,我只有在这儿服侍你报答你了。"王熙凤这张嘴,死人也能被她说活,干了什么坏事她也能替自己洗白。尤二姐很快就被王熙凤的假话骗得一塌糊涂,以前贾琏的心腹仆人兴儿和她闲聊提醒过她千万别相信王熙凤,现在她把这些话都抛到脑后了,觉得这估计是下人们不善冤枉了好人,很快她就被王熙凤骗进了荣国府。

王熙凤第一招棋不费吹灰之力就成功了,尤二姐就住进了她家的东厢房,下来第二步就要跟贾琏和贾珍父子算账。《红楼梦》里多次写到王熙凤插手诉讼,她虽然不识什么字,可是对衙门里的事情了如指掌。一遇到衙门里的事,王熙凤就胆子非常壮,感觉好像衙门都是他们王家开的一样。而且法律上怎么应对,她也似乎很清楚。她的叔父王子腾权倾朝野,估计经常有人来找她家干预诉讼,她慢慢就无师自通,成了一个很有经验的讼棍。

王熙凤非常清楚贾琏的弱点,贾琏做事其实很欠考虑,真急了就不太考虑后果,也不顾及这样做事有什么漏洞。她眼珠子稍微转了转,马上就给贾琏找出四条罪状:国丧期间娶妻、家孝期间娶妻、强逼良民退婚、停妻再娶。那这些罪状谁去告呢?她自己肯定是不能去的,她亲信的奴婢也是不能去的,清代法律禁止卑幼告尊长、妻告夫、奴婢告家长。她马上想到了一个现成的最好的原告,让张华去告,他拿了宁国府的钱退了婚,理论上他就是受害人。

王熙凤派了心腹仆人旺儿,找来张华给了他二十两银子,让他写一张状子去衙门告贾琏"国孝家孝之中,背旨瞒亲,仗财依势,强逼退亲,停妻再娶"。张华一听这么多罪状,觉得事儿太大了，表示不敢去。旺儿回来告诉了王熙凤，王熙凤气得大骂："癞狗扶不上墙的种子。你细细的说给他，便告我们家谋反也没事的。不过是借他一闹，大家没脸。若告大了，我这里自然能够平息的。"（第六十八回）张华这才明白她的意思，就按照指示写了状子，次日便往都察院喊了冤。

尤二姐的亲事是贾珍父子说合的，王熙凤这就抓住了贾琏贾珍贾蓉的大把柄，还把自己扮演成受害者。再动用王家的力量把官司平息了，就能表示自己宽宏大量不计前嫌，让宁国府以后欠她一个大人情，在她面前抬不起头。总之道理被她占尽，好人最后也都她来做，感觉就是贾琏等三人惹了天大的祸事，全靠她把他们救了。

书中写到，都察院收了状子，派了衙役到贾府来传王熙凤的心腹仆人旺儿去答，衙役不敢随便进贾府，见了旺儿不敢锁他，都称他"你老"，贾府的一个仆人衙门里的人都是当老爷一样。所以都察院受理的官儿就是准备走个形式，哪里敢动贾府的人呢。旺儿去了又当堂教训张华把贾蓉也牵扯出来，主审官只好去传贾蓉。王熙凤赶紧派她族中的兄弟王信拿了三百两银子到都察院打点主审官，让他只虚张声势吓唬吓唬就行了，都察院的长官和王子腾向来交好，当然是收了赃银一切照办。王家子弟众多，王信大约是专门负责到衙门勾兑的，去办这事正好轻车熟路。

衙门的人到宁国府传了贾蓉，王熙凤这下就出动了，到宁国府大闹一场。这场大闹，王熙凤鼻涕眼泪没少流，都糊在了尤氏的衣服上。尤氏被王熙凤好一通挖苦，一句也不敢还嘴，只有一边哭一边忏悔。国孝家孝的罪名搬出来，吓得贾蓉跪在地上抽自己的嘴巴子，宁国府的仆人们也都跪了一地，给王熙凤赔不是、给主人说情。尤氏被弄得极其狼狈，王熙凤说她拿五百两打点了衙门，尤氏赶紧拿了钱来还上，王熙凤这还赚了二百两。最后她又做好人说她领尤二姐去见贾母和王夫人，就说是她做主给贾琏娶的二房，等满了丧服再圆房。

整个这场闹剧，王熙凤既是编剧又是导演，还亲自出演，她的演技实在是出神入化，一哭二闹三上吊，骗得尤氏母女只剩感恩戴德一句话都不敢多说。至此她的第二步棋走完。

话说回来，贾琏的四宗罪都是王熙凤给他加的。张华告的主要罪状是贾琏强占了他的未婚妻，但他定下的这桩亲事是指腹为婚，法律上是无效的。可是都察院就受理了。《红楼梦》里王熙凤一共干预了两桩退婚官司，张金哥的未婚夫家不愿退婚要去告，这是真有理的，王熙凤收了三千两银子就把这官司压下去了，张华不愿退婚要去告，这是王熙凤指使的，本来没有道理，王熙凤拿了三百两银子打点了官府，张华还就差点告赢了。可见这衙门真差不多是他们王家开的，说黑是白，说白是黑，不该退的婚想让退就退，该退的婚不想让退就不退。至于出不出人命、是不是乱点鸳鸯谱，王熙凤是管不了那么多的。

贾琏的其他三宗罪状是国孝家孝之中背旨瞒亲、停妻再娶，这三宗罪确实是有问题的。不过反过来说，中国古代法律讲究"亲亲相隐"和"同居相隐"，同为近亲属和一个家族成员的人，对家族成员的犯罪行为（政治犯罪除外）应当包庇隐藏，不应该报官，这是家族伦理的要求。古人说"家丑不可外扬"，就是这个意思。王熙凤到宁国府大闹时，她和贾蓉多次说到"胳膊折了往袖子里藏",也是这个意思,家里的坏事不能出门,只能自己人知道。清代法律明确规定了"干名犯义"罪,妻告夫、卑幼告尊长、奴婢告家长,即便告的事情属实,也要处杖刑一百徒三年,诬告者判斩刑。[1]这条罪名就是要把"同居相隐"落到实处,同一个家族的人要包庇隐藏家族里尊长们的犯罪,去告就是破坏了家族伦理和等级制度,要受到法律的制裁。贾琏干了违法的事,王熙凤和她的仆人是不应该到衙门去告的,去告就是犯罪。他们虽然没有自己去告,却唆使张华去告,这在当时也是违法的。张华定的亲是指腹为婚,这个定婚的效力是不受当时法律保护的,尤老娘给了钱退婚已经过得去了。所以张华告贾琏的罪状中,"强逼良民退婚"这一条是诬告。按照清代的法律,诬告和教唆他人诬告都是违法的。《大清律例》中有"诬告"和"教唆词讼"的规定:

> 凡教唆词讼及为人作词状增减情罪诬告人者与犯人同罪……凡雇人诬告者,除受雇之人仍照律治罪外;其雇人诬告之人,照设计教诱人犯法律与犯法人同罪。(《大清律例·刑律·诉讼·教唆词讼》)

王熙凤眼珠子转一转就给贾琏编出了四条罪名,她对法律怎

---

[1] "凡子孙告祖父母、父母,妻妾告夫及告夫之祖父母、父母者,(虽得实亦)杖一百,徒三年。(祖父母等同自首者,免罪。)但诬告者,(不必全诬,但一事诬,即)绞。若告期亲尊长、外祖父母者,(及妾告妻者,)虽得实,杖一百……若奴婢告家长及家长缌麻以上亲者,与子孙卑幼罪同。若雇工人告家长及家长之亲者,各减奴婢罪一等,诬告者不减。"(《大清律例·刑律·诉讼·干名犯义》)

么规定看来很熟悉,她王家势力大,估计经常帮人到衙门里勾兑干预诉讼,就是经常性地教唆词讼的。她是不怕犯法的,只要她的叔父王子腾还得势,衙门差不多就是她家开的。放高利贷、教唆词讼,犯法的事她没少干,就差要杀人了。为了对付尤二姐,她还真想出了杀人的主意。

王熙凤闹完了宁国府,就带尤二姐去见了贾母和邢夫人、王夫人,贾母夸尤二姐比她还俊,这更加引发了她的妒忌心。她照着她给尤氏编的话说了一遍,说这是尤氏的妹妹,她给贾琏找来的二房,这算是把做好人的戏演完了。贾母见了连夸尤二姐比王熙凤还俊些,叮嘱一定要一年后再圆房。

换了正常人,就该到此为止了。气都出完了,面子也挣足了,人也都收服了,尤二姐就算将来有了儿子,也可以当成自己的孩子养活,养大了也不会白养。但是王熙凤不是正常人,贾母的话更加引发了她的妒忌心。凤姐又叫旺儿挑唆张华继续告,要回尤二姐,许诺以后再给他银子过日子。张华一听有银子,就和他父亲继续去衙门告状,坚持说自己不同意退亲。凤姐又派王信去给都察院的官儿吹风,那官儿就判"其所定之亲。仍令其有力时娶回",张华父子就到贾府来要把尤二姐领回。(第六十九回)

这么一闹,贾母和王夫人就都知道了,原来是定过亲的,原来的人家都来要人了。王熙凤很了解贾母,贾母向来守规矩,不愿多惹麻烦,多半会同意让张华把尤二姐领走。最好是贾母出面,如果贾母说尤二姐不适合留在荣国府,贾珍夫妻什么话都说不出来。于是王熙凤又装作很无辜,说这是尤氏隐瞒,现在弄出事来了。贾母听了觉得这不妥,传了尤氏来问,尤氏无奈表示,亲事确实已经退了，张华收了钱自己同意退亲的。尤二姐也表示张华确实同意退亲了，现在又耍无赖混闹。贾母听了感慨刁民难缠，就吩咐王熙凤去料理此事。

王熙凤把事情闹到了这一步，她现在有两种选择，一是真的让张华把尤二姐带走，反正衙门都听她王家的，要什么样的判决就给什么样的判决，而且贾母也不会强行要把尤二姐留下，二是把尤二姐留在荣国府。可怜尤二姐就这样任王熙凤摆布，说要把她给哪个丈夫就给哪个丈夫。

贾蓉回去和贾珍商量了一下，觉得事情弄成这样不成体统，尤二姐如果让张华这样领走了，宁国府就把人丢到家了，于是拿了钱去打点张华，劝他回乡去。张华被人这样唆使过来唆使过去，两边收了不少银子，算了下合起来有一百两了，觉得也赚了，就和父亲连夜逃回老家去了。王熙凤自己心里盘算了一下，如果硬让张华把尤二姐领走，贾琏回来以后不会甘心，以后贾琏还会想办法再弄回来。不如先让尤二姐留下，慢慢再作打算。可是万一张华把这些事告诉了别人，日后如果有人翻出这由头来翻案，那自己教唆词讼诬告亲夫的事就要败露了，那可不是自己害了自己。王熙凤这下冷静了，知道自己这气要得大了，原本不该借外人去弄这些事，不禁有些后悔了。于是她又找来旺儿，让他派人去找到张华，一定要斩草除根，想办法把张华弄死，最好是诬赖他什么事送到衙门里弄死，或者找人暗杀了他。

《红楼梦》里这么多人，想出主意一定要把人弄死的只有王熙凤这么一号。薛蟠指使豪奴毒打了冯渊，但应该是失手打死的，并没有起心一定要把冯渊弄死。王熙凤不愧为《红楼梦》里第一心狠手辣之人,她虽然是个女人,大门不出二门不迈,就能仗着娘家的势力把衙门支使得团团转,还敢派家人出去杀人。人一旦撒了第一个谎,就需要接着撒更多的谎来掩盖原来的那个谎言。人一旦起意干了一件坏事,就需要接着干更多的坏事来掩盖原来干的那件坏事。不过杀人的事,旺儿还是不敢做的,书中写道:

(旺儿)回家细想:人已走了完事,何必如此大作,人命关天,非同儿戏,我且哄过他去,再作道理。因此在外躲了几日,回来告诉凤姐,只说张华是有了几两银子在身上,逃去第三日在京口地界五更天已被截路人打闷棍打死了。(第六十九回)

王熙凤有些不信,但也只有这样算了。

四、借刀杀人

旺儿媳妇是王熙凤的陪房,他们夫妻应该是王熙凤出嫁时从王家带来的,都是王熙凤的心腹。旺儿没有王熙凤那么心狠手辣,也犯不着为了这样的事去拼命。如果他真敢去把张华杀了,估计下一个王熙凤想杀的就是他了。他虽然是个狗仗人势的奴才,但很清楚人命关天,不能为了这么点事就去杀人。张华就这样死里逃生捡了一条命。

可惜不是所有的奴才都有旺儿这样的脑子,知道不能把事情做得太绝。贾府里有些奴才,一旦狗仗了人势,是比主人要凶悍得多的,他们被主人一使唤指了一个靶子,就会扑上去不把人咬死誓不罢休。

尤二姐进去以后没几天,凤姐派了服侍她的丫鬟善姐就开始不太服使唤了。有天她想要些头油,就被善姐着实抢白了一顿,说她不知好歹没眼色。尤二姐听了自觉无话,只得将就些了。渐渐地善姐连饭也都不怎么送了,拿来的也都是剩的。王熙凤见了她可还是和颜悦色,满嘴里姐姐不离口。又说:"倘有下人不到之处,你降不住他们,只管告诉我,我打他们。"(第六十九回)尤二姐见了这样,就觉得这肯定是下人们过分,何苦去给人添麻烦,也就不说什么了。善姐这名字很讽刺,王熙凤吃定了尤二姐懦弱怕事,就派了这么一个丫鬟来慢慢折磨她。可是尤二姐何曾见过这样处心积虑算计人的招数,还当是荣国府的下人真的都不怕主子。王熙凤跟前的下人,早就了解她这种两面三刀的秉性,尤二姐还在花枝巷时,贾琏的心腹仆人兴儿就跟她描述过王熙凤:

> 我告诉奶奶,一辈子别见他才好。嘴甜心苦,两面三刀;上头一脸笑,脚下使绊子;明是一盆火,暗是一把刀:都占全了。只怕三姨的这张嘴还说他不过。好,奶奶这样斯文良善人,那里是他的对手!(第六十五回)

兴儿早就提醒过尤二姐,你"一辈子别见他才好",他早就了解王熙凤的狠毒和各种阴招,觉得尤二姐这样老实巴交的人怎么能经得起她算计。贾府里的下人们都被王熙凤管着，成天和她一起摸爬滚打，他们当中不乏市井无赖、奸猾狡诈之徒，早就领教过王熙凤多少回了。同类的人最能客观地认识同类，他们对王熙凤的了解很深，可能都比贾琏更了解她。可是兴儿只是个下人，尤二姐是不会信他这些话的，她当时回答兴儿："我只以礼待他，他敢怎么样！"她觉得贾府是豪门大族，这家的夫人们怎么能跟市井无赖一样不讲做人的规矩甚至没有底线呢？

尤氏姐妹一母所生，性情却是两个极端。尤二姐的性格一直都是逆来顺受的，她自幼就没了父亲，母亲被族人强逼改嫁，继父又不幸先死了，家中生计无着，要靠姐夫贾珍接济。她跟着母亲颠沛流离，大约是被欺负惯了的，已经形成了十分消极的性情，遇事总是先找自己的原因，想着让自己怎么适应别人，因为她自幼就得不到任何保护，没有任何安全感，更没有力量让别人来适应自己。她来到宁国府遇到了贾珍这样的禽兽，她的家里没有父兄可以保护她，一家子寡妇孤儿，从此她就沦落了。她本来是一个受害人，可是周围的舆论没有人谴责贾珍贾蓉这一对无耻的父子，反倒是把脏水不断泼向她们姐妹。尤三姐看破了这没有天理的世道，勇敢反抗，反骂贾珍父子诓骗了她们寡妇孤儿。尤二姐没有反抗的勇气，她甚至觉不出这世道有什么不公平，只是觉得自己生就多难，她嫁给贾琏以后主动向他忏悔："我虽标致，却无品行。看来到底是不标致的好。"（第六十五回）她就是这样的逆来顺受，遇到了什么厄运都要把这归结为自己的过错。但凡有点良知和同情心的人，都会不忍心伤害这样懦弱本分的人，可是来到了荣国府王熙凤的家中，她又陷入了更深的黑暗。尤二姐至此已经孤立无援,只有指望贾琏保护她了。

不久后贾琏出去替贾赦办事回来了,贾赦觉得这回事情办得不错,把自己跟前的丫鬟秋桐赏给他做妾。秋桐原来就和贾琏眉来眼去,这回可算凑到了一起。贾琏很快就和秋桐打得火热,慢慢就把尤二姐淡忘了。

王熙凤见"心中一刺未除,又凭空添了一刺",书中写道:

> 凤姐虽恨秋桐,且喜借他先可发脱二姐,自己且抽头,用"借剑杀人"之法,"坐山观虎斗",等秋桐杀了尤二姐,自己再杀秋桐。(第六十九回)

王熙凤让张华去衙门告,已经玩过"借刀杀人"了,张华后来跑了,她害怕以后会泄露她的秘密,就派旺儿去把张华杀了,只是旺儿没敢去杀人,编了谎话骗她搪塞过去了。自从发现了尤二姐,王熙凤"借刀杀人"的套路玩得越来越熟练,先煽惑脑子简单或唯利是图的人去替她收拾别人,等这人被利用完了达到目的了,再想办法把这人干掉,这就是她的套路。她在贾府里管事多年,什么样的人都见过,已经练就了识人的本事。秋桐原是贾赦房里的丫鬟,仗着自己服侍过大家长,根本不把贾琏房里的奴仆放在眼里,她又初来乍到,迫不及待要立威,而且十分愚蠢。王熙凤就决定煽惑她去对付尤二姐。

尤氏姐妹在宁国府就招来了很多肮脏的流言,王熙凤耳目众多,也听到了这些流言。很快她就使出了杀手锏,开始作践尤二姐的名声。她没事就和尤二姐说:

> 妹妹的声名很不好听，连老太太，太太们都知道了，说妹妹在家做女孩儿就不干净，又和姐夫有些首尾，"没人要的你拣了来，还不休了再寻好的。"我听见这话，气得倒仰，查是谁说的，又查不出来。（第六十九回）

说完以后王熙凤就开始装病，茶饭不吃，伪装自己不相信，不知道是什么人在中伤尤二姐。贾琏的家里除了平儿，"众丫头媳妇无不言三语四，指桑说槐，暗相讥刺"（第六十九回）。这就是王熙凤自己放出去的风，还把形势说得非常严重，老太太、太太都知道了，这就等于告诉尤二姐：满府里的人都知道了，你是个臭名远扬的荡妇。

王熙凤使出的这一招儿，毒辣阴损简直超乎人的想象。清代社会对于性犯罪的被害人是十分不宽容的，学者王跃生利用清代乾隆朝晚期的刑科题本档案中涉及婚姻家庭的案例做了详尽的研究，在131个性侵个案中，被害后选择自杀的被害人共49例，占37.40%，超过总数的1/3。[1]可见当时社会对女性贞节的近乎变态的要求造成了强大的社会压力，如果她们不自杀，以后就可能遭遇各种歧视和无休无止的流言的侮辱。尤三姐不堪这些歧视和侮辱，在自己的真情被击碎以后愤而自杀了。尤二姐受到贾珍的侵害以后没有选择自杀，她随波逐流活下来了，但在宁国府，肮脏的流言只是在背后嘀咕的，没有人会来当面伤害她。现在来到了荣国府，王熙凤就使出了这样毒辣阴损的招数，她说出这些极具

---

[1] 参见王跃生：《清代中期婚姻冲突透析》，第216页—217页。

杀伤性的言语，却还好声好气地叫人"妹妹"，这真是虚伪到家了也无耻到家了。尤二姐人生的最后阶段，就是这样一个不断遭受再伤害也得不到任何保护和疏解的极其残酷的过程，王熙凤就选择了用这样下三滥和残酷的方式来慢慢地摧毁她。其实在男权社会里，王熙凤终归也是个弱者，可是她天赋的才干和头脑却被用来摧残比她更为弱势的人了。

王熙凤使出了杀手锏以后，流言很快就在荣国府里传开了，王熙凤又使出挑拨离间的方式，煽惑秋桐辱骂尤二姐。《红楼梦》中秋桐的形象是一个十分愚蠢、奴性和低俗的形象，她很快就被王熙凤挑拨的话点着了火，仗着自己是贾赦老爷的人，开始用各种下流的话辱骂尤二姐。其实秋桐还在做贾赦的丫鬟时，就经常和贾琏眉来眼去，她自己才是个邪淫之辈，现在她升了级变成了贾琏的妾，看到尤二姐这样被王熙凤作践，她丝毫想不到自己以后也会是同样的命运，反倒十分卖力地冲到前面充当了打手，她的奴性和愚蠢大约都是深入骨髓的，基本已经不可救药了。王熙凤见刀已出鞘，索性不再伪装了，不再和尤二姐吃饭了，每天都让人端一些很不堪的茶饭去给她。此时只有平儿看不过眼，悄悄拿了钱出来弄饭给她吃，有时悄悄带她去大观园中，在园中厨房另做了汤水给她吃。秋桐一次看见了，就向王熙凤告平儿的状，王熙凤气得恶骂了平儿一顿，平儿以后也就不好再接近尤二姐了。

此时，大观园里的姐妹们是什么态度呢？其实她们大多都不是很了解王熙凤，王熙凤对外伪装得是很好的，她们都以为把尤二姐接进来是好意。只有宝玉和黛玉暗暗为尤二姐担心，林黛玉虽然不理俗务，但其实心细如发，洞悉人性。他们都觉得王熙凤不会这么好心，有时见尤二姐来了，就对她很是怜悯同情，跟前没人了想和她说说心里话，可是尤二姐只有流眼泪，不敢抱怨。

王熙凤、善姐、秋桐和一干势利的仆人轮番上阵，从精神上和肉体上百般摧残尤二姐，她只有躲在房里哭，不敢跟贾琏抱怨，见了贾母，她也不敢有任何抱怨。一来她们对她的侮辱是难以启齿的，二来她已经十分害怕了，不知道自己万一有点什么反应，还会受到什么虐待。贾母见她眼睛红肿，问不出原因。后来秋桐趁机搬弄是非颠倒黑白，说尤二姐这是伪装，每天躲在房里咒她和凤姐早死。贾母早就被王熙凤的伪装骗住了，以为王熙凤好心替贾琏娶了尤二姐来，这时她反倒不知感恩，以后就不太喜欢尤二姐了。荣国府里众人见贾母都表态了，更是起劲地作践尤二姐。

此时的贾府，只有平儿、宝玉、黛玉等少数几个人身上还有罕见的人性的光芒，他们是这个病态的社会里为数不多的没有病态的人，他们不理会世俗的流言，只是发自本心地同情和关爱一个不断受到伤害的无辜的人。可是他们没有力量拯救尤二姐。尤二姐每天受各种折磨，很快就病倒了，憔悴得不成人形了。这时她才告诉贾琏她已经怀孕了，让请医生来看她。贾琏本来请了姓王的太医，不巧这人到军中效力去了，小厮们出去请了一个胡太医，这医生胡乱开了些药，尤二姐服下，孩子就没有了，是个男孩。贾琏这时气急败坏，去找这医生要告他，胡太医闻讯就卷铺盖逃走了。王熙凤也假意感伤了一番，还托人算了命，说是属兔的和尤二姐犯冲，贾琏房中只有秋桐属兔，秋桐不服，又用下流的话大骂尤二姐。尤二姐已经病得这么重了，孩子也没有了，可是王熙凤和秋桐还是不肯放过她。这时只有平儿十分同情尤二姐，书中写道：

> 平儿过来瞧他，又悄悄劝他："好生养病，不要理那畜生。"尤二姐拉他哭道："姐姐，我从到了这里，多亏姐姐照应。为我，姐姐也不知受了多少闲气。我若逃的出命来，我必答报姐姐的恩德，只怕我逃不出命来，也只好等来生罢。"平儿也不禁滴泪说道："想来都是我坑了你。我原是一片痴心，从没瞒他的话。既听见你在外头，岂有不告诉他的。谁知生出这些个事来。"尤二姐忙道："姐姐这话错了。若姐姐便不告诉他，他岂有打听不出来的，不过是姐姐说的在先。况且我也要一心进来，方成个体统，与姐姐何干。"二人哭了一回，平儿又嘱咐了几句，夜已深了，方去安息。（第六十九回）

平儿此时终于看清了王熙凤的真面目，后悔自己不该把尤二姐的事告诉她。尤二姐却没有责怪她。这是尤二姐在人世间的最后一个晚上，晚间夜深了，她觉得自己病重了，孩子也没了，再无生趣，就吞金自杀了。

曹雪芹写到尤二姐临死的最后一个月时，笔锋异常的冷酷，他几乎不做任何评判，只是写出王熙凤发起的这场对尤二姐的舆论围猎是多么惊心动魄。也许这就是他曾见过的当时生活的真实，在这些真实的无意义的对弱者的围攻中，可以看到一个病态的社会造就了多少病态的人，他们的灵魂全被黑暗吞噬了，他们的同情心和仁爱心都荡然无存了，他们只是用肮脏下流的方式来凌辱摧残一个本性善良、根本不知道怎样还击的无辜的被害人。乾隆朝的文人戚蓼生评论这一回写道："写凤姐写不尽，却从上下左右写。写秋桐极淫邪，正写凤姐极淫邪；写平儿极义气，正写凤姐极不义气；写使女欺压二姐，正写凤姐欺压二姐；写下人感戴二姐，正写下人不感戴凤姐。"[1]作者在这一回写了众多人物的表现，都是为了衬托出王熙凤的歹毒。

通行一百二十回本的《红楼梦》第一百零七回交代了尤二姐的死，贾珍父子被抓走了，官府调查了尤氏姐妹的自杀，但最后认定贾珍没有责任，"看得尤二姐实系张华指腹为婚未娶之妻，因伊贫苦自愿退婚，尤二姐之母愿结贾珍之弟为妾，并非强占"。

依据当时的法律，尤二姐的自杀是很难判断因果的。作者在一个关键的地方没有交代：胡庸医是谁请来的？从王熙凤一贯借刀杀人的套路来看，这事不可能和她没有关系。王熙凤很可能指使胡庸医给尤二姐下了虎狼之药，害死了一个还没有出世的孩子，胡庸医固然有法律责任，但王熙凤才是真正的主谋。[2]按照清代"威逼人致死"的立法，王熙凤才是导致尤二姐自杀的直接原因，贾珍固然也有责任，但是尤二姐的自杀和他的侵害之间相

---

1 [清]曹雪芹：《戚蓼生序本石头记》，第2659页。
2 《大清律例·刑律·人命·庸医杀伤人》："凡庸医为人用药、针刺，误不如本方因而致死者，责令别医辨验药饵、穴道，如无故害之情者，以过失杀人论，（依律收赎，给付其家。）不许行医。若故违本方，（乃以）诈（心）疗（人）疾病，而（增轻作重，乘危以）取财物者，计赃准窃盗论；因而致死及因事（私有所谋害，）故用（反律之）药杀人者，斩（监候）。"

第六十九回

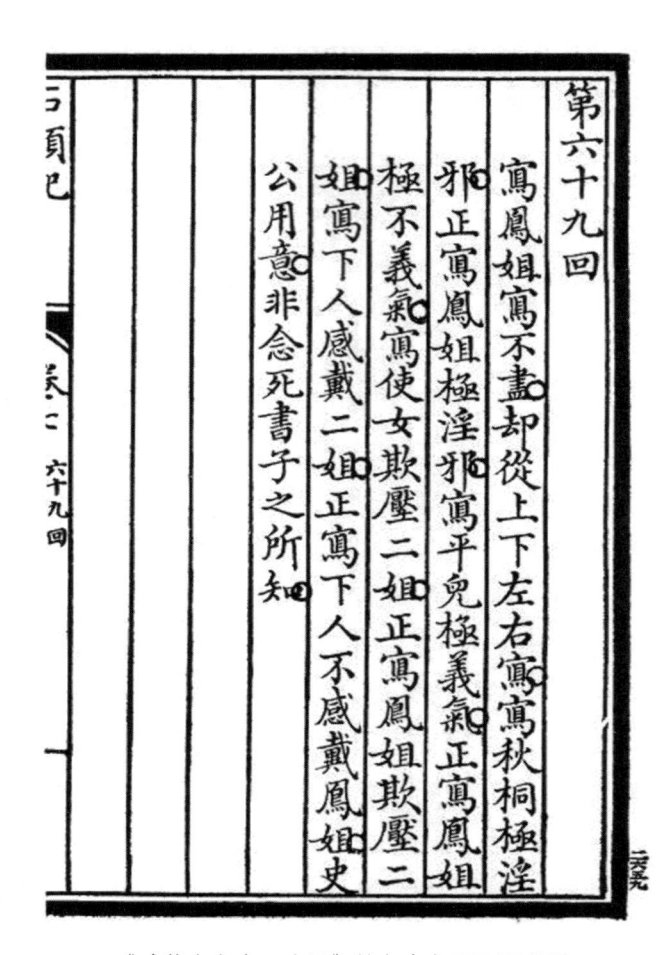

寫鳳姐寫不盡卻從上下左右寫寫秋桐極淫邪正寫鳳姐極淫邪寫平兒極義氣正寫鳳姐極不義氣寫使女欺壓二姐正寫鳳姐欺壓二姐寫下人感戴二姐正寫下人不感戴鳳姐史公用意非念死書子之所知

《戚蓼生序本石頭記》第六十九回回評書影
（人民文學出版社1975年影印版）

隔很久，加入了其他的因果链条，他不是主要的责任人。秋桐是王熙凤的帮凶，但她是被唆使的，也不是主要责任人。《红楼梦》前八十回有几个人失踪了，秦可卿自杀后宝珠失踪了，尤二姐死前张华和胡庸医失踪了。《红楼梦》的写作是十分精细的，书里出现过的人，作者都要交代他们的结局。这三个人没有死，只是逃离了，在曹雪芹已经失传的八十回后真本中，他们应该会再出现，秦可卿、尤二姐的死都会被翻出来，他们会是重要的证人，王熙凤会为她精心设计的"借刀杀人"付出代价。王熙凤为了对付尤二姐，干了一系列犯法的事，除了威逼人致死，还有教唆词讼和诬告，张华和胡庸医如果再出现，她即便不会受到国法的严惩，也会遭到贾琏的报复和族人的惩罚。《红楼梦》开篇太虚幻境中有一首曲子总结了王熙凤的命运，"机关算尽太聪明，反算了卿卿性命"，在曹雪芹失传的八十回后真本中，王熙凤曾经算计的机关都会发作，反过来让她送了命。

《红楼梦》里很多妾都没有好结局，这其实也是当时社会旗人家庭的普遍状况。按照清代的法律，丈夫如果杀妾法律责任是很轻的，正妻如果杀妾，也绝对没有死罪，比起一般的杀害良人，法律责任要轻得多。[1]如果正妻威逼导致妾自杀，法律责任要更轻。这就是王熙凤对尤二姐为所欲为的原因。尤二姐的悲剧并不仅仅属于她一个人，她是一个沦落的贵族女性，因为得不到父兄的保护，她从贵族沦落为普通的良人，因为贫困又沦为贵族豪门的玩物，最后只有为人妾侍，被正妻虐待致死。在中国古代

---

[1] 参见程郁：《清至民国蓄妾习俗之变迁》，第52页。

漫长的婚姻史中,可能有很多像尤二姐一样被凌辱被虐待的无辜女性,但只有曹雪芹真实记录了这惨淡的悲剧,让现代的人们看到这种变态婚姻制度的罪恶。《红楼梦》用血淋淋的笔法记录了这样一个悲剧,这是对古代宗法社会中一夫一妻多妾制的最好控诉,这种制度直到1950年代初期才被新中国废止。

第十一章

红楼伶人
与清代的查禁女戏

乾隆五十八年（1793），英使马戛尔尼来到中国，他和同伴们惊奇地发现："戏中的女角都由男演员扮演，因为中国人不让女人演戏。"[1]清代自乾隆朝开始，戏剧舞台上就几乎见不到女演员了，男扮女装的男旦成了戏剧演出的主流。雍正朝还能见到一些女演员，但比起前代也少了很多，"康熙年间，其数不盈千，雍正其数更减十之七，乾隆无一女乐"[2]。《红楼梦》中出现的贾府家

1〔法〕阿兰·佩雷菲特：《停滞的帝国——两个世界的撞击》，王国卿、毛凤支等译，生活·读书·新知三联书店1995年版，第113页。
2〔清〕俞正燮：《除乐户丐户籍及女乐考附古事》，引乾隆四十二年（1777）乾隆御制诗《丁酉用白居易新乐府上阳白发人》："康熙年间，其数不盈千，雍正其数更减十之七，乾隆无一女乐，逮今四十年。"〔清〕俞正燮：《癸巳类稿》（下），辽宁教育出版社2001年版，第426页。〔清〕高宗御制，董诰等奉敕编：《御制诗集（七）四集》，《景印文渊阁四库全书》第1308册，第74页a。同治末年光绪初年，女伶人在清政府控制比较松弱的上海租界一带重新出现，参见马少波等主编：《中国京剧史》，中国戏剧出版社1999年版，第282—284页。

班是十二个女伶人,她们代表的正是中国古代最后的女伶。

大观园里有"金陵十二钗",十二个才貌双全、正当花季的青春少女。后来,来了一个戏班子,戏班子里有"红楼十二伶",也是十二个才貌双全、正当花季的青春少女。"十二钗"的正册是大观园女性中最高贵的群体,"十二伶"则是其中最低贱的群体,她们社会地位的低贱甚至让作者都想不到要预言她们的命运,在整部《红楼梦》中,"十二伶"只是若隐若现偶然现身,除了芳官、龄官之外,其他的人都很少直接描写。"十二钗"与"十二伶",她们的地位贵贱有别,一个在天上,一个在地下。可是到这个故事的最后,按照曹雪芹设计的结局,"十二钗"从大观园里流散了,她们当中不少人要沦为和"十二伶"一样低贱的人。

虽然曹雪芹八十回后的真本已经失传,但透过判词和脂砚斋等人的批语,读者大致能知道,书到末尾是一个彻底悲剧的结局。就像开篇《好了歌解》中说的那样:"说甚么脂正浓、粉正香,如何两鬓又成霜?昨日黄土陇头埋白骨。今宵红灯帐底卧鸳鸯。金满箱,银满箱,展眼乞丐人皆谤。正叹他人命不长,那知自己归来丧?训有方,保不定日后作强梁。择膏粱,谁承望流落在烟花巷!"(第一回)"择膏粱,谁承望流落在烟花巷"就是十二钗中一些人的结局,她们最终要沦为和"十二伶"一样低贱的人。

十二伶是十二钗的影子,她们出场,就照见太虚幻境中十二钗的宿命。"十二钗"和"十二伶",无论贵贱,最终的命运都一样悲凉。十二伶后来被迫离开了贾府,她们有的出家为尼,有的回到民间继续演出。可是不久以后，她们不再能登台演戏了，她们在中国乡间的很多地方都被官吏无情地驱赶……

一、家班的由来

《红楼梦》中的贾府是一个等级森严的大家庭，尽管表面看上去很和睦，实际上这是个小社会，各种人有着不同的阶级身份。贾府里人的等级区分首先就是主人和奴婢，奴婢都是贱民，不是自由人。

中国古代法律区分两种人：良人和贱民。良人是自由人，贱民是不自由的下等人。良人和贱民分别编入不同的户籍，相互不能通婚，他们之间的相互伤害，如果良犯贱，处罚比良人之间的伤害要轻，贱犯良，处分则比良人之间的伤害要重。[1]贱民是彻头彻尾的下等人，他们没有和良人平等的法律地位，不能参加科举考试，他们的低贱身份是世代相沿的。清代科举考试有一项专门程序，就是检验考生身份户籍，如果发现是贱民的子孙就取消考试资格。历史学家瞿同祖先生指出，贱民主要包括官私奴婢、倡（娼妓）、优（优伶）、皂隶（衙门里的差役），以及因为历史原

1《大清律例·刑律·人命·谋杀祖父母父母》："若奴婢及雇工人谋杀家长及家长之期亲、外祖父母、若缌麻以上亲者（兼尊卑言，统主人服属尊卑之亲），罪与子孙同（谓与子孙谋杀祖父母父母及期亲尊长外祖父母缌麻以上尊长同），（若已转卖依良贱相殴论）。"《大清律例·刑律·斗殴·良贱相殴》："凡奴婢殴良人（或殴或伤或折伤）者，加凡人一等。至笃疾者绞（监候），死者斩（监候）。其良人殴伤他人奴婢（或殴或伤或折伤笃疾）者，减凡人一等。若死及故杀者绞（监候）。"《大清律例·刑律·亲属相奸·良贱相奸》："凡奴奸良人妇女者加凡奸罪一等（和刁有夫无夫俱同，如强者斩），良人奸他人婢者，（男妇各）减凡奸一等。"

因形成的某些地域的特殊人口。[1]倡优隶卒都是贱民，不仅本人不能参加科举考试，他们的子孙也永远不能参考，即便子孙过继给了良人，也不能参考。用现代的法律术语来说，他们被剥夺了很多基本人权。

《红楼梦》第五回贾宝玉梦游太虚幻境，见到了金陵十二钗正册、副册和又副册的判词，这三册的划分依据就是社会等级。作者并不是在刻意表达他的阶级偏见，只是不自觉地透露出当时社会的阶层是什么样的。十二钗的正册是贵族女性，其中林黛玉跟薛宝钗是在同一判词里面的。香菱在副册里面，她的身份是妾侍。在太虚幻境中，副册只出现了香菱这一页，其他跟她身份相近的妾侍，或者贾府中其他平民身份的女眷，比如邢岫烟也应该在副册里面。晴雯跟袭人在又副册，又副册是丫鬟，是服侍贵族女性的婢女，在法律上属于贱民。大观园的女性中还有一个重要的群体，就是家班里的十二个伶人，统称"红楼十二伶"，似乎曹雪芹并没有给她们在金陵十二钗的三册中安排位置。这也许反映的并不是曹雪芹个人的社会偏见，而是当时社会的流行观念。在贱民群体的各类人当中，优伶要比其他的贱民更为低贱。尽管她们才艺双绝、美丽而有个性，作者也想不到要给她们在金陵十二钗中另立一册。

《红楼梦》中的贾府主人们是非常爱看戏的，专门养着一个

---

[1] 参见瞿同祖：《中国法律与中国社会》，第253页。嘉庆朝《大清会典》卷十一《户部》："区其良贱"正文下小注"四民为良，奴仆及倡优隶卒为贱。"杨一凡、宋北平主编，[清]托津等纂：《大清会典·嘉庆朝》，第168页。

自家的戏班子，戏剧史上把这样的戏班子叫"家班"。¹在清朝初年，不是什么样的人家都能养"家班"看戏的。

清代以来，中国的戏剧艺术受到了旗人的大力推动，旗人对戏剧的爱好远远超过了汉人。民国学者张次溪在《清代燕都梨园史料》中指出：

> 戏剧一道，有清一代为最盛。盖清室来自漠野，目所睹者皆杀伐之事，耳所闻者皆杀伐之声，一聆夫和平雅唱、咏叹淫佚之音，宜乎耽之、悦之。上以此导，下以此应。于是江南各地梨园子弟相率入都。²

戏剧艺术到了清代达于极盛，因为旗人是从漠北来的，原来在那里气候苦寒、文化贫瘠、生存环境很恶劣，看到听到的都是打打杀杀，他们接触了汉族文化，听到了戏剧这样平和文雅、带着闲情逸致的声音，很快就觉得这太美妙了，沉溺其中不能自拔。旗人贵族带头爱好，旗人平民也蜂起追捧。于是江南地方的梨园子弟就纷纷进京来发展了。

人过惯了苦日子，没享受过声色的乐趣，一见到咿咿呀呀的戏剧这东西，就好像饿了很久的人见到美食一样，怎么吃都吃不

---

1 古代戏剧界一直有戏剧演员家庭组成的职业家庭戏班，但自明末以来，士大夫及富贵人家家中豢养的供自己娱乐和待客的"家班"（又称"家乐"）流行开来，"几乎成为一种习俗以及一种生活等级的标志"。参见厉震林：《中国伶人家族文化研究》，上海交通大学出版社2021年版，第33页。士大夫豢养的家班多是由女演员充任，一个完整的家班一般由十二个女演员充任。参见厉震林：《论男性文士的家班女乐》，载《戏曲艺术》第26卷第3期（2005），第35—36页。
2 张次溪编：《清代燕都梨园史料·正续编》自序，中国戏剧出版社1988年版，第19页。

饱。这就是清朝初年旗人狂热爱好戏剧的真实写照。当然，旗人对戏剧的特别爱好主要还是法律体制造成的，清政府为了维持八旗武备，给予旗人很大的特权，实行"旗民分治"，城内均专门建有满城，旗人和普通民众分开居住，旗人住在内城，民人住在外城。[1] 旗人全民皆兵，只服兵役，免除其他赋税徭役，内务府给旗人每月都发饷银和禄米，让他们衣食无忧。清代八旗一个最低级的甲兵一年所得的饷银和禄米数量超过一个七品的县令，雍正三年（1725）七月曾有一道上谕："今兵丁等钱粮较前加增一两，又有马银，计其所得，已多于七、八品官之俸禄，即此有能谋生之人，尽足其用矣。"[2] 旗人不能从事农、工、商这些职业，也不允许学习民间的技艺，除了做官和当兵，他们不能从事其他职业。这种制度在和平时期，就把旗人群体变成了一个无所事事的有闲阶层，他们就有大把的时间用来娱乐，于是自然成了戏剧最狂热的观众群体。

满洲八旗是以武备而著称的，他们能靠很少的兵力征服很多地区，关键就靠出色的战斗力。可是还没有入关以前，一些旗人贵族就迷上了戏剧，成天招些戏子唱些靡靡之音，八旗的上层统治者就担心长此以往，旗人会被腐化，战斗力被削弱，就无法维持统治了。《清太宗实录》记载：崇德（皇太极年号）三

---

[1]《钦定户部则例》卷一《户口·旗人禁居外城》："在京八旗满洲蒙古汉军官兵人等，各按内城本佐领分定地界居住，不许移居外城，违者系官议处，系兵责惩，仍勒令移入城内。"《故宫珍本丛刊·钦定户部则例》第一册，第50页a。

[2]《世宗宪皇帝上谕八旗》卷三，雍正三年七月初十日上谕，《景印文渊阁四库全书》第413册，第71页b。在雍正朝改革推出养廉银之前，清代七品官年俸为四十五两，另有俸米，"如其正俸之数，俸米视其俸银，每银一两给米一斛"。乾隆朝《钦定朝文献通考》卷四十二《国用考》，《景印文渊阁四库全书》第633册，第76页b。

年（1638）九月，睿亲王多尔衮统帅大军出师攻明，皇太极带领王公大臣齐集欢送，唯独豫亲王多铎以"避痘"（躲天花）为辞[1]，不去送行，躲在家里唱戏，"私携妓女，弦管欢歌，披优人之衣，学傅粉之态，以为戏乐"。为此，他受到了罚银一万两的处分。[2] 所以从清朝统治初期开始，八旗就出现了大批戏迷，入了关以后就更不要说了。

史学家刘小萌先生指出，清朝初年，满族人刚入关的时候，满族人壮丁总共只有五万五千人，男女老幼加在一起估计也不过二三十万人，汉族人则有接近一亿。[3] 满洲八旗是以武备而著称的，但他们能够夺取明朝的天下，靠的是侥幸，明末赶上了气候灾变、瘟疫流行和农民起义，满洲趁虚而入夺取了中原。所以清政府立国之初就有深重的危机感，担心满洲的武备会被荒废，也想吸取历代汉族王朝纵情声色沦于亡国的教训。清政府开国不久就立法对女性的娱乐业做出各种限制。

统治者为了保持武备，一直颁布各种禁令限制八旗官兵看戏。中国古代自唐代设教坊司以来，宫廷里的戏剧演出一直由女伶充任。清政府入关不久，因为担心女乐和戏剧会让八旗武备被软化和腐蚀，很快就对教坊司的宫廷戏剧演出做了改革，"顺治八年停止女乐改用太监，旧制太皇太后宫皇太后宫庆贺行礼作

---

[1] 满人最初跟汉人遭遇的时候，最怕的事情之一就是天花，几乎到了谈痘色变的程度。因为他们在关外的时候没有这种病，来到汉人地区才遇到天花，还没有形成一定程度的群体免疫能力，天花这种疾病对满人的杀伤力要远远大于汉人。当时"避痘"是一个官方的请假理由，皇帝不上朝可以用"避痘"作理由，官员不上班也可以用"避痘"作理由。多铎最后就是死于天花，年仅36岁。
[2]《清实录·太宗实录》卷四六，《清实录》第2册，第619—620页。
[3] 参见刘小萌：《清代北京旗人社会》，第23页。

乐,俱教坊司妇女承应。至是改用太监四十八名"。[1]

自唐代以来,官方征用伶人为典礼演出已成惯例,地方政府也有类似的传统,这些伶人在官方文书中一般称为"乐工""乐户""乐籍"或"在官乐户"。康熙年间针对女伶的禁令再次推广,地方政府的官办演出也不再允许征用女伶:

> 扬州古称佳丽,自唐以来有官妓,国初官妓谓之乐户,土风立春前一日,太守迎春于城东蕃釐观,令官妓扮社火春梦婆一,春姐二,春吏一,皂隶二,春官一。次日打春官给身钱二十七文,另赏春官通书十本。至康熙间裁乐户,遂无官妓。以灯节花鼓中人代之,皆男子,非妇人也。故俗有好女不看春,好男不看灯之训。[2]

顺治、康熙两朝开始了针对旗人看戏的严厉整风,女伶人在这场整风运动中首当其冲,她们被政府从已有千年传统的官办演出中驱逐出去了。但是顺治、康熙自己却都不能完全抵挡女伶演出的诱惑,教坊司停用女伶的禁令在顺治十二年(1655)发生了反复,恢复了教坊司的女乐,大约引起了大臣们的反弹,顺治

---

[1] 乾隆朝《钦定皇朝文献通考》卷一百七十四《乐考》,《景印文渊阁四库全书》第635册,第818页b。
[2] [清] 钟琦辑录:《皇朝琐屑录》卷三十八《风俗》,《中国野史集成(续编)》第27册,巴蜀书社2000年版,第651页b。民国时学者王书奴考证,清代直隶及各地立春前有进春仪,惯例由官府征用女伶演出,康熙十二年后停用。参见王书奴:《中国娼妓史》,中国文史出版社2015年版,第231—232页。雍正朝会典记载:"凡迎春禁例:康熙十二年覆准,嗣后直省府州县各官拜迎芒神土牛,止用鼓吹彩亭。……其科派里长,提取马匹车辆伶人娼妇等项,严行禁止。如有前项糜费,并各官藉端派累,该督抚科道题参。交与该部议处。"《大清会典(雍正朝)》(上)卷六十六《进春仪》,台湾文海出版社1994年版,第4154—4155页。

十六年又改用太监。[1]康熙即位之后为了更有效地禁限旗人看戏，发布了更为严格的禁令，康熙十年（1671），清政府首次颁布京师内城开设戏馆禁令："京师内城，不许开设戏馆，永行禁止。城外戏馆，如有恶棍借端生事，该司坊官查拿。"[2]有了这个禁令，旗人想看戏就得出城去看，成本就大为增加了。康熙年间还有法令禁止女伶人进城游唱，"今戏女有坐车进城游唱者，名虽戏女，乃与妓女相同。不肖官员人等迷恋，以至罄其产业，亦未可定。应禁止进城，如违，进城被获者，照妓女进城例处分"[3]。但康熙皇帝自己却热爱看戏，他在宫廷里边设了南府和景山，隶属于内务府，都是宫廷演戏的机构，选用太监和内三旗包衣子弟学戏。[4]顺治朝禁教坊司用女伶的传统虽得以沿袭，但是康熙显然不愿让自己受到太大的约束，不时会选些民间女伶进宫演出，康熙三十二年十二月，苏州织造李煦曾从苏州选女伶进献给康熙，"今寻得几个女孩子，要教一班戏送进，以博皇上一笑"[5]。

皇帝一方面要考虑国家的武备不被削弱，提倡简朴，抑制过度的娱乐，一方面又不愿意让自己受到过于严格的限制。清朝初年的女伶人就在清帝这样矛盾的态度中得以幸存了下来。顺治朝以来教坊司的改革和康熙十二年的地方禁令使得大批宫廷和地方

---

[1] 参见乾隆朝《钦定皇朝文献通考》卷一百七十四《乐考》，《景印文渊阁四库全书》第635册，第818页b。
[2] [清] 延煦等修：《钦定台规》卷二十五《五城七·禁令》，故宫博物院编：《故宫珍本丛刊·钦定台规二种》第二册，第363—364页。
[3] [清] 孙纶辑：《定例成案合镌》卷二十五《刑部·犯奸·禁止戏女进城》，康熙五十八年刊本（日本东京大学东洋文化研究所藏本）。
[4] 参见丁汝芹：《清宫戏事——宫廷演剧二百年》，中国国际广播出版社2013年版，第4页。
[5] 中国第一历史档案馆编：《康熙朝汉文朱批奏折汇编》第一册，档案出版社1984年版，第9页。

官府中的女伶流落到了民间,"雍正三年奏准,今各省俱无在官乐工。顺治十六年裁革女乐后,京城教坊司并无女子"[1]。这些伶人多是业内技艺精湛的,她们丧失了稳定的收入保障,不得不投身于民间的商业演出。内城禁设戏馆的禁令能难住旗人里边的穷人,旗人贵族是不会怕这一招的。康熙自己在宫廷里边设南府、景山供自己看戏,还到苏州给自己采选女伶。贵族高官也就纷纷效仿,都在自己家里养个戏班,于是家班在清初再度繁盛起来。家班是不会对外商业演出的,《红楼梦》第五十四回写贾府元宵节后欢庆,贾府的家班要来给主人们演出,贾母就给薛姨妈等介绍说:"我们这原是随便的顽意儿,又不出去做买卖,所以竟不大合时。"豢养家班的代价也很高昂,民间讨生活的戏剧演员,也多半愿意到贵族的家班中去谋生,一来可以得到主人的保护,不会受到民间各色土豪恶棍的欺凌,如果运气好的话还能遇到人道的主人,二来收入和社会地位都有所提高。内城不得开设戏馆的禁令发布以来,明末士大夫中曾经风行的家班女乐就这样在满洲贵族和高官富商的家庭中流行开来,大批女伶就这样来到了各路家班。

吴梅村《过东山朱氏画楼有感(并序)》一诗的序言中描述了明末清初苏州名士朱必抡(珩璧)家班的排场:"东洞庭以山后为尤胜,有碧山里,朱君筑楼,教其家姬歌舞。君每归自湖中,不半里,令从者据船屋,作铁笛数弄。家人闻之皆出。楼西有赤栏干累丈余,诸姬十二人,艳妆凝睇。指点归舟于烟波杳霭

---

[1]《大清会典(雍正朝)》(下)卷一百五十《刑部·律例一·工乐户及妇人犯罪》,第9560页a。

间。既至,即洞箫钿鼓谐笑并作。"[1]朱必抡在苏州城外东洞庭湖碧山里修了一座高楼,让他的家班艺人每天在这楼上排演歌舞。他喜欢到湖里去游玩,每次游湖乘舟归来,离家还有半里地时,他就让随从吹响铁笛通知家里的仆人,仆人听到了就都出门迎接他。楼的西侧有一丈多高的赤红栏杆,家班里的十二个伶人听到铁笛信号,就奔到栏杆上,盛装以待,含情脉脉地看着远方,指点着主人远处的船,等那船缓缓归来。等到朱财主的船快要靠岸时,十二个伶人就鼓乐齐鸣、轻歌曼舞、笑语盈盈,朱财主就在她们的歌舞中登岸入室。[2]这样的排场,现代的富豪恐怕根本无法与之相比。

明代中叶昆曲自苏州发源,苏州一带昆曲艺术十分成熟,此地的演员也是技艺最为精湛的。家班女乐一般都是十二个人,因为南戏演变到明代臻于成熟,其中的所有角色共十二人。[3]明末清初的家班主要是由女伶组成,也有少数全由童男组成。究其原因,一来家班是满足主人的娱乐和追逐声色多重需要,二来男女有别,男女同台演出在当时的社会背景下被认为是有伤风化的。一直到晚清时候,仍有很多固守礼教的人不能接受男女同台演

---

1 [清] 吴伟业:《吴梅村全集》,李学颖集评标校,上海古籍出版社1990年版,第387—388页。
2 参见谭帆:《优伶史》,上海文艺出版社1995年版,第49—50页。
3 "今之南戏,则有正生、贴生(或小生)、正旦、贴旦、老旦、小旦、外、末、净、丑(即中净)、小丑(小净),共十二人,或十一人,与古小异。"[明] 王骥德:《曲律·论部色》,载中国戏曲研究院编《中国古典戏曲论著集成》第四卷,中国戏剧出版社1959年版,第143页。

出。[1]

《红楼梦》里边伶人首次出现在第十七回，朝廷决定让元妃回家省亲，贾府赶建大观园，又派贾蔷去采买戏班子，这时他从苏州买了十二个女孩子，还聘了教习（教戏的师傅），置办了戏装行头，完成任务回来了。红楼十二伶就这样来到了大观园。贾府把她们安置在梨香院，这里就是她们生活起居排演的地方。她们的艺名分别叫藕官、芳官、龄官、荮官（药官）、蕊官、宝官、玉官、艾官、茄官、豆官、葵官、文官，而且每个人都有专门的角色分工。第十八回写元妃回家省亲，贾府家班首次出演，"一个个歌有裂石之音，舞有天魔之态，虽是妆演的形容，却做尽悲欢的情状"（第十八回）。她们首次出演就表现不俗，贾蔷采买的绝不是平常人家随便出卖的穷孩子，而是自小就受到严格训练的专业演员。

二、女伶是最下贱的阶层

大观园里边的女孩子们，丫鬟和伶人都是贱民。在贱民当中，伶人是地位最为低贱的。伶人不能使用自己的本名，只能使用艺名，如果入了贵族的家班，就要听凭主人给他们起名，如果一个伶人先后入了几个家班，他（她）就可能被改几次名字。有

---

[1] 光绪年间，广东水师提督方耀看粤剧时发现一对伶人夫妻同台演出，当即就把他们赶下台，在台前杀掉了。"光绪中叶，方照轩军门曜，威震粤中，有谓其过严者。其镇潮州时，尝观剧。粤剧向多男女杂演者，适某优夫妇饰生旦，同演一淫戏，备极媟狎。方叱下，即于戏台前斩之。"［清］徐珂：《清稗类钞》第十一册，《优伶类·生旦演剧被斩》，第5128页。

学者考证,乾隆年间戏曲演员多以"官"字作艺名,风行一时。[1]红楼十二伶艺名都是"某官",这正是当时社会风俗的反映。在伶人当中,女伶人又比男伶人更受歧视。清初戏曲家李渔在他的剧本《连城璧》中开篇就写道:"天下最贱的人,是娼优隶卒四种,做女旦的,为娼不足,又且为优,是以一身兼二贱了。"[2]李渔自己就是写剧本的,成天和戏剧演员为伍,对这个阶层的人是有同情心的,但他写出的这段念白就是当时社会流行的看法,在世俗的人看来:天下最贱的人,是娼优隶卒四种人,而在这四种人中,优伶是最为低贱的,在优伶中,女伶又是更为低贱的,女伶的地位还不如娼妓。清代贱民女性的贞节是很少受法律保护的,很多女伶人兼营娼业,所以李渔才说她们"一身兼二贱"。民国时候著名社会学家潘光旦先生也曾论及旧时对伶人的歧视:"倡优并称,原是一种很古老的习惯,但称谓上优既列在娼后,事实上优的地位也并不及娼。据说以前在相公的风气很盛的时代,伶人对妓女相见时还得行礼请安。理由是妓女一旦从良,前途还有受诰封的希望,做戏子的连这一点都没有,所以就永远没有翻身的日子。"[3]为什么清代的社会观念这么歧视女伶人呢?可能是这样一个原因:清政府为了让汉族儒生接受自己的统治,极力提倡理学,按照理学的观念,人应当克制自己的各种欲望,娼妓和伶人

---

[1] 参见徐扶明:《〈红楼梦〉中戏曲二三事》,载《红楼梦研究集刊》第一辑,上海古籍出版社1979年版,第396—397页。
[2] [清]李渔:《李渔全集》第八卷《无声戏·连城璧》,浙江古籍出版社2014年版,第252页。
[3] 潘光旦:《中国伶人血缘之研究 明清两代嘉兴的望族》,商务印书馆2015年版,第191页。

都会让人放纵自己的欲望，但是相比之下，娼妓只在固定的区域里活动，正经人可以不去，伶人却要到处演出，她们的演出也很具诱惑性，她们更容易让人腐化堕落。

表面上看，伶人们在大观园里生活得还不错，给主人们演戏，会被叫好，还会得到赏赐，有时候像贾宝玉这样没架子的主子还会真的关心她们，林黛玉这样爱好文艺的小姐有时候也会和她们聊聊《牡丹亭》。但她们实际上是最受歧视的。

第六十回写贾环想要宝玉用的蔷薇硝，芳官因为一时找不到，就给了他一些茉莉粉糊弄他。贾环回去以后显摆，被彩云识破了，原来是芳官在骗他。赵姨娘知道了怒气冲天，一定要去找芳官算账，一路跟人痛骂，说起这些唱戏的女孩子，都是"小粉头"，都是侮辱性的言辞。到了怡红院，找到了芳官，"走上来便将粉照着芳官脸上撒来，指着芳官骂道：'小淫妇！你是我银子钱买来学戏的，不过娼妇粉头之流！我家里下三等奴才也比你高贵些的，你都会看人下菜碟儿。'"（第六十回）后来又动手打了芳官两个耳光。赵姨娘在《红楼梦》里的形象是非常恶俗的，但她骂芳官的话就是当时伶人社会地位的真实写照，"我家里下三等奴才也比你高贵些的"，伶人比贾府里的丫鬟地位要更低，也经常遭遇世俗的侮辱。

芳官被赵姨娘打了，她哭了，她不敢还手，但是敢还嘴，唱戏的伶牙俐齿，吵起架来一般人都不是她们的对手。她一边哭一边还嘴说："我便学戏，也没往外头去唱。我一个女孩儿家，知道什么是粉头面头的！姨奶奶犯不着来骂我，我又不是姨奶奶家买的。梅香拜把子——都是奴才。"（第六十回）这话很犀利，正好戏中赵姨娘的要害,妾在家族里不算主子,在伶人们看来,赵姨娘也就是个高级的奴才。芳官的姐妹们听说芳官挨了打,就都来替芳官讨公道了,她们几个人抱住赵姨娘厮打起来了。晴雯见闹得不像话,就让人去报告探春了。探春这时正在园中和李纨一起代凤姐管事,赶紧带着一众丫鬟们都来了。探春没有责罚伶人们,只是把赵姨娘拉走了,她劝解赵姨娘说:"那些小丫头子们原是些顽意儿,喜欢呢,和他说说笑笑;不喜欢便可以不理他。便他不好了,也如同猫儿狗儿抓咬了一下子,可恕就恕,不恕时也该叫了管家媳妇们去说给他去责罚,何苦自己不尊重,大吃小喝失了体统。"(第六十回)探春说话没有她的母亲那么难听,但其实表达的意思要更为冷酷:这些人不过就是些玩意儿,基本可以不用把她们当人看,她们和猫儿狗儿是差不多的玩意儿,你怎么能和她们计较呢,实在是太有失身份了。

《红楼梦》第二十二回,写贾府给薛宝钗过生日看戏,贾母很喜欢那个小旦演员,就命人带进来,问她多大,要赏她钱,王熙凤就开玩笑说:"这孩子扮相上活像一个人,你们再看不出来。"别人都不说,史湘云心直口快就说了:"倒像林姐姐的模样儿。"贾宝玉忙给史湘云使眼色,意思是这话说得不合适。就因为史湘云这句话和贾宝玉这个眼色,林黛玉很不高兴,不愿意搭理贾宝玉了,她说:"我原是给你们取笑的,拿我比戏子取笑。"(第二十二回)伶人在当时就是贱民,是社会里最让人看不起的。林黛玉虽然父母双亡寄人篱下,但毕竟是公侯千金,她觉得这是对她的轻贱。

第六十二回写贾宝玉过生日,凑巧这一天也是薛宝琴、平儿、邢岫烟的生日,四个人过生日,好不热闹,大观群芳摆了四桌酒席:宝玉、宝琴、平儿、邢岫烟四位寿星,尤氏、李纨、宝钗、黛玉、湘云、迎春、探春、惜春等各位主子,鸳鸯、司棋、袭人、晴雯、彩云、玉钏儿、紫鹃、莺儿等众丫鬟。芳官、藕官、豆官等伶人们是没有座位的,没有人会想到给她们排座位,她们也不会要求上席。欢宴已毕,宝玉回到房中,转去看芳官,见芳官正睡着,就拉她起来,哄她说:"咱们晚上家里再吃,回来我叫袭人姐姐带了你桌上吃饭,何如?"芳官道:"藕官蕊官都不上去,单我在那里也不好。"(第六十二回)芳官虽然心高气傲,但遇到这样的场合,她很清楚自己在这个小社会里是什么样的地位,也知道自己的本分就是不应该上桌的。

所以伶人是贾府中地位最低贱的人,在天上的太虚幻境,她们是不入册的人,在地上的大观园,她们是不入席的人。没有人觉得这样有什么不对,甚至她们自己都习以为常了。

三、龄官不甘心她的命运

"红楼十二伶"中有两个人是作者着力描写过的,芳官和龄官,她们应该是十二伶中才艺最出众的,也是最有个性的两个。芳官在戏班中的角色是正旦,龄官是小旦。在贾府的家班演出中,龄官经常得到主人的奖赏,她应该是这个戏班的台柱子。照书里写的,她的扮相和林黛玉有些相似。龄官的个性也和林黛玉有几分相似,她才华出众、清高孤傲,不甘向世俗屈服。

龄官大约是大观园为数不多的几个不把贾宝玉当回事的少女

之一。第三十六回《绣鸳鸯梦兆绛芸轩　识分定情悟梨香院》写到，贾宝玉闲来无事，忽然想听戏，就来到伶人们的居处梨香院。他见了院里的女孩子们就问："龄官在那里？"都告诉他说："在他屋里呢。"宝玉忙至她屋内，只见龄官独自躺在枕上，见他进来，动也不动。宝玉身旁坐下，因素昔与别的女孩子玩惯了的，只当龄官也和别人一样，遂近前赔笑，央她起来唱一套"袅晴丝"。不想龄官见他坐下，忙抬起身来躲避，正色说道："嗓子哑了，前儿娘娘传进我们去，我还没有唱呢。"

龄官"忙抬起身来躲避"，这反应大约是在表达：请你放尊重点，我和你没有这么亲近。她是这园里最低贱的人，贾宝玉是这园里最尊贵的人，可是龄官丝毫不曾表现出奴性。贾宝玉想要听戏，龄官这会儿不想唱，她就毫不客气地拒绝："嗓子哑了，前儿娘娘传进我们去，我还没有唱呢。"但她拒绝的理由是正当的，我这会儿嗓子哑了。在戏剧史上，确实曾有一些伶人用他们的专业技能对抗达官贵人的压迫，因为尽管他们社会地位很低，但他们的专业性却是观众们都尊重的，你想要看我很专业的演出，可是你点的这出戏我没排过，或者我这会儿嗓子哑了唱不好，这样拒绝的理由都是观众能理解的，也是热爱戏剧的观众应该尊重的。龄官在《红楼梦》中曾经多次拒演，第十八回写元妃回家省亲，贾府的家班首次演出，就艳惊四座，元妃马上就让太监拿了一金盘糕点赏赐给龄官，又让龄官再作两出戏。贾蔷忙答应了，就让龄官做《游园》《惊梦》二出。龄官却说这两出不是她擅长的，执意不作，定要作《相约》《相骂》二出。贾蔷拧不过她，只得依了她。元妃听说了非但没有生气，反而很高兴，下令"不可难为了这女孩子,好生教习"(第十八回),额外又赏了很多礼物给龄官。这会儿贾宝玉这个无事忙想听《牡丹亭》,龄官更是毫不客气地拒绝了他。

贾宝玉碰了一鼻子灰,仔细看时,忽然回忆起有一天在园子里见到一个女孩子在蔷薇花下画"蔷"字,顿时醒悟过来那就是龄官,看来龄官的心上人是贾蔷。他从来没见过自己这样被人厌弃,觉得很没意思,讪讪的,红了脸,只得出来了。他正站在门外发呆,只见贾蔷从外头来了,手里提着个鸟笼子,里边有一个小戏台和一只小鸟,兴冲冲地来找龄官。原来龄官生病了,贾蔷为了哄她开心,专门出去找了这小玩意儿回来。没想到龄官见了这玩意儿,并不领情,冷笑了两声,赌气仍睡去了。贾蔷还只管赔笑,问她好不好。龄官道:"你们家把好好儿的人弄了来,关在这牢坑里,学这个还不算,你这会子又弄个雀儿来,也干这个浪事。你分明弄了来打趣形容我们,还问'好不好'!"(第三十六回)

龄官虽然是贾府家班里的台柱子,得到过贵妃娘娘的嘉奖,但她很清楚自己这行当在这社会里是什么样的地位,她对自己的命运感到愤懑,想到自己身处下贱就满心抑郁,贾蔷弄了个小鸟学唱戏,她觉得这就是成心埋汰她,更加气不顺了。其实她和贾蔷已经互生情愫,贾蔷是真心爱她的,但她也很清楚,世俗的见解是很难接受他们的结合的。在传统中国,贱民是不能给男性良人做正妻的,贱民中最低贱的伶人,要给男性良人做妾都可能遭遇家族的激烈反对,社会对这个职业的歧视就是那样的根深蒂固。

清代法律规定:"凡(文武)官(并)吏娶乐人(妓者)为妻妾者,杖六十,并离异(归宗不还,业上财礼入官)。若官员子孙(廪饩历者)娶者,罪亦如之。"(《大清律例·户律·婚姻·娶乐人为妻妾》)很多世家大族的族规里都写明后代子孙如果自甘堕落成为伶人或者娶伶人为妻妾,就要开除出族,不得载入族谱。[1]直到清末民初,伶人会被开除族籍仍是很多宗族坚持履行的族规,程长庚、周信芳、常香玉等名演员都曾遭遇过家族的驱逐。[2]伶人如果嫁给男性良人为妾,生下的孩子因为父亲的缘故,理论上就不再是贱民。但是仍然可能被社会歧视和排斥。道光年间,两名考生的曾祖母是花鼓卖唱的艺人,就被其他考生举报,因此被取消了考试资格。[3]清代科举考试中,伶人的子孙是被坚决排斥的,就算只有母系的尊亲属是伶人,一旦被官府发现,也会被取消考试资格。《红楼梦》里没有细说贾府的家规,但从宝玉挨的那顿打不难看出,和戏子混在一起是这家里很不名誉的事,和戏子婚配不可能得到家族的认同。

---

[1] 晋陵金台沈氏家训:"吾族为男择配必须门户相当之人,为女择婿尤宜清白传家之子,如不分良贱,不论声,与奴隶、无耻之家结亲者,通族共责。"东阳西源马氏家规:"嫁娶固不必攀援富贵,须择故家旧族,门户相当为要。如婚缔下流,男、妇、女、婿不许入席。"暨阳陶山金氏族规:"倡、优、隶、卒,定例子孙不许出考。极贱之人,辱宗莫甚。若子孙有为倡、优、隶、卒者,不许入谱。"番禺茅冈周氏族规:"婚姻必于其偶,国家律例,皂隶、仵作、优倡不许考试。如有身充皂隶、仵作、优倡者,永远革胙。若贪婪财礼,与皂隶、仵作、优倡结昏(婚)者,永远革胙,及其子孙。"陈建华、王鹤鸣主编:《中国家谱资料选编·家规族约卷》,上卷第33、87页,下卷第544、572页。
[2] 参见厉震林:《中国伶人家族文化研究》,第52、67页。
[3] 参见〔日〕岸本美绪:《冒捐冒考诉讼与清代地方社会》,载邱澎生、陈熙远编:《明清法律运作中的权力与文化》,第206、224页。道光朝《钦定礼部则例》卷六十《仪制清吏司九》记载,安徽六安佘蟠、佘步蟾兄弟在六安州应州试,佘氏兄弟曾祖母缪氏为花鼓卖唱艺人,其他考生纷纷举报攻讦,被取消应试资格。参见故宫博物院编:《故宫珍本丛刊·钦定礼部则例二种》第三册,第376页a。

龄官和贾蔷在那里别扭着，他们虽然相爱但并不知道会有什么样的未来，他们只是珍惜当下这些光阴。宝玉要走了，贾蔷是他的晚辈，搁平时肯定要以礼相送，可是这时他见龄官生气了，六神无主，都顾不上跟宝玉打招呼了。宝玉出了梨香院，感慨万千，自此深悟人生情缘，各有分定，这园里所有的妹妹们，并不是都要和他有缘。

其实女伶人是传统中国女性中为数不多的能用自己的劳动谋生的群体，她们的才华和美丽，往往胜过很多贵族女性，可是她们却被重重制度和礼法压迫在这社会的底层。对伶人的歧视有深刻的文化原因，也许源于农耕文明对个性化的专业劳动的排斥，也许源于儒家经义对展现欲望的娱乐活动的排斥，但应该也有复杂的法律原因。伶人的社会地位这么低，什么样的人会选择这个职业呢？固然有一些社会底层的人家因为穷困把孩子卖到戏班来的，但也有相当一部分伶人是世代为伶的，他们的祖先可能在某个时代犯了政治罪行，惹怒了皇帝，全家连坐，女眷和未成年的孩子都被变成官府的奴隶，成了给官府奏乐演出的乐人。传统中国的法律对待政治罪犯的家属是十分残酷的，这些人会被体制性的压迫彻底打入社会的底层，有些就会变成专业的伶人。明朝初年，明成祖朱棣自北京起兵攻打他的侄子建文帝，建文帝被打败了，忠于他的大臣铁铉等人的妻女就被明成祖打入教坊司，成了专业的伶人。[1]明朝灭亡以后，这些人的后代流落到山西陕西一

---

1 "成祖起靖难之师，悉指忠臣为奸党，甚者加族诛，掘冢，妻女发浣衣局、教坊司，亲党谪戍者至隆（庆）、万（历）间犹勾伍不绝也。"［清］张廷玉等撰：《明史》第八册，卷九十《刑法志二》，第2321页。

带,被称为"乐户",是社会底层的伶人,受尽土豪劣绅的欺凌。所以十二伶的祖先可能曾经是和十二钗一样高贵的人,因为犯了罪,他们被法律无情打入了社会的底层。到《红楼梦》的末尾,贾府的男人们犯了罪,十二钗也要沦为和十二伶一样低贱的人。

龄官的身上应该还流淌着和她的高贵祖先们一样的血液,她的超群的演技应该就源于她优秀的基因。她已经不可能记得她的祖先们辉煌的过去,但她的灵魂还和她的祖先们一样高贵,尽管她在这豪门公卿之家中沦为下贱,被少爷小姐们当作玩意儿,她都不甘于她的命运,面对着把她当玩意儿的主子们,她也决不愿卑躬屈膝,做出奴性的姿态。

四、雍正朝解散家班

从《红楼梦》的很多细节中都能看出,伶人在当时社会是什么样的地位,遭遇的是什么样的歧视,虽然她们唱的戏贵族人家都爱看爱听,她们却是贾府里身份最低贱的人,她们比贾府里的婢女身份更为低贱。但是后来这些女伶们的命运有了一些变化,第五十八回写宫中有一位老太妃过世了,朝廷下旨一年之内不得筵宴音乐,"又见各官宦家,凡养优伶男女者,一概蠲免遣发,尤氏等便议定,待王夫人回家回明,也欲遣发十二个女孩子"。

"蠲免遣发"是指他们被免除了贱民的身份,要让他们恢复自由。原来雍正皇帝即位之初就行了一项德政。雍正元年(1723)三月,陕西道监察御史年熙(年羹尧之子)上奏,认为山陕一带的乐户原为明朝初年忠臣之后,沦落为贱民,任凭土豪地棍欺凌，境遇十分悲惨，请求将这些人除去贱籍改为良民。[1]雍正认为这个建议非常好，雍正元年四月就下旨实行。[2]同年七月，两浙巡盐御史噶尔泰也上奏希望革除绍兴一带堕民及丐户的贱籍。[3]雍正皇帝接受了两位大臣的奏议，下旨除豁部分贱民的贱籍："山西等省有乐户，先世因明建文末不附燕兵，编为乐籍。雍正元年，令各属禁革，改业为良。并谕浙江之惰民，苏州之丐户，操业与乐籍无异，亦削除其籍。"[4]乾隆四年（1739）九月，乾隆帝为雍正所建的泰陵圣德神功碑碑文中记录了雍正的这项德政："自明初绍兴有惰民，靖难后诸臣抗命者，子女多发山西为乐户。数百年来相沿未革。一旦去籍为良民，命下之日，人皆流涕。"[5]

　　山西、陕西的乐户是从明朝的教坊司里边流落出来的，教坊司是明代宫廷里的音乐机构，负责在朝廷、宫廷的典礼、仪式上演奏音乐或者表演戏曲，其中服役的多是犯罪官员的女眷。堕（或作"惰"）民是浙江一带的贱民（部分堕民以戏曲为业），他

---

1 雍正元年三月二十日《署掌陕西道事浙江道试监察御史年熙奏请除乐户籍折》："山陕两省有所谓乐户者，另编籍贯，世世子孙娶妇生女，逼勒为娼。无论绅衿贡监以及土豪地棍，呼召不敢不来，侑酒宣淫，百般贱辱。即有一二爱惜廉耻者欲自附于良民，而本地之人断不相容。且其祖先原属清白之臣，因明初永乐起兵未肯附顺，遂将其子女发入教坊编为乐籍。普天之下，莫非赤子，雨露所施，遍及昆虫草木。而若辈沉沦丑秽，自新无由。言念及此，殊堪悯恻。臣愚以为留之既无益于国家，去之实有裨于风化。伏乞皇恩特沛，立赐削除。不独两省黔黎饮圣德于无穷，而数百年忠魂当必衔感九叩于地下矣。"雍正朱批："此奏甚善，该部议奏。"中国第一历史档案馆编：《雍正朝汉文朱批奏折汇编》第一册，江苏古籍出版社1991年版，第172页。
2《清实录·清世宗实录》卷六：雍正元年四月戊辰，"除山西、陕西教坊乐籍，改业为良民。"《清实录》第7册，第136页b。
3 雍正元年七月十一日《巡视两浙盐课监察御史噶尔泰奏请除堕民丐籍折》，中国第一历史档案馆编：《雍正朝汉文朱批奏折汇编》第一册，第652—653页。
4 赵尔巽等撰：《清史稿》第十三册，卷一百二十《志九十五·食货一》，第3491页。
5 乾隆朝《钦定皇朝文献通考》卷一百五十二《王礼考二十八·泰陵圣德神功碑文》，《景印文渊阁四库全书》第635册，第338页b。

们的起源更为复杂，但可能有着和山陕乐户类似的经历。清代沿袭明朝制度，仍然设有教坊司，教坊司里专门为宫廷奏乐演出的乐人也是贱民。雍正把山西、陕西的乐户和堕民变成自由人了，也考虑到了宫廷里边的教坊司还需要为宫廷演出，以后如果再需要乐师或演员，就另选精通音乐、戏曲的良人来做这些事。雍正七年又将教坊司改名和声署，让它名实相符。[1] 教坊司最初设于唐代，历代均为收纳罪人女眷的机构，也有官营妓院的色彩。明清教坊司经常征召各地乐户为宫廷演出，渐渐"教坊司"成了一个很不名誉的词，到这里去服役也成了世俗鄙视的事。[2] "民间耻隶教坊，召募不应，于是改为和声署。……向因教坊名不雅驯，无人肯充。"[3] 雍正改教坊司为和声署，和声署里的乐工、演员，都是良人，不再是贱民了，改成这个名字就可以摆脱历史的阴影。

还有很多伶人在达官贵人的家班中为主人演出，他们也都是贱民。雍正二年（1724）又下了一道上谕，取缔贵族人家的家班：

> 外官蓄养优伶，殊非好事，朕深知其弊，倚仗势力，扰害平民，送与属员乡绅，多方讨赏，甚至借此交往，夤

---

[1] "雍正元年，除乐户籍……更选精通音乐之人，充教坊司乐工。七年改教坊司为和声署。"乾隆朝《钦定皇朝文献通考》卷一七四《乐考二十·俗部乐（女乐附）》，《景印文渊阁四库全书》第635册，第818页b。

[2] 明人笔记记载戏曲家徐霖曾拒绝到教坊司任官，"武宗召徐霖在临清谒见，欲授霖教坊司官，霖泣谢曰：'臣虽不才，世家清白，教坊者倡优之司，臣死不敢拜。'"[明]李诩《戒庵老人漫笔》卷四《徐子仁宠幸》，中华书局1982年版，第133页。

[3] 乾隆朝《钦定皇朝文献通考》卷一七四《乐考二十·俗部乐（女乐附）》，《景印文渊阁四库全书》第635册，第819页a。

缘生事。二三十人，一年所用，不止数千金……夫府道以上官员，事务繁多，日日皆当办理，何暇及此。家有优伶，即非好官，着谘督抚不时访查……[1]

雍正深知官场之弊，官员家里养戏班都不是好事，有的伶人倚仗主人的势力祸害平民，有的官员把家里养的伶人送给下属乡绅借机牟利，甚至靠这个跟高官拉关系。家里养二三十个伶人，一年要花费好几千两。各省督抚负责严查，不准官员在家养戏班，一律解散。

尽管《红楼梦》是一部虚构的文学作品，但是第五十八回写贾府家班伶人的解散应该是对当时法律变化的真实记录。曹雪芹幼时家里有个戏班，雍正上台以后就被解散了，他应该清楚地记得这件事。第五十八回是用隐晦的笔法记录了雍正朝的这项德政，伶人们成了自由人，可以回家去了。曹雪芹不会无缘无故地这样写，在清代历史上，雍正是第一个除豁贱民的帝王，这是划时代的变革，朝廷没有这样的政策，他编造不出这样的情节。《红楼梦》第五十八回以后，贾府就再也没有用家班唱过戏了。贾宝玉是铁杆戏迷，有一个戏子好友蒋玉菡，那以后他总要出城去看他，家里没有戏班了，要看戏，要去城外，城里是不让搭台唱戏的。

---

[1]《世宗宪皇帝上谕内阁》卷二十七，雍正二年十二月十八日上谕，《景印文渊阁四库全书》第414册，第233页。

五、十二伶的结局

贱民的真正解放并不是一件能很快生效的事情，世俗对他们的歧视是根深蒂固的，他们习惯了一种职业谋生，要改换谋生方式也没有那么简单。史料记载，雍正决意要让京城和各省都不再有为官府服务的伶人，要让他们改业为良，并让地方官监督实行，雍正三年专门制定了一条法律："各省乐籍，并浙省惰民丐户，皆令确查削籍，改业为良。若土豪地棍，仍前逼勒凌辱，及自甘污贱者，依律治罪。其地方官奉行不力者，该督抚查参照例议处。"（《大清律例·户律·户役·人户以籍为定》）[1]伶人们如果不改业为良就是"自甘污贱"，要依律治罪，但是社会对他们的歧视和排斥却并不易根除。对于男伶人来说，要参加科举考试仍然有重重障碍，对于女伶人这个问题则更为复杂。在中国古代，女伶人是为数不多的靠自己劳动谋生的群体，她们过去虽然备受歧视，但是能为宫廷和地方政府服役，还能得到报酬。她们过去一直被歧视和轻贱，现在被彻底遣散，要嫁给良民百姓成为良家妇女又谈何容易，她们还必须依靠自己的技能谋生。

回到《红楼梦》里来看，贾府要让戏子们回家给她们自由，她们是不是真正自由了呢？"将十二个女孩子叫来面问，倒有一多半不愿意回家的……将去者四五人皆令其干娘领回家去，单等他亲父母来领；将不愿去者分散在园中使唤。"（第五十八回）她们当中只有一小部分愿意回家去，大部分仍然愿意留在贾府当丫

---

[1] 雍正三年修律时加入这条例文。参见《大清会典（雍正朝）》卷一百五十五《刑部·律例六·户律·户役》，第9942页。

鬟，丫鬟仍然是贱民，不过比伶人地位还是高了一些。戏班里的孩子很多是非常小的时候就被卖来或送来了，他们很多人都不知道自己的亲生父母是谁，他们是这社会里最苦命的人之一。红楼十二伶就这样失散了，有几个人永远地离开了。

就在这次遣散中，龄官离开了贾府。《红楼梦》前八十回没有交代她和贾蔷是什么样的结局。也许她能找到自己的亲生父母，也许她对自由的热爱超过了她对贾府富贵生活的留恋。即便她留下来，她和贾蔷的结合也会遭遇重重障碍，她不能忍受那样的屈辱，就选择了离开。

雍正朝文人汪景琪在笔记中记载了大同乐户步光和官宦子弟相恋的悲剧故事：

> 有江南进士某郎，以谒选北上，迂道至大同，其亲知莅任兹土竟不礼焉，某郎流离失所，不免饥寒，邂逅相逢，情怀颇厚。妾时年十七，为其所愚，遂有终身之订，留妾家者一年。选期已近，而贫不能行，妾倾囊为作千金之装，某郎以诗扇一留赠，妾拔玉钗遗之，约他日即不自来，遣人相迎以此为信。居二载，音问杳然。后闻其宦河南，走一使以手书责践旧约，某郎已别纳宠姬二人，顿乖凤好。呼妾使至署曰："身既为官，自惜名节，岂有堂堂县令而以倡为妾者。归语妖姬不必更言前事。"焚妾所寄尺素，掷玉钗于地，椎碎之，且扑妾使械还大同。[1]

---

1 [清] 汪景琪：《读书堂西征随笔》卷一《步光小传》，《续修四库全书》第1177册，第261页。

步光本为武官之女,生母为妾。幼年时不幸父亲和生母相继病故,嫡母把她卖给了大同的乐户为伶。她十七岁时和一个赴京等待朝廷任用的新科进士相恋,这名进士刚刚考中,在等吏部授职,家人却并不重视这事,不愿资助他上路,他流落到大同穷困潦倒,遇到了步光。步光把自己积蓄的千金都送给他,助他入京,临行时约定婚姻。情人一去两年没有消息,她打听到情人在河南做了官,就派了使者去责问他为何背弃约定。情人已经另找了两名宠姬,告诉使者"岂有堂堂县令而以倡为妾者",打碎了信物,痛打了使者,并把使者戴了枷锁押回大同。雍正二年,汪景琪遇到了步光,听她讲了自己的不幸过去,步光表示马上要离开大同,"亦将返云中,以乐户之禁甚严也"[1]。这就是雍正除豁乐户后山西女伶命运的真实写照,她们仍然被世俗歧视,被恶人欺凌。很多女伶人即便嫁给富人做妾侍,因为身份的低微,她们往往遭到对方家族的排斥和敌视,丈夫如果有了做官的可能,为了前程就可能抛弃她们,如果丈夫不幸早逝,她们也很难再维持生存。对于她们来说,最好的选择是嫁给同行,虽然同为下贱但却能相依为命。

龄官虽然身为下贱,但她心性孤傲,不愿低头,她也许放弃了无望的恋情,离开了贾府,回到她亲父母的身边。有一些伶人留在了贾府,书中写道:

贾母便留下文官自使,将正旦芳官指与宝玉,将小

---

[1]〔清〕汪景琪:《读书堂西征随笔》卷一《步光小传》,《续修四库全书》第1177册,第261页。

旦蕊官送了宝钗,将小生藕官指与了黛玉,将大花面葵官送了湘云,将小花面豆官送了宝琴,将老外(老生)艾官送了探春,尤氏便讨了老旦茄官去。当下各得其所,就如倦鸟出笼,每日园中游戏。众人皆知他们不能针黹,不惯使用,皆不大责备。其中或有一二个知事的,愁将来无应时之技,亦将本技丢开,便学起针黹纺绩女工诸务。(第五十八回)

原来她们除了唱戏,别的什么都不会做,年纪又小,从小没有父母管教,除了学戏,没人教她们学过别的。朝廷有了法令,伶人们要"改业为良",不能再继续从前的职业"自甘污贱",她们当中有些懂事的,开始发愁将来的生计,就撇开了唱戏功夫,学做些针织缝补的家务活儿。

以前她们待在梨香院天天学戏唱戏,现在不用再唱戏了,成了各位主子房里的丫鬟,但是人们对她们的歧视依旧未改,她们也很难融入新的生活。贾府给她们派了干娘,就是负责监护她们的年长女仆,但这些干娘对她们丝毫没有爱心,还时常欺负她们。第五十八回写,芳官和她的干娘起了争执,

> 一时芳官又跟了他干娘去洗头。他干娘偏又先叫了他亲女儿洗过了后,才叫芳官洗。芳官见了这般,便说他偏心,"把你女儿剩水给我洗。我一个月的月钱都是你拿着,沾我的光不算,反倒给我剩东剩西的。"他干娘羞愧变成恼,便骂他:"不识抬举的东西!怪不得人人说戏子没一个

好缠的。凭你甚么好人，入了这一行，都弄坏了。这一点子屁恩子，也挑幺挑六，咸屁淡话，咬群的骡子似的！"晴雯因说："都是芳官不省事，不知狂的什么也不是，会两出戏，倒象杀了贼王，擒了反叛来的。"（第五十八回）

干娘们剥削欺侮她们，大丫鬟们也看她们不顺眼，她们原来会唱戏，被人捧场习惯了，也经常被赏赐，现在要来做这些平常的家务事，也没有以前戏台上的风光，她们自己也都很不习惯，吵起架来伶牙俐齿，别人多半也不是她们的对手。"因文官等一干人或心性高傲，或倚势凌下，或拣衣挑食，或口角锋芒，大概不安分守理者多。因此众婆子无不含怨，只是口中不敢与他们分证。如今散了学，大家称了愿，也有丢开手的，也有心地狭窄犹怀旧怨的，因将众人皆分在各房名下，不敢来厮侵。"（第五十八回）很快，她们就成了很多人的眼中钉。

历史学者程宇昂指出，雍正的除豁贱民令推动了民间戏曲的繁荣，雍正的旨意一下，伶人们不能再留在家班，有些有志气的就出去自己谋生。从雍正朝开始，民间戏班开始成为戏剧界的主流。[1]红楼十二伶，有几个人勇敢地走出去了，她们多半还是在唱戏，靠自己唱戏讨生活。

雍正朝除豁贱民的法令本来是具有人道性质的，但是改革并不彻底。乾隆三十六年（1771），陕西学政刘墫上奏被批准，才确立了被除贱籍的贱民参加科举考试的规则：

---

[1] 参见程宇昂：《明清士人与男旦》，上海古籍出版社2012年版，第174—176页。

> 如削籍之乐户丐户，应以报官改业之人为始，下逮四世，本族亲支皆系清白自守，方准报捐应试。该管州县取具亲党里邻甘结，听其自便。若仅一二世亲伯叔姑姊尚习猥业者，一概不许侥幸出身。其广东之蛋户、浙江之九姓渔户及各省凡有似此者，悉令该地方官照此办理。所有从前冒滥报捐各生均行斥革。[1]

这条新法对被除豁的贱民及其子孙参加科举考试课加了严格的限制：本人报官改业，再经过三代，并且重要亲属（伯叔姑姊）也都必须改业。假如一个伶人改业了，他（她）的后三代子孙都已改业，到了第四代，如果还有一两个亲戚在唱戏，第四代的子孙还是不能参加科举考试。一旦被人举报，就会被取消考试资格。在削籍贱民参加科举考试这个问题上，清代国家法和宗族家规呈现出高度一元化的态势，削籍贱民如果不能确保整个宗族都身家清白脱离"猥业"，宗族中任何一个人娶伶人为妻妾都可能导致整个宗族的子弟无法参加科举，对男性削籍贱民应试资格的严格要求也为女性削籍贱民的联姻设置了严酷的障碍。

雍正的改革本来是具有人道关怀的，对于女伶人来说，这一改革是想让她们脱离贱业另觅良途。可是她们当中的很多人除了唱戏并无所长，世俗对她的歧视是如此地根深蒂固，她们想要得到社会的认可远不是那么容易。清政府没有为这些可怜的女伶提供自新之路，很多家班中流散出的女伶人来到民间重操旧业，她

---

[1] 乾隆朝《钦定皇朝文献通考》卷七十二《学校考》，《景印文渊阁四库全书》第633册，第725页b。

们在雍正严格的禁令余威之下，不敢到城市公然登台，只能在乡间流动演出。很多地方官都把她们视为地方一害，在自己治下严加驱赶。雍正六年（1728），雍正的宠臣田文镜在河南严禁以小型家庭戏班为主体的啰戏民间演出，"将本部院牌文刊刷告示，挨村逐镇，遍贴晓谕，务将带妻唱啰戏之人，尽逐出境，不许容留"[1]。

乾隆元年（1736），江南提督南天祥（雍正十三年曾任大同总兵）为禁止女伶一事上奏：

> 窃惟大同一带地方，向多娼妓，嗣蒙我世宗宪皇帝饬禁森严，此辈咸知畏法，不敢露面。无如积习相沿，此风难以顿息，于是各专歌舞，托名女戏。虽州县城市未见扮演，而幽僻村庄居然聚集。此等女戏，日则买弄优场，冀人欢笑，夜则艳妆陪饮，不避嫌疑，名系梨园，实为娼妓。虽若辈以此营生，似可宽其一线，不知诲淫败俗，莫此为最。[2]

雍正朝从家班中流散出来的女伶人还有一些在乡间游荡谋

---

1 ［清］田文镜：《两河宣化录·文移》卷三《为严行禁逐啰戏以靖地方事》，清雍正年间刻本。转引自丁淑梅：《清代禁毁戏曲史料编年》，四川大学出版社2010年版，第63页。啰戏即为豫剧的前身。另见［清］田文镜：《抚豫宣化录·文移》卷三（下），雍正三年九月《为严行禁逐流娼土妓以正人心以端风俗事》："为查乐户一项，久已奉旨除籍，改贱为良，而流娼土妓又经严行驱逐在案。今值秋禾登场、人民乐育之时，诚恐逃荒妇女逼于饥寒，前来趁食，土豪势棍因而窝留荐引，亦未可定。……大张告示，严行禁逐。如敢仍前窝留荐引者，该地方官查出立拿解究，乡地两邻苟容不即举首者，一体连坐。"《四库全书存目丛书·史部》第69册，齐鲁书社1996年版，第187—188页。
2 哈恩忠编选：《乾隆初年整饬民风民俗史料（上）》，《历史档案》2001年第1期，第31页。

生,在名教中人看来,她们"名系梨园,实为娼妓"。乾隆刚刚即位,就开始了整饬风俗、禁娼禁女戏的系列清理动作。田文镜在雍正年间已经推行的驱逐女伶出境的措施被推广到整个中国:

> 乾隆三十七年奏准:民间妇女中有一种秧歌脚、堕民婆及土妓、流娼、女戏、游唱之人,无论在京在外,该地方官务尽行驱逐回籍。若有不肖之徒将此等妇女容留在家者,有职人员革职,照律拟罪,其平时失察窝留此等妇女之地方官,照买良为娼不行查拿例,罚俸一年。[1]

女伶人在雍正朝取缔家班以后,本来已经少了很多,乾隆朝出台了更为严厉的驱逐女伶的措施,女伶人在京城的舞台上绝迹了,此后就形成了男扮女角的男旦传统。《红楼梦》第七十一回,贾母八十大寿庆典,贾府到外面请了戏班来演出祝寿,"一时台上参了场,台下一色十二个未留发的小厮侍候。须臾,一小厮捧了戏单至阶下,先递与回事的媳妇"。这时的京城里没有女伶了,要看戏只有小厮们上演,作者就这样不经意地记录了女伶在当时社会的绝迹。乾隆皇帝终于完成了"乾隆无一女乐"的伟业。直

---

[1] 光绪朝《钦定大清会典事例》卷一三三《吏部·处分例·驱逐流娼》,《续修四库全书》第800册,第285页a。驱逐女戏的禁令自康熙初年就在京城内进行,乾隆朝规模更大,且推广到全国。康熙十年,"又定凡唱秧歌妇女及惰民婆,令五城司坊等官尽行驱逐回籍,毋令潜住京城。若有无籍之徒容隐在家因与饮酒者,职官照挟妓饮酒例治罪。其失察地方官照例议处。"[清]延煦等修:《钦定台规》卷二十五《五城七·禁令》,《故宫珍本丛刊·钦定台规二种》第二册,第363页b。

到清末社会控制渐渐松动，女伶才再度出现。[1]女伶在京外很多地方的乡间游荡，被视为败坏世风的不道德的符号，被地方官四处驱赶，艰难谋生。

《红楼梦》中贾府家班的故事应该真实反映了中国古代最后一批女伶人的命运，第七十七回抄检大观园时伶人被赶出贾府，

> （王夫人）又问，"谁是耶律雄奴？"老嬷嬷们便将芳官指出。王夫人道："唱戏的女孩子，自然是狐狸精了！上次放你们，你们又懒待出去，可就该安分守己才是。你就成精鼓捣起来，调唆着宝玉无所不为。"……因喝命："唤他干娘来领去，就赏他外头自寻个女婿去吧。把他的东西一概给他。"又吩咐上年凡有姑娘们分的唱戏的女孩子们，一概不许留在园里，都令其各人干娘带出，自行聘嫁。

这就是当时社会普遍驱逐女伶人的生动写照。红楼十二伶有几个毅然选择了出家，她们不知道自己的亲生父母在哪里，被干娘领回去，自己又无法独立生存，可能还是会卖给别的人家，不如索性出家，陪伴青灯古佛了此残生。在她们之前有几个女伶走出了贾府，她们也许还在乡间继续唱戏，被地方官驱逐。红楼十二伶是中国古代最后的女伶人的缩影，她们从朝廷到豪门，再到民间游荡演出，直到被全国各地无情地驱逐从而从公开的舞台上销声匿迹，乾隆帝终于完成了"乾隆无一女乐"的伟业，而在

---

[1] "京师旧无女伶，光（绪）、宣（统）间始有之。"[清]徐珂：《清稗类钞》第十一册，《优伶类·角色》，第5101页。

这伟业的背后，则是女伶人们十分艰难的转变。乾隆盛世的文治武功背后，有很多女伶人在全国各地被肆意迫害和无情驱逐，她们被名教中人视为败坏世风、诲淫乱德的邪恶根源，她们面对这些无妄而至的灾难，既无申辩求免的机会，也无丝毫还手之力。她们或像芳官一样出家避世，无家无子无依无名，泯灭于世，或流离颠沛，不堪凌暴，青年夭亡，而她们曾经拥有的神奇技艺就永远失传了。[1] 她们当中那些生命力特别顽强的，也被体面的家族视为"辱宗莫甚"的"极贱之人"，难以找到好的姻缘为自己寻到可靠的归宿，只能与同行结为夫妻，在乡间四处漂泊，窥机而出艰难谋生。到民国时候，女伶人们的生活仍然很艰难，经常受到恶霸土豪的欺凌，就像电影《霸王别姬》（1993）中伶人们的遭遇一样。但她们还会顽强地活下去，经历很多世代，看到很多世俗的变迁和沧桑，直到新中国彻底的社会改造之后，伶人的社会地位才得以提高，曾经备受歧视的演员终于成了人民艺术家，成了我们这社会里备受尊敬的群体。

---

[1] 学者项阳考证，宋代以来，乐籍中男女有明确分工，这就是"男记四十大曲，女记小令三千"。"据在上党地区的调查，许多原先必须使用女乐的场合，由女乐演唱的地方，在除籍之后，多改为由器乐演奏了。……随之而来的便是由她们所承继的'小令三千'技艺的逐渐消亡。"项阳：《山西乐户研究》，上海音乐出版社2019年版，第51、115页。

第十二章

十二钗的结局与清代的籍没刑罚

《红楼梦》里有"金陵十二钗",也有"红楼十二伶",十二钗的正册是大观园女性中身份最高贵的群体,十二伶则是最低贱的群体。十二伶的祖先可能曾经是和十二钗一样高贵的人,因为犯了罪才沦落到社会的底层。

吕思勉先生曾经评论《红楼梦》:"所谓十二金钗者,乃作者取以代表世界上十二种人物者也,十二金钗所受之苦痛,则此十二种人物在世界上所受之苦痛也。"[1]金陵十二钗象征着人生的十二种可能的形态,她们的命运穷尽了人生的各种可能性。人在一生中遇到机遇和成功,遇到坎坷和苦难,都可能选择一种态度,一种处事的姿态,都可能切合十二钗中的某一种人生选择。

---

[1] 成之(吕思勉笔名):《小说丛话》,载一粟编:《红楼梦资料汇编》(下册),第601页。

十二钗分为正册、副册和又副册,十二伶因为身份的低贱,没有被作者列入三册。十二伶在贾府最后抄家的灾难还没有来临之前,就被解散和遣送回家了,后来又被赶出了贾府,作者这样的写作可能不经意地记录了雍乾两朝除豁部分贱民、解散家班以及查禁女戏的法律改革。十二钗的副册和又副册是贾府的妾侍和丫鬟们,透过香菱的命运,可以看到清代的法律怎样影响了这个群体的生存状态。那么十二钗的正册,那些读者最关心和钟爱的女性,她们到这书的结局又会是什么样的命运?

《红楼梦》固然是一部现实主义的杰作,但它也表达了作者的乌托邦诉求。《红楼梦》构造了一个青春少女的乌托邦——大观园。大观园是《红楼梦》中的理想世界,是清净、高贵的世界,大观园外面的世界是肮脏、堕落的现实世界。

《红楼梦》的理想世界最后要在现实世界的各种力量的不断冲击下归于幻灭,第七十七回抄检大观园之后,《红楼梦》渐渐失尽欢畅平和的气象,大观园这个理想世界就要逐渐幻灭了,大观园里的青春少女们,也要一一落实开篇就已预言的悲剧结局。

余英时先生在《红楼梦的两个世界》中指出:

> 《红楼梦》中干净的理想世界是建筑在最肮脏的现实世界的基础之上。它让我们不要忘记,最干净的其实也是在肮脏的里面出来的。而且,如果全书完成了或完整地保全了下来,我们一定还会知道,最干净的最后仍旧要回到最肮脏的地方去的。"欲洁何曾洁,云空未必空"这两句诗不

但是妙玉的归宿,同时也是整个大观园的归宿。[1]

　　大观园的理想世界建筑在最脏的现实世界基础之上,在大观园之外的贾府,统治贾府的男性群体是一个贪婪、淫乱和污浊的群体,大观园里的青春少女们没有参与他们的罪恶,她们在世外桃源一般的大观园过着无忧无虑的生活,却又依赖着园外贾府的保护。到书的结尾,贾府的男人们会为他们的罪恶付出代价,大观园里的少女们却要遭遇比男人们更为严酷的命运,最干净的最后仍旧要回到最肮脏的地方去,最高贵的人要沦为最低贱的人,而对于贾府男人们犯下的罪行,她们既非同谋也并不姑息,她们甚至根本都不知情,她们原来是那样无辜,这就是《红楼梦》至深的悲剧意义。

　　虽然曹雪芹八十回后的真本已经失传[2],但透过判词和脂砚斋等人的批语,读者大致能知道,书到末尾是一个彻底悲剧的结局。就像开篇《好了歌解》中说的那样:"说甚么脂正浓、粉正香,如何两鬓又成霜?昨日黄土陇头埋白骨。今宵红灯帐底卧鸳鸯。金满箱,银满箱,展眼乞丐人皆谤。正叹他人命不长,那知自己归来丧?训有方,保不定日后作强梁。择膏粱,谁承望流落在烟花巷!"(第一回)"择膏粱,谁承望流落在烟花巷"就是

---

[1] 〔美〕余英时:《红楼梦的两个世界》,上海社会科学院出版社2002年版,第45页。
[2] 红学界对《红楼梦》八十回后作者已有最新认识:曹雪芹生前完成了全书,但是八十回后的真本失传了。通行一百二十回本中的八十回后非曹雪芹所作,而为无名作者续写,续本可能利用了曹雪芹八十回后真本中的一些素材。高鹗、程伟元为整理者。由冯其庸先生领衔、中国红学会专家集体校注、人民文学出版社2007年版的《红楼梦》,已将《红楼梦》作者署名改为:曹雪芹、无名氏作,程伟元、高鹗整理。参见拙著《红楼梦成书传世之谜》,中国民主法制出版社2017年版,第169—194页。

十二钗中一些人的结局,她们最终要沦为和"十二伶"一样低贱的人。

《红楼梦》开篇不久,作者就通过《好了歌》、《好了歌解》、十二钗的判词、太虚幻境的《红楼梦曲》反复强调,这书的最后,所有的一切都要幻灭,"好一似食尽鸟投林,落了片白茫茫大地真干净"(第五回)。读者可以特别关心这书中的某一个人物,去猜测设想某个人物会是什么样的结局,这也是红学中"探佚"学一直在做的事。但从合乎作者生活时代社会逻辑的背景来看,十二钗最后要遭遇的悲剧是一个法律的悲剧,是一个极度残酷的法律制度必然导致的结局。

一、传统中国的籍没刑罚

通行的120回本《红楼梦》中第106回写到,贾府的男人犯了罪,贾府被抄了家,皇帝念及元妃死去不久,不忍心重罚贾政,"着加恩仍在工部员外上行走。所封家产,惟将贾赦的入官,余俱给还。并传旨令尽心供职。惟抄出借券……如有违禁重利的一概照例入官,其在定例生息的同房地文书尽行给还。贾琏着革去职衔,免罪释放。""将贾琏放出,所有贾赦名下男妇人等造册入官"(第一〇六回,着重号为笔者所加)。贾赦犯了罪,家产被抄,他的家人奴仆除了贾琏这一房之外,都被"造册入官",就是被没为官府的奴隶。贾政得到了宽免,但是贾府抄出的借券要被追查,如果属于高利贷,收益要没收入官。贾琏被革职,但不再追究罪行。按照开篇的预言和脂评本批语的提示,曹雪芹的原本中结局不是这样的，原本里边贾府彻底败落，没有谁会被宽免，大观园里边的青春少女都会落到很悲惨的结局，而不仅仅是贾赦名下的人。但即便是在这个改写得不那么悲惨的结局中，贾赦一房的女眷和奴婢都要入官成为官府的奴隶。

传统中国宗法社会的法律对待女性是特别残酷的，女性不具有完全意义的法律人格，她们被视为父家或夫家的财产，一旦父家或夫家的男人们犯了严重的罪行，她们就可能被无辜株连，遭受极其残酷的刑罚。

抄家是古代社会很严厉的刑罚，清代犯政治罪或者经济罪，都有可能被抄家，罪行轻重不一，处罚也不一，最终由皇帝决定。"对什么人和犯什么罪应予抄家惩处，《大清律例》并无明确的条款，事实上，清代历朝皇帝也从没有受《大清律例》的约束。按现存案例来看，被抄家的，绝大多数是应用于被认为犯有重大罪过的各级官吏和贵族；其中也有一小部分是与官府有密切关系的皇商、官商人等，有一些是属于'思想犯'性质的文人。"[1]抄家刑罚的实际严厉程度取决于皇帝的意志，最严厉的不仅要没收财产，罪犯本人的直系亲属、奴仆也要没为奴隶或罚充苦差。

抄家刑罚最严厉的一等要合并收孥刑罚，将罪犯的女性亲属、未成年男性亲属和奴仆全部变为奴隶。[2]收孥之法始于虞夏，终于清代。《尚书·甘誓》中记载夏王启讨伐有扈氏，立法准备

---

[1] 韦庆远：《清代的抄家档案和抄家案件》，载《学术研究》1982年第5期，第96页。
[2] 《史记·商君列传》载："事末利及怠而贫者举以为收孥。"《史记索隐》注："收录其妻子，没为官奴婢。"[唐]司马贞：《史记索隐》卷二，《景印文渊阁四库全书》第246册，第568页a。

对敌方实施残酷的刑罚："予则孥戮汝。"汉儒孔安国对此的解释为："孥，子也。非但止汝身，辱及汝子，言耻累也。"[1]

先秦时的典籍中就有很多关于"收孥"刑罚的记载。《左传》中记载晋国大臣的族人很多沦为官奴。《吕氏春秋·季秋纪·精通篇》中记载：

> 钟子期夜闻击磬者而悲，使人召而问之曰："子何击磬之悲也？"答曰："臣之父不幸而杀人，不得生；臣之母得生，而为公家为酒；臣之身得生，而为公家击磬。臣不睹臣之母三年矣。昔为舍氏睹臣之母，量所以赎之则无有，而身固公家之财也，是故悲也。"

楚国的音乐家钟子期一天夜里听到有人在击磬奏乐，忽然感觉声音悲凉，就让人把演奏的人召来询问："你的磬声为何如此悲凉？"击磬的人回答说："我的父亲不幸杀了人，被判了死刑。我和母亲都受到株连，但罪不至死。母亲被罚给官家酿酒，我被罚为官家击磬。我已经三年没有见到我的母亲了。前些日子我住在街市的时候看到我的母亲，我想为母亲赎身，可我一无所有，没办法赎她，我自己都已成了官家的财物。所以悲从中来。"钟子期听了唏嘘不已。

古代法律中收孥刑罚有多个名称，一般也称为"籍没"或"缘坐"，也称为"入官""没官"。缘坐的意思和连坐相近，一人

---

[1]〔汉〕孔安国撰，〔唐〕孔颖达疏，陆德明音义：《尚书注疏》卷六《夏书·甘誓》，《景印文渊阁四库全书》第54册，第146页a。

犯罪，家眷和奴仆是最常见的连坐对象。[1]秦法中明确规定了："一人有罪，并其室家。"[2]籍没是指将罪犯的财产登记没收入官，罪犯的妻妾、未成年的孩子和奴仆在法律上都被视为他的财产，亦即"籍没其一门，皆为徒隶"[3]。

《唐律疏议》中确立了籍没刑罚的基本模式：政治罪犯本人处斩刑，年满十六岁以上的男性直系亲属（父子）处以轻一等的死刑绞刑，十五岁以下男性直系亲属、女性直系亲属（包括母女、妻妾、子之妻妾）、兄弟姊妹和奴婢、田宅一同没官，伯叔父、兄弟之子流三千里。

> 诸谋反及大逆者，皆斩，父子年十六以上，皆绞；十五以下及母女、妻妾（子妻妾亦同）、祖孙、兄弟、姊妹若部曲、资财、田宅，并没官；男夫年八十及笃疾、妇人年六十以上及废疾者，并免；（余条妇人应缘坐者，准此）；伯叔父、兄弟之子，皆流三千里，不限籍之同异。[4]

这一模式也被唐以后的历代王朝沿用。在实际的实施中，皇

---

[1] 学者戴炎辉考证"缘坐"与"连坐"最初的语源略有区别："唐律以来，缘坐指正犯的亲属亦被处罚，而连坐乃对正犯的同职或伍保负连带责任。"但后来也常用为一意。戴炎辉：《中国法制史》，台湾三民书局1979年版，第55—56页。

[2]［汉］班固撰，［唐］颜师古注：《汉书》卷四《文帝纪》，引应劭曰："帑，子也。秦法，一人有罪，并其家室。"又引颜师古注："帑读与奴同，假借字也。"中华书局1964年版，第111页。

[3]《史记·秦始皇本纪》载吕不韦死后，"籍其门"，《史记索隐》注："谓籍没其一门皆为徒隶。后并视此为常故也。"［唐］司马贞：《史记索隐》卷二，《景印文渊阁四库全书》第246册，第463页a。

[4] 岳纯之点校：《唐律疏议》，卷第十七《贼盗》第248条"谋反大逆"，第270页。

帝会根据自己的意志来决定是否宽减罪犯亲属（全部或部分）的刑罚，有时也会将籍没刑施及罪行严重的非政治罪犯。

籍没刑罚是古代部落社会野蛮习俗的遗迹，它的目的是要彻底剥夺罪犯家族的报复能力，也让罪犯家庭蒙受耻辱，不能再繁衍后代。和罪犯关系最近的已成年男性直系亲属（父子）和罪犯本人一样被处死刑，他们被视为罪犯政治罪行的共犯。罪犯的妻女、未成年之子要被没官、配流或变卖，在有些朝代，这种刑罚甚至可能株连到罪犯已经出嫁的女儿和已经出家修行的女眷。到唐代法律上明确区分良贱以后，罪犯的女性家属经过这样的处置，在法律上就沦为贱民。

历代王朝的政府和宫廷里都有专门容纳罪人女眷的机构。唐代常将罪人女眷打入宫廷中的掖庭，武则天时代的著名女官上官婉儿就是罪臣上官仪的孙女，她刚出生时就因祖父犯罪，和母亲一同被打入掖庭。明代宫廷有两个容纳罪人女眷的机构——教坊司和浣衣局。罪人的女眷如果是有才艺的打入教坊司，负责给宫廷奏乐演出，没有才艺的打入浣衣局，从事体力劳动。明朝初年明成祖自燕京起兵打败了建文帝夺取了帝位，一些忠于建文帝的忠臣的妻女就被打入教坊司。[1]明朝灭亡以后，这些人的后裔流落到山西一带，成了专门从事戏剧演出等低贱职业的"乐户"，受尽土豪恶霸的欺凌，雍正朝除豁贱民才免除了她们的贱籍。清代教坊司也继续存在，直到雍正朝除豁贱民的改革时才取消了这个

---

[1] "成祖起靖难之师，悉指忠臣为奸党，甚者加族诛，掘冢，妻女发浣衣局、教坊司，亲党谪戍者至隆（庆）、万（历）间犹勾伍不绝也。"［清］张廷玉等撰：《明史》第八册，卷九十《刑法志二》，第2321页。

机构。

清代很多罪犯的妻女都被处以籍没刑罚。如果是旗人贵族犯了罪，他们的妻女一般没入内务府管辖下的辛者库。[1]康熙皇帝八皇子胤禩的母亲卫氏就是辛者库的女奴出身，[2]她在清代所有受封妃嫔中是地位较为卑下的。如果是汉人官员犯了罪，他们的妻女可能处以三种不同的刑罚：发披甲人为奴，即发配到宁古塔、黑龙江、陇西等边远地区给守边士兵作奴隶；赏给功臣为奴，即赏给有功的大臣充当奴婢；变卖，官府将她们送到官府指定的人市上直接变卖，她们可能被需要奴婢的大户人家买走，也可能被卖为倡优。

清代的籍没刑罚相比于前代更为残酷，罪人的妻女常被发配到乌喇、宁古塔等苦寒地带给守边士兵为奴，当时这些发配地的恶劣生存环境对于中原人都是极度严酷的，很多人在发配的路上就不堪折磨冻饿而死。清人笔记中多有对发遣宁古塔刑罚的可怕记载：

> 按宁古塔在辽东极北，去京七八千里，其地重冰积雪，非复世界中，国人亦无至其地者，诸流人虽名拟遣，而说者谓至半道为虎狼所食、猿狖所攫或饥人所啖，无得生也。

---

1 康熙十六年定："旗人犯入官之罪者，俱入各旗辛者库。"《钦定皇朝文献通考》卷二百三《刑考九·徒流（配没）》，《景印文渊阁四库全书》第636册，第673页a。
2 康熙四十七年十一月因选立皇储事训谕大臣时言及八阿哥胤禩："且其母家，亦甚微贱。"《清实录·圣祖实录》卷二百三十五，《清实录》第6册，第351页b。另《清皇室四谱》卷二《后妃》载："良妃卫氏，内管领阿布鼐女。本辛者库罪籍，入侍宫中。"唐邦治辑：《清皇室四谱》，《近代中国史料丛刊》第八辑，第59页。

> 向来流人俱徙尚阳堡，地去京师三千里，犹有屋宇可居，至者尚得活，至此则望尚阳堡如天上矣。[1]

宁古塔在塞外极北之地，重冰积雪，被流放来的南方人很多还没走到地方就可能被野兽吃掉，运气好的侥幸走到宁古塔，这里只有帐篷这类简陋的居住设备提供给这些犯人，在这个苦寒之地要靠这些装备活下去也是十分艰难的。

顺治十四年，江南文人吴兆骞遇到朝廷复查科场作弊，必须到北京中南海瀛台参加复试，复试时被戴上刑具，由两名士兵把守答卷，他觉得这样很不尊重读书人，愤而交了白卷，因此触怒了顺治皇帝，被判杖刑四十，发配宁古塔，他的妻子、儿子被判随行发配。吴兆骞全家历尽艰辛活着来到宁古塔，在宁古塔被派做苦工。[2] 等待他们的是更为可怕的考验，他在给父亲的家书中描述了在宁古塔生不如死的惨状：

> 今年正月初五日，副都统因大将军卧病，忽发遣令，遣儿与德老两家，立刻往乌喇地方去，此时天寒雪大，又无牛车帐房，赖孙许两家，合力相助，才得动身，其室中什物，尽寄孙家，儿与媳妇，以初六平明起身登车，雪深四尺，苦不可言。山草皆为雪掩，牛马无食，只得带豆料而行，一车所载不过三百斤，儿与媳妇孙子，复坐其上，

---

1 无名氏：《研堂见闻杂记》，《台湾文献史料丛刊·第五辑·研堂见闻杂记、玉堂荟记、雨粤梦游记、行在阳秋合订本》，台湾大同书局2009年版，第43—44页。
2 参见谢国桢：《清初流人开发东北史》，山西人民出版社2014年版，第25页。

除被褥之外，一物不能多载。行至百里，人牛俱乏，……及至三日，将军命飞骑追回，倘再行两日，到乌稽林，雪深八九尺，人马必皆冻死。[1]

吴兆骞一介文弱书生，全家被判这样残酷的刑罚，苦不堪言，感到自己命不久矣。他给他的好友顾贞观写信倾诉，顾贞观古道热肠，看到好友遭此劫难，写了两首感人至深的《金缕曲》寄给吴兆骞，表示一定要把朋友救回中原：

季子平安否？便归来、生平万事，那堪回首。行路悠悠谁慰藉，母老家贫子幼。记不起、从前杯酒。魑魅搏人应见惯，总输他覆雨翻云手。冰与雪，周旋久。泪痕莫滴牛衣透。数天涯、依然骨肉，几家能彀？比似红颜多薄命，更不如今还有。只绝塞、苦寒难受。廿载包胥承一诺，盼乌头马角终相救。置此札，君怀袖。

我亦飘零久，十年来，深恩负尽，死生师友。宿昔齐名非忝窃，试看杜陵消瘦。曾不减，夜郎僝僽。薄命长辞知己别，问人生，到此凄凉否？千万恨，为君剖。兄生辛未我丁丑，共些时，冰霜摧折，早衰蒲柳。词赋从今须少作，留取心魂相守。但愿得，河清人寿。归日急翻行戍稿，

---

[1]［清］吴兆骞、戴梓：《秋笳集 归来草堂尺牍 耕烟草堂诗钞》，黑龙江大学出版社2010年版，《吴兆骞顺治十六年七月二十一日家书》，第252页。转引自谢国桢：《清初流人开发东北史》，第22—23页。

把空名料理传身后。言不尽，观顿首。[1]

顾贞观为了搭救吴兆骞，就去求他的朋友纳兰容若帮忙。纳兰容若读了《金缕曲》感动不已，决心要为这事出力，他说服了康熙皇帝，同意让吴兆骞交纳赎金减免刑罚，又和其他朋友一起募捐筹款，终于把吴兆骞全家从宁古塔赎了回来。

文学史上这首不朽的杰作《金缕曲》就是清代流放宁古塔的酷刑催生的。康熙在位时曾经表示要施德政，不要将罪人及其家眷发遣到宁古塔，[2] 但并未决心落实，这项虐政一直保留到清末。发遣宁古塔等苦寒地区让汉族士人一想到就不寒而栗，对于柔弱的女性，因家人犯罪被无辜牵连而发遣到这些地方为奴，更是生不如死的。

二、十二钗的可能结局

曹雪芹生前完成了《红楼梦》，但八十回后的真本失传了。大致可以推断，十二钗的正册人物除了极少数人，最后不外乎三种结局：早夭（病死或自杀）、出家、卖为奴隶。《红楼梦》不是

---

[1]《清代诗文集汇编148·寒村诗文选三十六卷 顾梁汾先生诗词集九卷附刊一卷首一卷》，第653页。
[2] 康熙二十一年五月壬子，上谕大学士曰："流徙宁古塔、乌喇人犯，朕向来未悉其苦，今谒陵至彼，目击方知。此辈既无房屋栖身，又无资力耕种，复重困于差徭。况南人脆弱，来此苦寒之地，风气凛冽，必至颠踣沟壑，远离乡土，音信不通，殊为可悯。虽若辈罪由自作，然发辽阳诸处安置，亦足以蔽其辜矣。彼地尚有田土可以资生，室庐可以安处，且此等罪人，虽在乌喇等处，亦无用也。"《圣祖仁皇帝圣训》卷二十八，《景印文渊阁四库全书》第411册，第480页b。

一部完全写实的作品,但曹雪芹应该是在真实经历和见闻的基础之上,做了天才的艺术加工写成的。《红楼梦》是一部细致的社会史,《红楼梦》已经失传的八十回后真本应该展示了古代中国被处籍没刑罚的罪人女性家属遭遇的严酷命运。

在曹雪芹生活的时代,自杀、出家、卖为奴隶其实是籍没刑罚所及的罪人女性家属最常见的三种结局。曹雪芹的家族是在雍正五年(1727)被雍正皇帝抄家的,因为曹家没有政治罪行,只有经济罪行,受到的惩罚是比较轻的,只没收了财产,没有家属被没为官奴或变卖。但不是所有获罪抄家的人,都能得到这样的从宽处罚。

《红楼梦》中女性自杀现象很常见,前八十回就有很多女性自杀。从第五回金陵十二钗判词和《红楼梦曲》透露的线索来看,八十回后真本中,十二钗也会有不少自杀。当贾府还没有覆灭、大观园还能受到园外贾府的保护之时,大观园中有些少女尚且因为各种原因选择自杀。等到贾府彻底覆灭时,她们会成为毫无法律保护的极度弱势群体,会被当作罪人的财产一样计算籍没,可以想见,她们当中身份最为高贵也是最为缺乏生存能力的群体,面对这样的惨祸时,自杀会是极为自然的选择。

在清代,犯罪大臣的家属被判籍没流放边塞的,女眷在流放前自杀是常见现象,家人为了让她免于受辱,甚至会要求她自杀。

清代史料《永宪录》记载:雍正十二年(1734),河南学政俞鸿图被上司弹劾贪赃枉法,"上震怒,逮问籍没,妻先自尽,幼子恐怖死"[1]。俞鸿图被逮捕下狱审问，其家被判籍没，消息传来，刑罚还未施行，他的妻子就自杀了，小儿子被吓死了。

雍正三年（1725），年羹尧因罪被抄家。户部侍郎汪霦之子汪景祺为年羹尧幕僚，曾随年至青海军中。汪景祺作《读书堂西征随笔》阿谀年羹尧，其中有一篇文章《历代年号论》论证"正"字为年号凶字，有"一止之象"，指出历代年号带"正"字的皇帝多没有好下场。因此触怒雍正，汪被判大逆罪，枭首示众，阖门遭难。其兄弟、子侄有在做官的全部革职，发配宁古塔。五服以内之族人有在任官及候选候补官的，全部革职，原籍地方官负责看管，不许出境。其妻发配到黑龙江给披甲人为奴。[2]《永宪录》中记载：

> （景祺之）妻巨室女也。（一云。大学士徐本妹。）遣发时。家人设危跳。欲其清波自尽。乃盘蹒匍匐而渡。见者伤之。[3]

汪景祺的妻子是大家闺秀，父兄都是高官，家人看她遭此命运，不愿意她到黑龙江受辱，她发配启程要坐船，家人就故意把上船的踏板弄得很危险，希望让她落到水里自尽。但她不愿意死，她不愿意受丈夫的牵连为他殉葬。她走到那踏板前，就俯身

---

1 [清] 萧奭：《永宪录·续编》，中华书局1997年版，第348页。
2 参见中国第一历史档案馆编：《清代起居注册·雍正朝》，中华书局2016年版，第631页a；《清实录·世宗实录》卷三九，《清实录》第7册，第575—576页。
3 [清] 萧奭：《永宪录》卷三，第257页。

趴下来从踏板上慢慢爬过去,旁观的人们无不伤心落泪。没有更多史料记载这个不知名的弱女子后来的经历,可能她慢慢爬行的时候最后还是落水死了,也可能她躲过了这一劫,去到黑龙江极度寒冷的军营,沦落风尘苦苦求生。

雍正四年(1726),礼部侍郎查嗣庭因在任江西乡试主考官时所出试题也涉及"正""止"字,"讽刺时事,心怀怨望",下狱治罪。次年三月间,查嗣庭次子查克上在狱中病死。查嗣庭为保家人性命,在狱中自杀以谢罪。同年五月雍正下旨:查嗣庭犯大逆罪,本应凌迟处死,因为已在狱中自杀,戮尸砍头示众。其子查沄已在十六岁以上,本应处斩立决,从宽改为斩监候,秋后处决,其家女眷(包括母女妻妾、其子之妻妾)、其余子侄及其兄查嗣瑮均流放三千里,其兄查慎行年老,不知情也未参与,从宽免于追究。[1] 于是查家女眷面临了和汪景祺妻子同样的绝境。

查家是书香世家,家风严正,查家妇女都很有血性。清儒方苞记载,查嗣庭的妻子史氏在流放令发来当日对家人说:"诸孤方幼,我义不当死,但妇人在,难历长途,倘变故不测,恐死之不得矣。"这话凄惨之极,可见当时查家遭遇的是怎样的飞来横祸。查嗣庭次子查克上已在狱中病死,他的妻子浦氏听见婆婆这样说,悲痛欲绝,回答说:"我遭遇与姑(古代指婆婆)同,当

---

[1] 参见中国第一历史档案馆编:《清代起居注册·雍正朝》,第1237—1238页。另请参见〔清〕萧奭:《永宪录·续编》,第412页。

与姑同命。"[1]就写下绝命诗,把孩子都托付给她的父亲,和史氏一同自尽。清人王应奎《柳南随笔》中记载,查嗣庭一女善诗,在流放途中驿站题诗哀叹:"薄命飞花水上游,翠蛾双锁对沙鸥。塞垣草没三韩路,野戍风凄六月秋。渤海频潮思母泪,连山不断背乡愁。伤心漫谱琵琶怨,罗袖香消土满头。"[2]

罪人的女眷假如没有选择自杀或出家,则会被当作财产一样变卖,沦落到社会的底层。她们在遭难之前,养尊处优、锦衣玉食、毫无涉世经验,一夜之间,就从社会的最上层沦落到了社会的最底层。家族原来在政争中结下的对头,甚至家族内部原有矛盾造成的仇隙,都可能导致有人在此时落井下石、趁火打劫。而家族中的女性往往成为报复行为指向的对象,即便没有因罪被牵连卖为奴隶。但家中男性获罪以后,她们丧失了父兄的保护和经济支持,也可能被奸人变卖为奴。

曹雪芹主要生活于雍正、乾隆年间,他13岁时被抄家,后来亲戚朋友也有多人遭遇差不多的命运。抄家本来就是极度残酷的刑罚,即便还没有被最终处刑,家人是否被株连还不确定,抄家之时家人都有可能选择自杀。在雍正乾隆朝,曹雪芹应该见闻过太多官员被判籍没、家人被流放被迫自尽的人伦惨剧,甚至他自己熟识的人家,都有可能发生同样的事情。有些人家处事慎重

---

[1] 方苞《史氏传》:"史氏,仁和人。以弟囗囗与海宁查嗣庭同会试榜,继室于查。雍正丙午,嗣庭有罪,与第三子囗俱病死狱中。至丁未狱成,妻及诸子妇长流陇西。部檄到县,史氏曰:'诸孤方幼,我义不当死,但妇人在,难历长途,倘变故不测,恐死之不得矣。'囗囗之妻浦氏曰:'我遭遇与姑同,当与姑同命。'作绝命词四章,以子女属其父文焯,同时自经。文焯亦嗣庭同年友也,告予使籍之。"[清]方苞撰,徐天祥、陈蕾点校:《方望溪遗集》,黄山书社1990年版,第108页。
[2] [清]王应奎:《柳南随笔 续笔》随笔卷四,第76页。

的，也可能在惨祸来临之前让女性家眷出家躲避。金陵十二钗未必见得人人都有原型，然而作者必然是经历见闻了很多女性的悲剧故事，才写出了《红楼梦》中"千红一哭""万艳同悲"的女性众生相。

三、苏州织造李煦家人的遭遇

红学界对于曹氏及曹氏亲族、故旧的很多事迹已有大量考证，如果把书中出现的人物一一对应为某个真实的人物，这种方法不尽科学，也不符合文学作品创作的真实规律。但是了解曹氏及其亲族故旧的一些真实遭遇，能够大致还原作者生活时代的真实政治与法律生态，作者了解的这些事迹也可能成为创作加工的素材。《红楼梦》之所以成为一部艺术感染力极强的文学杰作，很大程度上取决于作者在创作时遵循的社会写实态度。

曹雪芹的舅公、苏州织造李煦家人在雍正初年的遭遇，非常真实地反映了清代籍没刑罚的残酷。李煦因为卷入了康熙朝的政治斗争，被雍正视为政敌，雍正元年（1723）雍正以"亏空官帑"为由，罢了李煦的官，下狱审问，籍没其家。房屋赏给了年羹尧，其子女家仆男童幼女共二百余口，悉数逮捕，送至市场标价拍卖。其在京家产也悉数查抄。

现存清代的法律文献和抄家档案中有很多记载，反映了籍没刑罚实施时人命是多么微贱。犯罪官员的家属和家仆被依法"入官"，他们一夜之间就会沦为人口市场上十分低贱的商品，"入官人口，凡年在十岁以上至六十岁者，每口作价银一十两；六十一岁以上作价银五两；九岁以下幼丁，每岁作价一两；未周岁者，免其作价。"[1] 李煦因为亏空织造府银两，家眷和家仆都被作价冲抵，他们的价格在当时的抄家档案中留下了生动的记载：

> 查得李煦在京之家产：草厂胡同瓦房二百二十五间、游廊十一间，折银八千零九十四两；阮府胡同瓦房十六间，折银三百四十三两；畅春园太平庄瓦房四十二间、马厩房八间，折银一千六百一十四两。家人鲍子夫妇、其子四贵夫妇、婴儿一人，折银五十两；马二夫妇、妾一人、女儿五人、婴儿一人，折银一百二十两；金宝夫妇、其子斯儿夫妇、婴儿二人，折银五十两；董二夫妇、男孩一人、女儿一人及董二之寡母，折银五十两；……[2]

李煦在康熙朝深得康熙皇帝宠信，在苏州织造经营三十年，根深叶茂。李煦显赫之时，李氏几大家人都跟随发迹，成为一方巨富，李煦一旦获罪，他们的财富也都被没官，化为乌有。李煦之子自幼锦衣玉食，长大后挥霍无度，不务正业，成了苏州著名的票友，苏州人认为李公子的荒唐无行直接导致了李家的巨额亏空。

> 康熙三十一年，织造李煦莅苏三十余年，管理浒关税

---

[1] 故宫博物院编：《故宫珍本丛刊·钦定户部则例·乾隆朝》，第二八四册，卷二《户口·入官人口作价》，第60页a。
[2] 任世铎、张书才编译：《新发现的查抄李煦家产折单》，载《历史档案》1981年第2期，第35—36页。

> 务兼司扬州盐政，恭逢圣祖南巡四次，克己办公，工匠经纪均沾其惠，称为李佛。公子性奢华，好串戏，延名师以教习梨园，演长生殿传奇，衣装费至数万，以致亏空若干万。吴民深感公之德，而惜其子之不类也。李公家人有汤钱瞿郭四姓，皆巨富，在苏置宅，各值万金有余。公解任后，其产入官。[1]

李煦家的女性家属，是曹雪芹幼时熟识的亲戚，她们当时又有什么样的遭遇？后来到底流落去了哪里？雍正二年（1724）内务府总管胤（允）禄的奏折记录了李家女眷的真实遭遇：

> 准总督查弼纳来文称，李煦家属及其家仆钱仲璇等男女并男童幼女共二百余名口，在苏州变卖，迄今将及一年，南省人民均知为旗人，无人敢买。现将应审讯之人暂时候审外，其余记档送往总管内务府衙门，应如何办理之处，业经具奏。……当经臣衙门查明，在途中病故男子一、妇人一及幼女一不计外，现送到人数共二百二十七名口，其中李煦之妇孺十口，除交给李煦外，计仆人二百十七名，均交崇文门监督五十一等变价。……奏旨：大将军年羹尧人少，将送来人着年羹尧拣取，并令年羹尧将拣取人数奏闻。余者交崇文门监督。钦此。[2]

---

1 [清] 李铭皖等修，冯桂芬等纂：《苏州府志》（光绪九年刊本）卷一百四十八《杂记五》，台湾成文出版社1970年版，第3508—3509页。
2 雍正二年十月《内务府总管允禄等奏李煦家人拟交崇文门监督变价折》，《关于江宁织造曹家档案史料》附录，第208页，着重号为笔者所加。

李家的女眷、仆人在苏州人市上辗转流离近一年，因为是旗人没有人敢买，又被送到北京，经过一年的颠沛流离和惊吓屈辱，其中有些体弱的，已经病故了几个，剩下的人也都被折磨得奄奄一息。雍正看到这种情形，又决定将李煦的妻女等直系亲属还给李煦。然而家遭巨变，财产抄尽，宅第易主，李煦再无官职，亲朋故旧惧怕被牵连不敢援手，仇家对头道路以目甚至落井下石，全家人扫地出门。《红楼梦》开篇描述的"茅椽蓬牖，瓦灶绳床"，就是李家人当时遭遇的真实写照。三年之后，雍正五年（1727），又查出李煦曾为阿其那（康熙第八子胤禩）买过五个侍女，被定为"奸党"，已经七十三岁的李煦再次入狱，被流放到打牲乌拉，两年后在流放地饥寒交迫而死，身边无一亲识之人。李煦的妻子韩夫人在此之前几年已经过世。[1]《清实录》没有交代李煦家的直系女眷在这次灾难后的结局，她们很可能因此再次被牵连，被发给辛者库为奴或是被送到市场上变卖。

李煦家人在苏州变卖一年没有人敢买，直系亲属被交还给他，剩下的其他女眷和奴仆，雍正决定让年羹尧先从中挑选一些人去他家做奴仆，其余继续在北京变卖。年羹尧挑走的应该是其中资质上乘的，她们就这样去了年家做了婢女。过了不到三年，雍正四年年底，年羹尧因谋反被定九十二款大罪，年家女眷

---

[1] 时人李果为李煦所作行状载："公生于顺治乙未年正月二十九日，卒于雍正己酉年二月某日，春秋七十有五。……公卒之日，囊无一钱，韩夫人已先数年卒，二子又远隔京师，亲识无一人在侧。方婴事时，下于理，刑部拟重罪，天子念其前劳，特恩从宽发遣。方行，牛车出关，霜风白草，黑龙之江，弥望几千里，两年来仅与佣工二人相依为命，敝衣破帽，恒终日不得食，惟诵天子不杀之恩，安之怡然。"王利器编：《李士桢李煦父子年谱》，台湾文海出版社1966年版，第555—556页。

和奴婢被雍正皇帝依样办理，赏给了弹劾年羹尧有功的议政大臣蔡珽为奴。[1]再过了一年，雍正五年九月，蔡珽也被定贪赃徇私共十八款罪，处斩监候，"其妻子入辛者库，财产入官"[2]。从这些史料可以看出，李煦家的一些女眷和婢女一夜之间就沦为获罪被卖的奴隶，在苏州人市上插着草标被变卖一年，又被运往北京听候发落，然后去了年羹尧家成了年家的奴婢，三年后又去了蔡珽家成了蔡家的奴婢，再过了一年，又被没入辛者库成为内务府的官奴。而李煦的直系女性亲属，很可能最后也遭遇了同样的命运。在历时几年的抄家、变卖、转运、易主、再抄家、再易主、再变卖的无常变故中，她们过去的高贵身份、淑女教养都成了转瞬即逝的泡影和无情的嘲弄，在这过程中她们可能遭遇无数的凌辱、轻贱与惊吓，她们对这一切的耐受力，可能远不及本来出身贱民的丫鬟，可能有一些人，在这过程中就早夭了，幸而生存下来的，也成为任人欺凌的贱民。就像余英时先生在《红楼梦的两个世界》中指出的："干净既从肮脏而来，最后又无可奈何地要回到肮脏去。……这是《红楼梦》的悲剧的中心意义，也是曹雪芹所见到的人间世的最大的悲剧！"[3]

曹雪芹的亲识故旧，以及同时代其他一些他知晓的高官豪门，犯罪之后遭遇最悲惨的就是这些人家的女眷，尤其是涉世未深的青春少女，她们最后的命运就是在家族罹祸之时或死、或

---

[1] "议政大臣左都御史蔡珽辞上赐所籍年羹尧服饰什物赀财。上以年羹尧在京房屋一所。奴婢二百二十五口并金银绫绮首饰衣服器皿什物赐珽。"〔清〕萧奭：《永宪录》卷三，第208—209页。
[2] 《清实录·世宗实录》卷六十一，《清实录》第7册，第941页b。
[3] 〔美〕余英时：《红楼梦的两个世界》，第58页。

隐、或沦落风尘，成为和十二伶一样低贱的人。《红楼梦》塑造十二钗的形象，是作者半生经历惊闻后的泣血伤痛之语。但曹雪芹并没有局限于他真实的经历和私人体验，《红楼梦》对贾府中的男性群体没有丝毫的同情，而是对女性群体本身寄予了深重的悲悯之情。虽然《红楼梦》没有反思和批判造成这种悲剧社会现实的宗法制度，但这些活生生的悲剧故事本身就是对宗法社会旧制度、旧伦理的有力控诉。

《红楼梦》的开篇是一个法律事件，苏州乡绅甄士隐的女儿甄英莲自幼被人贩子拐卖了，曾经受过她家大恩的南京知府贾雨村明明可以解救她，却为了巴结豪门而不顾法律，放纵薛家抢走了她。因为法律对女性奴婢的特别歧视，薛家收买了被拐卖来的甄英莲却没有任何法律风险，她的买卖一经成为事实，她就从良人沦为了在法律上不受任何保护的贱民。"甄英莲"的谐音就是"真应怜"，甄英莲（真应怜）是一个符号，她在开篇出现就是一个寓言，寓示着在宗法社会中，女性一旦丧失了家族和父兄的保护就可能遭遇的悲剧命运。甄英莲的命运可以概括为六个字：无依、易主、早夭。"无依"，因为她得不到父兄和家族的保护；"易主"，因为她沦为贱民，可能被多次转卖，命运完全取决于她遇到什么样的主人；"早夭"，她要受尽折磨青年而亡。

《红楼梦》的结尾也是一个法律事件，贾府里的男人们犯了罪，要被抄家。大观园里的少女们会被无辜株连，她们都可能遭遇和甄英莲差不多的命运，也是无依、易主、早夭。

四、"女清男浊"的启蒙

《红楼梦》中女性优越于男性的世界观,红学界向来解说不一。从作品的整体意蕴来看,曹雪芹更多的是在表达对女性群体由衷的同情,而不是现代意义的女权主义的先驱。在他生活的时代,这个群体因为社会地位的低下,不可能让自己的才能得到社会的承认,也不可能对社会事务的管理发出任何声音,她们在法律上依附于男性群体,一旦丧失了家族的保护,无论最初贵贱,都可能被当作财产一样任人支配。在这样的社会体制下,她们当中那些才华和见识杰出的,就显得格外珍贵,也特别值得悲悯,这就是曹雪芹开篇言明要为"闺阁昭传"的慈悲之心。

《红楼梦》是中国古典文学中前所未有的悲剧,作者对这个病态的社会是彻底绝望的。《红楼梦》中"女清男浊"的观点到底表达了作者怎样的思想,历来说法不一,新文化运动时一位笔名"侠人"的评论家对此做了非常独特的解释,他认为这不能从表面解读,而是代表了作者对数千年来中国社会进化的彻底绝望:

> 《红楼梦》一书,贾宝玉其代表人也。而其言曰:"贾宝玉视世间一切男子,皆恶浊之物,以为天下灵气悉钟于女子。"言之不足,至于再三,则何也?曰:此真著者疾末世之不仁,而为此言以寓其生平种种之隐痛也。凡一社会,不进则退,中国社会数千年来,退化之迹昭然,故一社会中种种恶业无不毕具。而为男子者,日与社会相接触,同

化其恶风自易。女子则幸以数千年来权利之衰落，闭置不出，无由与男子之恶业相熏染。虽别造成一卑鄙龌龊绝无高尚纯洁的思想之女子社会，而其尤有良心，以视男子之胥戕胥贼，日演杀机，天理亡而人欲肆者，其相去犹千万也。此真作者疾末世之不仁，而为此以寓其种种隐痛之第一伤心泣血语也；而读者不知，乃群然以淫书目之！[1]

在侠人看来，数千年来中国社会一直在退化，到《红楼梦》出世的时代，已成不可救药的末世，恶业达于极致，男性因为是这个社会的主导者，不可能不受到社会恶性的熏陶，品性也退化到了极致。女性则因为权利衰落，幸免于社会恶性的侵袭，所以还存留了良心和灵气。末世导致了社会众生的普遍苦难，而作者为十二金钗写下的哀歌，并不是从男性角度出发对女性工具化的价值判断，而是在呈现人世间十二种人物各不相同的苦难：

且中国之社会，无一人而不苦者也。置身其间，日受其惨，往往躬受之而躬不能道之。今读《红楼梦》十二曲中，凡写一人，必具一人之苦处，梦痴以为褒某人，贬某人，不知自著者大智、大慧、大慈、大悲之眼观之，直无一人而不可怜，无一事而不可叹，悲天悯人而已，何褒贬之有焉？[2]

---

[1] 侠人：《小说丛话》，载一粟编：《红楼梦资料汇编》（下册），第571页。
[2] 侠人：《小说丛话》，载一粟编：《红楼梦资料汇编》（下册），第572页。

严复译介《天演论》以来，物竞天择、适者生存的进化论思想对于中国知识界的影响可谓振聋发聩，用当时人的话说，几令民气为之一新。侠人从社会进化论的角度出发，认为要从《红楼梦》描写的社会背景来理解全书，而不是从表面将其理解为众多女性生命的悲剧。《红楼梦》作者对于两千年来的中国社会彻底绝望了，身在那个时代他看不到后来的变化，于是通过对青年女性悲剧命运的叙事，曲折表达了彻底推翻旧道德、彻底变革这一社会的意愿。"奈何中国二千年，竟无一人焉，敢昌言修改之哉！而曹雪芹独毅然言之而不疑，……此实其以大哲学家之眼识，摧陷廓清旧道德之功之尤伟者也。"[1] 平心而论，侠人的这种解读是较为深刻的，曹雪芹不是现代意义的女权主义者，但他看不到这社会的希望，只能将希望寄托在未被旧社会污染的弱者身上，希望建立一个与世隔绝的乌托邦——大观园——来让弱者（女性）社会的良心、灵气永存。主人公贾宝玉在看到自己钟爱的各类少女被迫害时，没有勇气和力量反抗，他只有悲哀的幻想，幻想在大观园这个世外桃源永远逃避，直至抄检大观园，他的乌托邦破灭了，最后他走向了彻底避世。然而作者写出对旧道德的彻底绝望，就足以唤起读者对旧社会的彻底否定。

自清末以来，《红楼梦》在历次政法大变革的思想运动中都曾经被用作一个启蒙的文本，这一点绝不是偶然的，传统中国到了它的最末阶段才出来一部这样的文学作品，这是中国文化的不幸也是幸事。《红楼梦》塑造了真正具有主体性的女性形象，这

---

[1] 侠人：《小说丛话》，载一粟编：《红楼梦资料汇编》（下册），第573页。

在中国的文学史上是前所未有的。作者当时能写出这样的作品，并没有受到任何外来政治哲学思潮的影响，而是从传统中国文化资源（儒释道）中的朴素平等观出发，表达了对女性的由衷同情和尊重，也表达了作者对宗法社会中阶级区隔的深刻批判，这足以证明中国文化具有自我反思和自我完善的内驱机制。

贾府的女性群体中有贵族，有依附的平民，也有社会底层的贱民。当这家的男性主人犯了罪，她们会被当作罪人的财产一样计算和籍没，法律似乎消弭了她们的阶级之分，她们都会沦落到差不多的境地。《红楼梦》的作者看到了这个病态的社会中，宗法制度对女性的压迫是多么的残酷，女性无论身处什么阶层，都无法摆脱群体性的悲剧命运。曹雪芹没有找到这社会的出路，他只能梦想一个像大观园这样的乌托邦。在他死后的二百多年中，自清末修律废除籍没刑罚、禁革奴婢买卖、首倡男女平等发端，经历了很多代仁人志士的法律改革，一直到新中国更为彻底的社会改造之后，《红楼梦》中那个病态的社会终于不复存在了。但那个深刻记录这种病态社会的《红楼梦》，将会是中国文化中不朽的经典，它足以让我们反思，任何一种文化都应该勇于反思，保持自我净化、自我完善的能力。

后记

本书是在央视《法律讲堂（文史版）》系列节目《〈红楼梦〉中的法文化》部分讲稿基础之上加工而成的，书稿对讲稿中的一些内容做了学术性梳理，增补了一些论证，添加了学术注释，我保留了原来讲稿的次序，也尽可能保留了讲稿的原貌。这是一种尝试，希望它能方便节目原有观众的阅读，也能引起学术读者的兴趣。

《〈红楼梦〉中的法文化》系列节目在疫情期间克服种种困难，四年时间才陆续完成。电视讲座在中国当下的学术体系中还不被视为是学术研究的成果，而仅仅被视为一种通俗的口头演绎，但我在准备和录制这个节目的过程中，始终是把它当作严肃的学术作品对待的，努力追求通俗的语言表达和准确清晰的学术论证的结合。因为节目制作的周期较长，整合不及时，中间有几处小的疏漏，包括干名犯义罪的解释等，书稿订正了这些疏漏。《〈红楼梦〉中的法文化》系列节目播出以来了得到了很多观众朋友的鼓励，有的观众朋友能够背下这个节目的一些内容，有的一直在追踪节目的播出，也有观众朋友通过在这个节目中了解的清代"威逼人致死"等法律知识，延伸到了对当代中国社会问题的思考，这是尤为让我欣慰的。如果观众朋友能够给予这个节目以多样的肯定，这在很大程度上说明《红楼梦》确实是一部百科全书式的巨著，对它的理解存在丰富的维度，只有尽可能贴近作者所处时代的社会现实和社会背景去客观理解，才能让这部巨著拥有经久不衰的魅力。

本书是一部法律史、社会史、法社会学和红学的交叉研究之作，感谢梁治平教授、林少阳教授、邱澎生教授、俞晓红教授的慷慨荐书。梁治平教授是在当代中国开创法律文化研究的知名法学家，林少阳教授是研究文学史和清代思想史的知名史学家，邱澎生教授是研究清代法律史和社会史的知名史学家，俞晓红教授是研究古典文学和推进《红楼梦》"整本书阅读"的文学和红学大家。特别感谢台湾政治大学陈惠馨教授在百忙之中抽出时间为此书作序，在我开始《红楼梦》中的法文化这个主题的研究以来，陈惠馨教授是我遇到的第一位对法律史、红学和法社会学有着和我同样的交叉研究知识兴趣的法学同仁，她是台湾法学界研究清代法制史的权威学者。几位前辈学者从他们各自不同的研究领域出发，对这本书的学术价值做了专业评价，他们对我这样一个年轻的交叉学科研究者都表示了非常慷慨的肯定，但本书一切文责自负。作为一种跨学科的研究尝试，我尽力阅读了红学、清史、法律史、社会学等领域的大量文献，但限于自己的学力，可能仍然存在不少错误，期待方家不吝赐教。

2016年以来，我受到一些学术同仁的邀请，在很多大学开展了以《红楼梦》中的法文化为主题的学术讲座。他们几乎都没有在这个领域的研究旨趣，我不能给他们所在的大学带来任何评审上的帮助，研究的领域也不是热点前沿的很具实用性的问题，他们都是出于对我人品的信任，不惮行政手续的麻烦，为我提供了和众多学子交流探讨的机会，我也借此机会为很多同学普及传播了《红楼梦》这部经典的阅读，其间和很多老师、同学的问答帮我修正了过去思路中还不完善的地方，受益匪浅，这些讨论对这部书的写成都是十分宝贵的帮助。我谨以时间为序，衷心感谢诸位同仁：

浙江大学光华法学院王凌皞暨陈林林君、外交学院李红勃君、清华大学法学院鲁楠君、甘肃政法大学民商经济法学院蒋玮君、太原师范学院法律系董新中君、陕西理工大学经济与法学学院于君刚君、北京建筑大学文法学院张晓霞君、北京理工大学法学院丛青茹君、西北政法大学中华法系与法治文明研究院汪世荣君、西北政法大学刑事法学院冯卫国君、西安建筑科技大学法律系张伟涛君、北京航空航天大学法学院明辉君、天津师范大学法学院晁晓军暨吴占英君、南开大学法学院李晟君、中国海洋大学法学院桑本谦君、常州大学史良法学院张建君、苏州大学王健法学院张薇薇君、南京师范大学法学院姚远暨孙文恺君、南京大学法学院艾佳慧君、中南财经政法大学法学院陈柏峰君、扬州大学法学院刘鹏君、暨南大学人文学院李应利君、西南政法大学行政法学院杨天江暨王恒君、重庆移通学院刘方旺君、三峡大学马克思主义学院胡俊修君、曲阜师范大学法学院尹成波君、济宁学院人文与传播学院王永超君、中国社会科学院大学法学院黄钰洲暨柳建龙君、中国政法大学人文学院李驰君、武汉大学法学院翟晗暨冯宇婷君、上海外国语大学法学院王伟臣君、澳门大学法学院唐晓晴君、中国政法大学法律史学研究院顾元暨李典蓉君、上海师范大学哲学与法政学院刘振宇君、北京大学国际法学院黄卉君。华中科技大学宣传部顾馨江部长、法学院姜芳书记、王星译教授、李貌博士在我写作的过程中一直鼓励和支持我，李貌博士专门托朋友在东京大学图书馆为我查阅了日本藏的清代法律文献，我也向这些同仁表示由衷的感谢。另外，也感谢东南大学人文素质教育中心、中国矿业大学团委、中南民族大学团委热心组织的老师同学们。

最后要衷心感谢广西师范大学出版社赵艳、张洁、周莉娟编审对本书出版的大力支持，因为她们耐心细致的工作，本书才得以顺利出版。

柯　岚

2024年7月21日

大学问，广西师范大学出版社学术图书出版品牌，以"始于问而终于明"为理念，以"守望学术的视界"为宗旨，致力于以文史哲为主体的学术图书出版，倡导以问题意识为核心，弘扬学术情怀与人文精神。品牌名取自王阳明的作品《〈大学〉问》，亦以展现学术研究与大学出版社的初心使命。我们希望：以学术出版推进学术研究，关怀历史与现实；以营销宣传推广学术研究，沟通中国与世界。

截至目前，大学问品牌已推出《现代中国的形成（1600—1949）》《中华帝国晚期的性、法律与社会》等100多种图书，涵盖思想、文化、历史、政治、法学、社会、经济等人文社会科学领域的学术作品，力图在普及大众的同时，保证其文化内蕴。

"大学问"品牌书目

大学问·学术名家作品系列
朱孝远　《学史之道》
朱孝远　《宗教改革与德国近代化道路》
池田知久　《问道：〈老子〉思想细读》
赵冬梅　《大宋之变，1063—1086》
黄宗智　《中国的新型正义体系：实践与理论》
黄宗智　《中国的新型小农经济：实践与理论》
黄宗智　《中国的新型非正规经济：实践与理论》
夏明方　《文明的"双相"：灾害与历史的缠绕》
王向远　《宏观比较文学19讲》
张闻玉　《铜器历日研究》
张闻玉　《西周王年论稿》
谢天佑　《专制主义统治下的臣民心理》
王向远　《比较文学系谱学》
王向远　《比较文学构造论》
刘彦君　廖奔　《中外戏剧史（第三版）》
干春松　《儒学的近代转型》
王瑞来　《士人走向民间：宋元变革与社会转型》
罗家祥　《朋党之争与北宋政治》

大学问·国文名师课系列
龚鹏程　《文心雕龙讲记》

张闻玉 《古代天文历法讲座》
刘　强 《四书通讲》
刘　强 《论语新识》
王兆鹏 《唐宋词小讲》
徐晋如 《国文课：中国文脉十五讲》
胡大雷 《岁月忽已晚：古诗十九首里的东汉世情》
龚　斌 《魏晋清谈史》

大学问·明清以来文史研究系列
周绚隆 《易代：侯岐曾和他的亲友们（修订本）》
巫仁恕 《劫后"天堂"：抗战沦陷后的苏州城市生活》
台静农 《亡明讲史》
张艺曦 《结社的艺术：16—18世纪东亚世界的文人社集》
何冠彪 《生与死：明季士大夫的抉择》
李孝悌 《恋恋红尘：明清江南的城市、欲望和生活》
李孝悌 《琐言赘语：明清以来的文化、城市与启蒙》
孙竞昊 《经营地方：明清时期济宁的士绅与社会》
范金民 《明清江南商业的发展》
方志远 《明代国家权力结构及运行机制》
严志雄 《钱谦益的诗文、生命与身后名》
严志雄 《钱谦益〈病榻消寒杂咏〉论释》
全汉昇 《明清经济史讲稿》

大学问·哲思系列
罗伯特·S.韦斯特曼 《哥白尼问题：占星预言、怀疑主义与天体秩序》
罗伯特·斯特恩 《黑格尔的〈精神现象学〉》
A.D.史密斯 《胡塞尔与〈笛卡尔式的沉思〉》
约翰·利皮特 《克尔凯郭尔的〈恐惧与颤栗〉》
迈克尔·莫里斯 《维特根斯坦与〈逻辑哲学论〉》
M.麦金 《维特根斯坦的〈哲学研究〉》
G.哈特费尔德 《笛卡尔的〈第一哲学的沉思〉》
罗杰·F.库克 《后电影视觉：运动影像媒介与观众的共同进化》
苏珊·沃尔夫 《生活中的意义》
王　浩 《从数学到哲学》
布鲁诺·拉图尔　尼古拉·张 《栖居于大地之上》

罗伯特·凯恩 《当代自由意志导论》

大学问·名人传记与思想系列
孙德鹏 《乡下人：沈从文与近代中国（1902—1947）》
黄克武 《笔醒山河：中国近代启蒙人严复》
黄克武 《文字奇功：梁启超与中国学术思想的现代诠释》
王　锐 《革命儒生：章太炎传》
保罗·约翰逊 《苏格拉底：我们的同时代人》
方志远 《何处不归鸿：苏轼传》
章开沅 《凡人琐事：我的回忆》

大学问·实践社会科学系列
胡宗绮 《意欲何为：清代以来刑事法律中的意图谱系》
黄宗智 《实践社会科学研究指南》
黄宗智 《国家与社会的二元合一》
黄宗智 《华北的小农经济与社会变迁》
黄宗智 《长江三角洲的小农家庭与乡村发展》
白德瑞 《爪牙：清代县衙的书吏与差役》
赵刘洋 《妇女、家庭与法律实践：清代以来的法律社会史》
李怀印 《现代中国的形成（1600—1949）》
苏成捷 《中华帝国晚期的性、法律与社会》
黄宗智 《实践社会科学的方法、理论与前瞻》
黄宗智　周黎安 《黄宗智对话周黎安：实践社会科学》
黄宗智 《实践与理论：中国社会经济史与法律史研究》
黄宗智 《经验与理论：中国社会经济与法律的实践历史研究》
黄宗智 《清代的法律、社会与文化：民法的表达与实践》
黄宗智 《法典、习俗与司法实践：清代与民国的比较》
黄宗智 《过去和现在：中国民事法律实践的探索》
白　凯 《中国的妇女与财产（960—1949）》

大学问·法律史系列
田　雷 《继往以为序章：中国宪法的制度展开》
北鬼三郎 《大清宪法案》
寺田浩明 《清代传统法秩序》
蔡　斐 《1903：上海苏报案与清末司法转型》

秦　涛　《洞穴公案：中华法系的思想实验》

大学问·桂子山史学丛书
张固也　《先秦诸子与简帛研究》
田　彤　《生产关系、社会结构与阶级：民国时期劳资关系研究》
承红磊　《"社会"的发现：晚清民初"社会"概念研究》

其他重点单品
郑荣华　《城市的兴衰：基于经济、社会、制度的逻辑》
郑荣华　《经济的兴衰：基于地缘经济、城市增长、产业转型的研究》
拉里·西登托普　《发明个体：人在古典时代与中世纪的地位》
玛吉·伯格等　《慢教授》
菲利普·范·帕里斯等　《全民基本收入：实现自由社会与健全经济的方案》
王　锐　《中国现代思想史十讲》
简·赫斯菲尔德　《十扇窗：伟大的诗歌如何改变世界》
屈小玲　《晚清西南社会与近代变迁：法国人来华考察笔记研究（1892—1910）》
徐鼎鼎　《春秋时期齐、卫、晋、秦交通路线考论》
苏俊林　《身份与秩序：走马楼吴简中的孙吴基层社会》
周玉波　《庶民之声：近现代民歌与社会文化嬗递》
蔡万进等　《里耶秦简编年考证（第一卷）》
张　城　《文明与革命：中国道路的内生性逻辑》
洪朝辉　《适度经济学导论》
李竞恒　《爱有差等：先秦儒家与华夏制度文明的构建》
傅　正　《从东方到中亚——19世纪的英俄"冷战"（1821—1907）》
俞　江　《〈周官〉与周制：东亚早期的疆域国家》